LE FACTEUR DARWIN

M.A. ROTHMAN

Traduction par
FLAVIEN VUILLARD

Primordial Press

Poche ISBN: 978-1-960244-07-9
Broché ISBN: 979-8-4391735-6-3

NOTE DE L'AUTEUR CONCERNANT LA COVID-19

Quand j'ai commencé à écrire ce roman en 2018, la plupart des gens considéraient que le concept d'un ennemi viral se répandant à travers le globe et dévastant d'énormes populations, relevait de la science-fiction.

Ayant consacré toute ma carrière aux sciences, j'étais parfaitement conscient de la possibilité que de tels faits surviennent. Sans doute même se sont-ils déjà produits par le passé. Je pense que la communauté scientifique dans son ensemble s'est montrée quelque peu complaisante sur la question. Après tout, nous « savions » que le cauchemar de la peste noire, qui a décimé la moitié de la population européenne au milieu du XIVe siècle, ne pouvait plus survenir à nouveau.

Pourquoi cela ? Eh bien, pour dire les choses simplement, parce que ce fléau avait été causé par une infection bactérienne que nous savons parfaitement traiter aujourd'hui, avec des antibiotiques courants.

Bien sûr, ce ne fut pas l'unique pandémie notable de l'histoire. On considère que la grippe espagnole de 1918 a tué entre sept et quinze millions de personnes. Aucun antibiotique n'aurait pu nous en prémunir. Cette grippe avait deux caractéristiques : une diffusion rapide, et un taux de mortalité élevé. Il est intéressant de noter que la grippe qui a tué toutes ces personnes était le virus H1N1, le même qui a causé la grippe porcine de 2009. La différence est que cette grippe porcine a eu un taux de mortalité particulièrement bas, plus bas même que celui de la grippe commune. La plupart des décideurs estimaient qu'une répétition d'une pandémie semblable à celle de 1918 était extrêmement improbable.

Et puis, la Covid-19 a frappé.

Il n'a pas fallu longtemps pour que le monde se rende compte du caractère nouveau de cette pandémie : son extrême contagiosité. Au début, le taux de mortalité a paru terriblement élevé. Le monde s'est confiné.

Si vous lisez ceci, je ne doute pas que vous avez été affecté par ce confinement, et vous m'en voyez sincèrement désolé.

Je tiens à dire deux choses qui, je l'espère, regonfleront un peu le moral de tout un chacun :

1. Nous avons une meilleure compréhension de ce virus aujourd'hui que nous n'en avions il y a quelques mois. Ceci dit, je crois que nous savons ce qu'il convient de faire désormais pour contrôler la diffusion de cette maladie, aussi bien que pour réduire son taux de létalité.

2. Nos connaissances en matière de biologie sont bien plus vastes qu'en 1918, et la recherche génétique, si bénéfique à l'humanité, est désormais une réalité. Des tests préliminaires sur des vaccins ont déjà commencé, et je crois sincèrement qu'un vaccin qui pourra être administré très largement est pour bientôt. Nous devrions revenir à une vie « plus normale » dans très peu de temps.

Ce roman traite du sujet du cancer et de la recherche d'un traitement à cette maladie, mais assez curieusement il couvre également le spectre de ce qui pourrait arriver en cas de pandémie mondiale. Même si cette histoire relève de la fiction, la science évoquée ici est bien réelle, et je prie pour qu'un jour, lorsque cette Covid-19 sera derrière nous, nous puissions globalement investir dans la science, qui est capable de faire que de telles pandémies appartiennent définitivement au passé.

Mike Rothman
28 juillet 2020

TABLE DES MATIÈRES

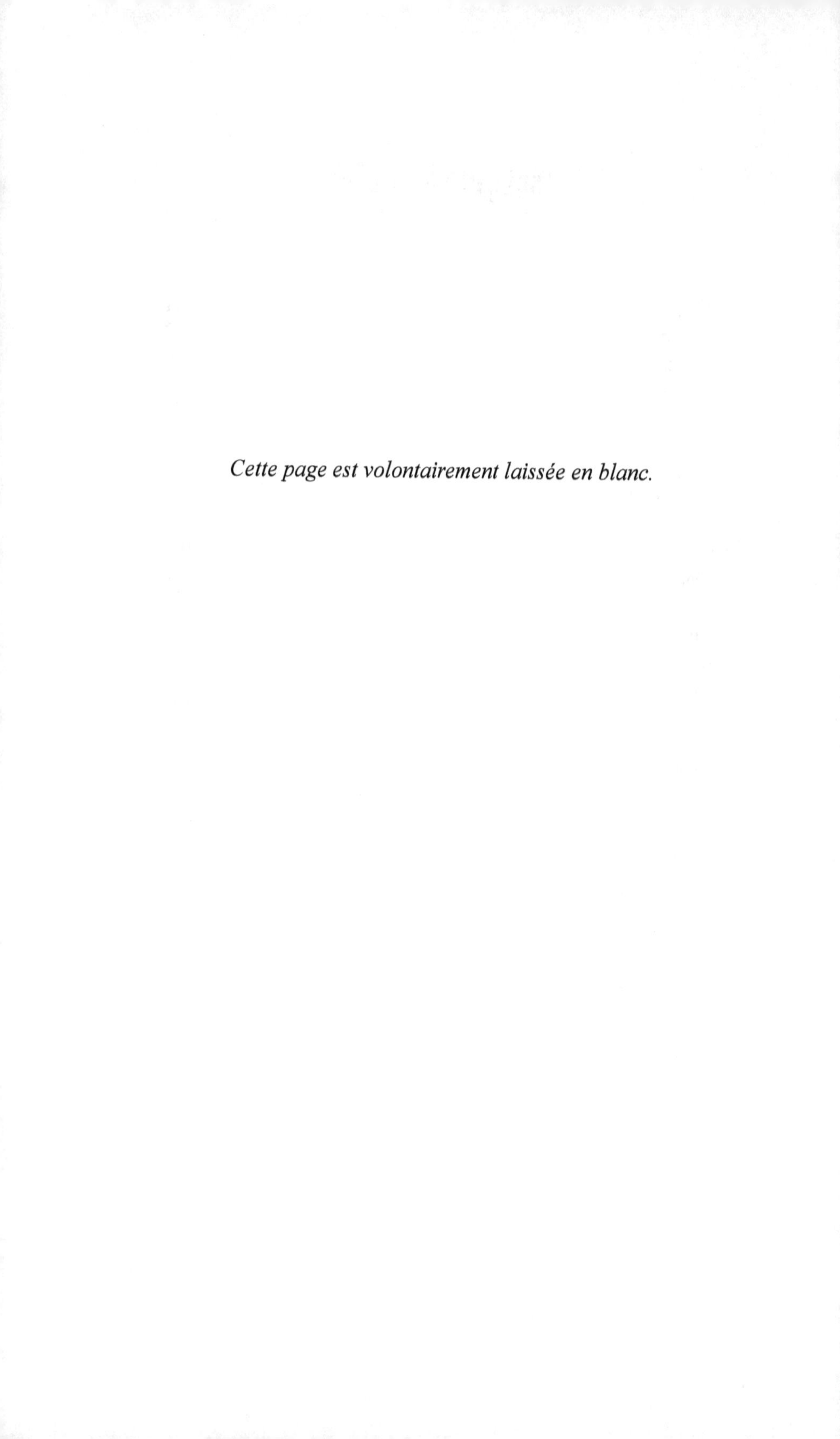

Cette page est volontairement laissée en blanc.

CENTRE POUR LE CONTRÔLE ET LA PRÉVENTION DES MALADIES

CDC 24h/24, 7j/7 : Sauver des vies, protéger les gens ™
Nouveaux cas de cancer et de décès dus à la maladie en 2030
Rapport #A15928
CONCLUSIONS CONFIDENTIELLES
NE PAS DIFFUSER

Entre 2018 et 2030, le nombre de nouveaux cas de cancers aux États-Unis devrait augmenter de 24 % chez les hommes, soit plus d'un million de cas par an, et de 21 % chez les femmes, soit plus de neuf cent mille cas par an.

Les types de cancer les plus à même d'augmenter sont :

- Les mélanomes (majoritairement chez les hommes et les femmes blancs).
- Les cancers de la prostate, du rein, du foie et de la vessie chez les hommes.
- Les cancers du poumon, du sein, de l'utérus et de la thyroïde chez les femmes.

Malgré une diminution du taux des cancers liés à la cigarette, comme le cancer du poumon, nous assistons à une augmentation régulière des autres taux de cancer, due au vieillissement de la population, à une aggravation de l'obésité, et à d'autres facteurs encore indéterminés.

Environ deux tiers des adultes et un tiers des enfants sont considérés aujourd'hui comme étant en surpoids, ou obèses. Ces difficultés liées au poids augmentent les risques de cancer du sein, de cancer colorectal, de l'œsophage, de l'utérus, du pancréas, et du rein. Nous nous attendons à ce que ces cancers liés au surpoids (à l'exception des cancers du sein et du cancer colorectal) connaissent une augmentation de 30 à 40 % encore d'ici 2030.

Les nouveaux cas de cancer du foie devraient également augmenter de plus de 50 %, du fait d'une hausse importante des infections hépatiques. Les cancers de la bouche chez les hommes blancs devraient augmenter d'environ 30 %, en raison d'une incidence bien plus forte des infections de type papillomavirus (HPV).

Parmi les autres facteurs pouvant expliquer cette augmentation du taux des cancers, on citera les bouleversements démographiques liés aux mouvements de population, et d'autres considérations environnementales.

PRÉCONISATION

Nous sommes au début d'une vague épidémique de cancer dans notre pays. Il est urgent d'allouer des fonds supplémentaires à la recherche, afin de se concentrer sur les traitements et la prévention, faute de quoi le coût des soins médicaux pour les patients atteints de cancer pourrait excéder de loin celui de toutes les autres dépenses médicales réunies.

Paul E. Gruyerre, docteur en médecine
Directeur du CDC
Département de la Santé et des Services sociaux des États-Unis

CHAPITRE UN

Jon LaForce descendait d'un pas lourd le sentier escarpé qui menait dans la vallée de Tikaboo. Il avala une gorgée du mauvais vin rouge qu'il avait acheté dans une station-service un peu plus tôt. Presque aussitôt, une sensation de chaleur intense grimpa dans son cou et fit rougir ses joues.

C'était la deuxième fois ce mois-ci qu'il se faisait virer d'un boulot.

Il ne savait pas au juste ce qui l'avait poussé à venir se perdre ici, au milieu de nulle part, dans le sud-est du Nevada. Quand il était gosse, ses amis parlaient souvent de venir dans cette région espionner les avions militaires qui décollaient ou atterrissaient. Ils évoquaient à voix basse des expériences secrètes, des nuages mystérieux dans le ciel, et bien sûr des ovnis. Après tout, c'était ici qu'ils étaient censés détenir ces extraterrestres, non ? La zone 51.

Jon ne croyait pas à toutes ces conneries, et il doutait qu'un seul de ses amis ait eu le cran de venir fouiner dans le coin, de près ou de loin. À vrai dire, en regardant autour de lui, il devait bien admettre qu'ils n'avaient pas manqué grand-chose. Des hectares de désert couverts de buissons d'armoise.

Il avala une nouvelle gorgée de sa bouteille, et continua sa descente le long du sentier, ses oreilles bourdonnant à cause de l'alcool. Soudain, quelque chose surgit d'un buisson d'armoise au pied de la colline. Jon sortit son Glock de son étui et se mit en position de tir. Des lynx rôdaient parfois dans le secteur.

Mais ce n'était qu'un chien errant. Pelage chocolat, longue queue, oreilles tombantes – peut-être un labrador retriever.

Jon rangea son arme et siffla l'animal.

— Et alors, mon vieux, qu'est-ce que tu fiches ici ?

Le chien agita furieusement la queue et se dirigea vers lui.

Jon reboucha la bouteille de vin, tendit un bras et donna sa main à renifler au chien. Comme l'animal lui soufflait dans la main, puis reniflait de haut en bas les jambes de son pantalon, Jon remarqua une plaie sanglante sur sa patte avant droite.

— Quelque chose t'a croqué la patte, mon vieux, hein ?

Le chien gémit et tourna la tête en direction des broussailles.

— T'as un beau poil, bien brillant. Tu m'as l'air bien nourri.

Il secoua la tête et tapota le dos de l'animal.

— Qu'est-ce que tu fiches ici ? Quelqu'un est sûrement en train de te chercher. Je ferais peut-être bien de te conduire dans un refuge ; pour voir s'ils peuvent trouver ton propriétaire. Ce qui est sûr, c'est que je ne peux pas m'occuper de toi. C'est tout juste si j'arrive à m'occuper de moi-même ces temps-ci.

Un bruissement se fit entendre dans les broussailles, à une cinquantaine de mètres de là. Le chien gémit, fit quelques pas en remontant le chemin, et se tourna vers Jon, l'air de dire : « Tu viens ? »

Jon sortit de nouveau son Glock de son étui et s'avança en direction du bruit.

Le labrador se précipita devant lui et émit un grognement sourd.

— Chuuut…

Jon fit un pas d'écart pour le dépasser, mais le chien se mit à couiner, à mordre les jambes de son jean en essayant de le tirer en arrière, vers le haut de la pente, loin du bruit.

— Hé, le cabot, qu'est-ce que tu fiches ?

Jon dégagea sa jambe d'un coup sec et donna un coup de pied à l'animal, qui l'esquiva facilement.

Le labrador battit en retraite, tout gémissant ; il glapit une fois, puis fila vers le haut de la colline.

En bas du sentier, deux autres animaux sortirent précipitamment des broussailles. Deux chiens encore, qui ressemblaient comme deux gouttes d'eau au labrador chocolat.

Mais dont le comportement était bien différent.

Ces chiens-là n'agitaient pas la queue en tirant la langue. Ils fixaient Jon d'un air menaçant en rentrant la tête et en avançant d'un pas raide.

Jon pointa son arme sur eux en leur lançant d'un ton bienveillant :

— Et alors, les chiens, votre copain vous manque ?

Mais à peine eut-il braqué son arme dans leur direction que les chiens se séparèrent, l'un s'écartant à gauche, l'autre à droite.

Jon sentit son cœur battre plus fort. Il visa le chien à sa droite. L'animal détala aussitôt pour se cacher derrière un gros rocher.

C'était comme s'il savait que l'arme était dangereuse.

L'autre chien se mit à gratter la terre gravillonneuse. Jon pivota aussitôt vers lui et effectua un tir de sommation.

L'animal continua d'avancer, mais en zigzag, rendant un tir difficile à ajuster.

Jon sentit un frisson lui parcourir l'échine.

Sa main tremblait, tandis qu'il s'efforçait de tenir le chien en mouvement dans sa ligne de mire. L'espace d'une seconde, il se remémora l'époque où il avait servi dans l'artillerie en Afghanistan. Il avait dû apprendre alors à tirer sur des ennemis qu'il voyait à peine. Aujourd'hui, pour la première fois de sa vie, il était à deux pas de sa cible, le doigt pressé sur la gâchette.

L'animal venait tout juste de bondir quand la balle s'enfonça dans son épaule. Il tomba au sol en gémissant.

Presque au même instant, Jon sentit plus de cinquante kilos de masse animale s'écraser sur son dos. Le deuxième chien le projeta au sol et referma l'étau de sa mâchoire sur son poignet, celui qui tenait l'arme.

Jon lutta contre l'animal enragé. Il poussa un cri, mais sa voix fut brusquement étouffée. Le chien sur lequel il venait de tirer avait planté ses crocs dans sa gorge.

Plaqué au sol, Jon sentit sa trachée broyée par la mâchoire incroyablement puissante de l'animal. Sa vision devint floue ; l'air lui manquait.

Son cœur battit à tout rompre sous l'effet de la terreur. *Seigneur, il y a tant de choses que j'aurais pu...*

Un voile noir tomba devant ses yeux.

Hans Reinhardt se tenait en haut du sentier rocailleux, respirant l'odeur âcre de l'armoise brûlée. Une demi-douzaine d'hommes en treillis équipés de lance-flammes déchaînaient le feu de l'enfer sur le paysage rocailleux, qui craquait dans la chaleur ardente.

L'opération s'était déroulée comme prévu – jusqu'à maintenant. À présent, c'était la merde totale. Un vrai désastre. Ses chefs du Service de renseignement extérieur du gouvernement fédéral allemand avait eu beau tenté de le rassurer, sans parler de leurs homologues américains à Langley, Hans savait qu'il était temps de changer son fusil d'épaule. Il devait déplacer l'opération en un lieu plus retiré. Un lieu moins susceptible de voir se produire ce genre… d'«incidents».

Le commandant de la base, un colonel de l'armée de l'air, s'approcha et se planta à côté de lui.

— Il s'appelait Jonathan LaForce, un ancien artilleur de marine, dit-il. Dix ans en Afghanistan. Libération honorable à la fin de son service.

— Qu'est-ce qu'il pouvait bien foutre ici ? Je croyais que cette base était sécurisée.

Le commandant changea nerveusement de jambe d'appui.

— Elle *est* sécurisée, assura-t-il. Nous avons juste sous-estimé les mesures d'isolement nécessaires pour le chenil. J'ai visionné moi-même les enregistrements de la vidéosurveillance. Il semble qu'une de nos expériences a trouvé le moyen d'ouvrir le loquet de son box. Les autres n'ont eu qu'à l'imiter. Et avant qu'on ait eu le temps de les arrêter, les animaux avaient creusé un trou sous la clôture d'enceinte.

Hans donna un coup de pied dans un caillou qui roula dans la pente ; il serra les dents de frustration.

— Un soldat des Marines mort est la dernière chose dont nous avons besoin. Difficile d'évaluer la gravité du problème.

L'embarras du colonel s'accentua.

— La bonne nouvelle, c'est que c'était une espèce de marginal. Pas de famille, et apparemment pas de boulot non plus. Un vagabond que pas grand-monde ne va chercher, semble-t-il ; du moins, pas avant un certain temps. Nous allons nous occuper de ses restes.

— Et les expériences ? Les a-t-on toutes retrouvées, et neutralisées ?

— Nous en avons retrouvé cinq grâce à leur marquage par transpondeur passif. Nous les avons capturées et nous nous en sommes débarrassés.

Le colonel laissa échapper un soupir, avant d'ajouter :

— Malheureusement, nous n'avons encore pas pu localiser la sixième. J'ai fait envoyer les drones. Ils sont programmés pour quadriller le terrain et rechercher le signal de l'animal. Nous le trouverons.

Hans se demanda comment un trou du cul aussi incompétent avait pu être nommé commandant de base, surtout dans un lieu aussi sécurisé – enfin, prétendument sécurisé.

— Nous n'avons pas le temps de mener des recherches aussi longues, colonel. Nous ne pouvons pas permettre qu'une de nos expériences se retrouve confrontée à des civils.

— Nous allons traquer ce chien…

— Il ne s'agit pas d'un putain de *chien*, abruti ! coupa Hans. Il s'agit d'un cauchemar sur pattes, spécialement sélectionné, et qui possède assez de force et d'intelligence pour foutre le camp de votre soi-disant chenil sécurisé, et supprimer dans la foulée un ancien marine armé qui s'est mis en travers de son chemin.

Le colonel plissa les yeux et serra les mâchoires.

— Écoutez-moi bien, reprit Hans. Ma tête est déjà sur le billot, mais la *vôtre* aussi ; pas question que cette histoire s'ébruite. Notre accord ne doit pas être connu. Mais ne nous voilons pas la face, votre gouvernement s'est déjà révélé incapable d'empêcher des fuites sur Wikileaks.

— Monsieur Reinhardt, tempéra le colonel, croyez-moi, je sais exactement ce qui est en jeu. Il est *inutile* de me le rappeler. Il s'agit d'une opération secrète, et qui a vocation à le rester. Je vais superviser personnellement le nettoyage.

Le colonel pointa un doigt dans le sens de la pente.

— Nous avons trouvé du sang qui appartient, croyons-nous, à l'animal disparu. Il est blessé, ce qui va limiter sa capacité à nous échapper. Entre nos hommes à pied et les drones dans le ciel, nous allons le trouver.

Hans le fixa d'un œil noir.

— Bon Dieu, je vous le conseille.

Frank O'Reilly versa quelques centimètres de gravier fin dans le trou pour piquets de clôture qu'il venait de creuser. Il tourna un regard par-dessus son épaule vers Johnny, un des ouvriers agricoles qu'il venait d'engager pour son ranch.

— Assure-toi bien d'avoir au moins dix centimètres de gravier dans chaque trou avant de les tasser, comme ça, dit-il en damant le gravier à l'aide d'un gros poteau en bois. On a besoin d'une base solide pour ces piquets de clôture. Le bétail finira par se frotter contre, alors il faut que tout ça soit bien robuste, tu comprends ?

— Oui, m'sieur O'Reilly. Et il faut séparer les piquets de deux mètres cinquante, pour que ces planches de cinq mètres couvrent deux écarts à chaque fois, c'est bien ça ?

— C'est ça. Veille à espacer régulièrement les poteaux, et à ce qu'ils soient bien d'équerre avec le sol.

Frank tendit à Johnny la tarière pour creuser les trous et sourit. Le garçon de ranch venait d'avoir dix-huit ans. Frank ne pouvait s'empêcher de revoir sa Kathy au même âge. Le même esprit vif, la même énergie débordante ; sa petite fille chérie toute fraîche émoulue du lycée, prête à affronter le vaste monde.

Il donna une tape sur l'épaule de Johnny.

— Compris ?

— Oui, m'sieur, mais sans vouloir être indiscret, pourquoi engager des ouvriers tout à coup ? Vous songez à prendre votre retraite ?

Frank se mit à rire. Il secoua la tête et répondit :

— Johnny, j'ai peut-être cinquante-trois ans, mais j'en ai encore un peu sous le pied, comme on dit. Contente-toi de terminer ce travail. Et tu ferais bien de respecter les consignes. Je veux un boulot impeccable. Je viendrai vérifier tout ça, alors rien à la va-vite, tu m'entends ?

— Oui, m'sieur. N'ayez aucune crainte là-dessus.

Johnny ramassa la tarière et s'avança jusqu'à la marque du trou suivant à creuser.

Au moment au Frank tourna les talons pour partir, il manqua de trébucher sur un chien assis juste derrière lui.

— Bon sang, mais d'où sors-tu, toi ?

Le labrador chocolat restait assis là, la langue pendante. Un bel animal. Le pelage brillant, tout en muscles, bien nourri apparemment. Pas un chien errant.

Frank tendit la main vers lui.

— T'es un gentil chien ?

L'animal se releva et agita la queue. Il renifla la main de Frank ; puis il baissa la tête, approcha sa truffe des bottes du propriétaire de ranch, et les renifla en remontant ensuite le long du jean. Finalement, il se rassit, se lécha les babines et se mit à gémir. Il fixa Frank de ses yeux marron brillant, regarda son pantalon, puis releva les yeux vers son visage. Et il gémit de nouveau.

Frank pencha la tête, cherchant à comprendre ce que le chien essayait de lui dire. Soudain, il comprit et se mit à rire.

— Ah ! Je sais pourquoi je t'intéresse autant.

Il sortit de sa poche un petit morceau de bœuf séché plié qu'il gardait comme encas, et le lança doucement au chien.

L'animal l'attrapa en vol et le mâcha avec contentement.

— Bon, le chien, il faut que j'y aille maintenant. Je vais me faire houspiller si je ne suis pas rentré à temps pour le dîner.

Frank parcourut à pied les quelque huit cents mètres qui le séparaient de sa modeste maison blanche de style ranch construite une trentaine d'années plus tôt. Comme il s'approchait de la maison, il entendit trotter à côté de lui. *Pardi ! J'aurais dû réfléchir à deux fois avant de nourrir ce chien.* Il fit mine d'ignorer l'animal et gravit les marches du perron en bois.

Une bonne odeur de rôti de bœuf flottait dans l'air.

Megan sortit sous l'auvent d'entrée.

— Oh, très bien, te voilà de retour. Le dîner est presque prêt. Va te laver les mains.

Il planta un baiser sur ses lèvres.

— Ça sent bon, dit-il.

Elle regarda derrière lui, l'air perplexe.

— Tu t'es fait un ami ?

Le labrador était assis au pied des marches du perron, et les fixait d'un air d'attente.

Frank secoua la tête.

— J'ai fait l'erreur de lui donner un morceau de bœuf séché.

Megan repoussa ses cheveux auburn mi-longs derrière ses oreilles, s'agenouilla et tapota doucement une lame de bois du perron.

— Viens, mon grand. Alors comme ça, tu aimes le bœuf séché ?

Le chien grimpa les marches et se coucha sur le dos devant elle, lui montrant son ventre, et agitant rapidement la queue.

Megan se mit à rire en lui grattant le ventre.

— T'es un gentil chien, toi, hein ?

Elle leva les yeux vers Frank, affichant ce petit sourire attendri qu'il connaissait si bien.

— Tu crois qu'il a un propriétaire ?

— Aucune idée. Il vagabondait. Apparemment, on a pris soin de lui, mais il ne porte ni collier ni rien.

Il hésita.

— Je croyais qu'après avoir perdu Daisy, tu t'étais jurée de…

— Oh, regarde ça, le pauvre ! s'exclama Megan.

Elle examinait la patte avant droite de l'animal.

— On dirait qu'il s'est battu ou je ne sais quoi.

Le chien se mit à gémir tandis qu'elle explorait sa blessure.

— Je suis certain qu'il va se débrouiller tout seul, dit Frank.

— Non.

Megan se leva et s'essuya les mains dans son tablier.

— Il faut le conduire chez le véto et le faire examiner.

Frank se demanda quelle somme le vétérinaire allait encore essayer de leur soutirer.

— Ce chien n'est même pas à nous.

Megan se retourna et le regarda d'un air qui voulait dire que sa décision était prise.

— De plus, le véto pourra vérifier s'il a une puce électronique ou non.

Megan mesurait un mètre cinquante et avait des allures de lutin, mais quand elle avait décidé quelque chose, elle n'en démordait pas. Si trente ans de mariage avaient appris une chose à Frank, c'était bien celle-là.

Il leva les mains en signe d'abdication.

— Bon, mais et le dîner ?

— Le dîner attendra.

Megan rentra dans la maison et fit signe au chien de la suivre, ce qu'il fit.

— Je crois qu'on a gardé la vieille gamelle de Daisy. Je m'occupe de vérifier si cet animal a soif pendant que tu appelles le véto. Préviens-le qu'on arrive.

Les portes de la salle d'examen s'ouvrirent, et une jeune assistante vétérinaire en blouse bleue qui portait une longue queue de cheval noire, s'avança.

— O'Reilly ? appela-t-elle.

Frank leva la main et dit :

— Ici.

Le regard de l'assistante se posa sur le labrador chocolat couché aux pieds de Frank et Megan.

— Et toi, mon beau, comment tu t'appelles ?

— Il ne nous ap...

— Jasper, coupa Megan, le plus naturellement du monde.

Frank grogna intérieurement. Il espérait qu'elle n'allait pas s'attacher à cet animal. Il appartenait forcément à quelqu'un. Un chien errant ne pouvait pas avoir une allure aussi soignée.

— Bon, allons peser Jasper et voir comme il se porte.

Jasper se leva en même temps que Megan, et trotta docilement à côté d'elle jusque dans la salle d'examen. Frank secoua la tête, et suivit le mouvement.

L'assistante vétérinaire – Sherri, d'après le nom écrit sur sa blouse – s'arrêta à côté d'une grosse balance en métal.

— Voyons voir si Jasper veut bien grimper là-dessus, dit-elle.

Avant que Megan ait le temps d'inciter Jasper à aller dans la bonne direction, l'animal s'approcha de la balance et y grimpa de lui-même.

— Ça, c'est un bon chien, le félicita Sherri. Ouah, soixante-deux kilos neuf cents. Je n'aurais jamais dit autant.

Elle nota le poids sur une feuille de papier, qu'elle glissa dans le dossier médical de Jasper.

— Avez-vous un de ces lecteurs de puce électronique ? demanda Frank.

Il ignora le regard noir de Megan.

— Jasper s'est égaré et a échoué sur notre propriété aujourd'hui ; il n'a ni collier ni plaque. Personne, à notre connaissance, n'a signalé avoir perdu un labrador dans notre secteur. Mais nous voulions faire les choses comme il faut, et voir s'il est pucé ou non.

— Oh, bien sûr, dit Sherri. Je reviens tout de suite.

Elle disparut par une autre porte pendant que Megan caressait ardemment la tête de Jasper. Quelques instants plus tard, Sherri revint avec ce qui ressemblait à une grosse télécommande formant une boucle à une extrémité.

Megan serra la main de Frank quand l'assistante vétérinaire s'approcha de Jasper.

Sherri passa l'appareil sur le dos de Jasper dans un mouvement de va-et-vient.

— Humm, fit-elle. La plupart des vétérinaires implantent la puce entre les omoplates de l'animal, mais là je ne détecte rien.

Megan serra plus fort la main de Frank.

— Assurons-nous au moins qu'il n'y en a pas ailleurs, ajouta Sherri.

Elle passa lentement l'appareil sur l'arrière-train de Jasper, puis revint vers les membres antérieurs. Quand elle arriva à la patte avant droite, le chien gémit.

— Tout va bien, Jasper, tenta de l'apaiser Megan. Elle ne va pas te faire mal.

L'assistante vétérinaire s'arrêta sur la blessure incrustée de saletés.

— Pauvre chou, tu t'es fait un joli bobo. Le Dr Dew va t'arranger ça.

Elle termina de passer l'appareil sur le corps de Jasper, et secoua négativement la tête.

— Pas de puce ; du moins, je ne trouve rien.

Frank n'eut même pas à tourner la tête ; il savait que Megan souriait. Il soupira d'un air sombre, comprenant qu'ils venaient d'adopter un chien.

— Bon, dit-il. Dans ce cas, en plus de soigner cette blessure, profitons-en pour faire un bilan complet à Jasper.

— Très bien. Le Dr Dew va s'occuper de lui dans un moment. Étant donné que Jasper semble souffrir de sa patte avant droite, il se peut que nous devions lui faire une radio et l'endormir pour soigner la blessure. Je pense qu'il faudra compter dans les quatre cents dollars, précisa-t-elle en arquant un sourcil interrogateur.

— Soignez-le, c'est tout, répondit rapidement Megan. Nous paierons ce qu'il faut.

Frank embrassa sa femme sur le haut du crâne. C'était typiquement le genre de décisions qui ne souffrait aucune discussion avec Mme O'Reilly.

***

Frank passa presque une heure dans la salle d'attente, à côté de Megan qui n'arrêtait pas de gigoter. Quand enfin le vétérinaire apparut – sans Jasper – Megan agrippa le bras de Frank et le serra très fort.

Le vétérinaire était un homme imposant, avec un physique de culturiste ; pourtant, sa voix était douce, presque féminine. Il adressa à Frank et à Megan un grand sourire.

— Jasper se réveillera de l'anesthésie dans environ vingt minutes, mais tout va bien. On dirait qu'il s'est fait attaquer ; sa blessure s'est infectée. Heureusement, la radio ne montre aucune fracture. Néanmoins, c'est une chance que nous en ayons fait une, parce que je n'aurais probablement jamais vu cela autrement.

Il sortit de la poche de sa blouse blanche un petit sachet en plastique transparent, et le tendit à Frank. Il contenait un morceau de fil métallique d'environ dix centimètres.

Le Dr Dew montra son bras et indiqua avec son index un endroit situé dix centimètres au-dessus de son poignet.

— Ce fil a réussi à se loger entre la peau et le muscle, juste au-dessus de la blessure. Je ne sais pas comment il a atterri là, mais j'ai pu l'enlever sans difficulté.

— Alors… Jasper va bien ? voulut savoir Megan.

Le vétérinaire sourit de nouveau.

— Il est encore dans les vapes pour le moment, mais tout va bien. La blessure est recousue. Il est sous antibiotiques. Il faudra veiller à ce qu'il les prenne bien pendant deux jours. Je vous donnerai également une pommade à mettre sur la blessure une fois par jour.

Un aboiement résonna derrière eux, et les portes de la salle d'examen s'ouvrirent avec fracas. Jasper déboula dans la salle d'attente, la démarche zigzagante, une patte bandée à la façon d'une momie. Il courut droit jusqu'à Megan, et se mit à tourner rapidement sur lui-même, tout excité, comme s'il ne s'attendait plus à la revoir.

Sherri arriva juste derrière lui.

— Je suis navrée, Dr. Dew, mais Jasper s'est réveillé beaucoup plus vite que prévu, et il s'est mis à gratter follement à la porte. Je ne voulais pas qu'il arrache ses points de suture. On dirait qu'il voulait vraiment revoir sa maîtresse.

Megan gratta la tête de Jasper. De toute évidence, ces deux-là avaient déjà établi un lien très fort.

— Bon, on ne va pas laisser ce grand gaillard enfoncer d'autres portes, dit le D^r. Dew en riant. Ce qui est certain, c'est que c'est le labrador le plus lourd, le plus *athlétique*, que j'aie jamais vu – et j'en ai vu beaucoup ! C'est étrange, parce qu'il n'a pas l'air comme ça de peser plus de trente-cinq ou quarante kilos, ce qui est déjà très bien pour un labrador ; mais ce chien a une musculature incroyablement dense. Et à en juger par sa dentition, il est encore jeune. Il pourrait bien prendre encore un peu de volume.

Frank émit un petit grognement.

— Je suis fatigué d'avance en imaginant la corvée que ce sera juste pour le nourrir à sa faim.

Jasper s'écarta d'eux, attrapa une couverture pour chien fourrée sous une des chaises de la salle d'attente, la rapporta et la déposa sur les genoux de Frank.

Megan sourit.

— Oooh, il t'a entendu dire que tu es fatigué et il t'apporte une couverture.

Le Dr. Dew tapota Jasper sur la tête.

— Tu es un chien futé, toi !

Jasper s'assit bien droit et approuva d'un « ouarf » sonore.

Frank ne parvenait pas à se départir complètement de l'impression que quelque chose clochait chez cet animal. Mais en regardant Megan le dorloter, il comprit que ce qu'il pouvait penser n'avait plus tellement d'importance.

CHAPITRE DEUX

— Juan, je ne peux pas laisser mon frère payer mes factures à ma place. Je vais prendre un travail à mi-temps pour pouvoir payer ma part. Je ne veux pas que tu te tues à la tâche.

Téléphone portable collé à l'oreille, Juan Gutierrez prit une grande inspiration et pria en silence pour ne pas perdre patience. Miguel venait tout juste de commencer sa première année à Georgia Tech, l'Institut de Technologie de Géorgie, et voilà qu'il songeait déjà à trouver un boulot. Juan jeta un regard autour de lui dans le laboratoire de recherche. Il ne gagnait pas une fortune ici, mais suffisamment, ou presque, pour aider Juan à poursuivre ses études.

— Miguel, je t'ai dit que je me chargeais de tout. Je veux que tu te concentres sur tes études, et rien d'autre. De plus, il reste assez sur l'assurance-vie de maman pour couvrir tes dépenses.

— Tu en es sûr ?

— Évidemment que j'en suis sûr, mentit Juan.

La vérité était que l'argent de l'assurance-vie avait filé depuis des années déjà. Mais si Miguel venait à l'apprendre, il laisserait probablement tomber l'université dans la foulée. Juan détestait mentir à son petit frère, mais s'il devait en passer par là pour que le gosse se concentre sur ses études…

— *Tout de même*, insista Miguel, *je pourrais gérer un travail à mi-temps. Ce ne serait pas la fin du monde.*

Juan inspira profondément, une fois encore, et répondit le plus sereinement possible :

— Fais-moi confiance, Miguel. Tu as déjà assez à faire comme ça sans devoir en plus t'inquiéter de ne pas rater ton bus pour aller faire un boulot sans avenir. Et tu sais aussi bien que moi que le vœu le plus cher de maman était de te voir terminer tes études. Alors, laisse-moi m'occuper des mensualités à régler à Georgia Tech, et toi occupes-toi de tes notes. Conserver ta bourse est bien plus important que tout le reste.

Miguel avait décroché une bourse d'études partielle – subordonnée à l'obtention de bonnes notes. Sans elle, Juan ne savait pas comment il financerait les frais de scolarité universitaire de son frère.

Miguel soupira.

— *Bon, d'accord. Je ferai de mon mieux. Merci.*

Une voix derrière lui lança :

— *Hé, Miguel, une partie de basket, ça te dirait ?*

— *Juan, je te rappelle, d'accord ? J't'aime, fréro.*

— Moi aussi.

Juan mit fin à l'appel. Au même instant, le lecteur de badge de l'entrée du labo bipa. Un agent de sécurité aux cheveux gris entra et balaya la pièce du regard. En découvrant la présence de Juan, il plissa les yeux.

— Qu'est-ce que vous faites ici ?

Le ton soupçonneux du vigile hérissa Juan. C'était comme si le type s'attendait à le voir vider des corbeilles plutôt que travailler à une table de laboratoire.

— Je vous demande pardon ? s'indigna Juan d'un ton sec. Il se trouve que je travaille ici.

Le vigile fronça les sourcils.

— Où est votre badge d'employé, monsieur ?

Juan pivota sur son siège, dégrafa le badge de la blouse de laboratoire qu'il avait drapée sur le dossier de sa chaise, et, sans un mot, le présenta à l'homme.

Le vigile acquiesça d'un hochement de tête.

— Merci, monsieur. Je fais ma ronde, c'est tout.

Il tourna les talons et quitta la pièce.

Juan se renfrogna. Il savait que le garde ne faisait que son travail, mais il ne pouvait s'empêcher de se demander si l'homme aurait réagi avec la même brusquerie si Juan n'avait pas eu la peau foncée.

Il était conscient de la chance qu'il avait eue, et cela depuis long-temps. Non seulement il avait réussi à échapper à ce que lui réservaient les « quartiers » est de Los Angeles – un exploit rare – mais il avait de surcroît terminé ses études universitaires et l'école de médecine. Il était aujourd'hui chercheur en cancérologie dans l'un des plus grands labora-toires pharmaceutiques du monde.

Il regarda la photographie de sa mère encadrée sur sa table de travail. Elle était tombée enceinte de lui alors qu'elle était encore très jeune. Elle n'avait jamais eu la chance de pouvoir construire sa propre carrière. Elle s'était consacrée à être une bonne maman ; Juan n'aurait pu en rêver de meilleure. C'est elle qui lui avait fait comprendre que l'éducation était la meilleure échappatoire aux « quartiers » et à la pauvreté.

Juan sentit monter une douleur aux cervicales, et un début de migraine.

Il n'avait pas eu une vie facile ; elle était même devenue encore plus dure à la mort de son père. Juan avait treize ans, et sa mère était enceinte de Miguel, quand un jour son père s'était effondré sur le sol du salon. Pour tout le monde, c'était une grippe persistante qui l'avait affaibli.

Il n'avait que trente-et-un an quand la mort l'avait emporté.

Juan se souvenait encore de l'odeur des gaz d'échappement prove-nant de la circulation encombrée, tandis que sa mère suivait l'ambu-lance, une main sur le volant, l'autre lui tapotant l'épaule pour le rassurer, en lui disant :

— Ça va aller, *mijo*, ne t'inquiète pas.

Mais il avait toutes les raisons d'être inquiet.

Son père n'avait jamais repris conscience.

Il était tard, ce dimanche soir-là, il y avait plus de dix-huit ans de cela, quand Juan avait entendu pour la première fois prononcer le mot de « cancer ».

Il se souvenait encore de ce tremblement dans la voix de sa mère, tandis qu'elle récitait en boucle, dans un murmure, une prière à un Dieu hypothétique.

Après cela, Juan avait commencé à décrocher à l'école, se disputant avec ses professeurs, se battant avec ses camarades, passant sa colère et sa frustration sur le premier venu. Il en voulait à son père de ne pas avoir consulté plus tôt un médecin.

Il était comme beaucoup d'adolescents qui perdent un parent : il était juste… oui, en colère.

Sans la poigne et la force de caractère de sa mère, sa vie aurait certainement pris un mauvais tournant. Il avait évité d'un rien que cela n'arrive. Mais sa mère avait tenu bon, et l'avait sauvé des gangs et des dangers de la rue.

Il lui devait tout. Mais à présent, elle n'était plus là, elle non plus.

Il sentit son estomac se serrer, et ferma les yeux, laissant le douloureux souvenir remonter à la surface.

— Ay ay ay, mijo… el dolor…, gémit sa mère en espagnol, comme la douleur ravageait son corps.

Des larmes brouillèrent la vue de Juan, qui veillait sur elle. Il savait qu'elle n'en avait plus pour longtemps. Malgré l'odeur forte du camphre diffusée par son nébuliseur, sa respiration était courte et difficile. Elle avait refusé les soins palliatifs, préférant rester à la maison jusqu'à la fin.

Elle prit une dernière inspiration, grimaça et serra la main de Juan. Il referma son autre main sur la sienne.

Et puis, il sentit l'étreinte de ses doigts se relâcher. La grimace disparut. Elle ferma les yeux.

Une larme roula sur sa joue.

— Je suis désolée, mijo… je ne peux plus lutter…

Juan répéta à voix haute, dans un murmure, les derniers mots de sa mère : « Je ne peux plus lutter ». Huit ans après, ces paroles le hantaient toujours.

Le cancer avait emporté ses deux parents, et leur mort avait façonné l'homme qu'il était à présent. La mort de son père l'avait rempli d'une énergie irréfrénable ; celle de sa mère lui avait donné l'envie d'empêcher d'autres personnes de souffrir de la même maladie atroce.

Il était mû par une unique obsession : trouver un remède contre le cancer.

Juan jeta un coup d'œil à l'horloge et grogna. Il aurait dû être rentré chez lui il y avait des heures déjà ; il l'avait promis à Lisa. Il regarda sa table de laboratoire encombrée de notes et d'imprimés au milieu des terminaux d'ordinateur ; puis il secoua la tête et dit à voix haute :

— D'accord, ça suffit pour aujourd'hui.

Mais avant qu'il ait le temps de refermer son ordinateur portable, un signal sonore l'avertit de la réception d'un email émanant de la DRH d'AgriMed :

À tous les employés nord-américains :

Comme beaucoup d'entre vous le savent, l'industrie pharmaceutique connaît un ralentissement économique. Nous avons surmonté ce type de difficulté par le passé en augmentant nos investissements dans la recherche et le développement, afin d'être plus fort encore quand la reprise économique est là.

Malheureusement, nos prévisions montrent que le malaise économique s'étend à l'Europe et à l'Asie. Par conséquent, il a été décidé d'examiner au plus près nos différents investissements ; dans certains cas, des licenciements seront à prévoir.

Tous les employés doivent s'attendre à avoir une rencontre individuelle avec leur supérieur immédiat, qui leur annoncera s'ils sont concernés ou non.

D'autres informations concernant notamment les indemnités de départ seront communiquées au cours de la prochaine semaine.

. . .

Juan relut l'email, détourna le regard vers le fatras de notes et de résultats d'expérience partiels qui jonchaient son espace de travail, et grogna de nouveau.

Il nota qu'AgriMed ne précisait pas combien de personnes seraient touchées. Il espérait être épargné – la recherche sur le cancer étant censée être une des priorités du laboratoire – mais il ne pouvait s'empêcher d'éprouver une angoisse qui l'oppressait.

Parce que s'ils comptaient réduire la partie recherche en cancérologie, le couperet risquait de s'abattre sur lui. La vérité était qu'il n'avait toujours fait aucune percée majeure, alors que les autres avaient mis au point de nouveaux protocoles, écrit et publié de nombreux papiers évalués par des pairs dans des revues médicales, ou bien étaient en pleine phase d'essais cliniques.

— Je suis foutu, gémit-il.

— Ne t'avise surtout pas d'essayer de me baratiner une fois de plus. J'en ai marre de tes conneries, *Juan* !

Elle accentuait son prénom à chaque fois qu'elle était remontée contre lui, et ce soir, elle était carrément fumasse. Ce n'était pas la première fois qu'il ne voyait pas le temps passer, et rentrait bien plus tard que promis. Cette fois, il avait une bonne excuse avec cette note de la DRH, et le fait qu'il avait dû mettre de l'ordre dans ses papiers, mais elle ne voulait pas en entendre parler. Elle lui avait préparé un dîner surprise pour fêter leurs six mois ensemble.

Bon sang, qui fête ses six mois de couple ?

À présent, elle fourrait des brassées de vêtements dans sa fausse valise Louis Vuitton. Juan ne pouvait s'empêcher de regarder ses fesses tandis qu'elle s'escrimait à fermer la valise. Elle portait un legging de sport noir moulant et une brassière rose qui découvrait son ventre plat.

Il soupira. Tandis que sa libido lui rappelait combien c'était agréable d'être avec une jeune femme de dix-neuf ans – c'est-à-dire de dix ans plus jeune que lui – son cerveau au contraire tentait de le convaincre que c'était peut-être une bonne chose qu'elle le quitte. Il avait besoin d'être avec quelqu'un de plus mature.

Elle jeta un regard à la table chargée de nourriture.

— J'espère que tu t'étoufferas avec, maugréa-t-elle.

Elle tourna les talons en soufflant d'exaspération, balança sa clé d'appartement aux pieds de Juan, et sortit en claquant la porte derrière elle. Les effluves de son parfum et le dîner froid étaient tout ce qui témoignait encore de sa présence.

Juan secoua la tête.

— Un de ces jours, il faudra bien que je revoie mes priorités, soupira-t-il.

Frank sourit en regardant Megan remplir une cuvette d'eau tiède au robinet de la cuisine. Depuis que le chien était arrivé dans leur vie, quelque chose avait changé chez sa femme. Elle s'affairait çà et là en sifflotant comme elle ne le faisait plus depuis… depuis que Kathy, leur fille unique, avait quitté la maison.

Le chien s'assit à ses pieds, et la regarda attentivement verser un peu de sel dans la cuvette en lui expliquant :

— Jasper, le D^r. Dew a dit qu'il fallait que cette blessure reste propre, alors pas d'histoires, tu m'entends ?

— *Ouarf*, approuva le chien.

Megan déposa avec précaution la petite cuvette sur le sol, s'assit à côté, jambes croisées, et trempa un gant de toilette dans l'eau salée.

— D'accord, donne-moi ta patte maintenant.

Jasper leva sa patte avant droite, que Megan prit doucement dans sa main, avant de tamponner la zone rasée où le vétérinaire avait suturé la blessure. Quand celle-ci fut assez propre à ses yeux, elle lâcha la patte de Jasper, mais le chien continua de la tenir levée, comme s'il savait qu'elle n'en avait pas terminé.

Frank posa son journal à côté de lui et regarda sa femme appliquer avec soin la pommade antibiotique sur la blessure.

L'onguent étalé, elle se pencha et déposa un baiser sur la truffe de Jasper.

— T'es un bon chien, dit-elle. Maintenant, ne lèche surtout pas ce truc tout de suite. Il faut que ça fasse effet.

Le chien regarda la blessure et émit un petit aboiement affirmatif.

Megan lui gratta le cou et se leva.

— Je range tout ça, et je te mets un *Clifford* à la télé, d'accord ?

Le chien agita la queue, courut dans le salon et s'allongea face au téléviseur, comme s'il attendait que Megan tienne sa promesse.

Frank secoua la tête, incrédule.

— Megan, tu ne trouves pas bizarre de parler à ce chien comme si c'était un gosse, sans compter le fait que cette satanée bestiole semble comprendre tout ce qu'on lui dit ?

Megan haussa les épaules en se lavant les mains.

— C'est un gentil chien, très intelligent.

Trop intelligent, songea Frank. Mais au moins, il était bien éduqué. Il se cala au fond de son fauteuil inclinable, et se replongea dans la lecture de son journal, en marmonnant :

— Si seulement Kathy avait pu écouter aussi bien que ce satané cabot.

CHAPITRE TROIS

Deux semaines après avoir reçu l'email des ressources humaines, Juan se retrouva assis dans le bureau de son responsable, se préparant au pire.

L'homme, la quarantaine entrepreneuriale, avec un diplôme de Harvard accroché au mur, feuilleta le dossier de Juan, et dit :

— Juan, comme vous le savez, nous entrons dans une période de récession, et la société n'a d'autre choix que de se serrer la ceinture, d'une manière significative. Jamais encore nous n'avons dû procéder à une telle vague de licenciements. C'est dur pour toutes les personnes impliquées.

Il s'interrompit un instant, avant de reprendre :

— Bon, je crois que je ferais aussi bien d'en venir au fait.

Juan n'aimait pas la tournure que prenait la conversation. Avaient-ils décidé de le licencier ? Au fil des ans, il avait plus d'une fois surpris ses collègues en train de faire des commentaires sarcastiques à son sujet, principalement en raison de son approche non-conventionnelle de la recherche. Lui restait confiant, persuadé d'être sur la bonne voie. Une partie de son travail commençait à porter ses fruits. Si seulement ils voulaient bien lui laisser encore un peu de temps…

Assis sur sa chaise, il se pencha en avant et retint son souffle, tandis que l'homme fronçait les sourcils en remontant sur son nez ses lunettes cerclées.

— Vos recherches ont été considérées comme étant suffisamment importantes pour que nous ne permettions pas qu'elles soient affectées par cette cure d'austérité.

Juan manqua de s'évanouir sur sa chaise, submergé par une vague de soulagement.

— Merci, dit-il.

— Comme je vous l'ai dit, j'ai arraché le pansement provisoire en tirant d'un coup sec. Mais gardez bien une chose à l'esprit : s'il y a une nouvelle vague de licenciements – pour l'instant, je n'ai vent de rien, je préfère être clair, mais on ne sait jamais – sachez que rien n'est gravé dans le marbre. Donc, continuez de travailler comme vous le faites, et tout se passera bien. Oh, et n'oubliez pas de me rendre à temps un rapport de situation ce vendredi ; je dois boucler mon propre bilan mensuel et envoyer tout ça au siège.

— Bien sûr.

Juan n'était que trop heureux de retourner travailler ; et reconnaissant aussi d'être autorisé à poursuivre ses recherches.

Il était presque sept heures du soir, et comme d'habitude Juan était toujours au bureau. La machine à séquencer l'ADN venait de recracher son rapport sur le dernier échantillon tissulaire analysé, et il étudiait les colonnes de données. Le but était de dégager du sens des différences entre les derniers échantillons, de matérialiser ces différences sous la forme d'un tracé, puis de cartographier les mutations des gènes spécifiques. C'était un travail ennuyeux, parfois abrutissant ; mais comme maintenant, Juan s'y consacrait totalement.

Un bruit métallique attira son attention. La poignée de porte de son bureau tourna, et la porte s'ouvrit lentement. Steve Chalmers passa sa tête dans l'entrebâillement, son air surpris cédant vite la place à un grand sourire, tandis qu'il demandait :

— Alors, on travaille sur quelque chose d'amusant ?

Juan s'écarta de l'écran d'ordinateur et se frotta les yeux avec le talon de ses mains.

— Non, pas spécialement. En fait, je suis en train de reprendre un séquençage de Sanger parce que les données que j'aies ne collent pas.

Steve entra dans la pièce et s'affala sur le gros fauteuil beige rembourré qui se trouvait face au bureau encombré de Juan. Il ratissa du bout des doigts sa tignasse blonde de quadra aux allures de trentenaire. Bien qu'il dirigeât à présent une importante équipe de chercheurs, il affichait constamment une attitude insouciante.

Par comparaison, il arrivait à Juan de se demander si lui-même ne manquait pas de simplicité. Peut-être qu'il avait besoin d'un hobby ; ou d'une nouvelle petite amie. Plus âgée ? Peut-être.

— Je n'arrive pas à vous comprendre, vous autres, les chercheurs en cancérologie, dit Steve. Le cancer est un sujet tellement… morbide.

Il rit et pointa un index dans la direction de Juan.

— J'ai une place de libre dans mon équipe, si ça te dit de travailler autrement. Surtout que la FDA[1] est sacrément vacharde dès qu'il s'agit d'essais cliniques pour des traitements contre le cancer. Entre le gouvernement qui impose toutes sortes de règles, les rares personnes qui ont le cran de se lancer dans la recherche en cancérologie, et le coût de mise sur le marché de n'importe quel traitement, c'est à se demander ce qui pousse les laboratoires pharmaceutiques à continuer.

Juan haussa les épaules et se cala au fond de sa chaise.

— Je doute qu'on se lance dans la cancérologie autrement que par vocation. Dans mon cas, c'est personnel.

Steve opina du chef.

— Désolé. Je me souviens que tu m'as parlé de ça…

— Non, tu n'as pas à être désolé, dit Juan en balayant l'excuse d'un geste. Dis-moi plutôt ce qui t'amène. Si tu viens me voir, c'est que tu as une idée derrière la tête. De quoi s'agit-il ?

Steve sourit.

— Tu as déjà dîné ? Felicia a préparé son affreux ragoût de bœuf. Tu ne peux pas me laisser subir ça tout seul.

Juan ouvrit un tiroir de son bureau, et en sortit un panier-repas qu'il avait oublié de manger.

— Désolé, mais si je ne mange pas ça maintenant, ça va finir par puer pire que mes chaussettes après le sport. De plus, j'ai rendez-vous avec un échantillon vieux de quarante mille ans qui brûle de me dévoiler tous les secrets de son génome.

Steve se leva et appuya ses phalanges sur le bureau de Juan.

— Tu es sûr ? Et si je m'arrangeais pour que Felicia invite à dîner une de ses amies ? Il y a toutes les chances pour qu'elle soit plus jeune que ton spécimen, et avec un peu de chance, elle sera aussi un peu plus vivante.

Juan rit, mais il secoua négativement la tête.

— Une autre fois. Salue Felicia pour moi.

— D'accord, mon ami. Porte-toi bien.

Juan remarqua à peine le bruit de la porte se refermant derrière Steve. Il s'était déjà replongé dans ses dernières données de séquençage.

***

L'aube se levait quand Nate Carrington arriva à mi-parcours de son jogging matinal de huit kilomètres. Comme chaque matin, il dévia de son itinéraire pour prendre la direction du discret petit cimetière. Le chemin impeccable était éclairé par la lueur faiblissante des réverbères de la rue voisine. La rosée du matin brillait sur les brins d'herbe des pelouses alentour, alors qu'il se dirigeait droit vers la tombe qu'il avait déjà visitée des milliers de fois.

Nate respira l'odeur du gazon fraîchement coupé, tandis qu'une brise légère refroidissait son front couvert de sueur. Il s'agenouilla devant la modeste pierre tombale, et récita les mots que sa femme lui avait répété presque tous les matins en s'éveillant à ses côtés : « Ne m'embrasse pas, j'ai mauvaise haleine le matin. »

Nate laissa traîner délicatement ses doigts sur la pierre tombale constellée de gouttelettes de rosée, et caressa amoureusement le nom de sa femme : Madison Carrington. Cela faisait presque vingt ans qu'elle avait quitté ce monde, mais il ne s'était pas passé une seule journée sans qu'il ne pense à elle.

Assis sur ses talons devant la tombe, Nate ferma les yeux, et trente ans s'évanouirent comme par magie. La jolie blonde timide au sourire lumineux, c'était comme s'il l'avait rencontrée la veille. Il venait d'avoir dix-huit ans ; l'amour, l'âme sœur, il n'y pensait même pas – mais à l'instant où il avait posé les yeux sur elle, il avait su qu'elle était la femme de sa vie.

Ils s'étaient mariés six mois plus tard.

Et bien qu'il eût passé les dix années suivantes à courir le monde en tant que toubib au sein des Forces Spéciales, à chaque fois qu'il rentrait à la maison, Madison était là pour l'accueillir avec son merveilleux sourire.

Même quand il était rentré en urgence d'Afghanistan après avoir appris qu'elle souffrait d'un cancer en phase terminale, elle l'avait gratifié de ce même sourire – toujours aussi magnifique malgré la maladie.

Elle était la personne la plus forte qu'il ait jamais connue. Le cancer la rongeait de l'intérieur, et pourtant elle avait refusé les antalgiques qui l'auraient soulagée ; qui lui aurait apporté la paix.

— Je ne serai plus moi-même avec ces médicaments, s'était-elle justifiée. Je veux être avec toi jusqu'à la fin.

Elle était dans ses bras, chez eux, quand elle avait rendu son dernier souffle.

Il se pencha, embrassa son nom sur la pierre, et murmura : « Ton haleine du matin me manque. »

Au cours de ses vingt années de carrière au FBI, Nate était devenu un expert en analyse médico-légale. Il était passé maître dans l'art de rassembler des éléments de scène de crime disparates pour en tirer la vérité des faits. On pouvait même dire qu'au cours des deux dernières décennies, il avait pratiquement réinventé certaines des techniques utilisées en analyse de scène de crime. Contrairement à nombre de ses collègues, il préférait travailler seul sur le terrain. Six mois plus tôt, il avait été affecté à l'Académie du FBI de Quantico, en Virginie.

Il n'était pas convaincu qu'il était fait pour enseigner la science médico-légale, mais il se souvenait bien de ce que le directeur de l'Académie lui avait dit le jour où il l'avait informé de son affectation en qualité d'instructeur : « Avec vos excellents résultats, vous avez redéfini ce qu'est le métier d'analyste médico-légal. Au FBI, on adorerait en avoir cent autres de votre acabit, mais puisqu'il n'y a que vous, nous devons vous faire travailler avec les autres agents afin que vous les aidiez à apprendre à faire ce que vous faites. »

Le jour n'était pas encore tout à fait levé quand Nate pénétra dans le quartier sécurisé où se trouvait le Complexe d'information compartimenté pour matériel sensible. Le bâtiment n'était pourtant pas aussi impressionnant que son nom le laissait entendre. Du mobilier en métal d'entrepôt bon marché, des murs en parpaings peints en blanc, et un revêtement de sol de grande surface marron. Nate pouvait sentir les décennies de fumée de tabac qui imprégnaient les murs du vieux bâtiment. L'équipement informatique, en revanche, était du dernier cri.

Nate s'assit devant un moniteur qui portait la mention « Système de communication du renseignement mondial conjoint » – plus communément appelé dans la communauté du renseignement « JayWicks », le réseau internet dédié par lequel transitaient de manière sécurisée les contenus classés top secret. À côté de l'étiquette se trouvait un autocollant représentant un geai bleu tenant un de ses doigts emplumés devant son bec, et intimant au silence.

Nate se connecta au système sécurisé, cliqua sur sa boîte de réception et ouvrit le message qui l'attendait.

À : Nathaniel Carrington, Agent spécial – FBI
OBJET : Analyse médico-légale sur incident militaire

Nous avons des raisons de croire qu'il y a eu une tentative de dissimulation de faits liés à certaines activités sur le site de « Homey Airport », une base militaire située près du lac Groom, dans le Nevada.

Des données satellite – voir ci-joint – confirment qu'il y a huit jours, un feu de brousse couvrant une surface de 60 hectares s'est produit à l'intérieur des limites de la base. Le personnel de sécurité du site n'a fait état nulle part de cet incident.

Par ailleurs, les restes carbonisés d'un caporal des Marines ont été découverts à quelque cent cinquante kilomètres de là, près des limites de la ville de Las Vegas. Néanmoins, le véhicule abandonné du caporal a, lui, été retrouvé hier par un civil, tout près du périmètre de la base militaire mentionnée plus haut.

Vous êtes dès à présent chargé d'enquêter sur ces incidents. Contactez le QG, qui vous donnera plus de détails concernant cette mission.

Miriam W. Walker, directrice adjointe
Division de la technologie opérationnelle
Bureau fédéral d'enquête

Ses doigts tambourinant impatiemment sur le bureau en métal, Nate fixa le moniteur et relut le message.

Il grogna sans s'adresser à personne en particulier.

— Qu'est-ce qu'un caporal des Marines mort a à voir avec un feu de brousse sur une base de l'armée de l'air ?

Il cliqua sur les images satellites en fichiers joints. Il s'agissait d'une série de prises de vue aériennes montrant une partie du paysage du Nevada avant et après l'incendie. Mais même en opérant un grossissement maximum, les détails n'apparaissaient pas assez clairement pour que les images soient utiles.

Il jeta un coup d'œil à l'horloge murale. Il était pile 7 heures du matin. Il soupira.

Je suppose que je ferais bien de retourner à l'immeuble Hoover pour voir ce qu'ils ne m'ont pas dit.

Il était un peu moins de huit heures du matin quand Nate arriva au bureau du coroner du comté de Clark. Une petite brune était assise à la réception. Elle leva vers lui un regard scrutateur et demanda d'un air sombre :

— Puis-je vous aider ?

Nate lui montra sa plaque.

— Je suis l'agent spécial Carrington, du FBI. J'ai appelé tout à l'heure. J'ai besoin de parler au coroner à propos d'une des affaires qui a été traitée par ce bureau récemment.

— Oh, oui. Monsieur Crawford n'est pas encore là – il est coincé dans les bouchons – mais il m'a appelé pour me prévenir de votre venue.

Elle ouvrit un tiroir de son bureau et en sortit un bloc-notes couvert de Post-it comportant des annotations manuscrites. Elle tapota l'un d'entre eux.

— Il a dit que vous devriez parler au Dr Kim, le légiste en chef. C'est lui qui a travaillé sur la victime qui vous intéresse.

Elle décrocha son téléphone et tapa un numéro de poste.

— Docteur Kim… oui, c'est Monica de l'accueil. Le FBI est ici. Un agent souhaiterait vous parler.

Quelques instants plus tard, elle précéda Nate à travers les couloirs silencieux du bâtiment. Un petit homme âgé de type asiatique apparut dans l'encadrement de la porte d'un bureau. La réceptionniste présenta Nate au D^r. Kim, puis retourna à l'accueil.

Nate serra la main du médecin légiste.

— Je suis l'agent spécial Carrington, du FBI.

Le Dr Kim, la petite soixantaine, et qui mesurait à peine plus d'un mètre soixante, rentra d'un pas tranquille dans son bureau et invita Nate à le suivre.

— Asseyez-vous, je vous en prie.

Le médecin légiste prit place derrière un grand sécrétaire encombré de paperasses.

Nate s'assit sur la chaise qu'il lui avait désignée.

— Docteur Kim, je suis ici pour les besoins d'une enquête qui m'a été confiée. Je cherche à obtenir des informations à propos d'une personne qui est passée par ce service il y a un peu plus d'une semaine. J'espère que vous pourrez m'aider à répondre à quelques questions.

Le légiste, l'air impassible, répondit :

— Eh bien, si cette affaire n'a pas encore été archivée, je ne suis pas sûr de pouvoir vous aider beaucoup. Vous savez, agent Carrington, le bureau du coroner traite des milliers de cas ; mais je ferai ce que je peux. Quel est le nom du défunt ?

— Jonathan LaForce. Tout ce qu'on m'a communiqué, c'est un

rapport d'incident succinct du département de police de Las Vegas. Manifestement, il a été brûlé et portait des traces de blessures au cou.

— Oh, oui, je me souviens de cette affaire. C'est moi qui ai pratiqué l'autopsie. Donnez-moi une minute, le temps de sortir mon rapport.

Il pianota sur le clavier de son ordinateur.

— Qu'avez-vous besoin de savoir ?

— J'aimerais obtenir une copie complète de votre rapport justement, mais quand j'ai appelé, cela semblait poser des difficultés.

— LaForce, hein ?

Le légiste entra le nom et fronça les sourcils.

— L-a-f-o-r-c-e ?

Nate sortit son carnet pour vérifier ses notes.

— Oui, c'est ça. Un problème ?

— Une seconde.

Il attrapa un des dossiers sur son bureau, l'ouvrit, et se remit à taper sur son clavier. L'instant d'après, il secoua la tête.

— Son dossier n'apparaît pas dans la base de données.

Il continua de pianoter sur les touches du clavier, et haussa les épaules.

— Peut-être un problème informatique. Mais je me souviens bien de ce cas ; ce n'est pas souvent que nous avons un corps partiellement desséché, attaqué semblait-un par un canidé quelconque, et couvert de suie des pieds à la tête.

Il tapota son menton et ajouta :

— Je déteste être trop précis quand je n'ai pas mes notes sous les yeux, mais là, je me souviens de l'essentiel. La cause de la mort était une lacération de l'artère carotide. L'homme avait des traces de morsure au niveau d'un poignet – j'ai d'abord pensé à une morsure de loup, mais il n'y en a pas dans cette région ; j'ai donc conclu à un gros chien doté d'une mâchoire puissante. Les poumons étaient parfaitement propres – pas de suie, pas d'inhalation de fumée. Pour ce qui est du bilan toxicologique... là, désolé, je ne m'en souviens plus. Nous traitons tellement d'affaires qu'elles ont tendance à toutes se confondre un peu. Je ne voudrais pas déformer les faits.

Nate prenait des notes dans son carnet.

— Merci pour le petit topo. Je vais tout de même avoir besoin du rapport complet, de toutes les autres notes ou transcriptions qui ont été faites après l'autopsie, ainsi que de toutes les photos disponibles. Étant donné que l'informatique fait des siennes, je pourrais peut-être photocopier tout ça ?

Le Dr. Kim secoua la tête.

— Mon dossier papier de la semaine dernière est déjà parti pour la numérisation. Il n'arrive pas souvent qu'on ait besoin de s'y rapporter. Mais c'est la première fois que j'ai un problème pour trouver quelque chose dans le système ; probablement une erreur d'écriture. Si vous me laissez votre carte, je vous ferai suivre les rapports officiels sitôt que le problème sera réglé.

Nate se leva et tendit sa carte au médecin légiste.

— Merci encore, docteur. Passez-moi un coup de fil, s'il vous plaît, dès que vous retrouvez ces rapports. Je m'arrangerai pour les faire récupérer par quelqu'un du bureau local du FBI.

— Bien sûr.

Le légiste examina la carte et fronça les sourcils.

— Qu'est-ce qui fait qu'un agent du FBI de Washington s'intéresse au rapport d'autopsie de cet homme en particulier ?

Nate lui sourit d'un air déçu.

— J'ai bien peur de ne pas être autorisé à répondre à cette question. Oh, une dernière chose : y a-t-il une chance pour que je puisse récupérer un échantillon de suie provenant du corps ?

Le D^r. Kim haussa les épaules.

— J'ai déjà fait ce prélèvement, mais a priori, je ne vois pas de problème à ce que vous en fassiez un autre, puisque pour le moment vous n'avez pas accès à mon rapport. Le corps devrait être encore à la morgue.

— Merci. Je vous suis reconnaissant de votre aide.

***

Au volant de sa voiture, Nate traversait un paysage aride. Hormis quelques tours radar au sommet des collines rocheuses, rien ne signalait la présence de la base militaire. Il n'avait encore aperçu aucun signe de vie, et à en juger par les nombreux panneaux « Défense d'entrer » et

« Survol interdit aux drones », l'armée de l'air faisait clairement comprendre qu'elle préférait qu'il n'en aille pas autrement.

Il s'arrêta devant un grand panneau avertissant qu'il se trouvait sur un complexe de l'armée de l'air américaine, et qu'il était illégal d'y entrer sans autorisation. Avant même qu'il ait le temps de se garer, la route fut balayée par un nuage de poussière qui lui arriva droit dessus. Deux SUV banalisés s'arrêtèrent pile devant sa voiture, et deux hommes en treillis en descendirent prestement.

L'un des deux braqua son arme sur lui en criant :

— Coupez votre moteur !

Nate coupa le contact et abaissa sa vitre.

Le deuxième soldat s'approcha de sa portière. Nate remarqua que son uniforme n'était pas militaire. Un écusson sur son épaule indiquait *Unité de recherche et de sauvetage – Services fédéraux.* Ces hommes étaient des contractuels privés de l'armée.

Nate lui tendit sa plaque du FBI. Le soldat l'examina, releva la tête et le regarda en plissant les yeux.

— Monsieur, vous êtes conscient que le fait que vous apparteniez au FBI ne nous autorise pas pour autant à vous laisser entrer à l'intérieur du complexe ?

Nate se redressa sur son siège.

— Le colonel Armington est prévenu de mon arrivée.

Le soldat pressa un bouton sur l'émetteur-récepteur accroché à son épaule.

— J'ai un agent du FBI devant le périmètre de sécurité. Un certain Nathaniel Carrington. Il dit que…

L'homme s'interrompit. Nate entendit grésiller une voix dans son écouteur.

— Oui, monsieur, dit-il.

Il fit signe à l'autre soldat, qui abaissa aussitôt son arme et retourna à son véhicule.

L'homme se tourna de nouveau vers Nate. Son attitude changea instantanément. Il lui rendit sa plaque en faisant montre d'une courtoisie toute professionnelle.

— Je suis désolé de vous avoir retardé, monsieur. Je vous en prie, suivez-nous. Nous allons vous conduire à l'officier de permanence, qui prendra le relais.

Flanqué d'un commandant de l'armée de l'air, Nate marchait en scrutant les collines brûlées.

— Agent Carrington, je suis navré de l'accueil que vous a réservé cette équipe de gorilles imbéciles. Mais vous devez comprendre qu'un tas de curieux viennent fouiner par ici, à la recherche d'un tas de trucs loufoques.

— Des extraterrestres, hein ? sourit Nate, qui connaissait bien la réputation qu'avait cette base militaire auprès des théoriciens du complot.

— Ça, et toutes sortes de trucs tout aussi ridicules. S'ils connaissaient la vérité, ils seraient bien moins intéressés par tout ça. Mais plus nous essayons de faire valoir qu'il ne se passe rien d'anormal par ici, moins ils nous croient. Alors, nous faisons tout notre possible pour les tenir à distance.

Nate s'agenouilla à l'orée du champ largement carbonisé, arracha une touffe d'herbe roussie, et l'approcha de ses narines. Elle sentait le brûlé, mais l'odeur avait quelque chose de légèrement artificiel.

— Qu'est-ce qui a causé cet incendie ? demanda-t-il.

— Pour être honnête, je n'étais pas là quand c'est arrivé, répondit le commandant en déportant le poids de son corps d'une jambe sur l'autre. Je viens tout juste de rentrer de l'École de formation des officiers de l'armée de l'air. Mais les contractuels disent que c'est à cause de la foudre. L'herbe sèche s'est aussitôt enflammée, et le feu s'est répandu.

Nate sortit un sachet en plastique de son kit de prélèvement de terrain, et déposa à l'intérieur un peu de terre et de végétation brûlée.

— Je vois bien que tout cela s'est produit à la limite du périmètre de la base, mais tout de même, il s'agit d'un incendie important. Comment se fait-il que cet incident n'ait fait l'objet d'aucun rapport ?

Le commandant soupira.

— Ç'aurait dû ! Les contractuels font un boulot de merde. Croyez-moi, je vais faire remonter ça au colonel.

Il fronça les sourcils.

— C'est pour cela qu'ils vous ont envoyé ici ? Parce que l'incident n'a pas été signalé officiellement ?

Nate dévisagea le commandant. Ses interrogations paraissaient sincères. Mais contrairement aux inspecteurs au flair infaillible des séries TV, Nate ne prétendait pas deviner à coup sûr si quelqu'un mentait ou non. Il s'en tenait aux faits, pas à ce que ses « tripes » lui disaient. Il privilégiait les faits à l'intuition.

— On m'a envoyé ici pour enquêter sur différents incidents survenus dans le secteur. Ils m'ont confié l'ensemble parce que c'était plus pratique, sans doute, de les regrouper.

Nate pointa du doigt plusieurs bâtiments en béton qui se dressaient au milieu de la zone incendiée, tels des îlots gris maculés de traces de suie au milieu d'un océan marbré noir et ocre.

— Qu'est-ce que c'est, là-bas ?

L'officier suivit le regard de Nate.

— Oh, c'était autrefois des postes d'observation, à l'époque où cette zone servait de champ de tir aérien. Je crois qu'ils sont désaffectés depuis les années soixante. Ils n'ont pas dû risquer grand-chose. En fait, ils sont même probablement intacts. Ils servaient à protéger les observateurs d'une bombe qui pouvait dévier de sa trajectoire ; alors, ce n'est pas un simple incendie qui aurait pu leur causer des dégâts importants.

Son kit de prélèvement porté à l'épaule, Nate prit à travers le champ brûlé, crapahutant en direction des bâtiments. Le commandant, après un instant d'hésitation, lui emboîta le pas. Jaugeant du regard l'ensemble en béton rectangulaire de plain-pied, Nate estima qu'il devait mesurer quinze mètres par six. Des débris calcinés craquèrent sous les semelles de ses chaussures de randonnée à mesure qu'il s'approchait.

Il s'agenouilla à côté du bâtiment et décela une odeur qui le ramena à l'époque où il avait servi à Falloujah. Il ratissa le sol du bout des doigts et reconnut aussitôt l'odeur. Un accélérateur.

Cet endroit a été incendié volontairement.

Mais pourquoi ?

Tandis qu'il procédait à des prélèvements de terre, il remarqua une sorte de fragment métallique. Il prit une pince à épiler dans son kit, et le ramassa. C'était un petit bout de métal enrobé de verre, gros comme deux grains de riz. Des restes de poils brûlés étaient collés dessus.

— Quelque chose d'intéressant ? demanda le commandant.

Nate plaça le prélèvement dans un autre sachet et secoua négativement la tête.

— Je prélève simplement des échantillons à différents endroits. Est-ce qu'on peut entrer ?

Le commandant opina du chef.

— Je ne vois pas pourquoi on ne pourrait pas.

L'intérieur du bâtiment consistait en un simple couloir central distribuant de chaque côté des pièces minuscules, presque des cellules de prison. Des traces de brûlures couvraient les murs, mais on ne voyait pas de débris calcinés. L'endroit paraissait avoir été balayé à fond récemment.

— Quelqu'un est-il venu ici depuis l'incendie ?

Le commandant secoua la tête.

— Je l'ignore. Comme je vous l'ai dit, je viens de rentrer. Mais je vois mal l'intérêt de venir ici. Il y a une éternité que ce bâtiment ne sert plus, et qu'il n'y a plus ni meuble ni équipement à l'intérieur.

Nate s'agenouilla à l'entrée d'une des pièces. Près du seuil, au pied de l'encadrement de porte, un peu de cendres et de poussières n'avait pas été balayé. Il passa son doigt le long du chambranle et sentit un relief rugueux à l'endroit où aurait dû se trouver un des gonds de porte.

Nate se retourna et leva les yeux vers le commandant resté près de l'entrée du bâtiment.

— Y avait-il des portes ici avant ? demanda-t-il.

Le commandant fronça les sourcils en s'avançant dans le couloir et en scrutant la première des cellules.

— Oui, il y en avait, bien sûr. Il y a neuf mois que je suis hors site, et au moins deux ans encore avant cela que je ne suis pas venu ici, mais à l'époque, oui, chacune de ces pièces avait sa porte.

Il haussa les épaules.

— Je peux me renseigner pour savoir pourquoi on les a retirées. C'est important ?

Nate ignora la question. Comme il passait de nouveau ses doigts le long du chambranle, une partie de ce qu'il avait pris pour une trace de brûlure tomba au sol. À l'aide de sa pince à épiler, il ramassa les restes rabougris de… poils brûlés ? Il déposa le prélèvement dans un autre sachet.

Il poursuivit son inspection dans les autres pièces. Dans certaines, il trouva d'autres restes de poils. Marron foncé, courts, tous découverts devant les embrasures de porte. Un peu comme si des bêtes sauvages s'étaient frottées le long des chambranles.

Le médecin légiste avait dit que le soldat des Marines retrouvé mort avait été mordu par un animal sauvage. Y avait-il un lien ?

Nate se tourna vers le commandant, qui promenait un regard curieux sur les cellules, mais s'abstenait de poser la moindre question.

— Pourrais-je parler à certains des contractuels qui étaient ici au moment de l'incendie ?

L'officier arqua légèrement le buste, visiblement mal à l'aise.

— J'ai bien peur que non, répondit-il. Quand j'ai appris que vous deviez venir, et pour quelle raison, j'ai décidé d'aller leur parler moi-même. Mais apparemment, juste après l'incendie, avant que j'arrive, tous ceux qui étaient affectés ici ont été remplacés. On ne m'a pas expliqué pourquoi.

Nate fixa l'homme d'un air incrédule. Il s'était passé quelque chose, cela ne faisait aucun doute. Et à en juger par son expression, le commandant s'était fait la même réflexion – ou il était déjà au courant. S'agissait-il d'une opération secrète ? Le Marine était-il tombé par hasard au milieu de tout cela, et en savait-il trop ?

Nate avait le sentiment qu'il n'avait fait que gratter la surface du problème jusqu'à présent. Il se passait quelque chose ici, et c'était d'une tout autre ampleur que ce qu'il avait d'abord cru.

CHAPITRE QUATRE

Juan sentait sa frustration grandir ; la voiture de Steve se traînait toujours sous la pluie battante. Ils étaient tout près de l'aéroport à présent, mais cela faisait presque une heure qu'ils roulaient dans les bouchons.

Steve tambourinait nerveusement du bout des doigts sur le volant, les yeux rivés sur les voitures devant eux.

— Honnêtement, je ne crois pas qu'ils auraient pu choisir une heure pire que celle-là pour te demander de te rendre à l'aéroport.

Juan jeta un coup d'œil à sa montre.

— Je suis désolé que ça te prenne tant de temps. J'aurais dû appeler un taxi.

— T'en fais pas. Pour une fois, j'aurais une bonne excuse d'être en retard pour le dîner. Et puis, c'est à ça que servent les amis, non ? s'esclaffa Steve. Ce qui m'échappe, c'est pourquoi tout à coup ils te demandent de te rendre au siège. Une rencontre en tête-à-tête avec Winslow signifie soit que tu as fait une grosse connerie – auquel cas, on ne se connaît plus, toi et moi – soit que tu vas avoir une promotion, et alors on pourra fêter ça en faisant la bringue comme au bon vieux temps.

Juan laissa échapper un petit rire désabusé.

— Attends un peu avant de préparer une petite fête. Je crois plutôt qu'ils vont me virer à coups de pied dans le cul.

Steve secoua la tête.

— Nan, Winslow n'aurait pas demandé à son assistante de te réserver un vol si c'était juste pour te virer. Ils auraient pu faire ça par téléphone. Même si j'ai entendu dire qu'il va y avoir de nouveaux licenciements. Enfin, il ne s'agit que de rumeurs ; il faut prendre tout ça avec des pincettes. Ils ont tout de même annulé ma demande de recrutement ; c'est donc qu'ils comptent leurs sous.

Juan ne dit rien. Son ami avait beau chercher à le rassurer, il ne pouvait s'empêcher d'être inquiet. Il avait peur de perdre son travail.

Steve arrêta la voiture devant la zone d'enregistrement d'American Airlines.

— Bon, nous y voilà enfin.

— Merci, Steve. Et ne t'inquiète pas, si j'ai une promotion, j'essaierai de ne pas prendre la grosse tête.

Il attrapa son sac de voyage sur la banquette arrière.

— Enfin, réserve-moi tout de même ta chambre d'amis. J'aurai peut-être besoin d'un point de chute s'ils me foutent dehors, et que je n'ai plus les moyens de payer mon appartement.

Steve se mit à rire.

— Hé, mec, on positive, d'accord ? Ne leur montre pas que tu as le trac.

Le Dr. Harry Winslow, la petite soixantaine, était le directeur de la recherche d'AgriMed Global. En tant que patron de la Division recherche et développement, il avait presque cinq cents personnes qui travaillaient pour lui, directement ou indirectement, sur les cinq continents. Juan ne l'avait rencontré qu'une ou deux fois depuis que le directeur l'avait accueilli pour son premier jour de travail au sein de la société, il y avait trois ans de cela.

Winslow lui sourit et l'invita à s'asseoir sur une des chaises installées devant son bureau.

— Prenez place. Mettez-vous à l'aise.

Le ton était amical, mais Juan ne put s'empêcher de remarquer ses yeux marron foncé qui le fixaient attentivement, et les muscles de sa mâchoire, légèrement renflés, comme s'il grinçait des dents.

Il n'avait plus du tout l'air du généticien en blouse blanche que Juan avait rencontré lors de son premier jour. Il cultivait à présent des allures de cadre d'entreprise, complet noir à fines rayures et chevelure poivre et sel impeccable.

Incapable de faire taire ses doutes concernant ses recherches, et inquiet des rumeurs de licenciement, Juan avait à peine réussi à trouver le sommeil. Au fil des années, il avait partagé ses progrès avec son responsable, mais il ignorait totalement si Winslow en avait un tant soit peu eu vent.

Il s'assit, inspira profondément et retourna au directeur son sourire.

— Merci, monsieur. J'ai fait d'importants progrès dans mes recherches ; cela devrait vous intéresser, je pense.

Winslow se pencha en avant, ses coudes appuyés sur le bureau, et joignit le bout de ses doigts.

— Juan, juste après avoir approuvé votre recrutement, je vous ai accompagné sur ce site de fouilles en Sibérie, avec ce mammouth retrouvé parfaitement conservé. Vous vous en souvenez ?

Juan cligna des yeux, surpris par la question.

— Oui, bien sûr, répondit-il.

— Vous veniez juste d'écrire ce papier. Comment l'aviez-vous intitulé, déjà ?

— Je crois que c'était quelque chose du genre « La sélection naturelle comme principe directeur de l'évolution orientée ». C'était une étude des principes darwiniens destinée à faire progresser la recherche au vingt-et-unième siècle.

Il se souvenait bien du voyage, et de l'article. Ce qui lui apparaissait moins bien, c'était la raison pour laquelle Winslow lui parlait de cela maintenant. Ou était-ce juste pour engager la conversation, et finir par le lourder en douceur ?

Winslow afficha soudain un air sombre.

— Vous l'ignorez probablement, mais j'ai placé beaucoup d'espoir dans votre travail et dans la direction qu'il prenait ; je suis même tout cela de près depuis un certain temps. C'est pour cette raison que j'ai régulièrement donné mon feu vert à vos recherches, ces dernières années.

Juan attendait maintenant le « mais », et sentit son inquiétude grandir. Il avait passé trois années de sa vie à chercher quelque chose que personne ne croyait qu'il trouverait. Il avait parcouru le monde et récupéré des échantillons d'ADN issus d'espèces disparues, pour pouvoir avancer dans ses recherches. Il savait qu'il était tout près d'une grande découverte, mais que tout son travail menaçait de retourner au néant à tout moment, en particulier maintenant, dans ce bureau. Ces milliers d'heures passées à améliorer ses algorithmes génétiques...

— Juan, nous savons tous les deux les risques que cela représentait. Vous avez fourni trois années de dur labeur, c'était un effort plus que louable. Je suis ravi que vous n'ayez rien lâché. Mais après trois ans, le fait est que vous n'avez toujours aucun résultat...

— Si ! J'ai des résultats.

Juan se leva d'un bond ; son cœur battait follement. S'il devait se faire virer, ce ne serait pas parce que Winslow ne comprenait pas la signification de ce qu'il avait découvert.

Sous le regard hébété de ce dernier, Juan sortit de son sac un classeur à anneaux, le posa sur le bureau, et se mit à le feuilleter. Il trouva les graphiques de séquençage d'ADN qu'il cherchait, et tourna le classeur pour que Winslow puisse voir son contenu.

— J'ai trouvé un motif ! Et ce n'est pas un simple coup de chance. J'ai pu confirmer qu'il ne s'agit pas d'une anomalie statistique.

Winslow le regarda et fronça les sourcils. Ce n'est qu'après quelques secondes d'un silence embarrassant qu'il consentit à prendre le classeur et à l'approcher pour l'examiner.

— Un motif, dites-vous ?

Juan sentit comme un courant électrique le traverser. Fébrile, il se concentra pour ralentir sa respiration. S'il voulait défendre son cas, c'était maintenant ou jamais.

— Monsieur, comme vous le savez, cela fait des années que je séquence et analyse l'ADN d'espèces disparues. Ces graphiques montrent les résultats de mes analyses comparatives entre les différents échantillons d'ADN intact que j'ai pu extraire des espèces en question.

Il a fallu deux années complètes pour qu'avec l'aide des ordinateurs, je réussisse à analyser ces données. J'ai passé les six derniers mois…

— De combien de données parle-t-on, au juste ? l'interrompit Winslow en levant les yeux vers lui.

— Eh bien, prenons par exemple le mammouth laineux.

Juan tourna une page et posa le doigt sur un graphique.

— Son génome diploïde est composé approximativement de 9,4 milliards de paires de base – soit presque cinquante pour cent de matériel génétique de plus que chez les humains. Une fois encodée informatiquement, la masse de données représente 2,3 gigabytes. J'ai fait des analyses comparatives, normalisé les données provenant du même environnement sibérien ; j'ai étudié différents prélèvements issus d'époques différentes en suivant l'histoire de leur évolution. Mon échantillon le plus ancien a presque cent mille ans ; j'en ai d'autres qui remontent à soixante-quinze mille ans, quarante mille ans, quatorze mille ans. J'ai cartographié ces changements en tenant compte des conditions environnementales spécifiques à chacun des lieux de découverte des échantillons.

Juan prit une grande inspiration.

— Je n'ai pas saisi tout de suite la signification de ces changements ; ce n'est qu'en considérant l'évolution génétique à l'intérieur d'un groupe complet. J'ai entré toutes les données informatiquement – cela a pris des mois, compte tenu du volume de données en question – mais un motif a fini par émerger. Et ce que j'ai découvert, c'est que… les mutations ne se produisaient pas par hasard.

Juan eut soudain l'impression qu'il faisait plus chaud dans la pièce. L'odeur vaguement citronnée de la cire à bois qui se dégageait du bureau de Winslow lui procura une sensation de nausée. Malgré le filet d'air frais qui descendait d'un des évents de climatisation du plafond, il essuya des gouttes de sueur sur son front avant de poursuivre.

— J'ai dérivé un algorithme permettant de répliquer les motifs mutationnels, et je l'ai appliqué à d'autres espèces que je n'avais pas terminé de séquencer. J'ai découvert le même motif, les mêmes mutations, quand j'ai finalement commencé à décoder les échantillons d'ADN d'un lion des cavernes eurasien, puis d'un auroch. Une fois opéré quelques ajustements concernant la durée estimée de chacune des générations des différentes espèces, j'ai réussi à obtenir une concordance parfaite entre ce que je décodais et ce que mon algorithme prédictif constatait. Avec les éléments dont je dispose à présent, je suis capable de prédire à 0,001% près des motifs évolutionnistes sur des milliers de générations.

Winslow se renversa contre le dossier de son fauteuil et, du bout des doigts de sa main droite, il se mit à tambouriner sur son bureau.

— Je ne comprends pas. Vous avez séquencé de l'ADN, et prédit de façon rétroactive des motifs évolutionnistes que nous pouvons déjà calculer et mesurer, quoi qu'il en soit. En quoi est-ce important ? Qu'allez-vous faire de ça ? Et surtout : quel bénéfice, en termes de recherche médicamenteuse, AgriMed pourrait-il en tirer ? Comment notre laboratoire pourrait-il monétiser cela ? J'ai soutenu ces recherches parce que j'espérais que vous découvririez une origine génétique au cancer ; ou, encore mieux, une origine génétique permettant de lutter contre le cancer.

Juan sentit un long frisson lui parcourir l'échine, tandis qu'il hochait la tête avec enthousiasme.

— Oui, justement. C'est exactement ce que j'ai fait. C'est pour cela que j'ai commencé avec le mammouth. Comme vous le savez probablement, les éléphants actuels sont très résistants aux tumeurs. On retrouve chez les pachydermes de nombreuses copies du gène TP53, le fameux « gène suppresseur de tumeur ». J'ai voulu voir comment tout cela évoluait justement. Et je suis tombé sur le motif dont je viens de parler. Alors, une question m'est venue brusquement : si je parvenais à suivre le motif génomique de tous ces animaux disparus, à étudier comment les différentes parties de leur code génétique ont évolué, ne pourrais-je pas, grâce au même algorithme, simuler l'évolution de nos gènes dans un avenir plus ou moins lointain ?

« Imaginez un peu. À quoi ressembleront nos gènes dans mille générations ? Dix mille générations ? Qu'allons-nous réussir à découvrir ? Nous avons cartographié notre génome, mais nous sommes loin, très loin, de réellement *comprendre* nos gènes. Nous sommes comme des poules aveugles cherchant à picorer un grain de maïs. Nous nous contentons d'espérer que les modifications génétiques que nous expérimentons serviront à quelque chose. Mais avec cet algorithme prédictif, nous pourrions modéliser en quelques mois ce qui prendra naturellement des centaines de milliers d'années à se produire.

Juan se pencha et avança jusqu'à la page qui résumait sa simulation la plus récente.

— Dans cette simulation, poursuivit-il, j'ai appliqué mon algorithme sur le génome du rat de laboratoire commun. J'ai simulé l'évolution de l'ADN du rat sur les deux cent mille générations à venir, soit environ quatre à cinq mille ans d'évolution.

Winslow se pencha sur le document imprimé posé sous ses yeux, son doigt glissant en travers de la page. Était-ce un début d'intérêt réel ? Juan attendit, mal à l'aise.

Soudain, Winslow leva les yeux.

— Si j'ai bien compris ce que j'ai sous les yeux, vous arrivez à la conclusion que le rat commun de laboratoire développera, d'ici quelques milliers d'années d'évolution, des copies du gène suppresseur de tumeur TP53 ?

Juan hocha vivement la tête.

— C'est ce que montrent toutes les simulations. C'est en réalité bien plus compliqué que cela – le génome entier présente toutes sortes de changements qu'il faut étudier – mais c'était assez facile pour moi de choisir cette anomalie, puisque l'ordinateur était déjà programmé à le repérer. Et si je peux continuer mon travail, voir ce qui déclenche ce changement, et encore mieux, voir cela sur un spécimen vivant...

Le Dr Winslow se recala au fond de son fauteuil en hochant la tête d'un air pensif.

— Ce que vous laissez entendre, c'est que si nous parvenons à comprendre ce mécanisme déclencheur, nous pourrions... reproduire cela avec notre propre génome.

— C'est possible, oui, dit Juan. Mais pour le savoir, il faut que je poursuivre mes recherches. J'aimerais pouvoir procéder à des essais en laboratoire. J'ai besoin de tester certaines de ces séquences pour comprendre comment elles fonctionnent.

Le directeur laissa échapper un petit rire satisfait.

— Eh bien, c'est vrai que... tout cela change la donne. Juan, j'aime beaucoup la direction que vous avez choisie. Nous allons faire en sorte que vous puissiez procéder à ces essais. Veillez bien à documenter sur le serveur tout votre travail, en particulier cet algorithme dont vous avez parlé. Je vais rediscuter de tout cela avec les autres responsables de la recherche, et voir si nous pouvons vous obtenir un peu d'aide pour ce projet.

Juan se sentit soudain délesté d'un poids immense.

— Je vais m'y remettre sans attendre, monsieur. Je soumettrai mon travail au Comité de déontologie et de conformité…

Winslow l'interrompit en levant la main, souriant chaleureusement.

— Inutile de passer par le CDC. Envoyez-moi directement votre projet. Je l'examinerai attentivement et ferai en sorte d'accélérer les choses autant que possible. J'ai un bon pressentiment concernant tout ceci, Juan. Un très bon pressentiment.

Il se leva, alla jusqu'à la porte et l'ouvrit. Puis, d'une voix feutrée, il ajouta :

— Mais, Juan – s'il vous plaît, gardez tout cela pour vous, pour le moment. Ne parlez de votre travail à personne. Vous avez ici, à Agri-Med, bien plus qu'une opportunité de carrière ; l'occasion de tendre vers l'excellence et de vous faire un nom. Il ne faut pas que ce genre de chose commence à fuiter avant que nous ne soyons prêts, vous comprenez ?

— Compris, monsieur.

Ils sortirent du bureau. Winslow s'adressa à son assistante :

— Sheila, pouvez-vous appeler Jenkins, Ratheblume et Marty Cohen, et leur demander de venir ? Je dois leur parler en privé, le plus vite possible.

Il se tourna vers Juan et lui serra la main.

— Pour rejoindre l'aéroport, vous avez un moyen de transport ? demanda-t-il.

— Oui, monsieur. C'est prévu. Pour en revenir à la génétique…

— Tut-tut-tut, fit Winslow en secouant la tête. Évitons d'aborder le sujet pour le moment. Vous me donnerez tous les détails concernant ce dont nous avons parlé, en particulier votre algorithme et vos notes de recherche. Je m'occupe du reste. Vous aurez de mes nouvelles demain.

Winslow donna une tape amicale sur l'épaule de Juan, retourna dans son bureau et ferma la porte.

Juan fixa en silence la porte fermée, regrettant de n'être pas une mouche pour pouvoir assister discrètement à la rencontre entre le directeur et les responsables de la recherche avancée.

— *Salut, Nate, c'est John Hendrickson, du labo. Je viens de faire analyser le contenu des sachets que tu as rapportés du Nevada. Je crois que tu ferais bien de venir. Certains de ces prélèvements sont... enfin, j'ai du mal à y voir clair.*

Nate appuya le téléphone contre son oreille.

— Je n'ai pas pris ma voiture. Il y a dix minutes de marche de mon bureau à ton labo. Je ne veux pas avoir l'air paresseux, mais... tu ne peux pas juste me dire ce que tu as trouvé ?

— *Fais-moi confiance, viens. Tout ça est très bizarre ; j'ai besoin que quelqu'un me confirme que je n'ai pas la berlue.*

La demande était plutôt inhabituelle, mais Nate avait déjà travaillé avec Hendrickson ; c'était quelqu'un qui avait la tête sur les épaules, et un analyste de premier ordre.

Il jeta un coup d'œil à la pendule ; l'après-midi touchait à sa fin.

— Bon, il est 16 heures 55. J'ai deux ou trois bricoles à terminer, et puis j'arrive. 17 heures 30, ça ira ?

— *Mouais, pas de problème. J'ai d'autres vérifications à faire, moi aussi.*

— D'accord. À tout à l'heure.

Nate raccrocha et se recala au fond de son fauteuil. Il se demanda ce que le technicien de laboratoire avait bien pu découvrir pour paraître aussi perturbé.

Quand Nate avait rejoint le Bureau fédéral d'enquête en tant que membre de l'Équipe d'intervention spécialisée dans le relevé de preuves matérielles, il n'avait pu s'empêcher d'être intimidé en arrivant dans le mondialement célèbre laboratoire de médecine légale du FBI. L'imposant campus, qui s'étalait sur presque cinq hectares, était entièrement dédié au traitement des prélèvements les plus divers, des empreintes digitales aux échantillons d'ADN, et jusqu'aux matériaux les plus dangereux.

La double porte de la salle de laboratoire s'ouvrit en produisant un déplacement d'air sonore. Hendrickson, cheveux verts étonnamment et blouse blanche défraîchie, accueillit Nate avec un petit sourire en coin.

— Tiens, enfile ça, lui dit-il en lui lançant une blouse blanche. Tu connais la chanson.

Nate franchit la double porte et pénétra dans un sas. Tandis qu'il enfilait la blouse et une paire de surchaussures jetables, il entendit se déclencher et sentit le système d'aspiration, tandis que la salle de labo se fermait hermétiquement. L'air intérieur était hautement filtré. Le sas servait à la fois à empêcher que des éléments dangereux s'échappent du laboratoire, et à prévenir toute contamination des preuves par des sources extérieures.

Nate enfila une paire de gants en latex et fixa le technicien trentenaire.

— Des cheveux verts ? Sérieusement ?

Hendrickson rougit.

— J'ai fait ça pour la fête de la Saint-Patrick. Cette connerie de teinture n'a pas voulu partir au lavage.

Nate laissa échapper un petit rire.

— Eh bien, c'est... c'est affreux.

Hendrickson se renfrogna.

— Merci de me remonter le moral. Allez, suis-moi jusqu'au labo d'analyse ADN ; je te fais un petit topo en même temps.

Les deux hommes traversèrent une pièce encombrée de tables de laboratoire couvertes de matériels d'analyse dernier cri.

— En gros, on trouve des traces d'accélérateur d'incendie sur tous les échantillons carbonisés. Mais ça, je pense que tu l'avais deviné.

Nate hocha la tête.

— Je l'ai senti, oui. Tu as pu déterminer quels produits avaient été utilisés ?

— Mouais. Un mélange d'essence, de benzène et de polystyrène.

— Merde, mais c'est du napalm, ça ! s'exclama Nate.

— Du napalm-B, pour être exact. Et le prélèvement que tu as fait sur le cadavre de ce type porte les mêmes traces d'hydrocarbures. Il s'est trouvé physiquement dans la zone de l'incendie, aucun doute.

— Pourtant, il n'a pas été brûlé, murmura Nate. Et ce petit fragment de métal enrobé de verre ? Tu as pu déterminer ce que c'était ?

— Oui. C'est un implant de transpondeur passif, du même genre que celui qui sert à marquer les animaux de compagnie pour les identifier. Sauf que celui-là possède un transmetteur actif, qui devait être couplé à une antenne filaire, mais elle a dû être arrachée. Ce truc devait être assez puissant pour être suivi de loin.

Ils arrivèrent devant une porte sur laquelle était inscrite la mention *Labo ADN*.

Hendrickson fit glisser son badge devant le lecteur, et la porte s'ouvrit.

— Donc, c'est le genre de chose que quelqu'un utiliserait pour son animal de compagnie ? Au cas où il se perdrait ?

— Absolument pas. La puce qu'on utilise pour les animaux de compagnie ne transmet rien ; ou alors, à quelques centimètres seulement. Je n'ai vu qu'une fois ce genre de dispositif. Il était utilisé pour géolocaliser les prisonniers qu'ils libéraient de Gitmo.

— Les prisonniers de Guantánamo ? Tu veux dire que ce truc provient de la CIA ?

Hendrickson alluma les lumières dans le petit labo, et répondit, en agitant l'index :

— La CIA a bel et bien suivi à la trace les anciens prisonniers de Gitmo, ça c'est certain. La logique voudrait que cette puce que tu as trouvée provienne de la même source, mais je n'ai pas encore pu le vérifier. Donne-moi un peu de temps ; j'en aurai bientôt le cœur net.

— Très bien, dit Nate. Parlons des échantillons pileux.

Hendrickson fila sur sa droite et se mit à pianoter sur un clavier d'ordinateur.

— Approche. Viens voir ça.

Le technicien avait ouvert à l'écran un rapport d'analyse ADN. La conclusion disait simplement : NON-IDENTIFIÉ.

— Donc, pas de correspondance, constata Nate. Ce n'est pas inhabituel dans le cadre d'un incendie.

Hendrickson fronça les sourcils.

— Nate, je ne suis pas stupide. Mais une partie des échantillons que tu as récupérés n'est pas brûlée – notamment celui dont il est question, là, à l'écran. Et pourtant, les ordinateurs n'ont trouvé aucune concordance.

Nate avait dû mal à comprendre.

— Qu'est-ce que ça signifie ?

Sans lui répondre, Hendrickson ouvrit un tiroir et en sortit un sachet de prélèvement contenant une lamelle de microscopie. Il la glissa sous les valets d'un microscope à haute puissance et actionna un bouton de commande. Un moniteur s'alluma, montrant deux échantillons de poil.

— On dirait les mêmes, non ?

Nate trouva effectivement que la concordance était parfaite, sans trop comprendre ce que cela signifiait.

— Apparemment, oui, répondit-il. J'imagine qu'un de ces deux poils est un des échantillons que j'ai rapportés, et que l'autre est…

— Un poil de chien. Un labrador, pour être précis. Ton échantillon m'a tout de suite fait penser à un poil canin ; alors, j'ai fait une recherche jusqu'à ce que j'en trouve une correspondance sur le plan visuel.

Nate étudia les images.

— Si je comprends bien, quelqu'un a placé un dispositif de géolocalisation sur un chien. Je ne vois pas bien dans quel but, ou plutôt quel intérêt cela a-t-il ? Un localisateur de chien. High-tech, d'accord, mais tout de même.

— Ce qui est intéressant ici, ce n'est pas que j'ai réussi à trouver une correspondance entre ton échantillon et un labrador ; c'est que l'ordinateur en a été *incapable*. Il aurait dû trouver, si l'ADN était identique. Mais il a échoué. Je me suis référé au fichier ADN correspondant aux standards de la race labrador. Même si deux ADN ne peuvent pas être strictement identiques, à moins d'avoir affaire à des jumeaux, les membres d'une même espèce présentent des séquences ADN identiques à 99,9 % au moins. Mais quand j'ai comparé l'ADN de labrador à ton échantillon, je n'ai obtenu qu'un pourcentage de 97,8 % en termes de similitudes. Ça fait une énorme différence. En comparaison, les humains et les chimpanzés ont un ADN similaire à 96 %.

Nate, les yeux écarquillés, demanda :

— Alors, mon échantillon correspond à un labrador, oui ou non ?

Hendrickson se tourna vers lui et le fixa d'un air préoccupé.

— Honnêtement, je ne sais pas à *quoi* on a affaire. Ce poil est bien un poil de labrador – ou du moins, quelque chose de tout à fait semblable. Mais l'ADN est radicalement différent. J'ai fait des recherches, et j'ai découvert par exemple que la différence entre les chiens et les loups n'est que de 0,2 % au niveau de leur ADN mitochondrial. Là, on a une différence dix fois plus importante. Comment une créature presque parfaitement semblable à un chien peut-elle s'en éloigner autant sur le plan génomique ?

Nate se renfrogna, l'air pensif.

— En résumé, on a un dispositif de géolocalisation high-tech ; quelqu'un a utilisé du napalm-B pour détruire des preuves ; et on a un chien qui n'en est pas un.

— Ce n'est pas seulement qu'il « n'est pas » un chien. C'est un animal qui *n'existe pas* dans nos bases de données. Bon sang, qu'est-ce que tu nous as rapporté là ?

Nate sentit un frisson lui électriser la nuque.

— Je ne sais pas, avoua-t-il.

CHAPITRE CINQ

Trois ans plus tard

Kathy O'Reilly lécha sur ses lèvres les embruns salés du Pacifique. Elle se pencha en avant sur la chaise haute pivotante boulonnée au pont, tandis que le voilier de quinze mètres se balançait doucement sur les eaux tièdes de l'océan.

À côté d'elle, Brad étudiait une carte d'un air concentré.

— Tu crois qu'on pourrait contourner l'orage ? lui demanda-t-elle en désignant d'un mouvement du menton une masse grise nuageuse qui s'étendait sur l'horizon.

— Je ne parierais pas là-dessus, dit Brad. Mais il y a une petite île pas très loin ; elle possède un lagon où nous pourrons nous abriter jusqu'à ce que le mauvais temps soit passé.

Comme pour souligner ces propos, le vent forcit brusquement, faisant tanguer le bateau.

Kathy tapota l'écran tactile de la console de navigation.

— Donne-moi les coordonnées, dit-elle. Je vais brancher le pilotage automatique.

— Le lagon se trouve sur la côte ouest de l'île. On y va. Inscris onze degrés, vingt-cinq minutes, dix-neuf virgule deux secondes sud, et cent-cinquante-et-un degrés, quarante-neuf minutes et vingt-deux virgule sept secondes ouest.

Kathy entra les coordonnées et enclencha le système de navigation automatique. Le voilier se déporta légèrement vers la gauche.

Elle regarda Brad, et lui décocha un pâle sourire.

— C'est parti ! dit-il. Il n'y a pas de raison de s'inquiéter. Je fais de la voile depuis que je suis gosse.

Kathy agita un doigt dans sa direction.

— Je te préviens, si on se retrouve coincés sur cette île paumée à cause de toi, je te le ferai payer.

Brad se mit à rire, ses yeux bleus étincelant au soleil. Il avait presque quarante ans, mais son sourire juvénile, son attitude crâne, son enthousiasme, gommait la différence d'âge, une quinzaine d'années, qui les séparait.

Il ratissa du bout des doigts sa tignasse châtain clair et regarda la jeune femme.

— Il me semble me souvenir que nous avons déjà discuté de cette possibilité, et que tu l'avais approuvée. De plus, ajouta-t-il en déclipsant de sa ceinture un téléphone satellitaire, nous avons ça ; donc, même si ça se complique, on pourra toujours appeler la cavalerie maritime.

— Ouais, bah, j'espère qu'on n'aura pas à le faire.

Un éclair éblouissant transperça la couche nuageuse, suivi quelques secondes plus tard d'un roulement de tonnerre qui causa un petit frisson à Kathy. Elle jeta un coup d'œil à l'écran tactile, puis reporta son regard sur l'horizon et la masse nuageuse qui s'avançait vers eux en s'assombrissant.

L'espace d'une seconde, elle se prit à regretter la sécurité de la maison familiale. Fille d'un éleveur de bétail, elle avait grandi dans un ranch du Nevada, où elle n'avait jamais compté retourner vivre ; mais l'appréhension qu'elle ressentait face à l'orage qui menaçait, la ramena à la familiarité du foyer de son enfance.

— Kathy, cria Brad pour être entendu par-dessus le vent et le grondement du tonnerre. Descendons dans la cabine.

Il fit signe à la jeune femme de le suivre et prit l'escalier qui descendait sous le pont.

— Il va nous falloir deux heures environ pour rejoindre l'île. Il se peut qu'on parvienne à devancer l'orage, mais ça va souffler fort.

Kathy s'engouffra à son tour dans la cabine en baissant la tête, et donna à Brad un petit baiser sur la joue.

— Pas de naufrage, c'est compris, monsieur ?

— Ah ça, je ne sais pas. Faire naufrage me permettrait de t'avoir tout à moi plus longtemps.

Il lui pinça les fesses. Elle poussa un petit cri, feignant d'avoir l'air scandalisée.

Il attrapa un oreiller dans un placard et le lui lança.

— Pourquoi tu ne te reposerais pas un peu ? Je surveille la situation.

— Bonne idée, dit-elle.

Tandis qu'il s'asseyait devant la console de navigation de l'habitacle, Kathy grimpa dans la couchette en V située à l'avant de la cabine et cala sa tête dans l'oreiller. Brad était capitaine sur un bateau de pêche professionnel ; elle avait une entière confiance dans ses capacités à les mener, en toute sécurité, à bon port. Alors, elle se détendit et profita du tangage du voilier ; quand ses paupières se fermèrent, elle ne résista pas.

Tout à coup, sans qu'elle sache combien de temps elle avait dormi, elle fut réveillée par la voix forte de Brad qui l'appelait d'en-haut :

— Chérie, tu veux bien remonter ?

Kathy secoua la tête pour tenter de reprendre ses esprits, et, d'un pas mal assuré, elle rejoignit le pont du bateau. Là, elle jeta un regard autour d'elle, son attention attirée par un bruit de vagues se brisant sur un rivage. Le soleil était bas sur l'horizon ; elle plissa les yeux et se rendit compte qu'ils étaient arrivés sur l'île, mais pas encore entrés dans le lagon.

Brad ôta sa chemise et se débarrassa de ses chaussures bateau. Il décrocha de sa ceinture le téléphone satellitaire et le lui tendit.

— Tiens-moi ça, s'il te plaît.

Elle prit le téléphone.

— Qu'est-ce que tu fais ?

— Il y a une ligne de corail qui bloque l'entrée du lagon. On dirait que quelqu'un a ouvert un chemin à travers, avant de le refermer avec une barrière. J'imagine que cet endroit est privé, mais que veux-tu, on fuit une tempête, alors… tu connais le dicton : mieux vaut demander pardon que la permission.

Il sourit et désigna le siège du capitaine d'un petit mouvement du menton.

— J'ai cargué les voiles ; alors, sers-toi uniquement du propulseur pour faire entrer le bateau dans le lagon dès que j'ouvrirai la barrière.

Kathy acquiesça d'un hochement de tête. Brad lui envoya un baiser, et plongea dans l'eau quasiment sans faire d'éclaboussures.

Elle glissa le téléphone dans sa ceinture et attrapa une paire de jumelles. Elle voyait clairement la barrière qui bloquait l'entrée du lagon ; elle mesurait environ huit mètres de large et un écriteau fixé dessus avertissait : *Propriété privée. Défense d'entrer.*

Brad nagea jusqu'à la barrière et, tel un singe, grimpa dessus pour tenter d'actionner le mécanisme d'ouverture. La manœuvre s'avéra difficile ; il dut tirer des deux mains sur la barre en métal qui maintenait la barrière fermée.

Soudain, la barre se décrocha. Brad tomba dans l'eau.

— Brad ! s'écria Kathy.

Il refit surface quelques secondes plus tard, leva le pouce pour la rassurer, et lui fit signe d'avancer avec le bateau. Elle n'eut pas le temps de démarrer le propulseur, que Brad avait déjà replongé. La barrière s'ouvrit lentement.

Kathy retourna s'asseoir, démarra le moteur extérieur, et poussa doucement vers l'avant la manette du propulseur. Le voilier entra dans le lagon, tandis que des trombes d'eau se mettaient à tomber.

Dans la lumière du matin, Kathy fixa à travers plusieurs mètres d'eau les restes tordus de la barrière grillagée, encore maintenue par son poteau en métal, mais de manière précaire.

La nuit avait été une des plus terrifiantes de sa vie. Les vents avaient hurlé, tandis que le typhon faisait rage au-dessus de leur tête. Leur voilier était loin d'être minuscule, mais même protégé par le lagon, l'ouragan l'avait secoué comme un jouet d'enfant. Quand l'aube s'était finalement levée, ils avaient découvert un ciel clair et dégagé, mais un nouveau problème avait surgi. La barrière tordue bloquait maintenant la sortie. Pire, elle avait agi à la manière d'un filet, emprisonnant toutes sortes d'algues, du bois flotté, de la végétation.

C'était cette dernière que Brad tentait maintenant de dégager à l'aide d'une hachette, mais les plantes résistaient ; il n'avançait pas.

Kathy cria pour être entendue par-dessus les coups de hachette :

— Tu veux que je t'aide ?

Il leva les yeux vers elle, et secoua la tête.

Kathy se sentit rougir en prenant conscience que la hachette était le seul outil tranchant utile qu'ils avaient à bord. *Qu'est-ce que j'ai dans le crâne ? Ce n'est pas avec un couteau à steak que je vais pouvoir l'aider.*

Elle se sentit impuissante. Elle ne pouvait que le regarder s'escrimer sans succès. Dix minutes plus tard, elle l'entendit enrager, au comble de la frustration. Il revint à la nage jusqu'au bateau.

Elle l'aida tandis qu'il se hissait péniblement à bord.

Il s'écroula sur le pont, épuisé.

— Désolé, chérie. Il y a trop de saloperies emmêlées là-dedans, et ça pèse tellement lourd qu'apparemment, une partie de la barrière s'est enlisée dans la vase. Je ne crois pas qu'on réussira à la bouger ; il faudrait du matériel lourd. Je sais que c'est la dernière chose que tu voulais, mais je crois qu'il va falloir appeler et demander de l'aide.

Il se releva, et grimaça aussitôt. Kathy remarqua que sa cheville droite était contusionnée et avait commencé à enfler.

— Qu'est-ce que tu t'es fait à la cheville ? lui demanda-t-elle.

— C'est juste une entorse, répondit-il en balayant le problème d'un geste de la main.

Puis il se saisit du téléphone satellitaire.

— Je *sais* que c'est une propriété privée, mais c'était le seul abri que nous avons trouvé pour nous protéger du typhon. Pouvez-vous nous aider à dégager l'entrée pour que nous puissions repartir ? C'est tout ce que je demande. Nous n'avons pas besoin d'être évacués par hélicoptère, non. Notre bateau est en parfait état.

Brad écarta légèrement le téléphone de son oreille, et regarda Kathy comme pour lui signifier ce qu'elle avait déjà compris, à savoir que la conversation ne se déroulait pas aussi bien qu'espéré. Le premier appel aux autorités maritimes locales s'était plutôt bien passé, mais ces dernières l'avaient mis en communication avec la société propriétaire de l'île, et c'était à ce moment-là que la conversation avait pris un mauvais tour.

— Non, nous n'allons rien prendre sur votre foutue île. Tout ce qu'on veut, c'est s'en éloigner au plus tôt, s'énerva Brad en ratissant ses cheveux d'une main nerveuse, incapable de dissimuler sa frustration. Trente-six heures ? Vous ne pouvez pas faire plus vite ? (Il soupira.) Bon, très bien. Non, nous serons sur le bateau. Nous vous attendons.

Brad fixa le téléphone, secoua la tête et le reclipsa à sa ceinture.

— Alors ? demanda Kathy. Encore un jour et demi à traîner ici, c'est ça ?

— Ouais. Manifestement, une société possède un bail à long terme sur cette île. Quand je leur ai dit où nous étions, ils se sont énervés. Ils ont parlé de « violation de propriété », mais on dirait qu'ils vont nous sortir de là. Enfin, ils ont bien insisté sur le fait qu'ils allaient nous faire payer le déplacement.

— Et ça t'étonne ?

— Non, c'est normal, j'imagine.

Un petit sourire narquois se dessina alors sur son visage ; il agita un pouce en direction de l'île et dit :

— Tu sais, violation de propriété pour violation de propriété, maintenant qu'ils sont furibards...

Kathy sourit à son tour.

— On ne devrait pas.

— Pourquoi ça ? J'ai repéré des crabes géants sur la plage, et tous ces cocotiers. Qu'est-ce que tu dirais de te régaler d'un délicieux dîner ? Crabe et eau de coco bien fraîche, bue à même la coque.

Il venait de marquer un point – du crabe frais, voilà qui était infiniment meilleur que tout ce qu'ils avaient en cuisine.

Kathy l'enlaça.

— Si j'ai bien compris, tu te dis qu'un bon dîner de crabe me fera oublier qu'à cause de toi, nous avons échoué sur une île déserte ?

Il eut un grand sourire.

— Eh bien…

— Oh, tais-toi, ça vaut mieux, fit-elle d'un ton espiègle en lui donnant une petite tape sur le torse. Je m'occupe de la marmite et aussi d'aller chercher du bois pour cuire le crabe. Toi, tu prends la hache et tu t'occupes des noix de coco.

Étendue sur la plage de sable, Kathy se souleva en prenant appui sur ses coudes et respira les parfums de l'océan. À côté d'elle, Brad s'efforçait de faire du feu, mais jusqu'à présent, tout ce qu'il avait réussi à faire, c'était s'envelopper d'un gros nuage de fumée blanche.

Elle allait sortir une blague quand soudain des flammes orange montèrent du tas de bois. Brad bascula le buste en arrière pour s'écarter du feu qui prenait rapidement, l'air satisfait. Les flammes grossissant, il se releva d'un bond – et grimaça aussitôt.

— Brad, tu es sûr que ça va ? Ta cheville est vraiment enflée.

— Ça va. Ne t'inquiète pas, détends-toi. Je vais mettre l'eau à bouillir, et on aura du crabe en un rien de temps.

Tandis qu'il s'attelait à la tâche, Kathy promena son regard sur la plage. Il y avait un peu partout des pancartes « Défense d'entrer », écrits en plusieurs langues, mais ce qui la préoccupait surtout, c'était l'agrégat de branches, d'algues et de débris divers qui jonchait le littoral. Brad avait beau s'efforcer de le cacher, elle l'avait vu boiter ; sa blessure à la cheville s'aggravait.

L'extrémité ouest de l'île, couverte de gros rochers, était presque impraticable du fait des débris enchevêtrés déposés par la tempête. Kathy était inquiète ; la cheville de Brad n'allait-elle pas trop le faire souffrir quand ils retourneraient à pied jusqu'au bateau ?

Elle soupira, tandis que Brad jetait une poignée d'épices dans l'eau frémissante. Elle savait qu'il n'admettrait jamais que sa cheville lui faisait mal.

Tandis que l'odeur du mélange d'épices en poudre Old Bay lui parvenait aux narines, Kathy se rendit compte que quelque chose clochait autour d'eux. L'océan était calme, la brise ne soufflait pratiquement plus, mais ce n'était pas cela. Il… *manquait* quelque chose.

Les sons.

Il lui apparut brusquement qu'ils n'avaient pas entendu un seul oiseau depuis leur arrivée sur l'île. Pas un cri de mouette, rien.

Le silence pesait comme une chape de plomb sur cet endroit. Elle se redressa et scruta la forêt de palmiers toute proche.

— Chéri, où crois-tu que sont tous les oiseaux ?

— Les oiseaux ? Je ne sais pas. À Dutch Harbor, les mouettes ont tendance à fuir loin des tempêtes quand elles les sentent arriver. Je suppose qu'elles font la même chose ici.

Il sortit une pince à barbecue de son sac à dos, et la fit claquer en la pointant vers Kathy.

— Quinze petites minutes, et on pourra manger.

Toujours préoccupée par l'absence d'oiseaux, Kathy scruta les premiers palmiers. C'est alors qu'elle le repéra – un oiseau au plumage arc-en-ciel qui les fixait, perché en haut d'un cocotier. Elle se demanda comment elle avait pu ne pas le voir tout de suite ; son plumage lumineux se détachait vivement sur le vert et le marron de l'arbre.

— Hé, regarde, Brad. On dirait que tous les oiseaux n'ont pas fichu le camp.

— Oh, waouh. Il est magnifique. Je me demande quelle espèce c'est.

Une main en visière sur ses yeux pour se protéger du soleil, il s'approcha de l'arbre. Soudain, l'oiseau s'envola du cocotier et fondit droit sur lui. Brad se baissa subitement pour l'éviter. L'oiseau lui attaqua brièvement le bras en voletant sur place, avant de retourner se percher en haut de l'arbre.

— Et merde, qu'est-ce qu'il lui prend ? fit Brad.

Kathy se releva d'un bond et lui cria :

— Écarte-toi de cet arbre. Il y a sûrement un nid là-haut ; il le défend.

Brad plaqua sa chemise blanche sur son bras ; une tache de sang se forma aussitôt.

— Ce tas de plumes m'a croqué le bras !

Kathy alla chercher la trousse de premier secours dans le sac à dos.

— Il ne faut pas risquer que ça s'infecte.

Brad secoua la tête, incrédule.

— Je jure que cette chose m'arrivait en plein visage. Si je n'avais pas eu le bras déjà levé…

Kathy déchira l'emballage d'un tampon alcoolisé.

— Viens ici, espèce de gros bébé. Laisse-moi nettoyer ça.

Elle essuya le sang qui coulait et se rendit compte qu'un petit morceau de chair d'environ un demi-centimètre avait été arraché de son avant-bras.

— Bon sang, il t'a réellement croqué un petit bout de chair. Tu as eu de la chance que ce ne soit pas un œil.

Brad se renfrogna et tourna un regard noir en direction du cocotier.

— Je n'ai encore jamais vu un oiseau attaquer comme…

Il dégagea brutalement son bras blessé et le balança sèchement vers la tête de Kathy. Elle le regarda bouche-bée, tandis que la main de Brad frôlait son oreille droite. Elle chancela, et manqua de perdre l'équilibre.

— Je t'ai eu ! cria-t-il.

Abasourdie, Kathy suivit son regard. Sur le sable, à côté d'elle, gisait le corps désarticulé de l'oiseau arc-en-ciel.

— Cette chose était *furibarde*, dit Brad, estomaqué. On aurait dit une flèche lancée sur ton visage !

Un staccato de pépiements provenant des cocotiers se fit soudain entendre. Kathy se demanda, la mort dans l'âme, si ce n'était pas des oisillons qui appelaient leur mère.

Mais au même instant, une dizaine d'oiseaux de la même espèce apparurent sur les frondes des cocotiers.

— Brad, dit-elle, un petit frisson lui électrisant l'échine, fichons le camp d'ici. Il y en a un tas d'autres là-bas.

À l'unisson, comme obéissant à un commandement silencieux, tous les oiseaux s'envolèrent des palmiers, et fondirent sur eux.

Son cœur battant à tout rompre, Kathy eut l'impression que la scène se déroulait au ralenti devant ses yeux. Brad grimaça ; les oiseaux exotiques paraissaient rebondir sur lui. Il attrapa le sac-à-dos, et les chargea en leur en portant des coups, le contenu du sac se répandant un peu partout.

— Foutez-nous la paix !

Il réussit à en envoyer deux au sol. Il avait du sang partout sur sa chemise.

Oubliant le feu et le reste de leurs affaires, Kathy lui cria :

— Brad, laisse tomber ! Fichons le camp d'ici.

Il hocha la tête.

— Pars devant. Je te rejoins !

Kathy se mit à courir sur la plage. Quelque chose heurta violemment son dos, accentuant la sensation de panique qu'elle éprouvait déjà. Elle concentra son attention sur le terrain accidenté, courant aussi vite que possible. Soudain, elle ressentit un nouveau choc dans le dos, suivi d'une sensation de brûlure, mais elle ne ralentit pas ; un oiseau avait dû lui arracher un morceau de chair.

Derrière elle, Brad poussait des cris de douleur. Elle se retourna, et ce fut comme si le monde ralentissait soudain ; elle vit Brad tenter de se relever, le visage en sang. Du sang, il y en avait tellement sur sa chemise qu'elle n'était plus qu'une guenille rougeâtre. Pour la première fois, elle vit de la peur sur son visage.

— Nom de Dieu, Kathy, ne t'occupe pas pour moi ! Continue !

Elle leva la tête et vit les oiseaux voler en cercle et se préparer à attaquer de nouveau. Elle était comme paralysée. Ses jambes refusaient de bouger.

Brad courut vers elle, l'attrapa par le bras et la poussa vers les premiers cocotiers.

— Cours te mettre à l'abri sous les arbres. Ils ne devraient pas être aussi nombreux là-dedans. En tout cas, ils ne pourront pas nous attaquer aussi facilement.

Elle ressentit une brusque poussée d'adrénaline et courut s'abriter dans la cocoteraie. Tandis qu'elle slalomait au milieu de la végétation, elle ressentit plusieurs fois l'aiguillon douloureux d'un coup de bec. Hors d'haleine, éperdue, elle ne voyait plus Brad, mais elle l'entendait se frayer un chemin dans les broussailles sur sa droite.

— Brad ! Est-ce que ça va ? s'écria-t-elle sans cesser de courir.

Pas de réponse.

Elle espérait qu'il réussirait à rejoindre le bateau. La brûlure de dizaines de plaies sur tout le corps lui rappelait que c'était une bataille vitale qu'elle livrait. Et elle était en train de la perdre.

À moins que… Elle aperçut avec espoir, droit devant, la limite de la cocoteraie.

Elle s'imagina se lançant dans une course effrénée jusqu'au lagon, et trouvant refuge, enfin, dans la cabine du bateau. Elle sortit de la cocoteraie… et s'immobilisa brusquement.

Elle était dans une clairière. Devant elle se dressaient un bâtiment en béton, et juste à côté, à une quinzaine de mètres, une grande volière pleine d'oiseaux arc-en-ciel. Ils n'auraient pas dû pouvoir en sortir, mais un cocotier était tombé sur le grillage en acier et avait ouvert une large brèche.

Son cœur battant à ses tempes, elle courut vers la porte du bâtiment. Au même instant, une nuée d'oiseaux sortit de la cage et se dirigea vers elle.

S'il te plaît, ne sois pas fermée.

Elle tira d'un coup sec sur la porte en métal, qui s'ouvrit. Elle entra dans le bâtiment en trébuchant, donna un coup de pied dans la porte pour la fermer, et s'effondra par terre, à bout de souffle.

À quatre pattes, tremblante, elle regarda son sang goutter sur le sol en béton. Elle ignorait combien de blessures elle avait, mais elles étaient nombreuses. Ses bras étaient tout rouges, un peu comme si elle s'était baignée dans son propre sang.

Elle sentit quelque chose vibrer à sa ceinture. Le téléphone satellitaire. Il sonnait.

Elle s'en saisit et prit l'appel.

— Brad, Dieu merci ! Tu as réussi à rejoindre le bateau ?

— *Mademoiselle, une équipe de secours vient de partir…*

— Putain de merde, envoyez un hélicoptère ! Nous paierons ce qu'il faut. Nous sommes attaqués par des oiseaux. Ils sont très agressifs. Nous avons besoin de soins médicaux !

La gorge serrée, elle se mit à pleurer.

— Mon petit ami essaie de rejoindre notre bateau, mais il est blessé, poursuivit-elle. Et moi je suis coincée dans une espèce de bâtiment. Je saigne, et Dieu sait ce que je…

— *Mademoiselle, calmez-vous. Vous avez bien dit que vous êtes sur l'île et que…*

— Oui ! Aidez-nous, bon Dieu de merde ! C'est une urgence.

— Mademoiselle...

La voix de l'homme lui parut soudain étouffée ; elle ressentit une grande fatigue.

C'est moi qui ai perdu tout ce sang ?

Elle s'allongea sur le dos. La pièce se mit à tourner. Le soleil qui entrait par les vitres du bâtiment s'assombrit, et soudain, autour d'elle, l'obscurité se fit.

Le bruit sourd d'une explosion lointaine la réveilla.

Elle se redressa, s'assit et secoua la tête.

Nouvelle explosion. Cette fois, le sol vibra. C'était beaucoup plus proche.

Ignorant la douleur, elle se releva.

Quand elle s'était réfugiée dans le bâtiment, elle était tellement paniquée qu'elle n'avait même pas prêté attention à ce qui l'entourait. Elle jeta un regard autour d'elle dans la pièce. L'endroit avait l'air d'être une espèce de laboratoire. Les paillasses étaient couvertes d'incubateurs ; certains contenaient des œufs, blancs, de la taille d'un gros grain de raisin ; d'autres des oisillons aveugles et sans plumes. Elle se pencha pour observer ces derniers d'un peu plus près, et remarqua que certains faisaient leur mue ; il leur poussait des plumes rouges.

— Bordel. Quelqu'un élève ces trucs ?

Elle sentit son cœur se serrer en pensant à Brad. Elle espérait qu'il avait pu rejoindre le bateau sain et sauf. Un étourdissement la prit soudain ; elle faillit s'écrouler sur une des paillasses.

Sur le plan de travail se trouvait une pile de carnets de notes marqués d'un logo : *AgriMed*. Sur l'ordinateur, à côté de l'incubateur, une clé USB avait été insérée dans un des ports. La clé portait une étiquette, sur laquelle on pouvait lire : *AgriMed. Confidentiel.*

Sans réfléchir, elle la prit.

Une nouvelle explosion secoua le bâtiment. Kathy courut à la fenêtre.

Son cœur s'accéléra lorsqu'elle vit six hommes émerger des arbres, tous armés, tous vêtus d'un treillis de camouflage. L'un d'eux pointa une sorte de gros fusil sur la volière ; il en jaillit un puissant jet de flamme orangé.

Un autre soldat courut jusqu'à la porte et entra avec fracas dans le laboratoire.

— Mademoiselle, je suis là pour vous escorter hors de l'île.

Kathy s'avança vers lui en titubant ; elle avait l'impression que tout son corps n'était plus qu'une plaie douloureuse. Le soldat l'agrippa par le haut du bras et l'aida à sortir.

Elle sentit aussitôt la chaleur des flammes. Les soldats incendiaient non seulement la volière, mais presque toute la forêt environnante. La chaleur dégagée était difficilement supportable. Elle suivit du mieux qu'elle put les soldats qui l'éloignaient du bâtiment. La fumée qui s'échappait de la cocoteraie incendiée piquait les yeux ; les larmes lui brouillaient la vue.

Elle s'arrêta un instant pour essuyer la suie qui l'empêchait d'y voir. Aussitôt, un soldat la souleva et la porta en travers de son épaule, continuant d'avancer, et bientôt rejoint par les autres. Kathy entendit un souffle bruyant et sentit la chaleur d'un lance-flammes qui incendiait quelque chose au-dessus de leur tête. Elle parvenait à peine à respirer tant la fumée était dense.

Le soldat la déposa à l'intérieur d'un hélicoptère qui attendait porte ouverte et rotor en marche.

Kathy toussa. Sa poitrine lui faisait mal. La fumée. Elle paniqua et agrippa le bras du soldat qui l'avait portée.

— Brad est toujours là-bas ! On ne peut pas l'abandonner !

Le moteur de l'hélicoptère monta en régime dans un bruit de jet.

Le visage du soldat était couvert de suie ; il avait les traits anguleux, comme taillés à coups de serpe. Il fronça les sourcils et secoua la tête.

— Pas d'homme sur l'île, dit-il avec un fort accent allemand.

Un autre homme plaça un masque à oxygène sur le nez et la bouche de Kathy.

— Respirez, dit-il.

Elle prit une grande inspiration ; sa vue se brouilla, et ce fut le noir complet.

CHAPITRE SIX

Kathy s'assit sur le bord du lit de la chambre d'hôpital spartiate aux murs en parpaing. Il y avait une salle de bains attenante, mais pas de fenêtres ; pas la moindre vue sur le monde extérieur. Et elle n'avait aucune idée de l'endroit où elle était.

L'hélicoptère avait atterri au milieu de la nuit sur une île tropicale éloignée de toute civilisation, ou presque. Deux hommes en blouse blanche l'avaient prise en charge et avaient soigné ses blessures en silence. Cela avait pris du temps – elle avait des dizaines de plaies, qu'il avait fallu nettoyer et suturer – mais à aucun moment ils n'avaient consenti à répondre à la moindre de ses questions. Au moins, l'avait-on autorisée à prendre une douche après, avant qu'ils la laissent là, complètement seule dans cette aile du bâtiment aux allures de caserne.

Elle avait besoin de se reposer, elle le savait, mais elle en était incapable. Dès qu'elle fermait les yeux, elle revoyait le visage ensanglanté de Brad. Et elle n'arrivait pas à s'ôter de l'idée qu'il était peut-être – et même probablement – mort à l'heure qu'il était.

Son absence d'émotion l'étonnait ; cela ne lui ressemblait pas. En temps normal, elle aurait paniqué, pleuré ; peut-être même se serait-elle mise en colère. Mais pour le moment, elle se sentait émotionnellement vidée. C'était comme si elle n'avait déjà plus rien à donner.

Elle était amorphe.

Ce serait le choc ? Souffrirait-elle d'une espèce de syndrome post-traumatique ?

Elle promena un regard circulaire dans la pièce, et respira profondément. Il flottait dans l'air la même odeur de désinfectant que dans un hôpital, mais elle ne se souvenait pas avoir vu d'autres patients pendant son transfert en chaise roulante de la salle de soins à cette pièce.

Il lui semblait que la douleur irradiait dans tout son corps. Elle remonta les manches de la chemise blanche propre qu'ils lui avaient donnée. Elle examina son bras droit ; il était couvert de bleus. Elle se mit à les compter.

— Dix morsures, deux points de suture à chaque fois.

Elle se leva et alla dans la salle de bains, la douleur s'accentuant. En voyant son reflet dans le miroir, elle frémit.

Elle se reconnaissait à peine.

Une large ecchymose violette barrait presque tout le côté gauche de son visage. Le même côté était tellement enflé qu'elle pouvait à peine ouvrir l'œil. Elle sonda son visage du bout des doigts et fut surprise de ne ressentir aucune douleur. Les médecins avaient peut-être eu recours à un anesthésique. Tout le reste de son corps, en revanche, lui faisait plus mal qu'elle n'aurait cru cela possible. Ils n'avaient pas insensibilisé ses plaies. Et en dépit de la température relativement basse de la pièce climatisée, elle ressentait une sensation de chaleur incommodante dans tout le corps.

Je dois avoir de la fièvre.

Soudain, elle entendit frapper à la porte. Elle sortit de la salle de bains et alla ouvrir.

Un grand gaillard en treillis noir se tenait à l'extérieur. Dans un anglais marqué d'un fort accent germanique, il dit :

— Suivez-moi. Le directeur est arrivé. Il veut vous voir.

Elle acquiesça d'un hochement de tête.

— Bon. D'accord.

Je vais peut-être enfin savoir ce qui est arrivé à Brad.

L'Allemand conduisit Kathy jusqu'à une salle de réunion confortable. Une femme au regard d'acier se tenait dans un coin, tandis qu'un homme plus âgé était, lui, assis à une grande table. Contrairement à tous ceux à qui elle avait eu affaire jusqu'à présent, il portait un costume-cravate. La mise était impeccable, autant que ses cheveux poivre et sel méticuleusement coiffés. Ses premiers mots indiquèrent clairement qu'il n'était pas Américain.

— Mademoiselle O'Reilly. Asseyez-vous, je vous en prie. Je suis ravi que vous vous sentiez mieux après ce… malheureux incident.

Il sourit, marqua une pause, puis :

— Mais vous n'ignorez pas qu'il y avait des écriteaux avertissant les gens de rester à l'écart.

La voix était chaleureuse, mais Kathy sentait bien que l'homme dissimulait une certaine rigidité, comme si quelque chose le frustrait profondément. Était-ce le fait d'avoir dû venir dans cet endroit reculé, ou était-il tout simplement en colère contre elle ? Les deux à la fois, peut-être.

Elle s'assit, soulagée de pouvoir le faire. Elle se sentait encore fébrile.

— Je sais que c'était une erreur de venir ici, dit-elle. Comme Brad l'a expliqué…

Elle s'interrompit ; l'image du visage ensanglanté de ce dernier lui traversa l'esprit une fois de plus.

— Vous l'avez trouvé ? Mon petit ami ? Nous étions en train d'essayer de rejoindre notre bateau quand nous avons été séparés…

L'homme se tourna vers la femme au regard d'acier qui se tenait dans le coin de la pièce. Elle ne cilla même pas, continuant de fixer Kathy.

— Je suis certain que votre petit ami va bien, répondit calmement l'homme.

Il tapota une feuille de papier posée devant lui, sur la table.

— D'après le rapport de mes hommes, le voilier a quitté l'île juste après que le passage a été dégagé.

Kathy reprit soudain espoir. Elle allait poser une question, mais l'homme ne lui en laissa pas le temps.

— Mais je n'ai aucune idée de l'endroit où il est allé.

Kathy eut l'impression que le temps se figeait brusquement ; et une terreur sourde s'empara d'elle. Brad ne serait jamais parti sans elle, ou du moins sans la prévenir. Il se serait forcément assuré qu'elle allait bien avant ; elle n'avait aucun doute là-dessus.

Cet homme mentait.

Ce qui signifiait probablement que... Brad était mort.

Et personne au monde ne savait où elle était, elle.

Un frisson lui parcourut la nuque.

Elle regarda la femme au regard d'acier, qui avait l'air d'épier chacun de ses gestes. Elle aurait été bien en peine d'en expliquer la raison, mais cette femme la rendait nerveuse comme personne ne l'avait jamais fait.

L'homme fit glisser vers elle une liasse de papiers.

— Mademoiselle O'Reilly, vous êtes entrée sans autorisation sur une propriété privée, mais la société a choisi de passer outre cette transgression et de ne pas porter plainte. En fait, nous sommes terriblement désolés que vous ayez dû vivre une pareille expérience, et nous aimerions, en guise de compensation, vous faire une offre généreuse. Tout ce que nous demandons en échange, c'est que vous signez cet accord de confidentialité.

Kathy feuilleta les premières pages.

D'une voix chaude au ton presque paternel, l'homme précisa :

— C'est un accord type, tout ce qu'il y a d'habituel. Vous acceptez de garder le silence sur tout ce que vous avez pu voir ici, et nous vous versons en échange la somme de deux cent mille dollars. Pour ce qui est des détails de l'accord...

Il continua sur sa lancée, mais Kathy ne l'écoutait plus. Jamais elle n'aurait imaginé qu'un jour quelqu'un lui proposerait autant d'argent pour ne pas dévoiler une information.

Évidemment, elle n'était pas naïve ; elle avait bien compris que l'offre qui lui était faite n'avait qu'un but : *acheter* son silence. Mais elle savait aussi qu'elle n'avait guère le choix.

Elle frissonna à l'idée de ce qu'ils pourraient lui faire si elle refusait.

Sans même attendre que l'homme ait terminé de parler, elle s'empara d'un stylo et signa les documents.

« La société » mit Kathy dans un vol retour pour l'Alaska. Mais une fois là, elle ne sut que faire de sa peau. Elle avait travaillé au restaurant Cape Cheerful à Dutch Harbor, mais elle y avait trop de souvenirs pour pouvoir y retourner. C'était là qu'elle avait fait la connaissance de Brad.

Elle avait besoin de savoir ce qu'il lui était arrivé.

Il n'était pas rentré à Dutch Harbor, et la place où il amarrait d'ordinaire son bateau était vide. Elle se renseigna auprès de ses amis, navigateurs ou non, leur demanda s'il les avait contactés ; aucun n'avait de ses nouvelles.

Elle était certaine qu'il lui était arrivé quelque chose, et elle pensait au pire à présent. Elle alla trouver la police locale pour signaler sa disparition. Ils lui promirent d'enquêter, mais elle n'était guère optimiste. Non seulement une disparition en mer n'entrait pas vraiment dans le cadre de leurs compétences, mais c'était de surcroît hors de leur juridiction.

Au bout d'une semaine seulement, rongé par l'inquiétude, elle se rendit compte que tout lui rappelait Brad. Brad et cette maudite île.

Elle avait besoin de changement.

Frank se leva de son fauteuil de relaxation pour aller répondre : quelqu'un frappait à la porte. Il ouvrit et se retrouva face à la dernière personne qu'il s'attendait à voir.

Sa fille, Kathy.

Ils n'avaient pas eu de nouvelles d'elle depuis deux mois, et cela s'était borné à une conversation de cinq minutes avec Megan, pour leur annoncer qu'elle se trouvait en Alaska et fréquentait un capitaine de pêche. Leur petite fille chérie n'était pas revenue les voir depuis… trois longues années.

Et voilà qu'elle était là, devant lui, l'air malheureux, et dans quel état ! Ses bras et sa joue gauche étaient couverts d'hématomes ; il vit des points de suture dans son cou, juste au-dessus de son col de chemise. Elle était en larmes.

Elle avait fui la maison la dernière fois qu'il était allé demander des comptes à un ancien petit ami qui l'avait giflée. Tout ce qu'il voulait maintenant, c'était la mettre à l'abri, la protéger.

— Papa ? Je peux reprendre ma vieille chambre ?

Il la serra dans ses bras.

— Ma puce, bien sûr que tu peux rester ici. Tu es chez toi, aussi longtemps que tu le voudras.

Il déposa un baiser sur son crâne.

— Ta mère est sortie promener Jasper. Elle ne va pas tarder à rentrer.

— Jasper ? demanda Kathy d'une voix étouffée, son visage appuyé contre le torse de Frank.

— J'aurais juré que je t'en avais parlé. Nous avons un nouveau chien.

Kathy s'écarta et essuya les larmes de son visage.

— Vraiment ? Après la mort de Daisy, je ne pensais pas que maman aurait repris un autre chien.

— Disons que c'est Jasper qui nous a choisi, plutôt que l'inverse, dit Frank en souriant. Il va te plaire. Il est incroyablement intelligent, et très facile à vivre – pas comme une certaine jeune femme que je connais bien.

Il lui fit un clin d'œil.

— Viens, rentrons.

— Laisse-moi d'abord récupérer mes bagages.

— Non.

Il la tira à l'intérieur et la guida jusqu'au canapé.

— Tu t'assois, et tu te détends. Je m'occupe de tout.

***

Kathy était allongée sur son lit, les volets fermés. Il y avait une semaine qu'elle était revenue chez ses parents, et les images de ce qui s'était passé sur cette île continuaient de la hanter, une en particulier, qui ne la quittait pas – celle de Brad, le visage ensanglanté.

La peur également était toujours présente. L'inquiétude la rongeait de l'intérieur, et la laissait fébrile et épuisée.

La porte de sa chambre s'entrouvrit. Jasper pointa le museau par l'entrebâillement.

Kathy se détourna de la porte et remonta les couvertures sur ses épaules.

Elle entendit l'animal approcher doucement, mais elle l'ignora.

Qu'il y ait un autre chien à la maison ne lui plaisait pas beaucoup. Elle n'en avait connu qu'un seul enfant ; c'était Daisy. Sa mort l'avait dévastée. Aucun animal ne remplacerait jamais sa Daisy adorée. Elle avait du mal à considérer ce chien autrement que comme un intrus.

Jasper sauta sur son lit, s'allongea à côté d'elle, et posa sa tête sur l'oreiller.

Elle se tourna vers lui. Elle sentit son souffle animal sur son visage. Daisy faisait exactement la même chose.

Jasper lui lécha la joue.

Elle rit. C'était plus fort qu'elle.

— Toi, au moins, tu n'es pas du genre timide, hein ?

Les yeux marron attendrissants de Jasper la fixèrent, et il émit un petit « ouarf » approbateur.

Frank se cala au fond du canapé et appuya sa tête contre celle de Megan.

— On dirait bien que Jasper s'est attaché à Kathy, non ?

Le chien avait disparu dans la chambre de leur fille une heure plus tôt. Depuis, Frank avait entendu plusieurs fois Jasper aboyer joyeusement, et reconnut le petit rire inimitable de Kathy.

— C'est drôle comme Jasper arrive à sentir quand quelqu'un n'a pas le moral, et à lui faire oublier ses idées noires, fit remarquer Megan.

Elle se tourna vers Frank et plongea son regard dans le sien.

— Tu as pu lui parler à propos de ses blessures ?

Frank remua la tête, mal à l'aise.

— Elle ne dira pas un mot. Je suppose que son petit ami a fait quelque chose à quoi je ne veux même pas penser. Je risquerais de m'emporter, et tu connais la réaction de Kathy dans ce genre de situation. Je ne veux pas qu'elle fiche le camp une fois de plus alors qu'elle a plus que jamais besoin de nous.

Megan soupira, glissa ses bras autour de lui et le serra très fort.

— J'espère qu'elle va bien. Elle dort beaucoup.

— Elle a juste besoin de de temps pour remettre un peu d'ordre dans ses pensées et dans sa vie.

Une douleur aiguë irradia dans son coude gauche. Il grimaça et se tortilla dans le fauteuil.

— Ton bras te fait encore mal ? s'inquiéta Megan. Tu aurais déjà dû aller chez le médecin.

Il secoua la tête.

— Ce n'est rien. Je te l'ai dit, je m'y suis mal pris en déchargeant une botte de foin la semaine dernière. Je vais y aller mollo pendant quelques jours.

Kathy s'assit à la table de la salle à manger et laissa courir sa main sur sa surface lisse. Son père avait construit cette table quand elle avait neuf ans. Elle se souvenait l'avoir aidé à teinter le bois, avant de le regarder passer d'innombrables couches de vernis polyuréthane. Toutes ces années après, la table était toujours digne de figurer dans une salle d'exposition.

L'arôme du rôti de bœuf préparé par sa mère lui parvint depuis la cuisine. Elle savait que ce serait délicieux, mais c'était comme si son estomac était noué. Elle avait des nausées depuis qu'elle avait quitté l'île. Et elle ressentait une grande fatigue.

Elle entendit sa mère qui allait et venait dans la cuisine en préparant le dîner, et un profond sentiment de culpabilité la submergea.

La vérité était qu'elle traînait sans but à la maison depuis des semaines maintenant. Elle devait faire une dépression, due justement à la culpabilité qu'elle éprouvait, par rapport à la mort de Brad, au simple fait qu'elle avait survécu, ou encore par rapport à l'argent – le prix du sang – qui dormait sur son compte en banque.

Son père entra dans la salle à manger et lui sourit d'un air radieux.

— Comment va ma puce aujourd'hui ?

— Très bien, p'pa, mentit-elle. Et le nouveau pâturage, comment ça se passe ?

Il posa une grande main chaude sur son épaule et lui donna un baiser sur le front.

— Oh, le bétail a l'air de l'apprécier. Tu veux m'accompagner là-bas la prochaine fois ?

Kathy sentit sa gorge se serrer de tristesse à l'idée de donner un coup de main de nouveau sur le ranch. Son père élevait du bétail et montait à cheval depuis toujours ; il était capable de réparer n'importe quoi. L'élevage, il avait ça dans le sang. Mais pour elle, imaginer se retrouver coincée ici avait quelque chose de terrifiant.

Elle secoua la tête.

— Non. Merci p'pa.

Frank acquiesça d'un petit hochement de tête et lui sourit d'un air rassurant, ce qui ne fit que la rendre encore plus malheureuse.

Jasper entra doucement dans la pièce, vint appuyer sa grosse tête sur les genoux de Kathy et laissa échapper un gros soupir. Elle lui gratta la tête. Sans qu'elle puisse l'expliquer, le chien paraissait toujours savoir à quel moment elle était au plus bas psychologiquement, et sa présence réconfortante l'aidait à ne pas craquer.

Sa mère apporta le rôti de bœuf accompagné de pommes de terre nouvelles et le déposa sur la table. Puis, elle regarda Kathy et lui demanda :

— Comment va ton ventre, mon cœur ? Je peux te préparer de la salade, si tu préfères. Rôti-pommes de terre, c'est peut-être encore un peu lourd pour toi.

— De la salade, ce sera parfait.

Kathy repoussa sa chaise et dit :

— Je vais la préparer…

— Oh non, ne t'avise surtout pas de bouger, jeune fille, l'interrompit Megan en fronçant les sourcils. Reste tranquille. J'en ai pour une seconde.

Elle se dirigea droit vers la cuisine, sous le regard de Frank, qui, dès qu'elle eut disparu, se tourna de nouveau vers sa fille et lui demanda :

— Tu es sûre que ça va, Kathy ? Tu sais, je me disais, s'il y a quelque chose… quoi que ce soit dont tu voudrais parler au docteur à Ash Springs… Ta mère et moi pouvons aussi t'accompagner dans une de ces grandes cliniques de Vegas. Même si c'est juste pour parler.

Kathy lui sourit. Il n'avait jamais été aussi près de suggérer que peut-être quelque chose clochait chez elle sur le plan mental.

— Je vais bien, papa. Ne t'inquiète pas.

Sa mère revint avec un grand saladier en bois rempli de salade.

— Une vinaigrette aux framboises, ça convient à tout le monde ? C'est tout ce que j'ai comme assaisonnement.

— Je suis sûr que c'est délicieux, chérie, lui assura gentiment Frank.

Kathy sourit à sa mère, qui mélangeait la salade.

— C'est ma préférée.

Elle caressa la tête de Jasper et s'efforça pour une fois de se concentrer sur l'instant présent.

Pendant que sa mère terminait d'assaisonner la salade, son père coupa le rôti de bœuf et déposa dans leurs assiettes des tranches bien juteuses. Kathy les observa un moment. Ils formaient un couple parfait. Ils s'étaient connus au lycée et ne s'étaient plus quittés ; jamais elle ne les avait entendus se manquer de respect.

Des parents exemplaires. La plupart des gens trouveraient cela réconfortant, mais pour Kathy, c'était une source d'anxiété. Elle ne voyait pas comment elle pourrait un jour être aussi heureuse, aussi comblée, qu'ils l'étaient.

Sa mère lui prit son assiette.

— Laisse-moi te servir copieusement.

Kathy opina du chef ; sa mère lui remplit son assiette et la lui tendit.

Son père s'éclaircit la gorge comme il le faisait toujours avant de dire les grâces. Tous les trois se signèrent et inclinèrent la tête.

— Bénissez-nous, Seigneur…

L'esprit de Kathy fut de nouveau la proie des ombres. Elle était écrasée par la culpabilité.

Elle ne méritait aucune bénédiction.

Kathy gara sa voiture sur le parking de Saint Mary. Cela faisait cinq ans qu'elle n'était plus allée à l'église. Depuis les obsèques de son oncle, mort dans un accident de voiture alors qu'elle assistait à un concert en

Alaska. Il était mort à l'hôpital pendant qu'elle était dans l'avion de retour.

Alors qu'elle descendait de voiture, une voix s'exclama chaleureusement :

— Ça par exemple, mais c'est la petite Katherine O'Reilly ?

Un homme de grande taille aux cheveux argentés descendit les marches du perron de l'église et s'approcha. Il portait la traditionnelle soutane noire et le col blanc de l'Église catholique romaine.

— C'est bien moi, mon père.

Le père Carson, malgré ses soixante-dix ans bien sonnés, paraissait toujours aussi dynamique. Il s'approcha d'elle d'un pas léger, bras tendus, et lui prit le visage entre ses mains chaudes.

— Mon enfant, tu as l'air complètement défaite. Ta mère m'a expliqué les épreuves que tu as traversées, la disparition de ton petit ami et tout le reste. Je suis tellement désolé que tu aies autant de chagrin.

Quelque chose dans la voix du père Carson, dans sa sincérité, fit fondre ce qui avait gelé en elle.

Comme un projecteur de cinéma capricieux qui sauterait d'une séquence à une autre, les images des derniers mois défilèrent dans son esprit.

Elle revit le visage couvert de sang de Brad, le laboratoire où elle avait trouvé refuge, les hommes qui l'avaient secourue sur cette île ; la maison vide de Brad, devant laquelle elle s'était arrêtée et figée, s'interrogeant sur les circonstances de sa mort.

Pendant toute l'attaque sur l'île, puis son évacuation en hélicoptère, loin du danger, et même au cours de ces trois mois durant lesquels elle avait fui le monde et s'était terrée dans la maison familiale... à aucun moment elle n'avait véritablement *ressenti* cela, dans son âme.

Jusqu'à maintenant.

Des larmes coulèrent sur ses joues. L'espèce de torpeur qui l'avait saisie céda comme un barrage, libérant un torrent d'émotions – soulagement, culpabilité, terreur, tristesse.

Elle enroula ses bras autour de son torse comme si elle risquait la désagrégation.

Le père Carson essuya ses larmes.

— Mon enfant, y a-t-il quelque chose que je puisse faire pour soulager ta peine ?

Kathy prit une grande inspiration, se signa, baissa la tête, et dit :

— Bénissez-moi, mon père, car j'ai péché. Ma dernière confession remonte à...

CHAPITRE SEPT

— Une enquête dans les Kiribati ? releva Nate. Là, c'est autre chose.

— Pas seulement autre chose, ça pue.

Jeff Binghamton, directeur adjoint de la Division d'enquête criminelle du FBI, poussa une microcassette devant lui, la faisant glisser sur son bureau.

— Voilà l'enregistrement audio de la plainte initiale. Vous l'écouterez plus tard, mais en deux mots, un connard d'administrateur prétend que le gouvernement harcèle illégalement sa société, AgriMed. C'est une multinationale spécialisée dans la recherche génétique qui a son siège ici, aux États-Unis. Une partie de ses actifs basés à l'étranger ont été détruits.

— D'ordinaire, ce genre de problème incombe au pays où ces actifs ont été détruits, non ? fit remarquer Nate.

— Normalement, oui. Mais ce type fait valoir que ce sont des militaires américains qui sont responsables de ces destructions. Voilà ce que l'on sait : les autorités maritimes de la république des Kiribati ont reçu une demande de secours d'urgence provenant d'une île isolée. Cette île est louée par AgriMed. Ils ont investi là-bas des millions, semble-t-il. Ils font pousser des herbes médicinales ou je ne sais quelle saloperie ; c'est pour ça que les autorités locales les ont prévenus directement.

Jeff Binghamton attrapa sa grande tasse de café sur son bureau, et en but une gorgée.

— Voilà pour les faits, reprit-il. Mais le type, l'administrateur ou je ne sais quoi, prétend que lorsqu'ils ont répondu à l'appel, une partie de leur île n'était déjà plus qu'un tas de cendres fumant, et que des soldats lourdement armés ont été vus embarquant à bord d'un bateau portant le sigle de l'armée de terre des États-Unis. De plus, une des personnes secourues aurait été déposée dans un bâtiment appartenant à AgriMed sur l'île principale de l'archipel des Kiribati.

— Merde, dit Nate. Est-ce qu'on a une opération en cours dans le secteur ?

Binghamton fronça le nez et haussa les épaules.

— C'est toute la question. Cette plainte remonte à un moment déjà. J'ai rempli des demandes d'information auprès de l'inspection générale des armées. En gros, ils m'ont renvoyé un démenti de non-démenti. Vous savez, le genre : « Je ne fais rien que vous ayez besoin de savoir… »

Binghamton se pencha en avant. Les poches sous ses yeux rappelèrent à Nate pourquoi il n'avait jamais voulu faire partie du personnel d'encadrement administratif. La langue de bois utilisée par les « managers » du Bureau lui aurait donné envie de taper sur quelqu'un, au sens propre.

— Alors, j'ai essayé de creuser un peu par moi-même, avec l'aide d'un copain qui travaille à l'Inspection générale des armées. Disons simplement qu'il y avait bien des forces militaires dans le secteur à ce moment-là. Autrement dit, la plainte d'AgriMed est plausible.

— Et vous voulez que je découvre ce qui s'est réellement passé, c'est ça ?

— Oui. Je vais vous adjoindre une équipe, mais je veux que ce soit vous le patron.

Binghamton appuya ses coudes sur son bureau et pointa un doigt vers Nate.

— Et, Nate, soyez prudent. Nous ignorons complètement sur quoi vous pouvez tomber là-bas. Ces types d'AgriMed, je ne leur fais pas confiance. Et mon sixième sens me trompe rarement.

Nate s'empara de la bande audio sur le bureau.

— Je vais examiner ça tout de suite.

La brise souffla au visage de Nate, qui fronça le nez sous son masque chirurgical. L'île empestait la pourriture carbonisée, l'essence imbrûlée et le poisson mort. De toute évidence, les militaires – ou quels que soient les responsables – n'y étaient pas allés de main morte avec leur cocktail inflammable pour réduire cet endroit en cendres. Au milieu des restes calcinés de ce qui avait été une forêt de palmiers, une petite structure en béton était l'unique signe de civilisation encore visible.

Les six agents qui accompagnaient Nate grimaçaient de dégoût.

— C'est quoi, ce bordel ? pesta Eric Meadows, le plus jeune de l'équipe. On se croirait dans une raffinerie tellement ça pue.

— Sauf que ce n'est pas seulement l'essence que ça sent, dit Mike Anderson, un ancien fantassin de marine. Je ne suis pas près d'oublier cette odeur. Ça pue aussi le détergent et la mort. Je n'ai pas besoin des gars du médico-légal pour savoir que quelqu'un a incendié cet endroit au napalm.

Nate secoua la tête. Il connaissait bien cette odeur lui aussi, qui le renvoyait à l'époque où il était dans les Forces spéciales. Il regarda du côté de la plage rocheuse et repéra des poches de bulles gazeuses le long de la laisse de mer. Puis, il se tourna vers ses hommes.

— Raison de plus pour régler tout ça au plus vite, cria-t-il pour être entendu par-dessus le piaillement des mouettes. Je n'ai pas l'intention de revenir dans cet enfer, alors rassemblez autant de preuves que possible. Anderson, Sanchez et Smith, occupez-vous du flanc est de l'île. Johnson, Liu et Meadows, vous irez à l'ouest. Je vais prendre par le milieu. On se retrouve du côté nord. Que chacun garde sa radio allumée. Compris ?

Les hommes hochèrent la tête, et Nate se mit en route, avançant péniblement sur le terrain accidenté dans une atmosphère postapocalyptique, les restes de végétation calcinée craquant sous ses bottes. Çà et là, quelque chose attirait son regard, un fragment d'arbre mort, une noix de coco, un crabe, qu'il plaçait dans un sachet de prélèvement et étiquetait.

Alors qu'il approchait de la structure au centre de l'île, il tomba sur un grand palmier qui était tombé mais n'avait pas complètement brûlé. Il avait éclaté par endroit – sans doute parce que sa sève avait été portée à ébullition dans l'incendie – mais plusieurs parties étaient restées intactes. Nate donna un coup de pied dans la partie inférieure du tronc ; elle n'éclata pas.

Il prit une barre de fer dans son sac, la glissa sous le tronc et, grognant en soulevant la barre de toutes ses forces, il réussit à faire bouger l'arbre, révélant un peu de végétation écrasée mais qui n'avait pas brûlé. Alors qu'il complétait sa collection de prélèvement, il repéra une couleur vive à l'intérieur du tronc. Il sortit sa pince à épiler, la glissa à l'intérieur du palmier et y préleva une plume duveteuse rouge. Hormis les mouettes et les crabes sur la plage, c'était le premier signe de vie qu'il rencontrait sur cette île. Il déposa la plume dans un sachet et continua.

En approchant de la structure en béton, il fronça les sourcils.

Alors que le reste de l'île n'était plus que débris calcinés et cendres, une zone était dégagée devant la construction. Étrange. Était-ce parce que c'était là qu'AgriMed concevait ses médicaments ? Avait-on maintenu volontairement l'accès au bâtiment ?

C'était un petit bâtiment en béton, massif, de plain-pied. L'extérieur était presque intact ; seules les fenêtres avaient brûlé, et la porte en métal ne tenait plus que par un gond.

Il pénétra à l'intérieur. Les émanations concentrées d'un accélérateur de feu étaient suffocantes.

Ils voulaient vraiment de débarrasser de ce qu'il y avait là-dedans.

Le sol était couvert de cendres ; pourtant, malgré la force apparente de l'incendie, tout n'avait pas été complètement détruit. On apercevait çà et là sur le sol des espèces de protubérances noircies. Nate s'approcha de l'une d'elles et, à l'aide d'une pointe en métal, il sonda le débris.

Il fut surpris de constater qu'il était relativement solide.

En grattant un peu la surface carbonisée, il se rendit compte qu'il s'agissait des restes fondus d'une carte mère d'ordinateur. La plupart des puces électroniques qui y étaient normalement soudées avaient dû éclater et se consumer dans l'incendie.

À côté de l'ordinateur détruit se trouvait ce qui semblait être un microscope, brûlé et déformé lui aussi.

Le long des murs du petit bâtiment, Nate vit de nombreux autres débris du même genre.

Il s'empara de la radio accrochée à sa ceinture et demanda :

— Trouvé quelque chose, les gars ?

— *Ici Anderson. Rien encore, à part des crabes morts, des fientes de mouette, et des mouettes mortes justement ; il y en a en pagaille. Elles ont dû ingérer cette saloperie d'essence gélifiée.*

— *Ici Liu. C'est la même histoire ici, côté ouest. J'ai ramassé deux de ces pauvres oiseaux, juste au cas où. Cet endroit est une vraie catastrophe écologique.*

— Très bien, les gars, changement de plan. Retrouvez-moi au bâtiment en béton, au centre de l'île. J'ai trouvé des restes d'ordinateurs. On ne pourra sûrement rien en tirer, mais on ne sait jamais. J'ai besoin de vous ici pour prélever, classer et emporter tout ce fatras pour les gars du labo à Quantico.

— *Bien reçu. L'équipe sera sur place dans vingt minutes.*

— *Idem pour l'équipe ouest.*

Nate raccrocha sa radio à sa ceinture, et sortit du bâtiment pour échapper à l'odeur irrespirable. Il frotta mécaniquement le bout de sa botte sur le sol comme pour rythmer le flux de ses pensées, tandis qu'il s'efforçait de faire le point sur ce qu'il savait.

Un grand groupe de l'industrie pharmaceutique s'était foutu en rogne parce que quelqu'un avait détruit des cultures servant à fabriquer des médicaments. Hypothèse plausible, mais il y avait sûrement plus que cela.

Des militaires avaient détruit cet endroit, mais pourquoi ? Aucune culture inoffensive ne nécessitait d'être réduite en cendres comme ça avait été le cas ici. Et surtout, à moins d'avoir quelque chose à cacher, pourquoi détruire des microscopes ou des ordinateurs ?

Quelqu'un racontait des bobards, mais il ignorait si c'étaient les types d'AgriMed, ou une partie du gouvernement.

Il comptait bien le découvrir.

Juan prit une grande inspiration. L'odeur dans le labo était presque agréable, proche de celle de la sciure de bois ; elle résultait d'une stricte filtration de l'air conjuguée aux protocoles sanitaires. Ils étaient indispensables dans un laboratoire qui abritait des centaines de rats dans des enclos aérés.

Il fixa le rat de la cage 153.

— Alors, Hercule, comme ça va aujourd'hui ?

Le rat brun ne lui accorda aucune attention, occupé à grignoter voracement un granulé alimentaire.

Juan l'avait baptisé Hercule en raison de sa musculature anormale. Il possédait une masse musculaire presque trois fois supérieure à celle d'un rat normal ; ses poils étaient un peu plus longs, et son métabolisme réclamait plus d'apports caloriques.

C'était le premier rat à se voir injecté des fragments de virus du dernier génome généré par algorithme. Les gènes modifiés, injectés durant les premiers stades du développement d'Hercule, l'avait transformé en quelque chose d'inhabituel. Le virus porteur de gènes avait fait de lui l'incarnation vivante du futur de son espèce.

Ce rat était la preuve que le miracle que Juan s'était efforcé de créer, était bel et bien possible.

Il inspecta plusieurs autres cages, qui abritaient les rats des groupes de contrôle. Des protubérances sous-cutanées sur les cuisses de ces rats indiquaient que les cellules cancéreuses qui leur avaient été injectées, grossissaient rapidement.

Hercule avait reçu en injection les mêmes cellules, et pourtant il n'avait développé aucune grosseur inhabituelle.

C'était véritablement un miracle.

Un des assistants de Juan, une technicienne prénommée Carol, la cinquantaine grisonnante, travaillait à côté de lui. Juan s'adressa à elle alors qu'elle attrapait avec précaution un rat dans sa cage.

— Carol, avez-vous eu le temps de faire un bilan bio complet d'Hercule ?

Le rat gigotant dans sa main gauche, la technicienne se tourna vers lui, remonta ses lunettes sur son nez, et, l'air sombre, répondit d'un ton assez sec :

— Si j'ai eu le temps ? J'ai deux cent cinquante rats en cours d'essai, un interne dont l'unique talent est de savoir mettre une pagaille monstre sur son plan de travail, une autre qui a peur des rats – si, si ! – et un troisième qui se fait pipi dessus à chaque fois que je lui demande de faire quelque chose avec les animaux. Ce qui fait qu'il y a ici deux personnes – vous et moi, pas une de plus – pour faire tout le boulot.

Elle leva un sourcil, avant d'ajouter :

— Et comme vous n'avez pas été beaucoup présent ces derniers temps... Alors, non, je n'ai pas encore eu le temps de faire un bilan métabolique de notre merveille de rat.

Juan ressentit une pointe de culpabilité.

— Je suis désolé, Carol. Je sais que j'ai eu beaucoup de réunions ces deux dernières semaines. C'est juste que depuis que nous avons pu confirmer les résultats d'Hercule, ils trépignent d'impatience au siège, et je dois continuer de faire en sorte qu'ils soient heureux.

Il croisa les doigts et, dans un geste de supplication outré, il demanda :

— Pouvez-vous s'il vous plaît faire le bilan bio d'Hercule, et préparer des échantillons sanguins et tissulaires afin que nous puissions en extraire l'ADN ? Je vous promets de vous dénicher une aide digne de ce nom dès que possible.

Il ajouta, avec une pointe de culpabilité :

— Winslow veut me voir à midi à Washington. Je ne sais pas exactement pourquoi, mais je pense que si nous lui fournissons assez de données justificatives, il y a peut-être une chance pour qu'il approuve les essais cliniques de phase zéro.

Carol plissa les yeux, avant d'esquisser un petit sourire qui illumina aussitôt son air sombre. Elle reposa le rat dans sa cage et secoua la tête.

— Commencez par arrêter de me supplier, d'accord ? C'en est gênant.

Elle se lava les mains avec un gel hydroalcoolique et grommela :

— Bon, je m'occupe du bilan bio et je commence l'extraction, mais je ne ferai pas l'analyse. Demain, c'est mon anniversaire. Je prends ma journée.

Le téléphone portable de Juan vibra, lui rappelant qu'il était temps de rejoindre l'aéroport.

— Merci infiniment, Carol. Je serai de retour tard dans la soirée. Je m'occuperai de cette analyse pendant que vous profiterez d'un jour de repos bien mérité. Je vais demander à un des internes de m'aider.

— Alors là, bonne chance, grommela Carol.

———

Il était bien plus tard qu'il ne l'avait imaginé quand enfin il fut de retour au laboratoire. Mike Kim était déjà au travail sur l'analyse. Mike était un doctorant de l'université de Stanford ; Juan était à peu près sûr que c'était lui qui se faisait « pipi dessus », selon l'expression de Carol, à chaque fois qu'il devait manipuler les animaux. Mike était un as de l'informatique ; il était beaucoup moins doué avec les rats.

— Docteur Gutierrez, dit-il. Je suis content que vous soyez revenu. Je suis en train de comparer le profil ADN du spécimen 153 aux profils de contrôle standards, et j'avoue que je me pose des questions sur ce que j'ai sous les yeux.

Juan se faufila entre les tables de travail encombrées de carnets de notes, de centrifugeuses et d'agitateurs magnétiques. L'endroit sentait l'alcool à friction, et il y régnait un silence de plomb, dû à l'heure tardive. Il attrapa un tabouret et s'assit à côté de Mike.

— D'accord. Que se passe-t-il ?

Mike pointa un doigt vers l'écran d'ordinateur.

— Eh bien, quand je passe le profil ADN d'Hercule à la moulinette du programme GeneMark, voilà ce que j'obtiens.

Juan regarda l'écran, qui affichait une carte complexe représentant le génome du rat. Il sourit, comprenant immédiatement ce qui suscitait la perplexité de l'interne. Dans le cas d'un génome bien documenté comme celui du *Rattus norvegicus*, le rat brun, classiquement utilisé comme animal de laboratoire, l'écran aurait dû être submergé de carrés verts indiquant les gènes identifiés. Au lieu de cela, il était couvert de taches rouges correspondant à des séquences génomiques inconnues de la base de données.

— Êtes-vous sûr que le génome sur lequel nous travaillons n'est pas corrompu ? demanda Mike. J'ai déjà fait ça à l'université, et je n'ai jamais vu autant de données non-identifiées.

Juan ne pouvait pas dire la vérité au gamin. Aucun des internes ne savait que le génome du spécimen 153 était le résultat de cinq mille ans d'évolution simulée. Mais il savait quoi répondre ; ce n'était pas la première fois qu'il était confronté à cette situation.

— Mike, j'imagine que vous avez entendu parler des modèles de Markov cachés. Le programme informatique que nous utilisons démultiplie les MMC pour identifier l'emplacement des gènes dans le génome, en l'occurrence celui que je vous ai fourni. Il n'est pas rare que des mutations s'opèrent dans ces échantillons, pour des raisons que je ne peux divulguer. Or, la plus complète des bases de données génétiques existantes ne peut que signaler ces mutations comme étant « non-identifiées ».

Juan tapota sur une des cases rouges qui apparaissaient à l'écran. Elle s'agrandit pour montrer la signature de ce que l'analyse avait trouvé.

— Néanmoins, poursuivit-il, en signalant les séquences modifiées, le programme a fait sa part du travail. Nous savons que cette séquence est fonctionnelle, mais pas quelle est réellement sa fonction. Notre boulot est de combler les blancs, et on ne peut le faire qu'à travers une expérimentation in vivo.

Le jeune interne leva les yeux vers la grande vitre fixe qui se découpait sur le mur du fond, et qui donnait sur le laboratoire adjacent – celui où se trouvaient l'ensemble des cages des rats. Il fronça les sourcils.

— Si je comprends bien, vous suggérez ce qu'on appelle une invalidation génique…

— Non.

Juan tapota de nouveau sur l'écran pour revenir à la carte montrant les cases vertes et rouges.

— Pour comprendre ce qui s'opère avec ces séquences fonctionnelles, il va falloir modifier nos sujets tests. Le protocole est simple. Vous devrez isoler les séquences identifiées, et y intégrer les parties synthétisées que le programme a indiqué comme étant non-identifiées. Il faudra alors prendre ces constructions, et les insérer dans nos hôtes grâce à un agent viral modifié. Je sais que ça a l'air d'être beaucoup de travail. Cela fait des années que j'élimine du génome les différences dépourvues de sens, mais une ou plusieurs de ces séquences combinées peuvent nous fournir la clé qui rendra l'humanité insensibles à certains types de cancer. Toutes les pièces du puzzle sont là, devant nous. Nous devons juste trouver comment elles s'assemblent.

Mike écarquilla les yeux, et déglutit péniblement.

— Donc, nous allons devoir injecter aux rats les agents viraux modifiés, dit-il, mal à l'aise.

— Ça va bien se passer, le rassura Juan en lui donna une petite tape sur l'épaule.

Il déboutonna ses manches de chemise et les retroussa.

— Répartissons-nous le travail. Vous ferez les premières séquences ; je ferai les autres.

Frank O'Reilly regardait son troupeau de deux cent cinquante Angus se laisser guider à l'intérieur du pâturage numéro quatre, jusqu'à ce que Buck, son jeune ouvrier agricole au visage tavelé de taches de rousseur, ferme la barrière d'enclos derrière eux.

Mais les pensées de Frank étaient ailleurs. Ce matin-là, Megan et lui avaient déposé Kathy à l'aéroport, et il avait toujours la sensation d'avoir pris un uppercut à l'estomac. Il y avait quelques jours de cela, brutalement, en rentrant de l'église, leur fille leur avait annoncé qu'elle voulait reprendre ses études. Ce n'est qu'à cet instant qu'il avait véritablement pris conscience du bonheur que c'était de l'avoir à la maison. Cela ne faisait que quelques heures qu'elle était partie, et elle lui manquait déjà terriblement.

Mais il comprenait. Kathy avait besoin de remettre sa vie sur ses rails ; c'était sans doute ce qu'il y avait de mieux pour sa petite fille chérie.

Il grimaça de douleur en descendant de cheval et en tendant les rênes à son jeune ouvrier agricole.

Buck les lui prit, et, désignant le bétail d'un petit mouvement du menton, il dit :

— Les bêtes devraient bien engraisser avec cette herbe fraîche, monsieur O'Reilly.

Frank leva le bras et embrassa d'un geste ankylosé l'étendue du pâturage désormais vide.

— Il y a plein de bon engrais maintenant dans le pâturage trois. Assure-toi que les garçons le labourent comme il faut. D'ici deux semaines, on y plantera de la luzerne. Et entre-temps, on fera les foins du pâturage deux.

— Bien, monsieur. Je vais sortir le motoculteur. On commencera le numéro trois cet après-midi.

Frank remua son bras d'avant en arrière, s'efforçant de chasser la douleur qui le gênait. Il remarqua que Buck l'observait.

— Quoi ?

Buck secoua la tête.

— Rien. Je pensais juste à tout ce qu'il reste à faire aujourd'hui.

— Buck, tu travailles avec moi depuis que tu as douze ans, et à plein temps depuis que tu as terminé le lycée. Je te connais mieux que tu ne te connais toi-même – et je sais quand quelque chose te tracasse. Je le sens. Alors, qu'est-ce que c'est ?

Traînant le bout de sa botte droite dans la terre, le jeune ouvrier agricole afficha un air préoccupé.

— Monsieur, c'est juste que… vous n'avez pas l'air tellement en forme. Je ne voudrais pas que vous vous épuisiez au travail, et que vous tombiez malade.

Frank pouffa d'un air moqueur.

— Fiche-moi la paix avec tes bêtises. Je suis préoccupé, voilà tout. Ma fille est partie ce matin. Elle retourne à l'université.

— L'université, c'est bien, non ? C'est une fille intelligente.

Frank laissa échapper un petit rire amer.

— C'est toujours mieux que ce qu'elle faisait dernièrement, en tout cas. Bref, pardonne-moi si j'ai l'air un peu distrait ces derniers temps.

Il adressa un sourire en coin au jeune ouvrir bien intentionné, et dit :

— Je te botterai le cul plus tard, quand j'aurai moins de choses importantes à faire.

Buck rit joyeusement, et rassembla les rênes de son cheval et de celui de Frank.

— À votre place, je ne m'inquiéterais pas trop pour Kathy. Elle a un courage à toute épreuve

— Comme sa mère, approuva Frank. Allez, je te laisse finir les corvées du jour. Je vais voir si Megan a besoin de moi.

Il tourna les talons et se dirigea vers son pick-up en s'efforçant de ne pas boîter, malgré une vive douleur aux genoux.

Frank s'affala dans son fauteuil de relaxation et s'efforça de réfléchir à ce qu'il avait pu faire au cours des deux derniers mois qui pourrait expliquer qu'il soit perclus de douleurs soudainement. Il devrait être dehors à travailler ; ce n'était que le milieu de l'après-midi. Mais son corps exigeait qu'il se repose.

Ce n'est rien. Cesse de t'inquiéter pour rien, ou tu vas finir par faire une crise d'angoisse.

Il attrapa le flacon d'aspirine sur la table basse et engloutit trois comprimés. Il grimaça, le goût amer persistant au fond de sa gorge, et s'intima l'ordre de se détendre.

La porte de la chambre s'ouvrit ; il entendit cliqueter les griffes de Jasper sur le parquet. Le chien déboula dans le salon et s'arrêta en dérapant juste devant lui. Megan arriva ensuite, les cheveux encore mouillés après sa douche.

Frank caressa la joue de Jasper.

— Alors, mon gars, tu veilles bien sur ta maîtresse ?

Jasper répondit par un petit « ouarf ».

— Qu'est-ce que tu fais à la maison aussi tôt ? demanda Megan.

Frank secoua le flacon d'aspirine et répondit :

— Juste une vilaine migraine. Je me suis dit que je ferais bien de rester à l'ombre un moment. J'ai chargé Buck de faire ce qu'il y a à faire aujourd'hui.

Megan s'approcha et apposa sa main sur ses joues et son front.

— Tu n'as pas de fièvre, apparemment.

Elle attrapa son tricot et s'assit sur le canapé.

— Je vais te tenir compagnie, dit-elle. Je me dis que maintenant que Kathy est repartie dans l'est, elle va avoir besoin de pulls.

Frank soupira.

— J'espère vraiment qu'elle a pris la bonne décision. Je l'ai sentie inquiète.

Megan fit claquer sa langue, l'air de dire « Mais non », en se mettant à tricoter la manche d'un pull rouge.

— Elle n'était pas inquiète ; c'est juste que tout cela est assez excitant pour elle. Et puis, c'est une grande fille maintenant. Tu sais qu'on ne peut pas la garder éternellement avec nous.

— Je sais. N'empêche qu'elle me manque.

Megan lui sourit tendrement.

— Tu es un grand sentimental. C'est pour ça qu'on t'aime tant.

Jasper renifla le pantalon de Frank et gémit.

— Qu'y a-t-il, mon grand ?

Jasper posa ses pattes sur le bord du fauteuil et continua de renifler, comme s'il cherchait quelque chose.

— Je n'ai pas de bœuf séché, espèce d'idiot… hé !

Jasper venait de sauter sur les genoux du rancher. Il gigota pour trouver sa place, puis il posa doucement sa grosse tête sur la poitrine de Frank.

Ce dernier baissa les yeux et secoua la tête.

— Tiens, c'est nouveau, ça. Tu ne vas pas te pelotonner contre maîtresse, comme d'habitude ?

— Il essaie juste de t'aider avec ta migraine, expliqua Megan d'un ton détaché.

— Bon, mais j'ai des choses à faire. Il va bientôt être l'heure de dîner. Je ferais bien de préparer les steaks.

Jasper se mit soudain à ronfler doucement. Megan sourit.

— Ne t'inquiète pas pour ça. Il reste du ragoût. Je termine ça, et je vais préparer des petits pains. Repose-toi.

Frank appuya sa tête contre le dossier du fauteuil, caressa le cou soyeux de Jasper et ferma les yeux. Après tout, un petit somme lui ferait sûrement du bien. Il se sentait tellement fatigué.

— Je suis franchement surpris que tu aies réussi à analyser aussi vite tout ce bazar que je t'ai laissé, dit Nate, admiratif. Et ça, en deux semaines seulement.

Hendrickson pouffa d'un rire ironique, tandis qu'il précédait Nate à l'intérieur du bâtiment.

— Qu'est-ce que tu crois que je fais toute la journée ? Que je reste assis sur mon cul à regarder le plafond ? Non, la question qui me taraude, c'est : d'où sors-tu tous ces prélèvements ?

— Je ne peux pas en parler, tu le sais.

— Je sais. Et même si tu le faisais, reprit le technicien en faisant mine de se boucher les oreilles tandis qu'ils entraient dans le laboratoire, je devrais faire semblant de n'avoir rien entendu. Enfin, ça m'oblige au moins à rester à la pointe de l'analyse.

— Ravi de t'être utile. Oh, à propos, je suis un peu triste de voir que tes cheveux ont perdu cette jolie teinte verte qui t'allait si bien.

Hendrickson secoua la tête en riant.

— Ça remonte à trois ans. Tu me rendrais service en oubliant ça, d'accord ?

— Jamais, dit Nate.

Il posa un doigt sur sa tempe et ajouta :

— J'ai une mémoire d'éléphant.

Nate aimait bien taquiner Hendrickson. Mais surtout, il appréciait de travailler avec lui. C'était un excellent analyste. Consciencieux et persévérant, soucieux d'approfondir tout ce qui ne collait pas en apparence.

Hendrickson fit glisser son badge devant le lecteur de la salle sécurisée, réservée aux prélèvements hautement confidentiels. Ils pénétrèrent dans la salle. Le technicien s'installa aussitôt devant un terminal, et consulta quelques notes manuscrites.

Il se râcla la gorge, ouvrit le tiroir d'un meuble-classeur et farfouilla dans un ensemble de dossiers.

— Alors, demanda Nate. Qu'est-ce que tu as trouvé ?

— Bon, très bien, dit Hendrickson. En gros, les prélèvements faits par ton équipe peuvent être classés en trois catégories : ceux qui relèvent de l'analyse chimique, ceux qui font appel à la récupération de données, et ceux qui impliquent une analyse ADN. Commençons par l'analyse chimique : presque tous les prélèvements que tu as collectés portaient la trace d'un accélérateur. Une forme d'essence gélifiée, pour être précis. Ses constituants correspondent à peu de choses près à ce que nous balancions autrefois en Corée.

— Je vois, dit Nate, qui avait encore en mémoire le souvenir olfactif des émanations âcres d'essence et de détergent. Je ne sais pas quel connard a pu écrire une réplique comme « J'aime l'odeur du napalm au petit matin », mais il était sacrément à la masse. Je déteste cette odeur.

— Pour ce qui est de la récupération de données, continua Hendrickson, nous n'avons pas pu récupérer quoi que ce soit des composants électroniques que ton équipe a rapportés. Ceux qui ont incendié cet endroit ont pris soin avant de récupérer les disques durs. J'ai pu retrouver la marque de certains des PC ; il s'agit de postes de travail standard, facilement trouvables dans le commerce.

— Donc, c'est l'impasse.

L'analyste lui jeta un regard oblique et sourit.

— Pas tout à fait, non.

Il pianota sur le clavier du terminal et fit s'afficher à l'écran un bordereau de vente.

— J'ai pu récupérer le numéro de série d'une des cartes mères, ce qui m'a permis de remonter jusqu'à cette transaction : une vente de deux cents unités informatiques.

Nate examina le bordereau scanné qui s'affichait à l'écran. L'acheteur portait un nom allemand, et l'adresse se trouvait également en Allemagne.

— Bundesnachrichtendienst ? Tu as des infos sur cette société ?

Hendrickson prit soudain un air plus sérieux.

— Il n'y a pas de société. Bundesnachrichtendienst peut se traduire par Service fédéral de renseignement. Il s'agit du BND, l'équivalent allemand de la CIA.

— Quoi ? Tu es sérieux ?

— Aussi sérieux qu'une crise cardiaque. Mais, hé, je me contente de te notifier ce que j'ai découvert, d'accord ? À toi de voir ce que tu en feras.

Nate secoua la tête d'un air incrédule, et demanda :

— Autre chose ?

— Ouais, mais là, je te préviens, on entre dans le très bizarre. Ça concerne ces microscopes bousillés que tu as rapportés. Eh ben, c'est tout sauf des microscopes basiques. Il s'agit de microscopes à fluorescence – ceux dont on se sert généralement en sciences de la vie. Ils coûtent les yeux de la tête. Et devine quoi ?

— Tu as trouvé un numéro de série.

Hendrickson sourit.

— Ouais.

Il fit apparaître une nouvelle facture à l'écran.

— Je suis remonté à une commande de dix de ces jolies petites bêtes, expédiées ici, en Virginie.

Il mit l'adresse en surbrillance, entra plusieurs commandes au clavier, et fit s'afficher une carte. Il agrandit une partie de celle-ci, révélant la structure massive et plutôt sinistre d'un bâtiment bien connu.

Nate sentit un frisson lui glacer l'échine en reconnaissant le siège de la CIA.

— Tu es absolument certain de ne pas te tromper ?

— Absolument. L'adresse correspond à ce que tu vois à l'écran. J'ai réussi à récupérer trois numéros de série, et tous renvoient à la même commande livrée à une société fantôme. Je n'ai pas accès aux dossiers d'acquisition du ministère. La communauté du renseignement aime bien cloisonner les services.

Nate inclina la tête sur le côté et fit craquer son cou.

— Les communautés du renseignement allemande et américaine travaillant ensemble ? Je n'ai pas de quoi monter un dossier, mais peut-être que ça pourrait suffire pour porter l'affaire auprès de la cour FISA et obtenir un mandat.

— Attends une minute, je t'ai gardé le meilleur pour la fin. Je ne t'ai pas encore parlé de la preuve ADN.

Il se tourna vers l'écran et fit apparaître les images de plusieurs échantillons.

— Bon, il y a les trucs qui étaient très brûlés, et dont je n'ai pas pu tirer grand-chose. Il y a ceux que j'ai pu identifier, mais qui n'étaient pas très intéressants. Un morceau de coquille de crabe de cocotier. Des laridés…

— Des laridés ?

— Je veux dire des mouettes, désolé, corrigea Hendrickson. Toutes mortes par empoisonnement au benzène, ce qui est assez logique si elles ont ingurgité des trucs nappés d'essence.

Nate agita une main impatiente.

— Viens-en directement à ce que tu appelles « le meilleur ».

— D'accord. Il y a un prélèvement qui est revenu avec des résultats réellement bizarres. Cette plume rouge que tu as trouvée. D'après sa morphologie, j'ai pu déterminer à quelle espèce elle pouvait appartenir. J'ai procédé à une analyse ADN, et c'est à ce moment-là que ça s'est compliqué. Je ne suis pas certain à cent pour cent du genre d'oiseau que c'était, mais tout indique qu'il s'agit d'un diamant de Gould – même coloration, même taille, même structure plumaire – mais s'il s'agit bien de cet oiseau, alors quelque chose ne va pas *du tout* au niveau des résultats ADN. Ça m'a rappelé ce prélèvement que tu m'as soumis il y a trois ans. Tu te souviens, ce poil de chien ?

Nate s'en souvenait très bien. Une affaire restée non résolue depuis.

— Tu es en train de me dire que tu n'as pas pu trouver un résultat ADN correspondant de manière probante à cette plume ?

Hendrickson secoua la tête.

— Non. Mais ce qui me tracasse peut-être encore plus, c'est que cet ADN suggère que cette créature est plus proche d'un crocodile que de tout ce qui a des plumes et vole. Il n'y a que six pour cent de différence, sur le plan génétique, entre un croco et cet oiseau. C'est beaucoup et peu à la fois. Alors, tout ce que je peux te dire, c'est que ton échantillon provient bien d'une créature à plumes ; et c'est tout. Je ne peux rien dire de plus.

Nate fronça les sourcils.

— Tu es en train de m'expliquer que nous n'avons pas seulement affaire à une espèce d'oiseau non-identifiée.

— Non.

L'analyste fixa Nate d'un air sombre.

— Ça a des plumes, mais ce n'est pas un oiseau. Je n'ai jamais rien vu de semblable. Non, bordel, je ne connais pas un putain d'oiseau dont le génome s'approche de près ou de loin de celui-là. Ce qui signifie que… je ne crois pas que ce soit naturel. Rien ne peut causer naturellement une telle dérive génétique.

— Qu'est-ce que tu essaies de me dire, au juste ?

— Je crois que quelqu'un s'amuse à jouer à Dieu.

CHAPITRE HUIT

Juan étudia l'expression du visage d'Harry Winslow, le patron de la Division recherche et développement d'AgriMed Global, qui feuilletait l'épais rapport clinique documentant les progrès faits par Juan avec ses dernières expériences sur les rats.

Il faisait chaud dans la pièce. Juan sentait l'odeur camphrée du fauteuil en cuir sur lequel il était assis s'insinuer dans ses narines.

Si tout se passait comme prévu, il serait autorisé à poursuivre ses essais sur l'homme. Sauf qu'il était déjà passé par cette étape critique une bonne dizaine de fois déjà, et qu'à chaque fois – alors qu'il était persuadé de n'avoir rien laissé au hasard – Winslow avait soulevé au moins une question à laquelle il n'avait toujours pas apporté de réponse. Le directeur de la recherche s'en tenait strictement au protocole dès lors qu'il s'agissait d'essais cliniques chez l'homme.

Les dernières années avaient été particulièrement éprouvantes pour Juan, mais il était convaincu à présent qu'il était plus près que jamais de pouvoir confirmer quelque chose d'énorme.

Sans lever les yeux du rapport, Winslow dit d'une voix rauque :

— Donc, le spécimen 153 a continué de manifester une résistance à la tumeur, mais son bilan bio complet montre une température interne élevée. Avez-vous réussi à en déterminer la cause ?

— Pas encore, monsieur. Nous avons identifié la fonction de la plupart des gènes modifiés, et nous sommes enfin en mesure de procéder à un essai d'invalidation génique. J'espère que dans les deux mois qui viennent, nous disposerons enfin des fragments génétiques clés dont nous avons besoin.

Winslow se pencha en avant et fixa Juan en tambourinant du bout des doigts sur son bureau.

— Et comment comptez-vous mettre cela à profit pour traiter un patient humain ?

Juan ressentit un picotement au niveau de la nuque et son pouls s'accéléra. C'était la première fois que quelqu'un de sa hiérarchie évoquait la possibilité de franchir une nouvelle étape impliquant un patient humain.

— Monsieur, nous avons déjà utilisé des agents viraux pour traiter les échantillons. Dernièrement, nous avons réussi à provoquer une sporulation afin que les virus puissent être ingérés ; les spores pénètrent alors directement dans les viscères de l'animal, et c'est à ce moment-là qu'elles distribuent le matériel génétique.

À la grande surprise de Juan, Winslow lui sourit chaleureusement.

— Jeune homme, si tout cela donne les résultats escomptés, vous êtes en passe de révolutionner la thérapie génique et l'oncologie.

Le visage de Juan s'empourpra.

— Oui, poursuivit Winslow, j'aime la direction que vous avez décidé de prendre, et franchement, les résultats que vous avez obtenus sont déjà miraculeux. Je sais que nous avons pu vous paraître durs, et nous l'avons sans doute été, je ne le nie pas, mais il y avait une raison à cela. Je savais que si par miracle vous réussissiez à obtenir ces premiers résultats, nous aurions encore un tas de personnes à convaincre à la FDA et dans d'autres agences gouvernementales, avant de pouvoir continuer d'aller de l'avant.

Il pointa un doigt vers Juan et ajouta :

— À présent, il faut aller au bout. Terminez cet essai d'invalidation génique. Et quand vous serez certain d'être opérationnel, alors j'userais de tout mon pouvoir pour que l'on autorise l'essai clinique de phase zéro.

Juan sentit son esprit s'emballer à cette perspective. Il savait ce qu'il lui restait à faire.

— Merci, monsieur. Je ferai de mon mieux.

Winslow fit le tour de son bureau et posa solennellement les mains sur les épaules de Juan.

— Je n'en doute pas une seconde, dit-il.

Autour de Juan, la foule dense des voyageurs se dirigeait prestement vers les portes d'embarquement. L'aéroport national Ronald Reagan de Washington était plus animé qu'à l'ordinaire, mais Juan n'était pas pressé. Son vol retour pour Rochester était retardé de deux heures. En attendant, il tuait le temps en sirotant une bière dans le salon de l'aéroport.

Il avait du mal à réprimer son envie de sourire à l'idée qu'il était sur le point de toucher au but. Il était en passe de transformer une intuition folle, totalement invraisemblable, en quelque chose qui était susceptible de sauver des millions de vies. Il avala une gorgée de bière et dit à voix haute, pour lui-même :

— Deux mois, deux petits mois peut-être, et je traiterai mon premier patient humain.

Au même instant, son téléphone vibra dans sa poche. Il jeta un coup d'œil à l'écran.

— Miguel ? Que se passe-t-il ?

Il était rare que son frère l'appelle en milieu de journée.

— *Juan ! J'ai reçu une lettre, tu ne vas pas le croire.*

— Pas de devinette, dis-moi ce qui se passe, se crispa Juan.

— *Je viens de recevoir une lettre d'acceptation à l'école de médecine.*

Juan se détendit aussitôt et se renfonça dans le fauteuil en vinyle bon marché du salon.

— *Tu ne devineras jamais où ?* poursuivit son frère, débordant de joie.

Juan savait que son frère avait postulé dans un tas d'écoles.

— Je ne sais pas. Euh... l'université de Miami ? Ils ont un excellent...

— *Yale. L'école de médecine de l'université de Yale, fréro ! Tu imagines un peu ? Un gosse des quartiers qui entre à l'Ivy League, dans l'une des huit plus prestigieuses universités privées de ce pays ?*

— Miguel, c'est fantastique ! s'extasia Juan.

Il écouta son frère lui lire au mot près le texte de la lettre d'acceptation. Il savait malheureusement que le moment viendrait où il ne pourrait plus continuer de prétendre que « l'assurance de maman » allait couvrir tous les frais d'inscription ; d'autant moins qu'une école de médecine, surtout faisant partie de l'Ivy League, coûtait au bas mot cinquante mille dollars par an, ce qu'il n'avait pas les moyens de payer. Mais son frère et lui avaient déjà eu cette discussion quand Miguel avait commencé à candidater en dernière année à Georgia Tech.

— Oh, et ne t'inquiète pas pour le coût. Je m'en charge. Il y a un tas de bourses auxquelles je peux prétendre. Certaines sont strictement réservées aux Latinos, mais il y en a d'autres. Dommage que nous ne soyons pas juifs, parce qu'alors là, je n'aurais que l'embarras du choix. Et bien sûr, il reste toujours la solution du prêt. En tout cas, je ne veux pas que tu t'inquiète de quoi que ce soit.

Juan hocha la tête, encore impressionné.

— Hé, je suis réellement fier de toi. Et je suis certain que maman est en train de sourire, là où elle est. Tiens-moi au courant pour les bourses. C'est bien d'en faire la demande, mais je continuerai de faire tout ce que je peux pour t'aider...

— *Non, ne t'occupe plus de tout ça. Tu m'as déjà tellement baratiné avec cette histoire d'assurance de maman. Je ne veux plus que tu portes seul ce fardeau.*

Juan se sentit envahi par un immense sentiment de fierté. Miguel avait toujours été un garçon incroyablement intelligent.

— *Je peux me débrouiller comme un grand, fréro. Fais-moi confiance. Je ne laisserai pas passer cette chance.*

— Je sais. Je t'aime, *hermano*. Tiens-moi au courant.

— *Je t'aime moi aussi, fréro.*

Juan eut à peine raccroché qu'une voix annonça dans les haut-parleurs :

« À tous les passagers, votre attention s'il vous plaît. Nous vous annonçons que le pré-embarquement pour le vol American Airlines 4359 à destination de Rochester, vient de débuter. Nous invitons les passagers accompagnés d'enfants en particulier, et ceux nécessitant une assistance, à rejoindre sans attendre la porte prévue à cet effet. »

Pas trop tôt !

Juan termina le reste de sa bière tiède, rassembla ses affaires, et se dirigea vers la porte d'embarquement. Il passa devant un kiosque à journaux et décida d'acheter une bouteille d'eau pour le vol. Il ouvrit la porte vitrée du réfrigérateur contenant les boissons, attrapa une bouteille en plastique et... repéra un portefeuille féminin sur une des étagères. Manifestement, une femme l'avait posé là et oublié en partant. Il regarda autour de lui pour voir si sa propriétaire pouvait être encore là, mais il ne vit personne.

Dans de bonnes dispositions après l'appel de Miguel et ses propres perspectives professionnelles, il décida de jouer les bons samaritains et de déposer le portefeuille aux objets perdus – sans savoir où se trouvait le service en question. Son vol venait d'être annoncé au pré-embarquement ; il avait un peu de temps.

Le portefeuille était ouvert, et le permis de conduire visible. D'après la photo, la propriétaire de l'objet semblait être une très jolie femme aux cheveux roux et aux lumineux yeux verts.

Juan ressentit une pointe de tristesse en songeant à l'affolement qui allait probablement être le sien quand elle s'apercevrait de son étourderie.

Il regarda une fois de plus autour de lui et manqua suffoquer d'étonnement en repérant justement un peu plus loin une femme rousse marcher à grands pas hésitants, sa tête oscillant nerveusement de droite et de gauche.

Juan jeta encore une fois un coup d'œil au permis de conduire, lut le nom complet de sa propriétaire, et s'écria :

— Hé, Katherine !

La fille s'arrêta et se retourna.

Juan leva le portefeuille.

— Oh, mon Dieu !

Elle se précipita à sa rencontre.

— Merci infiniment. Je n'arrive pas à croire que j'ai pu être aussi stupide. On ne m'y reprendra pas. J'allais acheter côté l'eau, j'ai changé d'idée, et voilà…

Elle prit le portefeuille, feuilleta les compartiments, et croisa enfin, pour la première fois, le regard de Juan. Celui-ci n'avait jamais vu des yeux verts dégageant une telle intensité. Et elle était d'une beauté à couper le souffle.

Il se sentit brusquement empoté.

Elle lui tendit un billet de vingt dollars.

— Merci pour votre honnêteté. Prenez ce…

— Non, c'est inutile, l'interrompit-il avec un geste de la main. Je suis juste content de vous avoir repérée au bon moment. Sans cela, j'aurais dû chercher le service des objets trouvés.

— Eh bien… tout le monde n'aurait pas cette honnêteté, malheureusement.

Elle lui sourit. L'espace d'un instant, Juan eut l'impression que le temps s'était arrêté.

— Bon, dit-elle. Je dois y aller. Quelqu'un vient me chercher et m'attend certainement à la sortie.

Elle joignit les mains comme pour prier, l'une d'elles tenant toujours son portefeuille.

— Vous êtes un ange. Encore merci.

Elle tourna les talons, s'éloigna rapidement, et fut bientôt hors de vue.

« Les passagers du vol American Airlines 4359 à destination de Rochester sont priés d'embarquer porte 3. »

Juan continua de regarder fixement dans la direction où la femme avait disparu, avant de tourner les talons à son tour avec l'impression de laisser quelque chose derrière lui. *Allez, mon vieux, remets-toi. Ce n'est qu'une jolie nana écervelée qui a oublié son portefeuille.*

Il récupéra sa carte d'embarquement dans sa poche de chemise en arrivant à la porte 3, et la tendit à l'hôtesse. Le visage de la jolie Katherine aux cheveux roux et aux yeux verts, était profondément gravé dans sa mémoire.

Quelques minutes plus tard, assis dans l'avion côté hublot, l'appareil s'éloignant lentement de la passerelle, la vision ne le quittait toujours pas. Il secoua la tête. Qu'est-ce qui n'allait pas chez lui ? Il avait toujours eu du mal à se souvenir du nom de famille de ses petites amies, et voilà soudain que, sans qu'il parvienne à s'expliquer pourquoi, il savait qu'il n'oublierait jamais le nom de cette étrangère.

— Katherine O'Reilly, marmonna-t-il. Sors de ma tête.

Kathy s'assit à son bureau et jeta un coup d'œil au lit en désordre de sa camarade de chambre. Des rires de filles lui parvinrent du couloir.

Elle n'en revenait toujours pas d'être de nouveau étudiante. C'était irréel ; elle avait l'impression d'avoir remonté le temps.

Trois semaines seulement s'étaient écoulées depuis qu'elle s'était confessée au père Carson et lui avait raconté tout ce qui était arrivé. Cela faisait trois semaines qu'elle faisait pénitence selon les curieuses directives du prêtre, qui lui avait demandé de reprendre ses études, et de se servir de l'argent pour redémarrer une nouvelle vie.

Tout d'abord, cela lui avait paru impossible. Ce n'était pas parce que l'on décidait de reprendre ses études que l'on se pouvait se retrouver ici trois semaines plus tard. Mais le père Carson avait accompli une espèce de petit miracle. Apparemment, un de ses amis proches faisait partie du conseil de direction de la très renommée Université catholique de Georgetown. Ainsi, avant même d'avoir compris ce qui se passait, Kathy y avait-elle été admise et inscrite. Et quoiqu'elle eût sept ans de plus que la plupart des autres étudiantes de première année logées sur le campus, à Darnall Hall, ces dernières l'avaient accueillie sans faire de différence.

Elle se tourna vers la pile de manuels posée sur son bureau et attrapa celui qui avait une couverture violette et le mot *Génétique* inscrit au dos. Ses premiers cours dans cette matière ne débuteraient qu'au semestre suivant, mais c'était un sujet avec lequel elle avait toujours voulu se familiariser pour des raisons… personnelles.

Elle récupéra les sorties papier qu'elle avait glissées entre les pages du manuel, et les parcourut pour la centième fois.

Hormis les cicatrices rosâtres qui couvraient presque tout son corps, ces données – deux cents pages en tout – constituaient l'unique preuve tangible que ce qu'il lui était arrivé sur cette île était bien réel. Elles provenaient bien sûr de la clé USB qu'elle avait sortie secrètement de cet étrange labo. Elle les avait imprimées à la première occasion, et les avait examinées de la première à la dernière page – malheureusement sans y comprendre grand-chose. Pour compliquer encore l'affaire, la moitié était rédigée en allemand.

Tout ce qu'elle avait pu en comprendre, c'est que les scientifiques qui travaillaient sur cette île se livraient à des recherches génétiques, de manière secrète, semblait-il. Chaque page portait en effet, imprimé en diagonale en grosses lettres rouges hachurées, la mention *COSMIC TOP SECRET #53823*. Les pages écrites en anglais comportaient également des inscriptions inquiétantes, comme *TOP Secret//SI-G DRWN//TK*. Des recherches sur internet lui avaient appris qu'il s'agissait d'informations hautement confidentielles émanant soit de l'OTAN, soit du gouvernement américain.

Ce qui signifiait que le simple fait de prendre connaissance de ces documents – sans même parler de les voler – était de toute évidence illégal.

Elle examina une fois de plus la première page.

Fichier Darwin #390AE202D80E

Résumé : En utilisant l'algorithme Darwin V3.4, nous avons découvert que la Gen + 15 000 de l'Erythrura gouldiae (diamant de Gould) produit des spécimens montrant une résistance très supérieure à la normale au fibrosarcome. Sur le plan morphologique, l'espèce évolue peu, mais des changements ont été notés au niveau de son comportement grégaire. En accord avec le protocole, les ordinateurs poursuivent le traitement de l'algorithme jusqu'à la prochaine étape, pendant que des analyses complémentaires sur la population actuelle continuent d'être faites.

Chef d'équipe :

Deidrick Müller, Ph.D
Consultants :
Hans Reinhardt, Bundesnachrichtendienst
Ian Wexler, Bureau des technologies biomédicales (DARPA)

— Kathy !

La camarade de dortoir de Kathy, une blonde énergique prénommée Jennifer, déboula dans la chambre, farfouilla dans un tiroir de commode, et en sortit un maillot de bain une pièce.

— Plusieurs d'entre nous vont à la piscine. Ça te dit de venir ?

Kathy secoua la tête.

— Je ne peux pas, là, tout de suite, Jen. Peut-être plus tard.

— Tu en es sûre ? Si tu as besoin d'un maillot, je peux t'en prêter un.

Kathy s'imagina apparaître en public en maillot de bain, les jambes et les bras couverts de cicatrices.

— C'est gentil de m'inviter, mais j'ai des cours à revoir. Ça me rend nerveuse. Il faut que je retrouve le rythme des études. J'ai perdu l'habitude de faire ça.

Jennifer fit la moue d'un air ennuyé, en même temps qu'elle enfilait son maillot de bain.

— Et si on révisait ensemble quand je reviens ? On pourrait s'entraider ?

— Avec grand plaisir, dit Kathy.

Jennifer enfila un gros peignoir en tissu-éponge blanc et se dirigea vers la porte.

— Bon, révise bien. Je vais m'amuser un peu !

La voix forte du professeur Wilkinson résonna dans tout l'auditorium.

— C'est tout pour aujourd'hui, conclut-il. Vous avez vos sujets d'études. Je vous rappelle que cette semaine, vous aurez à démontrer par l'expérimentation en labo la phosphorylation au niveau du substrat. Cela fait partie de notre chapitre sur la glycolyse et le cycle de Krebs.

Comme toujours, j'espère que vous arriverez en ayant révisé, de telle sorte que nous puissions démarrer directement.

Après plusieurs mois passés à suivre son cours, Kathy savait que lorsque le professeur Wilkinson « espérait » quelque chose, cela signifiait qu'il n'imaginait pas qu'il en soit autrement le moment venu. Tous s'accordaient pour dire que c'était un des enseignants les plus âprement exigeants de l'université, et que son cours était l'un des plus redoutés des première année.

À moins de deux minutes de la fin du cours, certains étudiants commencèrent à ranger leurs affaires, quand le professeur ajouta, en parlant cette fois dans son micro pour être entendu dans le brouhaha ambiant :

— Oh, une dernière chose. Pour ceux qui comptent poursuivre la génétique au prochain semestre, nous avons invité un conférencier ce soir, qui s'exprimera au Centre de conférence de l'université sur la manière dont la recherche en génétique fait avancer la médecine d'aujourd'hui et de demain. La conférence débutera à dix-huit heures, mais vous pouvez arriver plus tôt si vous le souhaitez.

Son intérêt piqué au vif, Kathy rangea son ordinateur portable dans son sac à dos et jeta un coup d'œil à l'horloge murale.

Elle avait un rendez-vous pour une visite de contrôle avec l'infirmière au centre médical du campus à dix-sept heures. Mais à moins que cette dernière n'ait du retard dans ses rendez-vous, elle devrait pouvoir assister à la conférence.

Kathy avait l'impression de porter vingt-cinq kilos sur son dos tandis qu'elle suivait l'infirmière aux cheveux gris dans une salle située à l'arrière du centre médical. L'épuisement qu'elle ressentait depuis des mois ne faiblissait pas. Au début, elle s'était dit qu'elle faisait une dépression, mais mentalement, elle n'avait pas l'impression que c'était le chaos, du moins plus maintenant. En réalité, elle ne se souvenait d'une époque où elle avait ressenti plus d'optimisme qu'à présent concernant son avenir. Non, c'était autre chose. Elle se sentait… vidée. Physiquement à plat, en permanence.

L'infirmière s'arrêta devant une balance et dit :

— Nous allons vérifier votre poids et prendre vos constantes. Montez là-dessus.

Kathy fronça les sourcils en voyant grimper les chiffres digitaux. Elle pesait cinq kilos de plus qu'elle n'aurait voulu.

— Bien, dit l'infirmière. Pour un mètre soixante-deux, c'est tout à fait dans la norme. Tant mieux.

La voix rassurante de l'infirmière, qui avait un petit côté grand-mère, fit un peu oublier à Kathy le souci qu'elle avait de sa propre image. Si elle avait pris cinq kilos, c'était juste parce qu'elle n'avait plus fait d'exercices physiques depuis les événements sur l'île. Pour le moment, elle ne voulait pas entendre parler d'exercices, ni de devoir perdre du poids.

Elle s'assit patiemment tandis que l'infirmière prenait sa tension artérielle, vérifiait sa saturation en oxygène, examinait sa gorge et testait ses réflexes.

Puis, elle lui prit sa température au front à l'aide d'un drôle d'instrument à lecture digitale.

— 37,7. Vous avez juste une fièvre très légère. C'est fréquent ?

Kathy haussa les épaules.

— Je ne sais pas. En tout cas, je ne me sens pas malade, juste fatiguée.

Après que l'infirmière fut partie, Kathy dut attendre plusieurs minutes l'arrivée du médecin. Elle tua le temps en lisant des affiches sur la contraception et les maladies vénériennes. Elle trouva leur présence surprenante dans une institution d'obédience catholique. Bien sûr, elle avait entendu parler de la culture dite « hookup », ou du sexe sans lendemain, qui se répandait dans la sphère étudiante universitaire, mais sans trop savoir pourquoi, elle s'était dit que Georgetown devait faire exception à la règle. Sur le plan personnel, l'idée la heurtait. Elle n'avait connu qu'un seul garçon, et il était mort.

Elle en était là de ses réflexions quand on frappa à la porte de la salle d'examen. Le médecin entra. Il était incroyablement grand. C'était certainement la personne la plus grande qu'elle ait jamais vue. Il dut littéralement baisser la tête pour franchir la porte. Et quand il lui serra la main, elle ne put s'empêcher de remarquer que la sienne était deux fois plus grande. Cet homme était un géant.

— Katherine O'Reilly, c'est un plaisir de vous rencontrer. Je suis le docteur Al-Siddiqui.

Il prit une chaise, l'approcha pour s'asseoir face à Kathy, et ouvrit son dossier médical.

— Il est dit ici que vous souffrez d'une grande fatigue.

— Oui. Ce n'est pas que je manque de force, à proprement parler ; c'est juste que je me sens… eh bien, c'est un peu comme si je marchais dans l'eau. Tout me demande plus d'effort que cela ne devrait. C'est difficile à expliquer.

Le médecin griffonna quelque chose dans le dossier ; puis il leva les yeux et regarda Kathy d'un air bienveillant.

— Eh bien, on dirait que vos constantes sont très bonnes. Certes, votre température est légèrement élevée, mais vous avez peut-être simplement pris froid. Je ne vois rien d'inquiétant ici.

Il tourna une page du dossier, puis :

— Vos analyses de sang sont globalement très satisfaisantes, mais on note une légère carence en vitamine B12 et un début d'anémie. Cela pourrait expliquer la fatigue que vous ressentez. Avant que vous ne partiez, nous allons vous faire une injection de B12. Pour ce qui est de l'anémie, je préférerais la traiter par des changements alimentaires. Seriez-vous par hasard végétarienne ?

— Non, je suis plutôt une mangeuse de viande, mais j'ai essayé de m'en tenir au poisson dernièrement.

— Je vous suggère d'ajouter un peu de viande rouge – au moins une ou deux fois par semaine. Des légumes verts, des épinards par exemple, ou du chou frisé. Ils sont très riches en fer. Le fer aide le sang à transporter l'oxygène, ce qui devrait rebooster un peu votre système et vous redonner un peu de peps. Vous pensez pouvoir faire ça ?

Kathy sourit.

— Mon père est éleveur de bétail. Alors, oui, le bœuf, ça me va.

La vérité, c'était que si son père apprenait que le médecin lui avait conseillé de manger plus de bœuf, elle risquait de voir arriver dès le lendemain en colis réfrigéré une demi bête découpée en steaks.

— Parfait, alors on va faire comme ça.

Le médecin se leva. Il faisait penser davantage à un gratte-ciel qu'à un être humain.

— Revoyons-nous dans un mois, ajouta-t-il. On refera une prise de sang, et on verra ce qu'il en est alors de ce début d'anémie.

Kathy se leva.

— Pas d'autres questions ? lui demanda-t-il.

— Non, docteur.

— Très bien, alors prenez soin de vous. Si, pour une raison ou une autre, la fatigue s'aggravait, n'hésitez pas à revenir. On verra ce qu'on peut faire à ce moment-là.

Le docteur Al-Siddiqui sortit, cédant aussitôt la place à l'infirmière aux cheveux gris, qui revint avec une sucette jaune.

— Je ne sais pas si c'est votre cas, mais une sucette a tendance à aider les plus doudouilles. Je reviens dans une seconde. J'ai bien peur d'avoir une piqûre à vous faire.

L'infirmière quitta de nouveau la salle. Kathy déballa en souriant la sucette au citron, et attendit sa piqûre.

Nate tendit à Jeff Binghamton, son responsable et directeur adjoint de la Division d'enquête criminelle du FBI, le rapport d'analyse de preuves.

— Tout ça est réellement suspect, monsieur. L'endroit était encore imprégné d'accélérateur de flammes ; tout a brûlé. Je ne sais pas ce qu'ils faisaient là-bas, mais ils ont voulu en effacer la moindre trace. Enfin, je sais ce que les gens d'AgriMed ont *dit* qu'ils faisaient là-bas – cultiver des plantes médicinales tropicales – mais les gars du labo ont pu récupérer des numéros de série à partir de certains des échantillons que nous avons rapportés, et...

Binghamton était déjà plongé dans la lecture du rapport.

— Merde, les renseignements allemands ? La CIA ?

Il lut à voix haute la partie qui avait retenu son attention :

— « Six des ordinateurs récupérés proviennent d'une commande de vingt-cinq stations de travail Dell Precision passée par le BND. L'adresse de livraison a été confirmée par un des bureaux allemands du Service fédéral de renseignement. »

Il leva les yeux et fixa Nate.

— Qu'est-ce que vous en dites ?

Nate fronça les sourcils et se renversa contre le dossier de sa chaise, qui s'inclina légèrement.

— Ce que j'en dis, c'est qu'il n'y a absolument aucune raison pour qu'une installation qui s'occupe de production végétale possède l'équipement high-tech qu'ils avaient là-bas. Nous n'avons trouvé aucune trace d'un quelconque système d'irrigation régulée informatiquement, ni rien de ce genre. Tout ça n'a aucun sens. Il se passe quelque chose. Une petite ferme innocente ? Non, je ne gobe pas la version des plaignants. Tout a été brûlé pour une raison bien précise. Le reste, c'est de l'enfumage.

Binghamton hocha doucement la tête et fit rebondir la pointe de son stylo sur le bureau.

— Je suis dans le brouillard, moi aussi. Le lien avec la CIA, c'est ce qui me tracasse. Vous êtes absolument certain de votre coup ? Parce que si nous… enfin, ça change carrément la donne.

Nate se pencha en avant, feuilleta plusieurs pages du rapport, puis désigna un endroit du doigt.

— Les bordereaux de commande sont là. Tout a été livré à la même adresse, au siège de la CIA.

Binghamton plissa le front.

— J'en ai ras le bol de ces conneries qui nous retombent dessus. Admettons que l'Agence ait passé un accord quelconque avec les Allemands ; la question, c'est : qu'est-ce que ce laboratoire pharmaceutique vient faire là-dedans ? Quel est le lien ? Tout ça m'échappe. J'ignore complètement s'il s'agit ou non d'une opération autorisée. Peut-être une opération clandestine sur laquelle nous n'aurions pas dû tomber, ou encore des activités illicites impliquant je ne sais qui.

Il secoua la tête et pointa son stylo sur Nate.

— Voilà ce que je vais faire : je vais tâcher d'obtenir un mandat auprès de la FISA. Je veux découvrir ce que la communauté du renseignement sait de ces types et de cette île. Pour ce qui est de la CIA, je vais lancer une enquête interdépartementale ; on verra où ça nous mène.

— Monsieur, dit Nate, si vous me défrayez de mes frais de voyage, j'aimerais poursuivre mon enquête sur AgriMed, en m'intéressant en particulier à cette femme qu'ils ont dit avoir secourue sur cette île. Voir ce qu'elle sait, *si* elle sait quelque chose.

— Vous avez une idée de l'endroit où elle se trouve ? s'enquit Binghamton.

— Pas encore, mais j'ai un nom qui provient du premier rapport des plaignants. Il a une consonance américaine. Je vais chercher dans la base de données gouvernementale des passeports et de l'immigration. Dès que j'aurai un résultat, je ferai une recherche bancaire croisée pour resserrer encore les mailles du filet. En supposant que le nom dont on dispose est bien réel, et qu'elle est passée par une de nos frontières ou un de nos ports d'entrée, je crois qu'on a une très bonne chance de la trouver.

— Parfait. Au travail, alors. Trouvez-la et ramenez-la ici pour que nous puissions l'interroger. Je m'occupe des autres pistes possibles. Tenez-moi au courant de l'avancée de vos recherches.

— Monsieur…, reprit Nate. Et s'il s'agit d'une opération clandestine dont nous sommes censés tout ignorer ?

— On est tous dans la même équipe, non ?

— Les Allemands aussi ?

Binghamton grimaça.

— Seigneur, je l'espère bien. Mais… je suppose qu'il ne serait pas inutile de vous adjoindre un agent. Comme ça, vous pourrez veiller l'un sur l'autre.

CHAPITRE NEUF

Kathy entra dans la salle de conférence alors que l'orateur montait sur le podium, dix minutes après l'heure prévue pour son intervention. Elle se glissa discrètement sur une chaise à l'instant même où il prit la parole, sa voix grave résonnant dans les haut-parleurs installés tout autour de la salle.

— *Puisque vous êtes là, chers étudiants, j'imagine que la plupart d'entre vous sont soit déjà intéressés par le domaine de la génétique, soit simplement désireux de découvrir le sujet. En tant que chercheur en génétique et docteur en médecine, je sais ce que les médias voudraient que vous pensiez des OGM, ou de ceux qui poursuivent ce type de recherche, généralement assimilés à des suppôts de Satan.*

— Ce sont des salopards dans votre genre qui causent les cancers ! hurla quelqu'un.

Une poignée d'étudiants, debout au fond de la salle, brandissait des pancartes barrées de slogans anti-OGM.

— « OGM, j'en veux pas ! » se mirent-ils à scander.

Le public leur manifesta bruyamment sa désapprobation.

Kathy avait toujours eu de l'admiration pour les activistes politiques, mais pour une fois, elle aurait préféré qu'ils la ferment. Elle voulait entendre ce que le conférencier avait à dire.

La sécurité du campus prit très vite le problème en main, obligeant les protestataires à quitter la salle. Ils finirent par sortir, et la porte se referma, non sans qu'un dernier cri ne retentisse à travers l'auditoire : « Vous n'êtes qu'une bande de monopoleurs, des escrocs avides de fric ! »

Les cris s'estompèrent à l'extérieur, tandis que le public manifestait encore à voix basse son mécontentement, avant de reporter son attention sur le conférencier.

Ce dernier secoua la tête d'un air navré et soupira dans son micro :

— *Comme je le disais, certaines des recherches que nous menons dans le domaine de la génétique sont mal comprises. D'aucuns, comme nos amis au fond de la salle à l'instant, affirment que mon travail cause des cancers. Le plus triste, c'est qu'ils en sont persuadés. Mais si je peux me permettre de demander une chose à chacun d'entre vous, ici, ce sera celle-ci : ne cédez jamais à la rhétorique populaire à la mode. Ne prenez pas pour parole d'évangile ce que certains peuvent dire. Vous devez interroger jusqu'aux propos que je vais tenir devant vous, bien sûr. Faites toujours vos propres recherches avant de vous forger une opinion.*

Sans qu'elle puisse se l'expliquer, Kathy trouva à cet homme quelque chose de familier. Il était jeune, la trentaine, d'origine hispanique vraisemblablement. Il affichait un air profondément mélancolique ; elle avait de la peine pour lui.

— *Ceci étant dit, reprit-il, puisque le problème a été soulevé, permettez-moi de répondre aux attaques qui ont été lancées, s'agissant du cancer. Franchement, c'est risible. Le fait est que je suis oncologue – autrement dit, je soigne les cancers. Le but de mes recherches a toujours été de trouver un traitement à cette maladie. Quant à l'accusation qui voudrait que je travaille pour un monopole, je dois bien admettre qu'AgriMed, le laboratoire qui m'emploie, est une grande entreprise. Pourquoi le nier ? Mais nous sommes loin d'avoir un quelconque monopole. Et puis, ce genre d'accusation, c'est assez ironique quand on y pense. Google monopolise environ quatre-vingt-dix pour cent des recherches sur internet, et Android est le système qui est opérationnel sur presque quatre-vingt-dix pour cent également des smartphones. Et pourtant, je n'entends personne protester et leur reprocher d'avoir des produits que tout le monde veut utiliser.*

Il faisait de plus en plus chaud dans la salle, la climatisation peinant à réguler la température avec le nombre de personnes présentes. Kathy rassembla ses cheveux et les fourra sous sa casquette de base-ball pour aérer son cou.

— *Et enfin, permettez-moi d'essayer de dédiaboliser les OGM. Nous autres, chercheurs, n'inventons pas des choses dans le but de faire du mal à quiconque. D'une manière générale, nous mettons en évidence un problème qui affecte les gens, et nous cherchons tous à le solutionner de la meilleure manière possible.*

« *Pour ne prendre qu'un exemple, actuellement, des recherches ont lieu visant à résoudre le problème de la carence en vitamine A, très répandue dans certaines parties du monde. On estimait en 2005 que cent quatre-vingt-dix millions d'enfants et dix-neuf millions de femmes enceintes dans cent vingt-deux pays, étaient affectés par cette carence.*

« *Beaucoup d'entre nous l'ignorent probablement, mais cette forme de carence vitaminique est responsable de la mort de un à deux millions de personnes, et de cinq cent mille cas de cécité irréversible chaque année.*

« *Le problème est particulièrement prégnant dans les régions du monde où l'on se nourrit presque exclusivement de riz, et cela pour une raison simple : le riz blanc ne contient pas de vitamine A. Mais des recherches cliniques ont permis de découvrir qu'en combinant le gène de la phytoène synthase du maïs et un autre gène, on peut produire une nouvelle sorte de riz appelée « riz doré ». Ainsi, il suffit de cent cinquante grammes de riz doré pour fournir l'apport quotidien recommandé en vitamine A. Ceux qui se sont manifestés tout à l'heure sont peut-être effrayés à l'idée que la science puisse modifier la nourriture, mais je peux vous garantir que les millions de personnes qui souffrent de carence en vitamine A ne partagent pas ces craintes.*

L'homme leva la tête pour embrasser toute la salle du regard.

— *Mais les OGM ne sont qu'un genre de recherche génétique parmi d'autres, reprit-il. Certaines des avancées les plus passionnantes dans le domaine ont trait à la thérapie génique. Posez-vous la question : et s'il était possible de traiter un patient souffrant de fibrose kystique – ou de mucoviscidose, si vous préférez – en remplaçant littéralement le gène défectueux responsable de la maladie, et ainsi de prolonger la vie de ce patient ? Ou si je vous disais que seize patients malades du cœur – dont la plupart étaient aux portes de la mort – ont bénéficié d'une thérapie génique ciblée agissant sur la croissance des vaisseaux sanguins, et qui a largement atténué, voire complètement soulagé, la douleur que ces patients devaient supporter auparavant ? Ce n'est pas de la science-fiction ; cela se passe en ce moment même.*

« Nous sommes à l'orée d'un tout nouveau monde, et c'est grâce à la recherche médicale... Bien, si je peux maintenant revenir à l'exposé que j'ai préparé, j'aimerais partager avec vous une partie de ce que cette recherche implique.

Tandis que le conférencier poursuivait son discours, Kathy prêta pour la première fois attention à l'homme assis sur une chaise derrière le pupitre. Malgré la chaleur de sa la salle, un frisson lui glaça l'échine.

Tout ce que pouvait dire l'orateur lui passait maintenant par-dessus la tête, tandis qu'elle fixait du regard la dernière personne au monde qu'elle s'attendait à revoir : l'homme qui lui avait fait signer un tas de documents constituant un accord de confidentialité, et l'avait payée pour son silence.

Elle se pencha et demanda à la fille au visage grêlé d'acné à côté d'elle, si elle savait qui était le type assis à la droite du pupitre de conférence.

— Vous voulez dire le type âgé au costume probablement hors de prix ? C'est le docteur Harry Winslow. Je crois qu'il est directeur de la recherche d'un grand laboratoire pharmaceutique. C'est lui qui a présenté tout à l'heure le conférencier qui est en train de parler.

Kathy fusilla du regard le directeur de la recherche, qui restait concentré sur le conférencier.

Cela la mettait en colère que cet homme ait l'air si digne et respectable. Elle était la seule ici à savoir qu'il dissimulait des activités secrètes dans cet enfer subtropical où son petit ami avait trouvé la mort, indirectement par la faute de cet homme.

Quand la conférence s'acheva et que la foule étudiante se dirigea vers la sortie, elle se fraya un chemin à contre-courant du flux général, et appela de loin :

— Docteur Winslow !

Ce dernier tourna la tête dans sa direction. L'espace d'une seconde, leurs regards se croisèrent. Elle vit qu'il l'avait reconnue. Il fit aussitôt volte-face et s'éloigna.

Kathy poussa plus fort pour contrer le flot étudiant, ignorant les grognements agacés de ceux qu'elle bousculait.

— Docteur Winslow !

Le mouvement de la foule était si brutal qu'elle se retrouva projetée sur un côté. Elle se prit alors un pied dans une chaise et trébucha. Elle allait tomber à plat ventre quand un bras la rattrapa par la taille.

— Waouh, attention ! Ça va ?

Kathy regarda dans la direction par où Winslow avait filé, et sa gorge se serra. Sa colère se mua en un sentiment de frustration amère ; elle avait du mal à se ressaisir.

— Est-ce que ça va ? répéta l'homme. Vous vous êtes cognée ?

Kathy se retourna et se rendit compte que l'homme qui l'avait rattrapée était le conférencier d'origine hispanique. Elle vit de l'inquiétude dans ses yeux marron. Il cxherchait à comprendre si elle s'était fait mal ou non.

— Non… non, tout va bien.

Elle prit une grande inspiration pour se calmer.

— J'ai trébuché, c'est tout.

— Y a-t-il quelque chose que vous vouliez demander au D^r. Winslow ? Il a dû partir à la hâte pour pouvoir attraper son avion, mais peut-être que je peux répondre à vos questions.

Il s'interrompit… et soudain un grand sourire illumina son visage.

— Vous êtes Katherine O'Reilly !

Kathy se creusa la cervelle pour tenter de comprendre comment cet homme pouvait connaître son nom, et pourquoi son visage lui était familier.

Il laissa échapper un petit rire et lui tendit la main.

— Je suis le type qui a trouvé votre portefeuille à l'aéroport il y a plusieurs mois de cela. Juan Gutierrez.

— Oh, mon Dieu !

Kathy lui serra la main.

— Quelle étrange coïncidence !

— C'est vrai. Alors, y a-t-il une question à laquelle je peux répondre ?

Kathy sentit une chaleur vive monter dans son cou et empourprer ses joues. Elle ne savait même pas ce qu'elle aurait dit à Winslow si elle l'avait rattrapé. Mais ce n'était pas une question à laquelle cet homme pouvait répondre.

— Je crois que ça m'est sorti de la tête quand j'ai trébuché.

— Oh.

Juan paraissait presque déçu. Il hésita, puis s'éclaircit la gorge.

— Bon… écoutez, je ne reprends l'avion que demain, et je meurs de faim. Est-ce que vous… euh… est-ce que vous auriez un restaurant convenable à me recommander par ici ?

— Oh, bien sûr. Ma camarade de chambre n'arrête pas de me vanter le Mai Kai. C'est un restaurant asiatique qui sert une cuisine fusion[1], excellente paraît-il. Évidemment, je ne peux pas vous le garantir, ne l'ayant jamais goûtée.

Le visage de Juan s'illumina.

— Dans ce cas, pourquoi ne pas m'accompagner ? Peut-être qu'en dînant, vous vous souviendrez de ce que vous vouliez demander au D^r. Winslow.

Kathy battit rapidement des paupières. *Est-ce qu'il vient de m'inviter à sortir ?* La dernière chose dont elle avait envie pour le moment, c'était de se faire draguer.

— Hummm…

Juan lui sourit d'un air rassurant.

— Surtout, ne voyez rien de bizarre dans mon invitation. C'est juste que je déteste manger seul. Et cerise sur le gâteau, c'est la société qui paie.

Kathy avait travaillé dans des bars durant plusieurs années ; les salopards vicieux, elle en avait vu défiler un paquet. Ce type-là ne paraissait pas être le genre. Il avait l'air… sincère. Elle savait mieux que quiconque à quel point être seul dans un endroit inconnu pouvait être déprimant.

— Il faut que je prévienne ma camarade de chambre que je sors, mais d'accord. Quand voulez-vous y aller ?

Il sourit.

— Pourquoi pas maintenant ?

———

Juan sirota son thé glacé en contemplant l'étrange décor du restaurant. Le style, polynésien, mélangeait frondes de palmier et statues tikis. Des danseuses de hula se produisaient sur une petite scène, tandis que les serveuses avaient revêtu la traditionnelle tenue hawaïenne. Pour un peu, Juan se serait réellement cru quelque part dans les îles Sandwich.

Leur table n'offrait pas la meilleure vue sur la scène ; c'était même tout le contraire, mais peu lui importait. Il n'avait d'yeux que pour sa splendide étudiante.

— Alors, résumons-nous, dit-il. Vous avez vingt-cinq ans, vous êtes une ancienne chanteuse, et vous voilà à présent étudiante en première année à l'université. Quel parcours ! Je suis curieux de savoir comment vous avez atterri à Georgetown.

Kathy, qui ne quittait pas son verre des yeux, aspira une gorgée de soda à la paille et haussa les épaules.

— Pour être honnête, les études universitaires n'ont jamais fait partie de mes projets. Je veux dire, j'ai toujours été bonne élève, mais je n'avais qu'une chose en tête durant ma dernière année de lycée, c'était quitter la maison.

Juan chercha rapidement quelle pouvait en être la raison.

— Je suis désolé, dit-il. Je ne voulais pas…

— Oh, non, ce n'est pas ce que vous pensez, s'empressa de préciser Kathy en levant les yeux de son verre. Ne vous méprenez pas – j'ai des parents formidables, je les adore. Mais ils vivent dans un petit ranch du Nevada, et je détestais ça. Je savais que si j'attendais trop, je ne connaîtrais jamais rien d'autre. Je voulais courir le monde pendant quelques temps. Je me suis dit que j'avais une voix pas trop moche, qui me permettrait de chanter dans des bars, ce genre d'endroit. Alors, je suis partie.

— Et qu'est-ce qui vous a fait renoncer à ce rêve pour entrer à l'université ?

Kathy inclina la tête.

Bien que l'éclairage dans la grande salle de restaurant fût tamisé à dessein, Juan était comme hypnotisé par les yeux verts de la jeune femme.

— Vous vous moquez de moi. Personne d'un tant soit peu sensé n'aurait pour « rêve » de chanter dans des bars.

— Non, loin de moi l'idée de…

Il prit une seconde pour tenter de reformuler sa pensée.

— Désolé, je voulais tout sauf paraître sarcastique, bien entendu. Ce que je voulais dire, c'est que ce devait être formidable de pouvoir voyager et faire ce qui vous plaisait.

Kathy fronça légèrement les sourcils.

— Vous croyez vraiment que servir des consommations à table et chanter sur la scène d'un bar, c'est formidable ? Allons, je ne suis pas aussi naïve. Vous êtes chercheur dans un grand labo pharmaceutique.

Juan sourit.

— C'est comme ça qu'on me perçoit de l'extérieur, j'imagine, mais au fond de moi, je suis toujours ce gosse né dans les « quartiers » est de Los Angeles. J'avais bien plus de chance de devenir dealer ou de faire un boulot sans avenir, que d'étudier la médecine. J'ai eu la chance d'avoir une mère qui ne lâchait rien, et qui m'a poussé à me surpasser.

Une serveuse passa à côté d'eux, portant un grand saladier rempli de glace pilée et de fruits frais, le tout surmonté de cierges magiques projetant des étincelles. Sortis de nulle part, des serveurs polynésiens torse nu apparurent et se mirent à chanter « Joyeux anniversaire » à une dame âgée à la table à côté d'eux.

Kathy sourit en voyant la réaction de surprise de la femme. C'était la première fois que Juan la voyait sourire ; tout son visage en était illuminé. Elle était d'une beauté à couper le souffle ; il se sentit plus mal à l'aise que jamais.

Ne drague pas cette fille. Ça ne te vaudra rien. Qui plus est, tu n'as pas l'ombre d'une chance.

Pendant que les hommes chantaient, Juan remarqua que Kathy avait plusieurs cicatrices circulaires rosâtres au niveau du cou. Elle en avait une autre sur le dos de sa main gauche, et encore une sur son poignet droit.

Il repensa malgré lui aux cours d'immunologie qu'il avait suivis à l'école de médecine. Les cicatrices lui rappelèrent ce qu'il avait lu concernant la vaccination antivariolique, qui laissaient souvent ce genre de marques. Mais la variole avait été éradiquée à la fin des années 1970.

Il allait lui poser une question à propos de ces cicatrices quand un serveur arriva avec leurs plats. Il déposa devant Kathy une assiette superbement présentée, et dit :

— Pour madame, le bœuf teriyaki wagyu, servi avec un mélange de champignons frits, d'asperges, d'ananas grillé, d'ail confit, et parsemé de graines de sésame.

Puis il déposa devant Juan une assiette fumante.

— Et pour monsieur, le faux-filet de bœuf désossé et mariné Delmonico façon cow-boy, cuit au charbon de chêne, et servi avec une purée de pommes de terre et une sauce au raifort.

Les arômes succulents montant de l'assiette suffirent à faire saliver Juan.

Quand le serveur s'éclipsa, Juan sourit à Kathy.

— Ne le prenez pas mal, mais je suis ravi de voir que vous n'êtes pas vegan.

Kathy pouffa de rire en plongeant sa fourchette dans le pavé de viande posé au centre de son assiette.

— Non, ça ne risque pas, dit-elle. Je crois que mon père m'aurait reniée. De toute façon, je suis légèrement anémique en ce moment ; donc, je suis censé manger de la viande rouge.

Juan coupa un morceau de son steak, et contempla avec émerveillement le morceau rosâtre et juteux piqué au bout de sa fourchette.

— Eh bien, en tant que médecin, j'approuve totalement votre manière de traiter votre anémie. Je crois que vous avez de l'avenir en médecine.

Pour la première fois depuis qu'ils avaient quitté le centre de conférence, Kathy le gratifia d'un grand sourire.

Juan se renversa contre le dossier de sa chaise, tapota son estomac et grogna :

— Je ne me souviens pas d'avoir jamais autant mangé.

Kathy avala une dernière gorgée de son soda.

— Ma camarade de chambre dit qu'il y a une promenade tout près qui longe le Potomac. C'est censé être jalonné de torches le soir ; il paraît qu'on a l'impression d'être à Hawaii. Ça vous dit de marcher un peu pour commencer à éliminer tout ça ?

— Absolument, répondit Juan en s'efforçant toutefois de dissimuler son enthousiasme.

Il avait cru que la soirée allait prendre fin après le repas ; il aurait saisi n'importe quel prétexte pour pouvoir la prolonger.

Kathy le précéda vers la sortie.

Juan était ébahi par la manière dont le bord du fleuve avait été aménagé en une sorte de paradis tropical. Les stridulations des grillons et le chant des oiseaux rythmaient leur déambulation le long des chemins bordés de palmiers et éclairés de loin en loin par des torches. Il chercha les haut-parleurs qui, il n'en doutait pas, relayaient l'ambiance sonore, mais les paysagistes les avaient bien cachés.

— Cet endroit est incroyable, dit-il.

Kathy prit une grande inspiration et se contenta d'acquiescer d'un hochement de tête. L'espace d'une seconde, Juan surprit une expression douloureuse sur son visage.

— Alors…, reprit-elle. Et si vous m'en disiez un peu plus sur l'objet de vos recherches ?

— Avec plaisir. Franchement, je vis quelque chose de passionnant en ce moment.

Juan désigna d'un geste une alcôve végétale bien éclairée avec un grand banc fait d'un tronc équarri.

— Asseyons-nous, et profitons de la brise du soir.

Kathy s'assit sur le banc, et se tourna légèrement de côté pour faire face à Juan qui prenait place à côté d'elle.

L'espace d'un instant, face à la beauté de la jeune femme, Juan se sentit nerveux de nouveau.

— Avant de commencer, dit-il, il faut me promettre de garder cela pour vous. Nous n'avons pas encore annoncé les détails de certains de mes travaux, et…

— N'ayez aucune crainte, le rassura-t-elle. J'ai toujours su garder les secrets.

Juan opina du chef.

— Eh bien, pour moi, tout a commencé quand j'ai essayé de comprendre comment des copies multiples d'un certain gène pouvaient se retrouver chez les éléphants modernes…

À la grande surprise de Juan, Kathy parut sincèrement fascinée, tandis qu'il lui expliquait dans le détail ce sur quoi il travaillait. Elle lui posa même des questions intéressantes et précises. Cette femme était aussi intelligente qu'elle était belle.

— Si je comprends bien, ce motif que vous avez découvert s'est révélé transposable chez d'autres animaux ?

— Oui. Ça a été un choc, je l'avoue. Il m'a fallu faire un tas d'ajustements parce qu'une partie de mes données provenait d'échantillons d'ADN partiellement endommagés, mais au bout du compte, ça a été comme de trouver la clé d'une énigme. Le même motif basique se retrouvait chez les différentes espèces étudiées.

Kathy hésita un instant, puis :

— Croyez-vous en Dieu ? demanda-t-elle.

Juan écarquilla les yeux de surprise. La question était pour le moins inattendue. Il prit le temps d'y réfléchir sérieusement, puis :

— Oui, répondit-il. J'ai grandi dans la religion catholique, bien que je mentirais si je disais être allé à l'église récemment. Non, je n'ai pas mis les pieds dans une église depuis la mort de ma mère.

— Vous êtes-vous jamais dit que vous pourriez avoir découvert un motif que Dieu lui-même aurait *placé* chez toutes les créatures du monde animal ? Autrement, comment expliquer l'universalité de ce motif ?

— Oh, fit Juan, qui ne s'attendait pas à ce que la conversation prenne ce tour-là. D'une manière générale, je ne m'autorise pas à chercher le sens profond des choses, pas plus que je ne tente d'approfondir ce que je sais par avance ne pas pouvoir prouver. Et Dieu fait partie de ces choses inconnaissables. Je ne dis pas que vous vous trompez, seulement que… eh bien, il y a les choses en lesquelles nous pouvons croire, et celles que nous pouvons étudier.

Kathy hocha la tête.

— J'ai une autre question. Qu'en est-il des influences environnementales ? Je veux dire, comment pouvez-vous déterminer des siècles d'évolution, quand cette évolution est souvent induite par des facteurs externes ? N'était-ce pas tout le sens des observations de Darwin ?

— C'est une très bonne question. Voilà comment je vois les choses : tout dans nos vies, qu'il s'agisse de l'humanité ou du royaume animal, tout est génétique ; c'est ce qui nous relie. Ceci étant dit, il va de soi que l'ADN a sa propre manière d'évoluer, et que celle-ci peut emprunter différents chemins. Mon algorithme, par exemple, est incapable de prédire si un chemin se révélera être une impasse ou non en fonction de certaines conditions environnementales.

« Prenons les dinosaures. Si j'avais des échantillons d'ADN, alors oui, je pourrais essayer de prédire à quoi ils ressembleraient aujourd'hui, mais mon algorithme ne prendrait pas en compte les astéroïdes – ou l'âge de glace, ou je ne sais quelle autre catastrophe globale. Autrement dit, l'algorithme trace une voie évolutionniste dans le vide, en quelque sorte. En ce sens, c'est une voie bien plus pure que ce que nous pouvons constater dans le monde réel.

— Je vois ce motif comme une sorte de chiffrement, ou un facteur absolu. Une énigme qui n'attendrait que celui qui viendrait voir ce qu'elle cache. Sans vouloir paraître immodeste… c'est peut-être ce que j'ai fait.

— Le facteur Darwin, dit Kathy en souriant.

— Oui… je suppose, approuva Juan en lui retournant son sourire.

Il y eut un moment de silence. Kathy se leva.

— Bon, il se fait tard. Il faut vraiment que j'aille me coucher.

Elle roula de grands yeux.

— J'ai commis l'erreur de m'inscrire pour le cours de huit heures, demain matin.

Juan laissa échapper un petit rire.

— Je crois que tous les étudiants de première année commettent cette erreur au moins une fois au cours de leur cursus. Faites en sorte que ce ne soit qu'une fois ! Venez, je vous raccompagne en voiture.

Tandis qu'elle marchait de la voiture de Juan vers le dortoir, Kathy s'intima l'ordre de ne pas se retourner. C'était la première fois qu'elle sortait avec quelqu'un depuis Brad ; elle ne pouvait s'empêcher de se sentir un peu coupable. À chaque fois qu'elle se sentait bien et passait un bon moment avec Juan, son esprit la ramenait à Brad, et l'impression de commettre une faute revenait la hanter.

Peut-être que c'était juste un peu trop tôt.

Et pourtant... Juan était si gentil. Il était certes un peu plus âgé qu'elle, mais pas *tant* que cela. Il était plus jeune que Brad. Mais surtout il ne lui parlait pas comme si justement il était plus âgé, comme s'il était le professeur et elle son étudiante. Il la mettait sur un pied d'égalité avec lui. Il n'y avait que deux personnes discutant ensemble.

Et... elle l'intéressait. Il ne le lui avait pas manifesté physiquement, par un geste quelconque, mais elle n'en doutait pas.

En passant sous un réverbère juste devant l'entrée du dortoir, elle jeta un coup d'œil à la carte de visite qu'il lui avait donnée. Il avait noté derrière son numéro de téléphone personnel. Il n'aurait pas fait cela s'il n'avait pas voulu qu'elle l'appelle.

Bien sûr, elle ne le ferait pas. Elle était encore bien trop fragile sur le plan émotionnel. Et puis, il habitait dans un autre État.

Elle glissait précautionneusement la carte dans son petit sac à main, quand deux personnes sortirent brusquement de l'ombre près de la porte d'entrée. Surprise, elle manqua pousser un petit cri.

— Katherine O'Reilly ?

Elle s'immobilisa et fixa avec de grands yeux écarquillés l'homme qui brandissait un badge d'une main. Son acolyte et lui portaient tous deux un costume strict, ce qui, sur un campus universitaire, ne passait pas inaperçu.

— Pardonnez-moi, êtes-vous Katherine O'Reilly ? répéta-t-il avec insistance.

Kathy acquiesça d'un hochement de tête, tout en se préparant à piquer un sprint vers la porte d'entrée du dortoir, juste au cas où.

— M'dame, je suis l'agent spécial Carrington, du FBI.

D'un geste lent, il désigna l'homme sur sa droite.

— Et voici l'agent spécial Ragheb. Je crois que vous avez été impliquée dans un incident survenu il y a environ quatre mois. Nous aimerions vous poser quelques questions à ce sujet.

CHAPITRE DIX

Nate entra dans le bureau de Jeff Binghamton, mais son superviseur était au téléphone. Ce dernier articula un « une minute » silencieux en lui faisant signe de s'asseoir.

Nate se cala au fond du fauteuil en cuir et promena un regard circulaire dans la pièce en attendant que Binghamton ait terminé. Son attention fut attirée par une affiche de l'armée américaine provenant de l'ancienne division du directeur adjoint. On pouvait y lire, en grosses lettres rouges, la devise : « Faites ce qui doit être fait ».

Binghamton avait passé vingt ans dans ce qui pouvait être considéré comme l'équivalent de la Division d'enquête criminelle du FBI. Nate, qui avait lui-même donné dix ans de sa vie à l'armée, comprenait la fierté que Binghamton pouvait ressentir à l'égard de ses frères d'armes. C'était une des raisons qui expliquait leur bonne entente.

Binghamton mit fin à sa conversation et raccrocha.

— Merci d'être venu, Nate. J'ai de mauvaises nouvelles pour vous ; je tenais à vous les communiquer de vive voix.

— Je n'aime pas beaucoup quand ça démarre comme ça.

— Et vous avez raison. Commençons par ma tentative d'obtenir que l'on établisse une surveillance des activités des services de renseignement allemands. En deux mots, ça a été refusé par la FISA.

— Quoi ? Je croyais que c'était justement le rôle de la FISA d'approuver ce genre de choses.

Binghamton haussa les épaules.

— Manifestement, une requête déposée par un directeur adjoint du CID est loin de faire autorité auprès des juges de la cour FISA. Réclamer que l'on surveille un gouvernement étranger ou ses agents présents sur notre territoire, c'est toujours quelque chose de délicat. Non seulement ils bénéficient d'une certaine immunité, mais c'est un jeu complexe du chat et de la souris que nous devons jouer le plus souvent. Nous prétendons faire preuve d'une certaine courtoisie professionnelle, nous promettons de ne pas nous espionner mutuellement, mais la réalité est tout autre. Et cette fois, on nous met clairement des bâtons dans les roues.

« J'ai également joint mes contacts à la CIA – officiels et non-officiels. Je suis même passé par la grande porte, comme on dit. Rien. Si ce qui s'est passé sur cette île est une opération de la CIA, c'est motus et bouche cousue en interne. Désolé, Nate.

Le sexagénaire pointa un doigt en direction de Nate et demanda :

— Et de votre côté ? Avez-vous pu remonter jusqu'à ce témoin qui était sur l'île ?

Tout à sa déception d'apprendre le manque de coopération aussi bien de la FISA que de la CIA, Nate déglutit péniblement, avant de laisser son esprit revenir à l'étudiante rousse qu'il avait interrogée trois jours plus tôt.

— Oui, je l'ai trouvée, et cette fois je n'aurai pas une grosse note de frais à présenter, puisqu'elle réside dans la région actuellement. Katherine O'Reilly est inscrite à l'université de Georgetown, et elle s'est montrée particulièrement coopérative et d'une aide précieuse.

— Vraiment ?

— Oui. Disons que cette pauvre fille et son petit ami se sont trouvés au mauvais endroit au mauvais moment. Imaginez que vous êtes en bateau au milieu de l'océan Pacifique, et qu'il vous arrive une mésaventure façon *L'Île aux naufragés*[1], sauf qu'au lieu des cocotiers et des plages paradisiaques, vous vous retrouvez attaqué par des oiseaux tueurs qui fondent sur vous de toutes les directions, et qui essaient de vous mettre en charpie. C'est un miracle qu'elle ait pu quitter cette île en vie.

Binghamton fronça les sourcils.

— Et vous la croyez ?

— À cent pour cent. Elle m'a montré quelques-unes de ses cicatrices.

Nate secoua la tête en la revoyant remonter les manches de son sweat-shirt. Les cicatrices froncées rosâtres de la taille d'une pièce de vingt-cinq cents couvraient ses bras pâles.

— Bien sûr, ce n'est pas comme si je l'avais soumise au test du détecteur de mensonges, mais je fais ce métier depuis plus de vingt ans, et je peux vous le dire, j'ai senti de la sincérité dans chaque mot qu'elle a prononcés. Je parierais n'importe quoi là-dessus.

— Je n'en doute pas. Je posais juste la question. Vous avez dit qu'il y avait son petit ami là-bas aussi ? Ça nous aiderait si nous avions un témoignage corroborant sa déclaration.

Nate secoua la tête.

— Officiellement, Brad Harper est porté disparu. Personne ne l'a revu depuis l'incident, il y a quatre mois. Il est présumé disparu en mer. Mais Katherine O'Reilly est sacrément remontée contre ce laboratoire, AgriMed. Elle est sincèrement convaincue qu'ils l'ont laissé mourir quelque part sur cette île, et qu'ils ont ensuite couvert sa disparition.

— Dans ce cas, pourquoi n'est-elle pas allée trouver la police ?

— Parce qu'un cadre d'AgriMed lui a fait signer un accord comportant une clause de confidentialité. En échange de son silence, ils lui ont payé une somme à six chiffres.

Binghamton se leva et se mit à faire les cent pas dans la pièce.

— À présent, nous *savons* qu'ils ont quelque chose à cacher. Elle vous a donné le nom de ce type, ce responsable d'AgriMed ?

— Oui. Le Dr Harry Winslow. J'ai fait des recherches – il est vice-président, quelque chose comme ça, et aussi directeur de la recherche chez AgriMed.

— Un vice-président ? répéta Binghamton en fronçant les sourcils. Bizarre qu'une multinationale envoie un vice-président au milieu de nulle part pour acheter le silence d'une fille qui a découvert ce qu'ils trafiquaient en secret.

— Ce que, *semble-t-il*, ils trafiquaient en secret, corrigea Nate. Souvenez-vous : AgriMed affirme que les militaires avaient déjà réduit l'île en cendres à leur arrivée. C'est uniquement grâce à eux que l'on est au courant de cette histoire.

Nate tambourina du bout des doigts sur le bureau en même temps qu'il réfléchissait.

— Je doute qu'ils nous auraient appelés s'ils avaient fait quelque chose de louche là-bas.

— Peut-être bien... Si seulement on avait un début d'information sur ce qui se tramait sur cette île.

Nate sourit, sortit une feuille de papier d'une poche de sa veste de costume, et la posa sur le bureau. Le document était un résumé de tous ceux que lui avait remis la femme.

— Vous voulez dire comme un tas de documents classés top secret que notre Mlle O'Reilly aurait dérobés sur cette île perdue, des documents comportant des noms, des descriptions et toutes sortes de choses qui vont nécessiter que l'on mette sur le coup des experts en la matière ?

— Vous vous foutez de moi ?

Binghamton attrapa la feuille et y jeta un coup d'œil.

— Comment diable a-t-elle réussi à... peu importe. DARPA ? Comme *notre* DARPA ?

— Oui.

La mention avait également sauté aux yeux de Nate. Si l'Agence pour les projets de recherche avancée de défense[2] était impliquée, toute cette histoire devenait encore plus curieuse.

— Ils étaient représentés par un certain Dr Ian Wexler, un directeur de programme du Bureau des technologies biomédicales de la DARPA. Wexler est également médecin, et il a travaillé pour la CIA, pour qui il faisait Dieu sait quoi.

Binghamton pointa du doigt un nom en bas de la feuille.

— Et ça, qui est-ce ? Le Dr Reinhardt, du... Bundesnachrichtendienst ?

— Bien prononcé du premier coup ; je suis impressionné. Hans Reinhardt *pourrait* être lié aux services de renseignement allemands, mais je n'en ai aucune certitude pour le moment. S'en assurer va prendre du temps : une bonne partie des documents est en allemand, sans même parler du jargon scientifique utilisé. On comprend qu'ils se servent d'une sorte d'algorithme axé sur l'évolution, qu'ils l'utilisent pour faire des expériences sur des animaux, en particulier une espèce de pinson. On tient une preuve irréfutable avec ces documents, conclut Nate en souriant.

Jeff Binghamton ne sourit pas, lui. C'était même tout le contraire.

— Nate, dit-il d'un ton grave, c'est du sérieux, tout ça. J'irai au fond de cette histoire. Il n'est plus temps de tergiverser. Ces gens-là vont devoir rendre des comptes concernant ce type porté disparu, et tout ce bordel qu'ils ont fait jusqu'à présent. Sans parler du fait que notre armée est mouillée, et peut-être même la CIA et les services de renseignement allemands… tout ça n'a aucun sens.

Ne sachant trop quelles allaient être les prochaines étapes, Nate désigna d'un petit mouvement du menton la feuille que Binghamton tenait à la main et demanda :

— Voulez-vous que je mette des traducteurs et des gars du labo au travail sur ces documents ? Ils portent tous la mention top secret.

— Oui, enregistrez-moi ça comme preuve, et faites-m'en une copie.

Binghamton reposa la feuille de papier sur le bureau, et montra du doigt certaines des inscriptions relatives au degré de confidentialité des documents.

— Cette mention, là, « COSMIC », est le premier des quatre niveaux de secret de l'OTAN. Quant à l'inscription « SI-G DRWN », il va falloir se pencher là-dessus. Je n'ai aucune idée de ce que peut être cette division « DRWN », ni de qui la contrôle, mais il va falloir tirer ça au clair. Je vais contacter nos agents disposant d'accréditations spéciales, et voir ce que je peux apprendre.

— Très bien, dit Nate.

Il allait poser une dernière question, mais Binghamton leva la main, détourna le regard et fixa un point imaginaire.

— Nate, reprit-il, je veux que vous me retrouviez ce type, Winslow, et que vous l'interrogiez sur tout ça…

— Cela veut dire violer le secret défense, non ?

— Je n'ai pas dit de lui lire ce qu'il y a dans ces documents, juste de lui parler de ce que la fille vous a dit. Parce que je suis bien certain qu'elle vous a *parlé* de *tout* ce que contiennent ces documents avant de vous les remettre, non ? interrogea Binghamton.

Nate sourit.

— Effectivement, c'est ce qu'elle a fait, approuva-t-il.

— Bien. Et, Nate…

Binghamton se pencha en avant.

— Surveillez vos arrières, d'accord ?

— Oui, monsieur.

Juan jeta un coup d'œil au morceau de pizza froid à côté de son ordinateur et fronça le nez. La dernière fois qu'il était allé au supermarché remontait à plusieurs semaines ; il n'y avait plus rien à manger dans la maison. Oubliant toute prudence, il ramassa le morceau de pizza et mordit dedans.

Il reporta son attention sur l'écran d'ordinateur, et procéda à quelques ajustements mineurs sur ce qu'il avait désormais baptisé l'algorithme Darwin. Ses assistants et lui avaient travaillé dur pour éliminer les gènes qui n'avaient pas contribué à produire les fantastiques résultats du rat Hercule. C'était un travail fastidieux, et l'essai d'invalidation génétique progressait à un rythme bien plus lent que prévu, mais il ne pouvait se permettre de commettre la moindre erreur s'il voulait obtenir l'autorisation de procéder à des essais sur l'homme.

Il avait pourtant l'impression de s'adonner à un interminable jeu de la taupe, ce jeu d'arcade qui consiste à taper avec un marteau sur des taupes en plastique qui sortent aléatoirement de différents trous. Éliminait-il un des gènes affectés qu'aussitôt un quart de la génération animale suivante mourait en raison d'une malformation congénitales de leurs ventricules. Au contraire, il supprimait un bloc de vingt gènes affectés, et absolument rien ne se produisait. Il fallait essayer pour savoir.

Tous les résultats obtenus venaient nourrir l'algorithme perpétuellement changeant. Le but ultime était de réduire au strict minimum les dizaines de milliers de mutations opérées, afin de créer la « souris du future », autrement dit la souris parfaite à tous égards. Alors seulement son équipe et lui pourraient tenter d'obtenir un feu vert pour des essais sur l'homme.

Juan soupira, cliqua sur « compiler » et renversa le buste contre le dossier de son fauteuil. À présent, il allait falloir plusieurs heures au programme pour passer en revue les millions de lignes de code génétique existantes, et recracher les mises à jour. Juan n'avait d'autre choix que d'attendre pour pouvoir comparer les résultats obtenus avec les changements qu'il s'attendait à découvrir dans le génome.

À l'écran apparut la mention « Facteur Darwin en cours de calcul ».

Juan sourit. Chaque fois qu'il voyait ce nom, il pensait à Kathy, qui l'avait formulé. C'était franchement une bonne chose qu'il n'ait pas eu le cran de lui demander son numéro, parce que s'il l'avait fait, il l'aurait appelée cent fois déjà. Son visage le hantait depuis qu'il l'avait vu pour la première fois dans cet aéroport.

Et ce n'était pas seulement sa beauté. Il était attiré par son intelligence, son sourire, son côté terre-à-terre et sa nature indépendante.

Oui, aucun doute, c'était une bonne chose qu'il n'ait pas son numéro.

Il en était là de ses réflexions quand son téléphone vibra dans sa poche. Il le récupéra et jeta un coup d'œil à l'écran.

Harry Winslow.

Il n'avait pas le souvenir que le directeur de la recherche d'AgriMed l'ait jamais appelé directement, a fortiori sur son portable.

— *Juan ? C'est Harry Winslow ? Je vous dérange ?*

— Docteur Winslow, pas du tout. Je suis chez moi, je ne fais rien de particulier. Ravi que vous m'app…

— *Êtes-vous seul ?*

Par réflexe, Juan jeta un regard circulaire dans son appartement vide, et opina du chef.

— Hum… oui.

— *Je sors tout juste d'un entretien avec deux agents du FBI.*

Bouche bée, cherchant à comprendre, Juan répéta :

— Le FBI ?

— *Écoutez-moi bien, et répondez-moi simplement par oui ou par non. Savez-vous à quoi je fais allusion si je vous parle de l'algorithme de Darwin ?*

— Oui, répondit Juan en jetant un coup d'œil à l'ordinateur qui calculait ses dernières modifications.

— *Bien. Écoutez-moi attentivement. Je sais que tout ça peut vous paraître bizarre, mais je vous expliquerai tout, en personne. J'envoie un jet de la société à Rochester. Un chauffeur avec une accréditation d'AgriMed arrivera devant chez vous dans quelques minutes. Prenez avec vous tout ce qui se trouve à votre domicile et qui se rapporte à votre travail du moment, et apportez le tout ici, à Washington. Le chauffeur vous aidera à charger tout ça.*

Le cœur battant, Juan jeta un coup d'œil aux documents imprimés, anciens ou nouveaux, disséminés un peu partout dans l'appartement. Mille questions se bousculaient dans son esprit.

— Docteur Winslow, que se passe-t-il au juste ? Est-ce qu'on a des ennuis ? Je veux dire, est-ce que quelque chose pose problème ?

Long silence au bout du fil.

— Docteur Winslow ? paniqua Juan.

— *Non, Juan, il n'y a pas de problème. Je vous expliquerai tout quand vous serez là. N'oubliez pas, ne laissez rien derrière vous qui ait un rapport avec votre travail. Vous comprenez ?*

— Je comprends.

— *Respirez profondément. Tout va bien. Et maintenant, rassemblez toutes vos affaires. On se voit très vite.*

Là-dessus, Winslow mit fin à la communication.

Juan fixa son téléphone. Pourquoi diable le FBI était-il venu trouver Winslow ? Et pourquoi devait-il se précipiter, lui, Juan, pour rassembler ses affaires ? Un jet privé, et une voiture avec chauffeur ? Pourquoi donc ?

Il n'aimait pas ça, mais alors pas du tout.

L'idée lui vint soudain qu'on essayait peut-être de le piéger. Mais pour quelle raison? Sa respiration s'accéléra, en même temps qu'un frisson lui parcourait l'échine.

Il rangea son téléphone dans sa poche, se précipita jusqu'à sa table de chevet, et y récupéra l'unique arme qu'il possédait : un couteau pliant d'une douzaine de centimètres. Il le fourra dans la poche avant de son pantalon.

Au même instant, on cogna à la porte. Une voix rauque se fit entendre :

— Docteur Gutierrez, je suis là pour vous conduire à l'aéroport.

CHAPITRE ONZE

Un vent froid soufflait du nord, portant avec lui une odeur de foin fraîchement coupé, tandis que Frank O'Reilly scrutait le bétail qui pâturait en hochant la tête d'un air satisfait.

— La luzerne déshydratée semble profiter aux bêtes, on dirait. Elles ont pris du poids.

Buck opina du chef.

— Oui, monsieur. Vous devriez pouvoir en obtenir un très bon prix l'été prochain.

Jasper aboya. Le chien allait et venait le long de la clôture, les yeux rivés sur le troupeau.

— Oui, mon chien, dit Frank. Ce sont ces bêtes qui donnent ces délicieux morceaux de bœuf séché que tu aimes tant.

Il se tourna vers Buck.

— Comment ça se passe du côté du troupeau reproducteur ? L'insémination a donné des résultats ?

Le jeune ouvrier agricole au visage couvert de taches de rousseur cracha un jus de tabac à chiquer marron sur un petit rocher, et répondit :

— On a vérifié toutes les bêtes ; presque toutes sont gravides, y compris les génisses. Vous voulez envoyer à l'abattage celles qui ne le sont pas ?

— Nan, donnons-leur encore une chance, et si ça ne marche pas, alors on s'y résoudra.

Frank plissa les yeux en scrutant au loin la limite du pâturage, à l'endroit où les vaches s'agglutinaient le long de la clôture.

— Buck, tu as de meilleurs yeux que moi. Regarde là-bas. Il n'y a pas un des poteaux qui penche ? On dirait que les vaches se grattent en s'appuyant sur la clôture.

Il pointa un doigt dans la direction indiquée ; aussitôt, il ressentit une douleur aiguë dans l'épaule.

Buck mit une main en visière au-dessus de ses yeux pour faire écran au soleil.

— Ouais, je le vois. Il est pratiquement couché.

Frank se saisit de l'émetteur-récepteur clipsé à sa ceinture, et appuya sur la touche d'appel.

— Les gars, ramenez-vous ici tout de suite, au pâturage 4. On a une clôture qui a besoin d'être réparée.

— *Oui, m'sieur O'Reilly. Hank, Johnny et moi, on termine de parquer un des troupeaux dans le pâturage 2. On sera là dans dix minutes.*

Frank aurait voulu pouvoir s'en occuper lui-même – ou même simplement remonter à cheval, mais ses genoux lui faisaient plus mal que jamais. Il fixa de nouveau l'autre côté du pâturage.

— Bon sang, grommela-t-il, des vaches sont en train de fiche le camp par un trou dans la clôture.

Aussitôt, Jasper se mit à aboyer. Et, comme s'il avait parfaitement saisi le sens des paroles de Frank, il détala en direction de la clôture enfoncée.

— Et merde ! Monsieur O'Reilly, le chien risque un bon coup de sabot dans la tête s'il n'y prend pas garde.

Agrippant les rênes de son cheval, Buck se mit en selle et se lança à la poursuite du chien.

Frank serra les dents en regardant Jasper aboyer comme un possédé en tournant follement autour des bêtes imposantes, et en s'infiltrant au milieu d'elles. La plupart s'écartaient devant lui. Frank n'avait jamais entraîné Jasper à conduire un troupeau, mais c'était comme s'il avait cela en lui. En un rien de temps, il repoussa les vaches égarées vers le trou dans la clôture, où Buck s'était positionné pour empêcher d'autres bêtes de sortir, le temps que Hank et les autres arrivent pour réparer.

Au loin, Frank repéra un nuage de poussière ; c'étaient les ouvriers agricoles qui arrivaient. En moins de quinze minutes, la clôture fut de nouveau en place, et les gars transférèrent le troupeau vers un autre pâturage.

Frank ne put s'empêcher de rire en voyant le labrador revenir comme une flèche, la langue tirée, l'air de sourire de toutes ses dents.

— Jasper… cinglé de chien ! rigola Frank.

Il avait vu maintes fois l'animal faire preuve de la plus vive intelligence au cours des derniers mois ; il était évident que Jasper avait observé comment les hommes s'y prenaient avec les bêtes, et qu'il avait décidé de lui-même de les imiter.

Il lui jeta un morceau de viande séchée ; Jasper s'en saisit en plein vol et l'engloutit en quelques secondes. Mais Frank regretta aussitôt son geste : une douleur vive irradia de son épaule jusqu'à son coude, et le fit se plier en deux.

— Frank, ça ne va pas ?

Il se retourna et vit Megan qui se précipitait vers lui, un panier à pique-nique à la main.

— Ce n'est rien, chérie, tout va bien.

— Foutaises. Tu ne vas pas bien du tout.

Elle posa le panier par terre et s'approcha pour l'aider, tandis que Jasper gémissait aux pieds de Frank.

— Tu vois, même Jasper sait que tu souffres.

Elle lui prit le visage entre ses mains, et l'obligea à la regarder.

— Chéri, je veux que tu arrêtes d'être dans le déni, et que tu admettes que ça ne va pas. Parle-moi. Je sais que tu souffres.

Frank sentit sa gorge se nouer.

— Oui, bien sûr que je souffre. La vérité, c'est que j'ai mal partout. Dans les genoux, les coudes, les épaules, les hanches, et j'en passe. Ça s'appelle vieillir. Il faut juste que je bouge un peu ; ça va aller mieux.

Megan fronça les sourcils.

— Tu n'es pas vieux. Tu es juste une vraie tête de mule.

Elle attira son visage vers le sien et planta un baiser sur ses lèvres.

— Mais trêve de discussion. Je te conduis chez le médecin, même si je dois t'attacher pour cela.

Frank lui décocha un petit sourire triste, et acquiesça :

— Oui, m'dame.

Frank attendait avec Megan dans la salle d'attente du cabinet médical, sa main glissée entre celles de sa femme, qui la serrait d'une poigne de fer. Il savait qu'elle était nerveuse ; lui avait décidé de s'en remettre à la volonté divine.

Il y avait deux semaines déjà qu'il avait laissée Megan le traîner chez le médecin du coin à Ash Springs. Pour sa part, il s'était senti encore plus mal après cette consultation. Palpation, percussion, le médecin l'avait ausculté de la tête aux pieds, réalisant dans la foulée prise de sang, analyse d'urine et radios. Quelques jours plus tard, lors d'une seconde consultation, il avait même pratiqué une biopsie de l'épaule et du genou.

Cela n'avait fait qu'aggraver les choses. Ses articulations, déjà douloureuses, lui causaient depuis une souffrance quotidienne plus terrible encore. Il avait passé la plus grande partie de son temps dans son fauteuil de relaxation, se reposant sur Buck pour assurer la bonne marche du ranch.

Il se tourna vers sa femme :

— Megan, tu sais que je n'ai pas confiance dans ces médecins de campagne. Tu aurais dû me laisser aller directement au centre médical des anciens combattants. Ils m'auraient remis sur pied en un rien de temps.

— Sûrement pas, non ! grommela Megan. Ces idiots auraient mis trois semaines à t'examiner.

— Je pouvais attendre…

— Non, justement, s'agaça Megan. Moi, je ne me voyais pas attendre plus longtemps alors que tu souffres.

Frank se pencha vers elle, et déposa un baiser sur le haut de son crâne. Il n'aimerait jamais une femme autant qu'elle.

— C'est pour ça que je ne voulais pas t'en parler, murmura-t-il.

C'était aussi pour cela que, maintenant encore, il se refusait à tout lui dire. Il ne lui avait pas parlé de ses problèmes de circulation sanguine dans les doigts, qui s'engourdissaient comme s'ils étaient gelés, alors qu'il était au chaud, à la maison.

Une infirmière passa la tête dans la salle.

— Monsieur et madame O'Reilly ? Le docteur est prêt à vous recevoir.

Frank grimaça en se levant, ignorant la main tendue de Megan, qui fronça les sourcils ; mais il ne voulait qu'on le traite comme un handicapé.

Le Dr Montgomery était un vieux monsieur à l'air digne vêtu d'une blouse blanche, un stéthoscope dépassant d'une de ses poches. Il leur serra la main comme ils entraient dans la salle de consultation ; puis il tira sa chaise de derrière son bureau et la fit rouler sur le côté pour s'asseoir plus près d'eux. Il affichait un air sérieux ; Frank se prépara au pire.

Le médecin attrapa un épais dossier sur son bureau et l'ouvrit sur ses genoux.

Frank sentit la main de Megan lui serrer le haut du bras lorsqu'elle demanda :

— Docteur Montgomery, quels sont les résultats des examens ? Qu'est-ce qui ne va pas chez Frank ?

Le médecin serra les lèvres, réduites à une simple fente ; puis il regarda Frank et dit :

— Monsieur O'Reilly, vous souvenez-vous de ce dont on a parlé concernant vos radios la dernière fois que nous nous sommes vus ?

— Bien sûr. Vous avez dit qu'elles montraient quelque chose d'anormal sur certains de mes os. C'est pour ça que vous m'avez fait faire ces biopsies.

— Exactement. Les radios ont révélé ce qu'on appelle le triangle de Codman, c'est-à-dire une grosseur sous votre périoste, qui est la membrane qui enveloppe vos os. Et vous vous souvenez peut-être aussi que…

— Allons, venez-en au fait, docteur. C'est un cancer ? lâcha Frank.

Il ne voulait pas avoir la version longue ; juste l'essentiel.

Le médecin acquiesça d'un hochement de tête.

— J'ai bien peur que oui.

Frank sentit les ongles de Megan s'enfoncer dans son bras.

— Oh, Frank…

— Il me reste combien de temps ? demanda-t-il d'une voix étrangement calme.

— Ouah ! N'allons pas trop vite, répondit le médecin en levant une main. Nous avons détecté une tumeur maligne sur deux des biopsies, d'accord, mais pour le moment ça ne veut rien dire, précisa-t-il d'un ton apaisant.

Il adressa un regard à Megan, puis revint à Frank.

— Je sais que ce n'est pas ce que vous vouliez entendre, mais pour le moment, nous n'avons qu'un diagnostic partiel. Pour mieux comprendre ce à quoi nous faisons face, il va falloir faire un TEP-scan. Nous n'avons pas l'équipement nécessaire ici, mais je me suis arrangé avec le Centre de traitement du cancer de l'hôpital Summerlin pour qu'ils vous prennent dès que vous pourrez vous rendre là-bas. Leur spécialiste en chef du cancer s'appelle le Dr Charles Liu. Il est le meilleur dans le domaine. Vous serez entre de bonnes mains. Prévenez-moi simplement dès que vous serez prêt à y aller…

— Où se trouve ce Centre de traitement du cancer ? demanda Megan.

— C'est à Las Vegas, à environ une heure et demie en voiture.

— On peut y aller tout de suite, dit Megan.

Frank voulut intervenir pour tempérer les ardeurs de sa femme, mais elle le foudroya du regard.

— Eh bien, c'est parfait, dit le Dr Montgomery. Mais avant que vous ne vous lanciez dans un trajet de quatre-vingt-dix minutes, laissez-moi appeler pour m'assurer qu'ils peuvent vous recevoir aujourd'hui. Avez-vous des questions avant que je n'appelle le bureau du Dr Liu ?

Frank et Megan secouèrent négativement la tête.

Le médecin tapota délicatement l'épaule de Frank en se levant pour quitter la pièce.

D'un ton apaisant, Megan chercha à le rassurer ; elle lui dit que tout allait bien se passer, qu'ils allaient surmonter ensemble ce cancer, quoi qu'il en coûte.

Frank resta calmement assis, s'efforçant de digérer la nouvelle de son cancer. Il était surtout inquiet pour Kathy et Megan. Il avait un tas de choses à régler pour s'assurer de les mettre à l'abri quand il ne serait plus là.

Il se tourna vers sa femme.

— Megan, je vais devoir te demander un service compte tenu de ce qui se passe, et ça ne va pas te plaire. Je veux que tu ne dises pas un mot de tout ça à Kathy. Elle a assez de choses à gérer comme ça à la fac. Tu comprends ?

Il vit son menton trembler légèrement, et ses yeux briller, tandis qu'elle retenait ses larmes. Mais elle accepta d'un hochement de tête.

Frank s'adossa contre le montant de la chaise et lui tapota la cuisse.

— Je t'aime, lui dit-il.

— Je t'aime aussi.

<hr>

Dave Butler se rallongea dans son lit alors qu'une des infirmières de l'Hôpital des anciens combattants vérifiait ses constantes. En dépit des fortes doses d'analgésiques qui lui avaient été administrées, son cancer le faisait affreusement souffrir. Après presque soixante-dix années passées sur cette terre, la dernière chose qu'il voulait, c'était la quitter l'esprit embrumé par les narcotiques, mais la douleur devenait insoutenable. Il avait cru pouvoir la supporter, mais il s'était trompé.

En 1968, une balle d'un tireur isolé lui avait traversé la jambe ; il avait toujours cru qu'il ne connaîtrait pas pire douleur que celle-là. Eh bien, le cancer avait remis les pendules à l'heure : le sort lui avait réservé bien pire. Ostéosarcome métastatique, qu'ils appelaient ça. Cancer des os. Il ignorait que les os pouvaient causer pareilles douleurs.

Ils lui avaient dit qu'il ne lui restait que quelques semaines à vivre quand il avait accepté de faire partie d'un nouvel essai clinique à l'Hôpital des anciens combattants. Il y avait des risques, bien sûr, mais il s'en fichait. Après tout, qu'avait-il à perdre ?

L'oncologue lui avait expliqué qu'il s'agissait d'une greffe de cellules souches, destinée à réamorcer son système immunitaire, à lui apprendre à attaquer les cellules cancéreuses.

Dave n'avait pas compris tous les détails. Tout ce qu'il savait, c'était que l'essai clinique visait à stimuler ses défenses naturelles pour mieux combattre la maladie.

Une infirmière passa la tête dans la chambre et le vit trembler.

— Voulez-vous une couverture pour vous réchauffer, monsieur Butler ?

— Si ça ne pose pas de difficultés, je veux bien.

— Je vous rapporte ça.

Elle disparut, puis revint quelques instants plus tard avec une grosse couverture qu'elle étendit sur ses jambes et sa poitrine.

— Et voilà. Elle sort tout juste de l'armoire chauffante. Cela va aider à activer votre circulation.

Dave soupira de contentement, tandis que la couverture réchauffait doucement son corps.

Il s'assoupit. Quand il rouvrit les yeux, il était dans la salle d'opération, relié à une perfusion intraveineuse et entouré de médecins et d'assistants préparant l'équipement médical.

L'un deux remarqua qu'il avait ouvert les yeux et s'approcha.

— Ah, monsieur Butler, dit l'homme avec un fort accent allemand. On dirait que vous vous réveillez juste au moment où nous nous apprêtions à vous anesthésier.

Il sourit.

— Je croyais que vous n'auriez pas à m'endormir justement, dit Dave.

— Ne vous inquiétez pas, vous vous sentirez un peu groggy, c'est tout. Vous serez conscient durant toute l'opération. Je vous informerai au fur et à mesure de ce qui se passe.

— Docteur Müller, dit quelqu'un derrière Dave. Nous sommes prêts pour l'injection.

Le médecin hocha la tête. Dave vit des mains injecter une substance laiteuse dans la poche à perfusion. Comme la solution médicamenteuse passait du tuyau dans sa veine, il sentit son bras s'échauffer.

— Comme je l'ai dit, vous allez vous sentir un peu groggy, répéta le Dr Müller. Et, ainsi que je vous l'ai expliqué, cette perfusion va avoir un effet agressif sur vos cellules cancéreuses ; mais nous voulons réduire au maximum la sensation d'inconfort que vous pourriez éprouver. Vous resterez conscient, mais c'est une procédure qui dure quatre heures ;

alors, si vous vous endormez... eh bien, nous ne ferons rien pour l'empêcher.

Il lui fit un clin d'œil.

Dave cligna des yeux à son tour en s'efforçant de fixer le médecin. La chaleur diffusée dans son bras se répandit dans sa poitrine et dans son cou.

Incapable de garder les yeux ouverts, il eut l'impression de flotter dans le vide, des voix lui parvenant par instant.

— *Surveillez bien l'imagerie vidéo thermique du FLIR. N'importe quelle élévation de température locale peut s'avérer intéressante pour nous. Mais franchement, je ne m'attends pas à voir de modification de température générale immédiate.*

Toujours flottant dans une semi-conscience, Dave eut l'impression que des aiguilles brûlantes pénétraient sa chair. Des voix retentissaient parfois, mais sans qu'il parvienne à trouver une réelle cohérence à ce qu'il entendait.

— *Vous avez vu ? Il ne s'est presque rien passé durant les deux premières heures, et voilà brusquement que les zones cancéreuses se mettent à émettre un rayonnement de chaleur !*

— *Le virus est actif. Le système immunitaire réagit au protocole Darwin. Il est reprogrammé. Quand on y réfléchit, c'est tout simplement fantastique. Si tout fonctionne comme prévu, cet homme aura bientôt le système immunitaire qui sera le nôtre dans plusieurs dizaines de milliers d'années. Regardez cet écran, ces lueurs jaunes : les tumeurs brillent de plus en plus fort sous l'attaque des lymphocytes T, qui reconnaissent l'ennemi et sont de plus en plus nombreuses.*

Dave ne pouvait pas bouger un muscle ; la douleur qu'il ressentait était inimaginable. Il avait l'impression que des aiguilles chauffées à blanc transperçaient chaque centimètre carré de son corps. S'il avait pu parler, il aurait supplié pour qu'on le sédate davantage. *Endormez-moi, par pitié*, songea-t-il.

— *Monsieur Butler, nous en sommes à trois heures de traitement. Vous vous en sortez très bien. Je vois grâce à la caméra thermique que même vos ganglions lymphatiques recommencent à fonctionner.*

Les mots n'avaient aucun sens pour Dave. Une guerre faisait rage dans son corps, et tout ce qu'il voulait maintenant, c'était trouver un moyen de capituler.

— *Docteur, la température monte à 38,5.*

— *Son corps réagit à l'attaque systémique. Passez-lui plus de solution saline en perf. Cela devrait normaliser son...*

— *La fréquence cardiaque augmente rapidement. Il est en fibrillation ventriculaire !*

Le scope, qui avait bipé de manière régulière tout au long de la procédure, se mit soudain à émettre un « bip » aigu continu.

— *Le patient est en arrêt !*

Dave exhala un soupir de soulagement à l'instant où sa douleur, et tout le chaos qui l'accompagnait, disparaissaient enfin.

L'auditorium était plein d'étudiants passant leurs épreuves partielles. Kathy était satisfaite de sa copie jusqu'à présent ; il lui restait une unique question à laquelle répondre : « *Quelle est la différence entre un organisme autotrophe et un organisme hétérotrophe ? Citez un exemple de l'un et de l'autre.* »

Elle écrivit : « *L'autotrophie désigne la capacité de n'importe quel organisme à produire sa propre nourriture à travers des substances inorganiques telles que la lumière ou l'énergie chimique. Les algues (à travers la photosynthèse) et certaines bactéries (à travers la chimiosynthèse) constituent des exemples d'autotrophes. À l'inverse, les hétérotrophes dépendent d'autres organismes pour assurer leur subsistance. Les hommes, par exemple, sont dans ce cas. Nous consommons des plantes et de la matière animale. Mais on pourrait citer également le gui, qui est une plante parasite qui ne survit que grâce à une plante hôte.* »

Kathy se refonça au fond de sa chaise et jeta un coup d'œil à la pendule murale de la salle d'examen. Elle avait encore dix minutes. Elle les mit à profit pour revoir ses réponses et s'assurer que tout était bien lisible.

Quand la sonnerie de fin d'épreuve retentit, elle déposa sa copie sur la table prévue à cet effet devant l'examinateur, confiante dans son travail.

Elle sortit de l'auditorium avec les autres étudiants et alluma son téléphone portable. Elle avait reçu un SMS de sa mère durant l'examen : *Appelle à la maison, s'il te plaît.*

Elle trouva un coin tranquille à l'extérieur du bâtiment, et composa le numéro de la maison.

— Salut, m'man. Tu m'as demandé de t'appeler ?

— *Chérie, je me demandais : quand auras-tu terminé tous tes partiels ?*

Sa mère paraissait tendue. Kathy sentit son cœur s'accélérer.

— Je viens de terminer le dernier, pourquoi ? Il y a un problème ?

Il y eut un silence à l'autre bout du fil, et pour la première fois, Kathy entendit la voix de sa mère se briser sous le coup de l'émotion.

— *Oh, chérie, c'est ton père. Il est vraiment malade, et il refuse de se soigner. J'espérais que tu pourrais rentrer un moment, pour essayer de le raisonner, toi.*

Des larmes voilèrent les yeux de Kathy. Papa ? Vraiment malade ?

— Bien sûr, m'man. Je vais tâcher de réserver un billet pour prendre le premier vol. M'man…

Elle déglutit péniblement, la gorge serrée.

— Qu'est-ce qu'il a ?

Sa mère renifla et s'éclaircit la gorge. Il y eut un silence de nouveau, puis :

— Il a un cancer. Oh, Kathy, je crois que c'est vraiment sérieux.

Kathy accéléra le pas en direction du dortoir.

— Je serai là ce soir.

CHAPITRE DOUZE

C'était samedi soir, et Juan était assis dans le bureau du directeur de la recherche d'AgriMed Global. Il n'avait même pas eu le temps de se trouver un hôtel ; à peine sorti de l'aéroport, un autre chauffeur l'attendait, qui l'avait conduit directement ici.

Et puis, Winslow lui avait annoncé quelque chose que son cerveau n'arrivait toujours pas à intégrer.

— Quelqu'un s'est servi de mon algorithme pour créer de nouvelles espèces animales ?

Winslow hocha la tête, un air grave assombrissant son visage anguleux.

— J'en ai bien peur.

Il portait un pantalon kaki et un polo noir, une tenue décontractée qui tranchait avec son habituel costume strict. Il se pencha en avant et ajouta à voix basse :

— Juan… qui d'autre est au courant des détails de votre travail ? Je parle bien sûr de vos recherches génétiques, de votre algorithme.

Juan réfléchit un moment à la question, puis :

— Eh bien, il y a un tas de personnes au labo qui savent sur quoi je travaille d'une manière générale, mais il n'y en a que deux qui ont accès à l'algorithme : Carol, mon assistante, et Mike Kim, un interne de Stanford. Vous croyez qu'un des deux… ?

— Je ne sais pas, reconnut Winslow d'un air douloureux. Au FBI, ils ne laissent rien filtrer. Mais ils ont mentionné « l'algorithme de Darwin version 3.4 ». Ça vous parle ?

Juan écarquilla les yeux de stupeur.

— Mon Dieu ! C'est le nom que j'ai donné au code qui permet la mise en pratique de mon algorithme. Sauf que la version 3.4 remonte à environ six mois.

Il éprouva un profond sentiment de trahison, et se sentit gagner par une colère sourde. Comment avait-on osé le voler ? Se pouvait-il que Carol ou Mike fussent impliqués ?

Winslow secoua la tête, et reprit, avec une pointe de regret dans la voix :

— J'ai bien peur de devoir obliger tous ceux qui travaillent sur le site à passer le test du polygraphe, vous y compris, Juan. Il faut que nous allions au fond de cette histoire.

— Je passerai tous les tests que vous voulez. Je veux plus que quiconque comprendre ce qui s'est passé.

— Bien.

Winslow se pencha et attrapa sur son bureau ce qui ressemblait à une clé USB. Il la leva et dit :

— Le FBI est convaincu que quelqu'un à AgriMed vole nos recherches et les vend à un tiers. S'ils n'ont rien voulu lâcher de ce qu'ils savent réellement, ils m'ont toutefois donné quelques tuyaux pour empêcher d'autres vols. Il va falloir renforcer notre sécurité informatique, et pour commencer, tout accès à vos dossiers nécessitera une authentification multifactorielle.

Juan fixa le directeur de la recherche d'un air perplexe.

— Je ne comprends pas.

Winslow agita la clé USB.

— Cette clé USB est une clé biométrique. D'un côté, elle s'insère sur un ordinateur via un port USB classique. De l'autre, la partie plate est un lecteur d'empreinte digitale. Le FBI nous en a laissé tout un tas, avec les instructions nécessaires. Je vais demander à notre service informatique d'enregistrer celle-là avec votre empreinte digitale. Ensuite, nous ferons crypter tous vos fichiers, y compris ceux que vous conservez chez vous, de manière à ce qu'ils ne puissent être ouverts que par quelqu'un ayant les bons codes.

— C'est très bien pour ce qui est fichiers électroniques, dit Juan, mais une grande partie de mon travail n'existe que sous forme de notes manuscrites.

— C'est un tort, désapprouva Winslow. Je veux que vous transfériez tout ça sur votre ordinateur, et que vous détruisiez ces notes. C'est compliqué, je le sais bien, mais nous ne pouvons plus prendre de risque. Ce qui m'amène à une question importante…

Le ton du directeur de la recherche avait légèrement changé, et la colère que Juan éprouvait à l'égard de celui ou celle, il l'ignorait encore, qui l'avait trahi, le céda un instant à la curiosité. Quelle était cette question que Winslow voulait soulever ?

— J'ai parlé au conseil d'administration concernant vos recherches, et où elles nous menaient. Je ne voulais pas aborder ce sujet avec vous avant que nous n'obtenions le feu vert pour mener des essais sur l'homme, mais… j'aimerais que tout soit centralisé au niveau de notre siège. Nous avons de meilleurs équipements ici. Washington offre tout ce dont vous pouvez avoir besoin. Alors, voilà, je me demandais si vous accepteriez de venir vivre ici.

Juan s'efforça de réfléchir à ce que cela signifiait pour son travail.

— Déménager ne me pose pas de problèmes particuliers, mais tous les animaux de laboratoire et…

— Ne vous inquiétez pas pour le labo, nous nous occuperons de tout, lui assura Winslow en balayant l'objection d'un geste de la main. Faites-moi confiance ; je ferai en sorte que tout cela soit aussi indolore que possible. Je contacterai la DRH ; je leur ferai savoir que j'ai personnellement approuvé un déménagement complet dans les meilleures conditions. Vous n'avez qu'à leur dire où et quand, et des déménageurs s'occuperont de tout mettre en cartons chez vous et de tout transporter.

— Hum, mais j'ai un bail en cours pour mon appartement…

— Ça aussi, nous nous en chargeons. Faites-moi confiance, la société a l'habitude de déménager ses employés. Nous avons des contrats avec plusieurs entreprises. Vous devrez juste indiquer aux déménageurs à quelle adresse livrer toutes vos affaires. De la même manière qu'ils auront tout emballé, ils déballeront tout à l'arrivée.

— Et pour ce qui est de Carol, mon assistante ?

— C'est valable pour n'importe quel membre de votre équipe. Je leur ferai la même offre concernant leur déménagement. À condition, bien entendu, qu'ils réussissent le test du détecteur de mensonges.

Tout arrivait si vite. Juan ne savait plus quoi penser de tout cela. Il était à la fois excité et… inquiet. L'attitude de Winslow à son égard, l'expression de son visage ; pour la première fois de sa carrière, on ne le traitait pas comme un simple rouage de la machine, mais comme quelqu'un d'important. C'était une bonne chose. Et pourtant, quelque chose en lui se refusait à y croire complètement.

— D'accord, dit-il, faisons comme ça. Quelle est la prochaine étape ?

Un grand sourire illumina le visage de Winslow. Il appuya sur une touche de sa console téléphonique. Une sonnerie se fit entendre à l'autre bout du fil, et une voix d'homme demanda :

— *Oui, monsieur ?*

Juan reconnut la voix : c'était celle du premier chauffeur, celui qui était passé le prendre à son appartement. Une voix grave, qui collait parfaitement au physique imposant de son propriétaire. L'homme, tout en muscles, mesurait facilement deux mètres et pesait certainement plus de cent kilos.

— Carl, avez-vous déposé les affaires de M. Gutierrez dans un casier vestiaire sécurisé ?

— *Bien sûr. Tout est au poste de sécurité.*

— Bien. Juan et moi en avons bientôt terminé ici. Préparez la voiture. Il séjournera au Ritz, sur la 22ᵉ Rue. Vous savez où c'est ?

Juan écarquilla les yeux en entendant mentionner l'hôtel cinq étoiles.

— *Oui, monsieur. Je connais bien l'hôtel. J'arrive dans cinq minutes avec la voiture ; je serai garé devant. Autre chose, docteur Winslow ?*

— Juan aura également besoin qu'on vienne le chercher à neuf heures demain matin, mais en dehors de ça, non. Ce sera tout, Carl. Merci encore de votre compréhension, et pour tout ce que vous faites.

Winslow mit fin à l'appel et se tourna de nouveau vers Juan.

— Carl n'est pas chauffeur. Il fait partie de l'équipe de sécurité interne d'AgriMed.

— Oh, je comprends, dit Juan. S'il s'agit bien de la même personne qui m'a conduit ici, il ne ressemble pas vraiment non plus aux vigiles que nous avons à Rochester.

Winslow secoua la tête en riant.

— Non, c'est sûr. Carl est un ancien militaire. En fait, c'est un ancien commandant des SEAL, la force spéciale de la marine de guerre.

Juan se sentir rougir d'embarras en palpant inopinément le petit couteau qu'il avait glissé dans la poche de son pantalon en partant pour l'aéroport.

Winslow se leva et lui fit signe de le suivre.

— Bon, occupons-nous de vous installer maintenant. Je sais que tout ça doit vous sembler un peu dingue. Rassurez-vous, j'ai la même impression. Quand le FBI a débarqué chez moi armé, j'ai failli chier dans mon froc. Je vais avoir pas mal de choses à expliquer à ma femme en rentrant.

Juan lui décocha un petit regard comme ils se hâtaient de traverser le bâtiment, et il vit son air inquiet tandis qu'il revivait mentalement la visite du FBI.

Ils arrivèrent à l'avant du bâtiment. Winslow poussa la porte de sortie, jeta un coup d'œil dehors et fit signe à Carl, qui attendait debout à côté d'une limousine. Le directeur de la recherche se tourna vers Juan, et ils se serrèrent la main.

— Je serai en déplacement demain, dit-il. Donc, je ne vous verrai pas, mais merci encore de m'aider dans cette situation compliquée. Nous allons reprendre les choses en main, je n'en doute pas.

Il donna une tape sur l'épaule de Juan et ajouta :

— En attendant, reposez-vous.

Juan avait du mal à croire qu'il prenait ses aises à l'arrière d'une luxueuse limousine en route pour le Ritz Carlton. Si seulement sa mère avait pu le voir maintenant.

— Alors, Carl, dit-il. Le Dr Winslow dit que vous avez servi dans les SEAL. Merci pour votre engagement.

— Inutile de me remercier, répondit l'homme, impassible. Servir mon pays a été un honneur.

— Je veux bien le croire, mais d'une manière générale, je trouve qu'on ne remercie pas assez nos militaires.

Juan croisa les jambes et fixa l'arrière du crâne imposant de Carl.

— Comment en êtes-vous venu à travailler pour AgriMed ? lui demanda-t-il.

— Après vingt ans de service, j'ai ressenti un besoin de changement.

Carl marqua un silence, comme s'il prenait le temps de peser soigneusement ses mots.

— Et l'argent, monsieur. L'argent a été un élément important dans ma décision.

— Ne le prenez pas mal, mais on s'attend à ce que quelqu'un qui a vos états de service recherche des situations… disons plus dangereuses que la circulation de Washington. Vous voyez ce que je veux dire ? Quelque chose de plus excitant.

La limousine s'arrêta à un feu rouge. Carl se tourna vers Juan et lui décocha un petit sourire.

— La circulation est le cadet de mes soucis. On ne fait appel à moi que lorsque la vie de quelqu'un est menacée. Ça me suffit aujourd'hui pour que je reste sur mes gardes.

— Quand la vie de quelqu'un est… , répéta Juan, tandis que son pouls s'accélérait. Attendez, vous voulez dire que quelqu'un m'a menacé ?

Le feu passa au vert. Carl secoua brièvement la tête, et la limousine reprit sa route dans la circulation.

Il fallut trois jours à Juan pour débarrasser complètement le labo de Rochester. Trois jours de frustration de devoir interrompre ses recherches, mais Winslow avait raison : il disposerait d'un meilleur équipement à Washington. Le jeu en valait la chandelle.

Pour ne rien gâcher à sa belle humeur, aussi bien Carol que Mike avaient passé avec succès le test du polygraphe. Il lui avait été insupportable de penser qu'il pouvait avoir été trahi par l'un ou par l'autre.

Malheureusement, il avait dû dire adieu à Mike, l'interne de Stanford. Bien qu'AgriMed lui eût offert de s'occuper entièrement de son déménagement, le jeune homme avait décliné l'offre et donné son préavis de deux semaines. C'était un coup dur – le gamin était doué – mais Juan n'était pas trop inquiet. Il l'aurait été bien davantage s'il avait perdu Carol.

— Merci encore d'avoir accepté de me suivre à Washington, lui dit-il ce jour-là, tandis qu'ils fermaient des cartons avec du ruban adhésif. J'espère que vous n'aurez pas à le regretter.

Carol remonta ses lunettes sur son nez et souffla :

— J'ai toujours su que travailler avec vous me causerait des problèmes ; j'ignorais juste jusqu'à quel point.

Juan la regarda et fronça les sourcils.

— Je suis désolé. Je sais que ce doit être dur…

Elle balaya ses excuses d'un geste de la main.

— Je plaisante, dit-elle. La boîte me rachète le taudis qui me sert de maison pour bien plus que je n'aurais pu en obtenir. Ils paient mon déménagement, et même le billet d'avion pour me permettre de trouver un nouveau pied à terre. Pourquoi est-ce que je refuserais ?

— En tout cas, je suis ravi que vous veniez, sincèrement. Je serais perdu sans vous.

— Oh, la ferme, vous allez me faire rougir, répliqua Carol en se remettant à fermer un carton.

Juan laissa échapper un petit rire. Il était soulagé. Le voyage à Washington allait bien se passer. Pour l'heure, ils n'étaient que tous les deux au labo ; Mike s'était fait porter pâle. La situation n'était pas inédite, mais l'endroit paraissait étrangement vide brusquement. Cela faisait quatre ans qu'il travaillait ici ; et tout ce qu'il avait sous les yeux à présent, c'était une pièce remplie de cartons.

Il avait beau être seul avec Carol, il ne pouvait s'empêcher d'avoir l'impression que quelqu'un les épiait, ou écoutait leur conversation.

— Carol…

Il se pencha vers elle.

— Demain, le personnel de sécurité mènera les tests polygraphiques sur les autres employés du labo, poursuivit-il à voix basse. Je veux que nous ayons rangé et empaqueté toutes nos affaires aujourd'hui.

— Très bien, soupira Carol. Quand exactement doivent-ils tout déménager ?

— Dès que je les préviens que nous sommes prêts. Les types de la sécurité superviseront l'opération. Tout sera débarrassé dans la nuit.

Carol jeta un regard par-dessus son épaule en direction des cages.

— Les animaux aussi ?

— Tout. Ils n'attendent que mon feu vert pour débarquer ici, tout vider et remettre tout en place au labo de Washington dès demain.

— Seigneur ! Ça ne rigole pas, on dirait ?

Carol ne croyait pas si bien dire. Jusqu'à ce trajet en limousine, Juan n'imaginait pas qu'AgriMed pouvait avoir besoin de recourir aux services de quelqu'un comme Carl. Mais en y songeant, ce n'était pas si étonnant. Les responsables de la société devaient évidemment recevoir des menaces de mort émanant de militants environnementalistes, ou d'autres fanatiques.

Juan descendit de son tabouret, étira ses jambes et secoua la tête.

— Non, confirma-t-il, ils prennent tout ça très au sérieux. Ils sont très soucieux d'accroître le niveau de sécurité. Non seulement le nouveau labo disposera d'une double protection physique, et de petites choses comme celle-là (il brandit une clé USB), mais j'ai entendu dire qu'il y a sur le campus une unité de confinement de niveau 4. Je préfère ne pas connaître la raison d'être d'une telle unité. En tout cas, nous ne devrions pas avoir de problèmes côté équipement.

— Bon, en attendant, je vais continuer de m'activer pour en terminer ici, dit Carol en reniflant, avant de se tourner vers une pile de dossiers qu'elle avait déjà commencé à classer.

Le lecteur de badge émit un bip, et Steve Chalmers entra dans le labo.

— Salut, Juan. On déjeune ensemble ?

Juan jeta un coup d'œil à sa montre et hésita en regardant autour de lui tout ce qu'il restait à faire.

— La vache, vous avez fait du ménage ici ! s'exclama Chalmers.

Carol échangea un regard avec Juan et acquiesça.

— J'ai apporté mon déjeuner. Je mangerai ici en continuant de ranger. Allez-y, tous les deux.

Juan regarda Steve, et se sentit un peu coupable. Selon les instructions des gars de la sécurité, il n'avait parlé à personne de son déménagement – encore moins de la raison de son départ.

— Où veux-tu aller ?

Steve ratissa du bout du doigt ses cheveux blonds coupés en brosse et suggéra :

— Qu'est-ce que tu dirais du Toscano ?

Juan émit un petit grognement désapprobateur.

— C'est un peu cher pour un déjeuner. Je pensais plus au food truck en bas de la rue.

Steve feignit une expression horrifiée.

— Je vais te dire : comme je ne suis pas d'humeur à faire une intoxication alimentaire aujourd'hui, c'est moi qui régale.

— Dans ce cas, va pour le Toscano, rigola Juan.

***

Rassasié, Juan se laissa aller contre le dossier de sa chaise et donna une tape sur son ventre.

— Bon sang, Steve ! Je vais prendre deux kilos rien qu'avec ce repas, à cause de toi.

Steve se mit à rire.

— Nan, c'est des glucides, rien d'autre. Tu es encore assez jeune pour pouvoir les brûler rapidement. Quant à moi… j'ai besoin de ma petite couche de graisse pour me réchauffer ici.

Juan avait demandé à s'asseoir à l'extérieur, dans le patio du restaurant, malgré les objections de Steve. Il faisait plutôt bon ce jour-là pour un mois de décembre.

— Tu n'es qu'une mauviette, dit-il. Il fait presque quinze degrés aujourd'hui. Et puis, tu as… quoi, quarante-cinq ans ? Tu n'as jamais que dix ans de plus que moi.

— Quarante-cinq, ce n'est pas loin de cinquante. Je sens bien que je vieillis.

Était-ce cela qui le tracassait ? Bien que Steve eût manifesté une certaine bonne humeur au cours du repas, Juan n'avait pu s'empêcher de remarquer qu'il paraissait… exténué.

— Je ne t'ai pas beaucoup vu sur le campus ces derniers temps, lui fit-il remarquer. Comment ça se passe sur le front de la recherche en neurologie ? Tu m'avais parlé de gros progrès il y a quelques temps dans tes recherches sur la sclérose en plaque ? Allez, je veux des détails croustillants.

Steve hésita.

— Écoute, ça se passe très bien. Crois-le ou non, je me suis attaqué à l'oncologie pour pouvoir aller plus loin dans mon travail.

— L'oncologie ? Pour la recherche sur la sclérose en plaque ?

— Ouais, ce n'est pas aussi dingue que ça en a l'air. Tu sais que la SP, c'est d'abord un problème de système immunitaire qui déraille ; il ne sait plus qui est l'ennemi, et il commence à s'attaquer à la gaine de myéline des fibres nerveuses du cerveau.

Il tapota une de ses tempes et continua :

— Le traitement auquel je suis parvenu consiste à soumettre le patient à une courte chimiothérapie destinée à stimuler la production de cellules souches. On filtre ensuite son sang, on rassemble les cellules souches, et on le soumet de nouveau à une chimio, à forte dose cette fois, pour désactiver complètement son système immunitaire défaillant. On réintroduit ensuite les cellules souches, et on reconstruit un nouveau système immunitaire, opérationnel celui-là, et qui laisse intacte la myéline autour des neurones.

Juan acquiesça d'un hochement de tête.

— Tu réinitialises en quelque sorte le système immunitaire.

— Exactement ! s'exclama Steve, ses yeux bleus brillant d'enthousiasme soudain. Ça s'est avéré vraiment efficace pour ralentir la progression de la plupart des SP.

— C'est vraiment chouette.

Il y eut un moment de silence embarrassé. Juan hésita, cherchant désespérément un nouveau sujet de conversation. Il s'en voulait de mentir à son ami, fût-ce par omission, concernant son propre travail ; il se sentait minable de ne pas lui dire qu'il déménageait.

Son téléphone sonna. Il jeta un coup d'œil à l'écran. Le numéro ne lui disait rien.

— Sûrement une enquête d'opinion ; ça y ressemble, en tout cas, dit-il.

— Ils n'arrêtent pas de m'appeler, moi aussi. Ils font chier avec leur truc.

Quelques secondes plus tard, une alerte sonore lui indiqua qu'il avait un message vocal. Il fronça les sourcils.

— En général, les sondeurs ne laissent pas de message. Ça ne t'ennuie pas si je vérifie ?

Steve but une gorgée de son café.

— Non, vas-y. Je digère tranquillement pendant ce temps-là.

— Merci.

Il se connecta à sa messagerie vocale en activant le haut-parleur. Aussitôt, une voix de femme se fit entendre :

« Juan, euh... Dr Gutierrez ? Je m'en veux de vous contacter comme ça, je m'en excuse à l'avance, mais je ne savais pas qui d'autre appeler. C'est Kathy O'Reilly ; on a dîné ensemble au Mai Kai. »

Juan sentit son cœur s'accélérer. Il désactiva aussitôt le mode haut-parleur, et colla l'écouteur à son oreille.

« Je sais que vous êtes oncologue, et... eh bien, on vient de diagnostiquer à mon père un cancer à un stade avancé. Tout ce dont parlent les médecins, c'est de soins palliatifs, mais je n'arrive pas à croire qu'il n'y a pas quelque chose de plus à faire. Je sais que je ne suis pas la mieux placée pour en juger, parce qu'il s'agit de mon père, mais je me demandais si vous ne pouviez pas nous recommander auprès de quelqu'un pour avoir un deuxième avis, ou... si vous n'aviez pas vous-mêmes des suggestions à nous faire. Si vous pouviez me tenir au courant, je vous en serais reconnaissante. Je suis rentrée pour les vacances d'hiver ; j'appelle de chez mes parents justement. On capte très mal ici avec les téléphones portables, donc, si vous pouviez m'appeler directement sur le téléphone fixe, je vous en serais vraiment, vraiment reconnaissante... hum... merci. »

Juan abaissa son téléphone. Il avait l'impression d'avoir pris un direct à l'estomac. Pauvre fille.

Steve le regarda d'un air préoccupé.

— Tout va bien, Juan ? Quelqu'un est mort ?

— Non, mais c'est tout comme, on dirait. Une étudiante dont j'ai fait la connaissance à Georgetown… apparemment, son père a un cancer en phase terminale. Les médecins suggèrent déjà de le placer en soins palliatifs ; elle voudrait avoir un deuxième avis.

Le front de Steve se plissa, en même temps qu'il remuait les restes fondus de sa glace italienne à la pistache.

— Où habite son père ?

— Elle m'a dit qu'il a un ranch au Nevada. Pourquoi ?

— C'est parfait, ça ! J'ai entendu parler d'un essai clinique de phase 2 qui se déroule en partenariat avec le Département des anciens combattants. Ils cherchent à traiter certains types de cancers métastatiques. Et devine qui connaît l'administrateur de l'essai ?

Il se désigna d'un geste du pouce.

— Merde, Steve, ce serait génial. Ça fait partie de ce sur quoi tu travailles ?

Son ami allait lui répondre, mais il se ravisa.

— Écoute, je ne peux pas vraiment en parler, dit-il en secouant la tête, mais disons que c'est prometteur.

Le silence contraint de Steve fit éprouver à Juan un certain soulagement. Puisqu'ils étaient tenus tous les deux de garder le secret sur leurs recherches, il n'avait plus à culpabiliser de taire ce qu'il faisait.

Steve sortit un morceau de papier et un stylo, griffonna quelque chose et fit glisser le papier sur la table.

Juan y jeta un coup d'œil, sourit, prit son téléphone et composa le numéro de l'appel manqué.

Kathy répondit à la première sonnerie.

— *Allô ?*

— Kathy, c'est Juan Gutierrez.

— *Oh, Dieu merci, vous me rappelez !*

Sa voix donnait l'impression qu'elle était au bord des larmes.

— *Je suis désolée de ne pas vous avoir appelé plus tôt, c'est juste que…*

— Aucun souci. C'est moi qui suis désolé d'apprendre ce qui arrive à votre père, et ce que votre famille et vous traversez. Je sais à quel point ça peut être dur.

— *Merci. Je ne voudrais pas paraître présomptueuse en vous demandant cela, mais auriez-vous quelqu'un à nous recommander pour avoir un deuxième avis ? Mon père n'a pas confiance dans les médecins qu'il voit ; quant à moi, je ne veux laisser aucune solution de côté. Vous comprenez ce que je veux dire ?*

— Bien sûr. Kathy, quelle sorte de cancer a votre père ?

— *Ostéosarcome.*

Juan articula silencieusement le mot « ostéosarcome » en se tournant vers Steve.

Ce dernier sourit et hocha la tête d'un air approbateur.

— Kathy, je suppose que si les médecins parlent de soins palliatifs, c'est que le cancer est métastatique, n'est-ce pas ? En d'autres mots, il s'est répandu ?

— *Oui. Il s'agit d'un ostéosarcome métastatique. De stade 4.*

Juan rentra le pouce et montra quatre doigts à Steve.

— Je vois. Eh bien, la bonne nouvelle – s'il y en a une – est que j'ai plus qu'un nom pour vous. Je viens d'être informé de l'existence d'un essai clinique à Las Vegas, destiné aux anciens combattants. Mais votre père n'a pas à être un vétéran pour y prendre part. Croyez-vous que cela pourrait l'intéresser ?

— *Vous plaisantez ? s'exclama Kathy d'une voix tremblante. Oui ! Bien sûr que oui, ça l'intéressera ! Vous pensez qu'il sera éligible à cet essai ? Lui-même est un vétéran, vous savez. L'unique raison pour laquelle mes parents ne se sont pas dirigés vers l'Hôpital des anciens combattants, c'est qu'ils avaient une liste d'attente bien trop longue.*

— Ne quittez pas.

Juan couvrit le micro de son téléphone avec sa main, et s'adressa à Steve :

— Elle est intéressée, murmura-t-il. Quelles sont les chances que son père intègre cet essai ?

— S'il a un ostéosarcome de stade 4, il remplit les conditions. Je m'occupe de le faire inscrire, lui assura Steve en faisant le geste du pouce levé. J'actionnerai tous les leviers dont je dispose. Après tout ce que tu as fait pour moi, c'est la moindre des choses.

Il nota quelques informations sur un morceau de papier.

— Merci, mon vieux. C'est sympa.

Juan ôta sa main du micro, et reprit :

— Je suis confiant : votre père devrait pouvoir intégrer cet essai clinique, mais comprenez-moi bien : j'ai très peu d'informations sur le détail de cet essai. Je viens d'en apprendre l'existence, précisa-t-il en adressant un clin d'œil à Steve. Je vais être très honnête avec vous, Kathy : les essais cliniques peuvent être une aubaine, mais ils peuvent aussi s'avérer inutiles ou presque.

— *Je comprends, croyez-moi.*

— Je voulais juste que les choses soient bien claires, c'est tout. Et, Kathy, je vous avoue que si c'était mon père, je chercherais moi aussi toutes les solutions, y compris participer à un essai clinique, si c'était possible. Avez-vous de quoi écrire ?

Kathy renifla, s'éclaircit la gorge et dit :

— *Un petit instant.*

Juan l'entendit farfouiller dans des papiers ; quelques secondes plus tard, elle reprit

— *C'est bon, j'ai une feuille et un stylo.*

Juan ramassa le morceau de papier sur lequel Steve avait noté les informations utiles.

— D'accord, notez bien ceci : l'administrateur de l'essai clinique est un certain Deidrick Müller. Une fois sur place, on demandera certainement à votre père de lire un tas d'informations, et de signer divers documents. C'est comme ça que ça marche avec ces essais. Avez-vous besoin de l'adresse de l'Hôpital des anciens combattants ?

— *Non, merci, mes parents y sont déjà allés.*

Kathy se mit à pleurer.

— *Juan, merci infiniment. Je sais que les chances sont minces, mais c'est déjà beaucoup... ça me redonne un peu d'espoir. Je vous en suis vraiment reconnaissante.*

Juan sentit sa gorge se serrer comme l'émotion de Kathy le gagnait malgré lui.

— Écoutez-moi, Kathy. Vous avez toujours ma carte, n'est-ce pas ?

— *Oui,* répondit Kathy en reniflant.

— Bon, alors n'hésitez pas à m'appeler, n'importe quand, que ce soit pour une question d'ordre médical, ou simplement parce que vous avez besoin d'une épaule sur laquelle pleurer. D'accord ?

— *J'espère que vous pensez ce que vous dites, parce que vous pourriez être amené à le regretter.*

Elle rit, puis renifla de nouveau.

Juan remarqua que Steve avait formé un cœur avec ses doigts sur sa poitrine et le regardait avec un grand sourire.

Il se sentit rougir et dit :

— Je le pense vraiment. Maintenant, allez parler de tout cela à vos parents.

— *Oh, Maman, justement, attends. J'ai quelque chose à te dire. Ma mère vient juste d'entrer. Merci Juan. Merci infiniment. Je vous appellerai très bientôt, promis.*

— J'y compte bien.

Il raccrocha.

— Alors, lui dit Steve, quand vas-tu me présenter cette jeune femme qui a l'air de te mettre dans tous tes états ?

Juan comprit que l'émotion qu'il ressentait était écrite sur son visage. Il jeta sa serviette de table sur Steve et grommela :

— La ferme !

CHAPITRE TREIZE

Kathy descendit d'un bond du siège conducteur du pick-up, fit rapidement le tour du véhicule et tendit la main à son père pour l'aider à descendre à son tour. Elle n'était partie que trois mois, mais c'était comme si son père avait vieilli de dix ans. Il ne se plaignait jamais, mais elle savait qu'il souffrait beaucoup ; il grimaçait à chaque mouvement qu'il faisait.

— Allez, papa, il n'y a que toi et moi. Laisse-moi t'aider.

À contrecœur, il lui prit la main pour se stabiliser en descendant du pick-up.

— Je suis désolé que tu me voies comme ça, ma puce. C'est...

— Papa, je t'en prie, cesse de te torturer. Les personnes qui nous attendent sont là pour t'aider. J'ai parlé avec le docteur qui dirige le programme. Il dit que les cas comme le tien sont exactement ce qu'ils recherchent.

Elle claqua la portière du pick-up et tint la main de son père tandis qu'ils se dirigeaient vers l'entrée de l'Hôpital des vétérans.

— Je te suis très reconnaissant de faire tout ça pour moi, ma puce, mais je sais ce qu'ont dit tous les médecins jusqu'à présent. Je ne veux pas que ta mère et toi nourrissiez de faux espoirs.

— Papa, tu dois être plus optimiste, s'agaça légèrement Kathy.

Elle prit une grande inspiration et ajouta :

— J'ai lu plusieurs études qui prouvent que les patients ont tendance à obtenir de meilleurs résultats s'ils sont optimistes concernant leur traitement. Alors, s'il te plaît, pour moi, essaie de ne pas être aussi...

— Cabochard ? termina-t-il.

Elle appuya sa tête sur son épaule et sourit.

— J'allais dire : essaie de ne pas te conduire comme un O'Reilly.

Frank se mit à rire.

— Je te retourne le compliment.

Les portes vitrées s'ouvrirent automatiquement à leur approche. Aussitôt, une infirmière qui poussait un fauteuil roulant s'avança vers eux.

— Monsieur O'Reilly, vous êtes pile à l'heure, dit-elle.

Frank regarda le fauteuil d'un air mauvais.

— Ne le prenez pas mal, mais je n'ai pas besoin de ce machin. Je ne suis pas invalide.

— Mais, monsieur...

— S'il vous plaît, dit Kathy, aussi poliment que possible. Pouvez-vous faire une exception pour cette fois ? Mon père n'a pas besoin de ce fauteuil.

L'infirmière hésita un instant, puis :

— Très bien, monsieur O'Reilly.

Elle poussa le fauteuil à l'écart et leur fit signe de la suivre.

— Je vous conduis à la salle d'attente que nous utilisons pour les patients qui participent aux essais cliniques.

Marchant lentement à côté de son père, Kathy grimaçait chaque fois que ce dernier ressentait une douleur. Elle priait pour que s'accomplisse ici le miracle qu'elle espérait tant.

Il leur fallut cinq bonnes minutes pour rejoindre la salle d'attente déserte située dans une aile isolée des bâtiments principaux. Ils s'assirent et attendirent, jusqu'à ce qu'une femme aux cheveux blonds d'une quarantaine d'années entre dans la salle, tenant à la main une chemise cartonnée remplie de documents divers.

— Bonjour, je suis Pamela Ravitz, l'infirmière du Dr. Müller.

Elle se tourna vers Frank et demanda :

— Vous êtes bien Franklin Christopher O'Reilly ?

— Aux dernières nouvelles, oui, répondit-il d'un ton malicieux.

L'infirmière se tourna vers Kathy.

— Et je suppose que vous êtes sa fille ?

— Oui. Kathy O'Reilly.

— Parfait. J'ai là un certain nombre de documents dont j'aimerais que vous preniez connaissance, tous les deux.

Elle ouvrit la chemise cartonnée et leur tendit à chacun une liasse de papiers.

— Voici la description de l'essai clinique. Il y est fait mention des bénéfices attendus pour le patient ; vous y trouverez également un résumé de l'essai lui-même, ainsi que des soins qui seront nécessaires par la suite. Il s'agit d'un essai clinique de phase 2. Nous avons actuelle-ment cent quarante patients sous traitement pour plusieurs types de cancer métastatique, y compris l'ostéosarcome que l'on vous a diagnos-tiqué. Quatre d'entre eux se trouvent dans cet hôpital ; les autres sont traités dans différents hôpitaux répartis sur le territoire, ainsi qu'en Amérique du Sud et à Londres.

— Et comment se passe ce traitement ? demanda Kathy en levant les yeux des documents.

— Je ne peux rien dire tant que toutes les données n'auront pas été analysées. Je n'ai vu que quelques patients ; or, on sait que d'une personne à l'autre, le traitement a des effets différents. C'est tout le sens de ces essais cliniques. Plus il y a de patients, mieux nous pouvons évaluer l'efficacité générale du traitement, et comprendre pourquoi certaines personnes réagissent mieux que d'autres.

— Pamela, avez-vous des toilettes ici ? demanda Frank.

— Oh, bien sûr. Là-bas, au bout du couloir, dit-elle en pointant un doigt dans la direction indiquée, juste après la première porte sur la droite.

Comme Frank se dirigeait doucement vers les toilettes, Kathy se pencha en avant et demanda à voix basse à l'infirmière :

— Quel genre de résultats avez-vous vu chez les patients que vous avez traités ? Je sais qu'ils sont peu nombreux ici, et qu'on ne peut pas réellement en tirer de conclusion, mais... est-ce que ce traitement marche ?

L'infirmière hésita. Elle jeta un regard autour d'elle, s'assit à côté de Kathy, et murmura :

— Très bien, je ne vous ai rien dit, mais c'est assez miraculeux. Je suis infirmière depuis vingt ans, et je n'ai jamais rien vu de pareil.

Kathy sentit son cœur cogner dans sa poitrine ; ses yeux s'embuèrent de larmes, et elle battit des paupières pour chasser le voile humide qui brouillait sa vue.

— Y a-t-il un groupe contrôle ? Je veux dire, des patients qui reçoivent un placebo au lieu de traitement ?

Pam acquiesça d'un hochement de tête.

— Oui, j'en ai bien peur, malheureusement. Et on ne me dit pas qui est dans quel groupe. Tout cela est géré par les commanditaires de l'essai clinique.

Elle désigna à Kathy les documents qu'elle venait de lui remettre.

— Tout est là-dedans. Votre père devra faire une prise de sang et un bilan avant que nous ne commencions.

— Mais il a déjà fait toutes sortes d'examens à l'autre hôpital. Vous ne pouvez pas vous en servir ?

— Je crains que non, répondit l'infirmière en secouant la tête. L'essai nécessite un bilan récent, fait par l'équipe ici. Notez que la première partie du protocole nécessite une hospitalisation sous surveillance du participant à l'essai ; votre père restera donc avec nous durant environ une semaine.

— Une hospitalisation ? répéta Kathy, inquiète. Je doute que notre assurance couvre cela. Quel en est le coût ? Il me reste de l'argent de mes études, et..

— Il n'y aura aucun coût, l'interrompit Pamela en souriant. Toute personne acceptée pour cet essai voit ses frais d'hospitalisation couverts par le commanditaire. Cela inclut la chambre, les examens, les médicaments, et cetera. Il y a même un défraiement de quatre-vingt dollars prévu pour chaque visite obligatoire que vous aurez à faire.

— Vous plaisantez ? dit Kathy, bouche bée, fixant l'infirmière sans parvenir à réfréner ses larmes. Comment est-ce possible ?

— Le commanditaire finance toutes les recherches liées à cet essai ; il couvre également, par conséquent, toutes les dépenses afférentes, expliqua Pamela d'un ton détaché. C'est une pratique habituelle pour ce type d'essai.

Frank revint, vit le visage couvert de larmes de Kathy, et dit :

— Pour l'amour du ciel, vas-tu m'expliquer ce qui se passe ici ?

— Papa, tu participes à cet essai, ou bien je te renie.

Il arqua un sourcil perplexe.

— Je ne suis pas certain que ça marche comme ça, jeune fille.

L'infirmière désigna d'un geste le dossier qu'il avait laissé sur la table basse, au milieu de la salle d'attente.

— Monsieur O'Reilly, vous devez lire intégralement ces documents avant que nous ne puissions réellement commencer. Je dois obtenir votre consentement éclairé ; cela signifie en passer deux fois par tout cela. Une fois par vous-même ; la deuxième fois avec moi, qui vais parler, parler et parler encore.

Frank s'empara des documents imprimés et grommela d'un ton débonnaire :

— Encore une femme qui me dit ce que je dois faire… c'est l'histoire de ma vie.

Il était à peine plus de neuf heures du matin, mais Kathy était déjà levée depuis longtemps. L'odeur du rôti de bœuf imprégnait l'air de la maison tandis qu'elle épluchait les pommes de terre.

Sa mère s'empara d'un couteau à découper dans un des tiroirs de la cuisine, et découvrit le rôti qui reposait sur le plan de travail.

— Kathy, quand tu auras terminé d'éplucher les pommes de terre, essaie de les couper en dés réguliers cette fois. Et vérifie la cuisson ! Je n'en veux pas qui tombent en bouillie, ou au contraire qui restent cru, dans la salade. C'est la préférée de ton père.

Ignorant les réflexions de sa mère, Kathy jeta un regard à Jasper, qui était tranquillement assis à côté de Megan. Cette dernière se mit à trancher finement le rôti de bœuf pour les sandwiches, le labrador suivant du regard chacun de ses gestes. De temps à autre, quand elle n'aimait pas la manière dont elle avait coupé une tranche, elle la laissait tomber pour Jasper, qui l'attrapait en vol et l'engloutissait bruyamment.

— M'man, il va grossir si tu continues de le nourrir comme ça.

— Ton père a besoin de reprendre un peu de poids, tu sais.

Kathy se mit à rire.

— Je parlais de Jasper, m'man.

Megan regarda le grand chien assis à ses pieds et lui envoya un baiser.

— Ton père a encore quatre jours à passer à l'hôpital, et il m'a assez fait comprendre à quel point la nourriture était mauvaise là-bas, se justifia-t-elle. Le moins que je puisse faire est de lui préparer des sandwiches au bœuf et de la salade de pomme de terre.

Un bruit de pneus roulant sur le gravier leur parvint depuis l'extérieur. Kathy jeta un coup d'œil par la fenêtre. Un taxi s'arrêta dans l'allée ; aussitôt, une des portières arrière s'ouvrit, et Frank descendit péniblement du véhicule. Kathy laissa tomber son économe et se leva d'un bond.

— Oh, non.

Elle se précipita à la porte, et l'ouvrit au moment même où son père commençait à gravir les marches du perron, les bras chargés. Il affichait un air déterminé.

— Papa ! Bon sang, mais qu'est-ce que tu fais ici ?

Il entra et laissa tomber à ses pieds un sac rempli de vêtements. Puis il déposa sur la table de la salle à manger un appareil qui ressemblait à une grosse boîte, et dit :

— Je ne passerai pas une seconde de plus dans cet endroit.

Megan le regarda bouche bée en s'essuyant les mains dans son tablier.

— Franklin Christopher O'Reilly, mais qu'est-ce que tu as dans le crâne !

Il tira une chaise et s'assit en soufflant.

— J'ai passé trois jours là-bas, et tout ce qu'ils ont fait, c'est prendre ma tension, ma température, écouter mon cœur, et me faire boire de l'eau qui sort de ce satané bidule, râla-t-il en désignant l'appareil sur la table, doté d'un bec verseur chromé sur la partie avant, et d'un long tuyau qui pendouillait à l'arrière. Alors, si c'est tout ce qu'ils comptent faire, reprit-il, je peux aussi bien le faire chez moi, auprès de ma famille.

Il adressa un clin d'œil à Kathy.

— Tu veux bien aller me chercher ma clé à molette ? J'ai besoin de raccorder ce bidule à un robinet.

Kathy le fixait sans bouger. Elle était sans voix.

Le regard de Frank alla de l'une à l'autre.

— Et alors quoi ? Il faut que j'aille chercher cette foutue clé moi-même ?

— J'y vais, papa, réussit à articuler Kathy.

Comme elle quittait la pièce pour rejoindre la cabane à outils, elle entendit sa mère crier derrière elle :

— Tu as perdu la boule ou quoi, Frank O'Reilly !

Frank était assis dans son fauteuil de relaxation, la grosse tête de Jasper appuyée sur ses genoux. Kathy lui tendit un grand verre d'eau fraîche.

— Il est l'heure de ton médicament, p'pa.

Il grimaça, tandis que Kathy attendait qu'il ait bu. Parfois, il avait réellement l'impression de voir quelque chose tourbillonner dans l'eau, mais aujourd'hui elle paraissait parfaitement claire.

— D'accord, grommela-t-il. Cul sec.

Il vida le verre d'un trait et le lui rendit.

— Merci, p'pa.

Kathy retourna à la cuisine aider sa mère à préparer le dîner.

L'eau n'avait pas un goût différent aujourd'hui, jugea Frank, mais parfois, après l'avoir avalée, il lui restait un goût de cuivre dans la bouche. Et puis, il y avait la brûlure.

Jasper gémit ; Frank lui gratta la tête au moment où la brûlure justement se fit sentir.

Il ferma les yeux comme la douleur se répandait dans ses articulations et s'intensifiait violemment. Il respira à fond, lentement, mais même cela était difficile tant la sensation de brûlure se diffusait dans tout son corps.

Jasper gémit à nouveau, comme s'il ressentait lui aussi la douleur.

Cela faisait deux semaines qu'il avait quitté l'hôpital, et s'il ne se sentait pas mieux, il reconnaissait qu'au moins ce n'était pas pire qu'avant. Il avait en quelque sorte échangé une douleur pour une autre.

Au lieu de celle aiguë, lancinante, qu'il éprouvait chaque fois qu'il marchait ou bougeait, il devait maintenant supporter une sensation de brûlure continue et générale – qui connaissait un pic environ deux heures après qu'il avait bu l'eau passée par l'appareil.

— Frank, comment tu te sens ? lui demanda Megan depuis la cuisine.

— Comme quelqu'un qui est en train de mourir, lui répondit-il en criant.

— Tu es bien trop têtu pour ça, p'pa, lui renvoya Kathy. Tu as faim ?

Frank réfléchit à la question. Peut-être que la douleur qu'il ressentait à l'estomac était en partie due à la faim.

— Je pourrais me laisser convaincre de manger quelque chose, oui.

— Tout sera prêt et servi d'ici une demi-heure, annonça Megan.

Elle partit vers la cuisine. Frank inclina son fauteuil de relaxation. Malgré la douleur, il se sentit soudain submergé par la fatigue.

Le temps que le dîner soit prêt, il avait sombré dans un sommeil paisible.

Deux semaines après son déménagement à Washington, Juan avait finalement pris ses marques. Le nouveau labo était formidable – il faisait trois fois la taille de l'ancien – et il avait quatre nouveaux internes à sa disposition, qui ne craignaient pas de manipuler des rats. Tout s'annonçait parfaitement bien.

Et il y avait même encore mieux : il y avait Kathy.

Assis dans son nouveau bureau, Juan était en ligne avec elle ; il souriait comme un gamin s'adressant à la reine du bal. La jeune femme paraissait bien plus enjouée que lors de leur dernière conversation.

— *Et p'pa qui mange comme si on ne l'avait pas nourri depuis une éternité ! C'est incroyable. Je vois bien qu'il souffre encore, mais par moment j'ai l'impression de le revoir tel qu'il était avant le cancer. Je sais que je me fais probablement des idées, mais ce traitement qu'il suit pourrait bien l'aider réellement.*

— Je ne peux pas vous dire à quel point je suis heureux d'entendre ça, Kathy. J'espère sincèrement que les choses vont s'arranger. Mais…

gardez tout de même à l'esprit qu'il est gravement malade. Vous comprenez ce que j'essaie de vous dire ?

— *Oh, bien sûr. Je veux dire, j'essaie de ne pas m'emballer.*

Juan ne put s'empêcher de penser que ce n'était pas ce qu'elle réussissait le mieux.

— *Alors, comment ça se passe pour vous ?* poursuivit-elle. *Vous êtes à New York, c'est ça ? Prêt à passer Noël sous la neige ?*

Juan laissa échapper un petit rire.

— Je serais tenté de répondre oui, mais c'est à Washington qu'on m'a envoyé. Et il fait plutôt bon pour la saison ici.

— *Sans blague ! C'est génial. Je veux dire... ce déménagement est quelque chose de positif, j'imagine. Non ?*

— Absolument. Même si je n'ai pas eu beaucoup de temps pour découvrir la capitale. Du travail par-dessus la tête. Mais peut-être que...

Juan sentit son estomac se nouer tandis qu'il s'efforçait de trouver le courage de franchir une ligne qu'il n'avait pas prévu de trouver sur son chemin.

— Peut-être que, quand vous reviendrez, vous pourrez me recommander certains endroits à visiter ici. On pourrait... euh... explorer la ville ensemble.

Il y eut un silence à l'autre bout de la ligne. Quand Kathy reprit la parole, ce fut pour dire d'une voix douce, presque timide :

— *Ça me ferait très plaisir.*

Juan sentit les muscles de ses joues se contracter ; il était tout sourire. Il jeta un coup d'œil à la pendule.

— D'accord. Génial. Écoutez, j'ai un rendez-vous que je ne peux pas manquer ; je dois y aller maintenant, mais Kathy, je suis réellement ravi pour votre père. Continuez de me tenir au courant de ses progrès. C'était chouette de vous avoir au téléphone.

— *Juan, merci encore pour tout. Je suis sincère. Allez-y, il ne faut pas que vous manquiez votre rendez-vous. Je vais retourner à mes occupations à la cuisine.*

— Amusez-vous bien, Cendrillon, dit-il en riant.

— *Cendrillon, hein ?*

— Seulement si la chaussure est à votre pied...

Kathy émit un petit grognement.

— Oh, Seigneur. À bientôt, monsieur le prince charmant.

Juan mit fin à l'appel. Aussitôt, il balança un crochet dans le vide avec jubilation. Il ne se souvenait pas d'avoir été aussi excité à la perspective d'un rendez-vous galant.

Le téléphone fixe sur son bureau se mit à sonner. Il décrocha le combiné et dit :

— Allô ?

— Juan.

C'était Carol.

— Je viens de terminer le bilan bio du nouveau groupe de spécimens. Ça va vous intéresser.

— J'allais partir. J'ai un rendez-vous.

— Vous serez en retard. Prenez quelques minutes.

Juan ne put retenir un petit rire.

— D'accord. J'arrive tout de suite.

Juan scruta les rats en passant le long des rangées de cages en verre. Tous les rongeurs avaient reçu des injections de cellules cancéreuses, et dans le groupe contrôle, le résultat était tel qu'attendu : tous les rats avaient développé des tumeurs sous-cutanées bien visibles. Mais ceux du groupe test avait d'abord reçu un cocktail viral qui avait modifié leur patrimoine génétique. Résultat : aucune croissance tumorale.

Le premier spécimen qui avait montré une immunité antitumorale avait été Hercule. Outre la suppression tumorale, la modification de son patrimoine génétique avait accéléré sa croissance ; il était devenu bien plus gros que les autres. Son métabolisme également avait changé de manière significative en comparaison des normes de son espèce.

Juan s'arrêta à côté de Carol et lui demanda :

— Vous avez les résultats des essais ?

Carol lui tendit une sortie papier sur laquelle figurait un bilan biochimique et métabolique complet.

— Je crois que nous y sommes presque. Un seul test ne donne pas exactement les résultats attendus.

Juan prit rapidement connaissance des taux de fer, de bilirubine, de protéines : tous présentaient des valeurs normales. Il laissa courir son doigt sur la partie du rapport que Carol avait soulignée, et s'arrêta sous l'acronyme BMR, qui désignait le taux métabolique de base.

— Bon, le BMR se situe juste au-dessus des valeurs normales. C'est le cas pour tous les rats ?

— Tous les taux de consommation d'oxygène sont relativement hauts. Sur dix spécimens testés, sept présentent un taux métabolique de base au-dessus de la normale.

— Et les trois autres sont dans la norme ?

Carol hocha la tête.

— Oui, juste en-dessous de la fourchette haute.

Juan fronça les sourcils. Qu'est-ce qui pouvait causer cette anomalie ?

Il examina le reste de la partie soulignée.

— Il se passe forcément quelque chose. La thyroïde, le glucose, le potassium, l'albumine, le calcium, tout est normal. L'urée et la créatinine aussi ; autrement dit, les reins fonctionnent normalement. Le bilan électrolytique est satisfaisant… Humm.

— D'où peut venir le problème ? demanda Carol.

Juan secoua la tête. Il avait beau se creuser la cervelle, il ne voyait pas ce qui pouvait expliquer ces dérèglements métaboliques.

— Peut-être – c'est une simple supposition – peut-être s'agit-il de résultats transitoires, liés au processus lui-même, à la destruction par le système immunitaire des cellules cancéreuses que nous lui avons injectées.

Tapotant du bout des doigts sur une des cages transparentes, Carol fixa un des rats apparemment en bonne santé. Le rat leva les yeux vers la source du bruit, puis se remit à grignoter ses granulés.

— Si c'est le cas, dit-elle, alors peut-être qu'en refaisant les tests dans une semaine, on obtiendra des résultats différents.

Juan descendit d'un bond du tabouret, fit un « check » avec Carol et dit :

— C'est une bonne idée. Faisons ça. D'ici-là, demandez aux internes de préparer une dizaine de nouveaux spécimens pour une première inoculation. Je veux vérifier et revérifier tout ce que nous faisons, faire plusieurs séries de tests en respectant un intervalle d'une semaine à chaque fois. Peut-être qu'on verra le BMR changer sur la durée. En attendant, je vais continuer les recherches de mon côté.

— Vous savez, dit Carol, je crois qu'on est à deux doigts de réussir quelque chose d'important ici.

Juan sentit un petit frisson d'excitation lui électriser l'échine.

— Je l'espère, vraiment, dit-il.

Après une longue journée de travail, Juan prit la direction du sud sur la I-395 ; il était un peu plus de sept heures du soir. La pluie s'était transformée en grésil quand il parvint à la sortie n°7 et entra dans Arlington. Il n'était plus qu'à quelques minutes de son nouveau trois pièces et de son confortable lit.

Comme il arrivait devant son immeuble, il se demanda pourquoi les lumières du parking ne s'allumaient pas comme d'habitude.

Il se gara sur son emplacement réservé couvert, descendit de voiture, et monta jusqu'au deuxième étage par l'escalier. Au même instant, il se mit à neiger.

Comme il approchait de l'appartement 2B, il sortit ses clés et remarqua que la porte était légèrement entrouverte.

Son sang se glaça.

Il tira son téléphone de sa poche et se prépara à composer le 911. Puis il poussa doucement la porte.

À l'intérieur, c'était le chaos.

Ses livres de médecine avaient été balayés des étagères de la bibliothèque et jonchaient le sol.

Les canapés étaient éventrés, et on avait fait des trous dans les plaques de plâtre des murs.

Le cœur battant, Juan recula, s'éloigna de la porte, et composa le 911.

— *911, quelle est votre urgence ?*

— Je m'appelle Juan Gutierrez. Je viens d'arriver à mon appartement ; quelqu'un s'y est introduit par effraction, et a tout mis sens dessus dessous.

— *Monsieur, savez-vous si les personnes qui ont violé votre domicile sont toujours là ?*

La respiration courte, Juan soufflait des panaches de vapeur dans l'air glacé du soir.

— Aucune idée. Je ne suis pas entré. J'habite au 2350, 26e Court South, à Arlington. Appartement 2B.

— *Je vous envoie immédiatement une voiture de patrouille. Je veux que vous restiez en ligne avec moi jusqu'à l'arrivée des agents de police.*

Du coin de l'œil, Juan remarqua du mouvement en bas, sur le parking. Quatre hommes convergèrent en direction de l'escalier.

— Hum, des hommes en anorak siglé FBI viennent d'arriver.

— *Vous avez dit FBI ?*

— Docteur Gutierrez ? appela un des hommes.

Il lui montra quelque chose qui ressemblait à une plaque ; il portait un pistolet dans un étui d'épaule.

Les trois autres hommes entrèrent dans son appartement.

Juan hocha la tête.

— Oui, je suis le Dr. Gutierrez. Je suis en ligne avec le 911.

— *Juan, la police est à deux pâtés de maison.*

L'homme, au visage taillé à la serpe, grimaça en entendant une sirène retentir au loin. Il appuya sur le bouton d'un petit appareil qui se trouvait au niveau de sa gorge et murmura quelque chose que Juan n'entendit pas.

Un bruit de verre brisé leur parvint soudain depuis l'appartement, suivis de ce qui semblait être des jurons en allemand. Les trois hommes qui étaient entrés dans les lieux en ressortirent ; puis tous descendirent précipitamment les marches.

— *Juan, que se passe-t-il ?*

— Je n'en ai aucune idée. Le FBI a débarqué ; ils sont entrés chez moi, quatre hommes, et puis ils sont repartis !

Deux voitures pie arrivèrent en trombe sur le parking, rampe de signalisation en marche. Une fourgonnette noire passa à côté d'eux, et s'éloigna rapidement.

— Deux voitures de patrouille viennent d'arriver.

— *Je viens d'avoir la confirmation que les officiers Taggart et*

Wilson de la police d'Arlington sont sur place. Ils devraient pouvoir prendre les choses en main à présent.

— D'accord, merci.

Les flics se précipitèrent dans les escaliers. L'un d'eux avait sorti son arme et la tenait pointée vers le sol.

Juan recula nerveusement.

— Je suis Juan Gutierrez. C'est moi qui ai appelé le 911.

— Monsieur Gutierrez, dit l'agent qui ouvrait la marche, en laissant trois bons mètres entre lui et Juan. Pouvez-vous me montrer vos papiers, s'il vous plaît ?

Juan lui montra sa carte d'AgriMed sur laquelle figurait sa photo, et qui était encore épinglée à sa blouse de laboratoire.

— C'est ma carte du travail. J'ai mon permis de conduire dans mon portefeuille, mais il faut que je mette la main à ma poche arrière.

Comme l'agent se penchait en avant, Juan lut le nom de « Taggart » sur son uniforme.

L'agent Taggart hocha la tête.

— S'il vous plaît, restez ici pendant que nous entrons pour nous assurer qu'il n'y a pas de danger.

Juan sentit son cœur cogner dans sa poitrine en regardant les deux agents entrer, arme au poing, dans son appartement.

— Je suis désolé de vous appeler à une heure aussi tardive, docteur Winslow, dit Juan d'une voix tremblante en plaçant dans son oreille l'écouteur Bluetooth relié à son téléphone portable.

Il entendit des bruits parasites comme plusieurs agents de police qui venaient d'arriver sur les lieux prenaient des photos de son appartement dévasté.

— *Non, vous avez bien fait. Vous dites que le FBI était là ?*

Juan secoua la tête en regardant le mobilier brisé, le matelas éventré et les livres aux couvertures arrachées.

— Ils portaient des anoraks FBI et m'ont montré un badge, mais je ne sais pas qui ils étaient réellement. Je suis un peu dépassé par la situation.

Un flic approcha, tenant une planchette à pince.

— Monsieur Gutierrez, je sais que ce n'est pas facile, mais avez-vous remarqué quelque chose qui aurait disparu ?

Gardant les mains dans ses poches comme on le lui avait demandé un peu plus tôt, Juan se mit à inspecter les lieux du regard, cherchant ce qu'on pouvait lui avoir volé. Le téléviseur à écran plat était toujours là, bien que renversé sur le sol. Il marcha sur du verre brisé en entrant dans sa chambre. Sa table de nuit avait été fouillée ; les tiroirs vidés ; et pourtant, la chaîne en or et son médaillon cruciforme qu'il tenait de sa mère traînaient sur le sol. Ils n'avaient pas pris cela non plus.

Il exhala un soupir de soulagement.

Mais soudain, il écarquilla les yeux.

— Mon ordinateur portable. Je l'ai laissé sur ma table de chevet. Je ne le vois pas.

L'agent acquiesça d'un hochement de tête.

— Les ordinateurs portables se revendent facilement. Mais…

Son regard s'arrêta sur la chaîne en or.

— C'est bizarre qu'ils n'aient pas pris ce bijou. C'est pourtant très facile à refourguer aussi.

L'agent de police d'Arlington leva les yeux et lui demanda :

— Avez-vous parlé à quelqu'un que vous ne connaissiez pas derniè-rement, ou remarqué quelqu'un que vous n'aviez jamais vu par ici ?

Juan secoua la tête. Il avait la gorge sèche, et le froid s'insinuait à travers ses vêtements.

— Je ne sais pas quoi vous dire. J'ai emménagé ici il y a quelques semaines seulement ; la plupart des visages ici ne me sont pas familiers.

La voix de Winslow se fit entendre dans son écouteur :

— *Juan, aviez-vous quoi que ce soit sur cet ordinateur dont nous devrions nous inquiéter ?*

Juan se détourna de l'agent de police occupé à écrire sur sa plan-chette, et murmura :

— Non, je n'avais que quelques jeux et des livres audio dessus. Rien qui concerne le travail.

— *Écoutez-moi, Juan. Je vais contacter notre personnel de sécurité et prendre les dispositions qui s'imposent. Je n'aime pas ce que j'en-*

tends. Je reviens vers vous tout de suite ; le temps de passer un petit appel.

Alors qu'un des agents passait à côté de lui, Juan demanda :

— Je peux prendre quelques vêtements ? De toute évidence, je ne vais pas pouvoir rester ici ce soir.

Le flic appela à travers l'appartement :

— Hé, Ed ! Tu as terminé les relevés d'indices dans la chambre ?

« Ed » portait des vêtements civils et une veste siglée *Arlington PD*. Il terminait de relever des empreintes dans la salle de bains de la deuxième chambre.

— Oui, on en a terminé avec la chambre.

L'agent se tourna vers Juan :

— Allez-y, monsieur.

Juan ramassait quelques vêtements quand la voix de Winslow se fit entendre de nouveau dans son écouteur :

— *Juan, Carl est en route. Il passe vous prendre. Il vous conduira à l'hôtel où vous êtes déjà descendu. AgriMed y a une suite réservée. Vous pouvez l'occuper jusqu'à ce que nous ayons l'assurance que ce qui s'est passé n'est pas lié au travail.*

— Vous croyez que ça pourrait être le cas ?

— *Je ne sais pas. J'appellerai le FBI demain matin pour voir ce qu'ils ont à dire. Quand Carl sera là, donnez-lui vos clés de voiture ; il fera en sorte qu'elle vous attende sur le parking, au bureau.*

— Docteur Winslow, merci pour tout.

— *Et, Juan, ne vous inquiétez pas. Ce n'est probablement rien. Mais mieux vaut toujours anticiper l'éventualité contraire ; voilà pourquoi la société a du personnel de sécurité. Nous prenons soin de nos collaborateurs.*

Juan reçut un signal d'appel.

— Docteur Winslow, je vous demande une seconde, j'ai un deuxième appel.

Il appuya sur un bouton sur son oreillette et prit le deuxième appel.

— *Docteur Gutierrez, c'est Carl Weatherby, de la sécurité d'Agri-Med. J'arrive devant votre immeuble. Je vous attends au pied des escaliers. Dès que vous serez prêt, descendez.*

— Waouh, vous avez été rapide ! Je vois avec la police s'ils veulent bien me laisser partir maintenant. Ils ont déjà pris ma déposition.

— *Compris.*

Juan appuya de nouveau sur le bouton de son oreillette et reprit le premier appel.

— Docteur Winslow, Carl est ici. Je crois que tout est sous contrôle maintenant, merci.

— *Parfait. Demain matin, venez me voir dès votre arrivée. Nous appellerons le FBI ensemble pour savoir ce qu'ils ont à dire de tout ça. Bonsoir, Juan.*

— Bonsoir.

Juan mit fin à l'appel, et balaya lentement du regard ce qui restait de son appartement. Même son matelas extra-large tout neuf avait été éventré, les ressorts métalliques apparaissant par endroit. Il avait dû mal à croire qu'il s'agissait d'un simple cambriolage. Détruire autant de choses pour emporter si peu...

Qu'est-ce qu'ils pouvaient bien chercher ?

CHAPITRE QUATORZE

Lèvres pincées, Nate écoutait Juan Gutierrez lui livrer son témoignage sous serment concernant le cambriolage. L'homme était manifestement secoué par ce qui s'était passé, mais Nate le pressa d'essayer de se souvenir du moindre détail. Il avait déjà lu le rapport de police préliminaire et visité l'appartement de l'homme ; et il était d'accord avec l'hypothèse qu'il formulait concernant le mobile : quelqu'un était venu chercher quelque chose de précis.

Ils étaient assis dans une salle de réunion du siège d'AgriMed. La table en bois, longue de près de cinq mètres, assortie de fauteuils en cuir confortables, en disait long sur les moyens financiers de l'entreprise. Toutefois, Gutierrez n'avait rien d'un cadre dirigeant. Il était relativement jeune ; trente-cinq ans peut-être, d'origine hispanique. Son air débraillé, ses cheveux décoiffés, lui donnaient plutôt l'air de quelqu'un qui débarque dans un nouvel environnement.

De tout ce qu'il avait pu lire dans le rapport de police, ce qui tracassait le plus Nate était la partie où le témoin déclarait que le FBI avait été présent sur les lieux, et était reparti.

— Docteur Gutierrez, dit-il, est-ce que les agents du FBI vous ont donné leurs noms ?

L'homme secoua négativement la tête.

— Non. L'un d'eux a montré un badge, mais je n'ai pas pu le voir de près. Il était tard, et l'éclairage du parking ne fonctionnait pas.

Dans le rapport, la police avait noté que l'on avait apparemment tiré sur les ampoules du parking avec un pistolet à plombs, ou peut-être à billes ; quelque chose dans le genre. Ils avaient retrouvé des morceaux de verre au pied des lampes.

— Avez-vous remarqué quelque chose d'inhabituel chez ces trois agents qui sont entrés dans l'appartement ? Portaient-ils des gants ? Avaient-ils sorti leur arme ? Quel était leur comportement ?

— Non, aucun n'avait sorti son arme. J'ai bien aperçu un pistolet sur l'agent qui m'a parlé face à face, mais il était rangé dans l'étui qu'il portait à l'épaule. Les autres étaient probablement armés eux aussi, mais je n'en jurerais pas.

Gutierrez s'interrompit un instant. Puis :

— Je ne suis pas certain de comprendre ce que vous entendez par « leur comportement ». L'homme qui m'a parlé me fixait, c'est tout. Il avait l'air tendu. Presque aussitôt, j'ai entendu les sirènes de police, et les trois types qui étaient entrés chez moi en sont ressortis précipitamment. Oh, mais avant ça, j'ai entendu un bruit de verre brisé, et quelqu'un qui jurait en allemand.

Il rit nerveusement.

— Je vous avoue que tout se brouille un peu dans mon esprit. Tout ça n'a pas beaucoup de sens.

Nate prit une grande inspiration, s'efforçant de dissimuler son trouble.

— Vous les avez entendus parler allemand ?

— Eh bien, j'ai fait de l'allemand au lycée. Je suis loin de parler couramment, mais vous savez ce que c'est, quand on est lycéen, on a vite fait de connaître les gros mots de la langue que l'on apprend. Donc, il me semble bien avoir entendu jurer en allemand.

— Pouvez-vous être plus précis ? Quels mots croyez-vous avoir entendus, au juste ?

Gutierrez fronça les sourcils.

— Eh bien, le bruit de la sirène était de plus en plus fort, mais il m'a semblé entendre : *« Zur Hölle damit ! »*, ce qui signifie plus ou moins : « Tant pis, bordel ! »

L'air tourmenté, il secoua la tête, avant de reprendre :

— C'est ce que j'ai entendu, en tout cas. Mais j'étais tellement perturbé par tout ce qui arrivait.

— C'est parfaitement compréhensible, monsieur Gutierrez.

Nate garda son calme, bien que son esprit fut en ébullition.

— Où sont allés les agents après avoir quitté l'appartement ?

— Je les ai juste vus descendre précipitamment les escaliers. Ils ne m'ont pas dit un mot. Je ne sais pas trop où ils sont allés ensuite ; j'étais concentré sur la sirène de police et les néons clignotants des voitures de patrouille qui arrivaient. Enfin, j'ai tout de même vu une fourgonnette quitter le parking au même moment ; c'était peut-être eux.

— Une idée du modèle de la fourgonnette ? De quelle couleur était-elle ?

— Noire ; ou du moins, d'un gris très foncé. Pour le reste, je ne sais pas trop. C'était une fourgonnette sans vitres à l'arrière. À part ça… Elle est passée trop loin pour que je distingue les détails. Je n'ai même pas vu quelle direction elle a pris en quittant le parking, c'est dire.

Nate se cala au fond de son fauteuil. Une fourgonnette aveugle à l'arrière. Ce détail ne figurait pas dans le rapport. C'était un véhicule adapté pour une opération tactique impliquant plusieurs personnes.

— Il est indiqué dans le rapport de police que votre ordinateur portable avait disparu. Avez-vous remarqué autre chose ?

— Non, rien d'autre.

— Aucun autre objet lié à votre travail ?

Gutierrez secoua la tête.

— Je ne garde plus rien chez moi qui concerne le travail.

— Vraiment ? Je suis surpris. La plupart des gens aujourd'hui ont tendance à rapporter du travail à la maison.

— Eh bien, c'est ce que je faisais moi aussi. Mais le projet sur lequel je travaille exige que les choses restent en interne ; aucun détail n'est censé sortir du site. Voilà pourquoi j'ai cessé de travailler à la maison.

— « En interne », hein ?

Gutierrez haussa les épaules.

— C'est la terminologie habituelle. L'idée, c'est de garder le secret autour du projet sur lequel on travaille. Cela va de pair avec la clause de confidentialité. C'est comme ça qu'AgriMed en tout cas distingue les projets qui exigent un accès spécial et des règles de sécurité renforcées.

— Je vois. C'est un peu ce qu'on appelle chez nous les « informations compartimentées sensibles ». Intéressant.

Du bout des doigts, Nate tambourina sur la table, cherchant un nouvel angle d'approche, se creusant la cervelle pour trouver la question qui pourrait lui fournir des informations utiles.

— Vous souvenez-vous d'autre chose, n'importe quoi, un détail qui pourrait m'aider dans mon enquête ? Quelque chose que vous auriez omis de dire à la police ?

— Non, je ne crois pas, répondit Gutierrez.

Il s'éclaircit la gorge, puis demanda :

— Puis-je vous poser une question ?

— Allez-y, dit Nate.

— Pourquoi le FBI serait-il venu chez moi ? Et… était-ce bien le FBI ?

Nate afficha un air impassible.

— J'ai bien peur de ne pas pouvoir répondre ni à la première, ni à la deuxième question. Tout ce que je peux vous dire, c'est que je vais me pencher de très près sur cette affaire.

Gutierrez parut inquiet.

— Suis-je en danger ? Y a-t-il autre chose que je devrais faire ?

— Je ne crois pas, non, répondit Nate, qui avait de la sympathie pour le bonhomme. Mais je vais me mettre en contact avec la police d'Arlington, et tâcher de faire en sorte qu'ils envoient des voitures patrouiller par ici plus souvent.

Ils se serrèrent la main. Nate lui tendit sa carte :

— Si un détail vous revient, ou si vous avez besoin de moi, n'hésitez pas à m'appeler.

— Merci.

Gutierrez fixa la carte, et reprit un peu confiance en lui.

— Oh, et n'hésitez pas non plus si je peux répondre à d'autres questions.

— Eh bien, justement, sourit Nate. Pouvez-vous m'indiquer comment rejoindre le parking principal ? J'ai renoncé à me souvenir du chemin au quatrième ou au cinquième virage à l'intérieur du complexe.

De retour à son bureau de Quantico, Nate farfouilla dans ses dossiers, à la recherche de ses notes sur cette autre affaire qui avait impliqué AgriMed – cette fille rescapée d'une île du Pacifique.

Rien ne permettait de soupçonner que les deux affaires pouvaient être liées, mais elles posaient tellement de questions qu'il ne pouvait s'empêcher d'un rapprochement.

Il relut ses notes. La fille, Katherine O'Reilly, avait signé un accord de confidentialité avec AgriMed – ce qui ne l'avait pas empêché de conserver secrètement des dossiers provenant du labo qui se trouvait sur l'île. Manifestement, l'endroit dissimulait des secrets importants.

Et puis, il y avait cette implication possible des services de renseignement allemands. Le Dr. Gutierrez avait entendu ces soi-disant agents du FBI parler allemand ? Était-ce une pure coïncidence ?

Il était temps de réexaminer ces dossiers volés.

Dix minutes plus tard, Nate montrait son badge au service des scellés.

— J'ai fait enregistrer comme pièce à conviction un dossier, sous la référence 541982A, en demandant une traduction de l'allemand des documents. Est-ce que ça a été fait ?

La femme aux cheveux gris pianota sur le clavier de son terminal.

— L'affaire 541982A, vous dites ? Je ne trouve rien sous cette référence.

— C'est pourtant bien la référence du dossier.

La femme fronça les sourcils en regardant le badge de Nate.

— Laissez-moi essayer avec votre nom.

Elle entra le nom de Nate, releva ses lunettes, et fixa l'écran.

— D'accord. Je vois ici que vous avez soumis quelque chose pour une analyse en laboratoire, mais rien qui indique une demande de traduction.

— Une seconde.

Frustré, Nate sortit son téléphone portable de sa poche, et ouvrit son dossier photos. Il trouva ce qu'il cherchait – un reçu du service des scellés, avec un code-barres. Il le montra à la femme.

— Voici le reçu qu'on m'a remis quand j'ai déposé le dossier. On m'a dit que ça prendrait deux semaines. Ça fait deux semaines.

La femme passa un lecteur de code-barres sur la photo, puis vérifia sur son ordinateur.

— Bizarre. L'ordinateur dit qu'il n'y a aucun dossier correspondant.

Nate jura à voix haute ; la femme pâlit.

— Désolé, s'excusa-t-il. Mais comment est-ce possible ?

La femme haussa les épaules.

— Je n'en sais rien, vraiment. Je peux appeler notre service informatique, si vous voulez. Peut-être qu'ils sauront ce qui cloche.

Nate se renfrogna.

— Comment vous appelez-vous, s'il vous plaît ?

— Euh… Janice, répondit la femme, légèrement embarrassée.

— Janice, depuis combien de temps travaillez-vous au service des scellés ?

— Environ vingt ans.

— Et en vingt ans, combien de preuves, matérielles ou non, ont-elles disparu ?

— Aucune, s'indigna Janice.

Nate lui montra de nouveau l'image du reçu sur son téléphone et s'éclaircit la gorge.

— Eh b-bien, bredouilla Janice. Ça n'était jamais arrivé avant que nous n'informatisions tout.

— Êtes-vous en train de me dire que, depuis, c'est le cas ?

— Non… je veux dire. Pas vraiment. C'est peut-être arrivé une ou deux fois, pas plus.

— Et qu'avez-vous fait alors ?

Janice haussa de nouveau les épaules.

— Je l'ai signalé à notre service informatique. C'est ce que je suis censée faire.

Nate prit une grande inspiration et s'efforça de contenir sa colère.

— Bon, dans ce cas, faites ça. Retrouvez ma preuve. Je repasserai.

Là-dessus, sans attendre de réponse, il tourna les talons et sortit avec fracas.

— En êtes-vous certain ? demanda Jeff Binghamton en quittant des yeux son écran d'ordinateur pour fixer Nate. C'est une grave accusation.

Assis face à son responsable dans son bureau de la Division d'enquête criminelle, Nate était encore sous le coup de la colère.

— J'en suis certain. Tout a disparu : le dossier et l'enregistrement audio que j'ai déposés au service des scellés.

— D'accord. Je ne dis pas qu'il n'y a pas un problème, mais avant de paniquer, attendons de voir s'ils retrouvent ce dossier. Mais au fait, pourquoi en avez-vous besoin aussi urgemment, tout à coup ?

— Peu importe *quand* j'en ai besoin, Jeff ! Je devrais pouvoir le récupérer, non ? J'ai déposé ce foutu machin dans un de nos services soi-disant sécurisé. On était censé me remettre sa traduction de l'allemand. Résultat : plus de dossier ? Tout ça, c'est des conneries. Je ne crois pas que ce soit accidentel. Je viens de parler à ce type qui travaille chez AgriMed, un certain Dr. Juan Gutierrez. Son appartement a été cambriolé ; ils ont mis l'endroit sens dessus dessous. Ils cherchaient quelque chose de précis. Et là, qui se pointe sur place, juste après ? Des types du FBI. Et devinez quoi : l'un d'eux parlait allemand.

— Quoi ? fit Binghamton.

— Si les flics n'avaient pas débarqué quelques secondes plus tard, les choses auraient pu sérieusement se compliquer pour ce pauvre docteur. Toute cette histoire sent mauvais.

Binghamton se renfrogna.

— Vous voulez dire que ces types n'étaient pas du FBI ?

Nate secoua la tête.

— À en juger par leur comportement, je vous parie un resto que non. Ils n'ont respecté aucun des protocoles standard. Et ils sont partis sans un mot quand les flics sont arrivés. Vraisemblablement à bord d'une fourgonnette noire.

— De qui s'agissait-il dans ce cas, d'après vous ?

— Des services de renseignement allemand. Non ?

Binghamton grimaça.

— C'est ce que je craignais de vous entendre répondre.

Il se tut un instant. Puis :

— Comment avez-vous dit que s'appelle ce docteur, déjà ?

— Juan Gutierrez. Pourquoi ?

Binghamton ouvrit un tiroir de son bureau et en sortit une chemise cartonnée.

— Vous vous souvenez de cette recherche que je devais faire concernant cette division « DRWN » ?

Comme son supérieur ouvrait la chemise, Nate aperçut une liasse de documents imprimés.

— Dieu merci, j'avais totalement oublié que je vous avais donné une copie de ce rapport ! s'exclama-t-il en retrouvant le sourire. Alors, qu'avez-vous découvert à propos de cette division ?

Binghamton feuilleta l'épais rapport.

— Je n'ai pas réussi à savoir de quoi il s'agit. Nos services spécialisés disent que cette division n'existe pas. Donc, pour le moment, cet acronyme, c'est du chinois.

— Ce n'est pas quelque chose qui a été rendu public, de toute évidence.

— Non, bien sûr. En revanche, j'ai pu lire ce rapport, et…

— Quoi, vous l'avez lu ? Presque tout est en allemand.

Binghamton arqua un sourcil.

— Mes parents étaient allemands. J'ai grandi dans cette langue.

Il tourna une page et son doigt tomba sur un passage.

— Voilà, c'est là. Je savais bien que le nom de Gutierrez me disait quelque chose.

Il lut le rapport à voix haute :

— *« Gutierrez a vérifié la version 3.4, mais les résultats de l'algorithme nécessitent d'autres analyses avant son déploiement éventuel. »*

Nate parut surpris.

— Vous croyez que c'est le même Gutierrez ?

Binghamton haussa les épaules.

— Pour autant que je m'en souvienne, c'est le seul passage où ce nom est mentionné. Mais si c'est bien lui, ce qu'on comprend ici, c'est qu'ils surveillaient ses activités. Peut-être même qu'ils ont volé à ce bon docteur les fruits de son travail. Ça expliquerait entre autres le saccage de son appartement.

— Oui, on dirait bien que Gutierrez figure en tête de leurs préoccupations.

Tout se bousculait à présent dans l'esprit de Nate.

— Peut-être bien que cette fille, Katherine O'Reilly, est dans le même cas, raisonna-t-il.

— Essayons de tirer profit de tout ça, dit Binghamton. Puisqu'on n'arrive pas à savoir par nos services ce qui se passe, voyons ce que nous pouvons apprendre en surveillant O'Reilly et Gutierrez.

Nate sourit.

— Dois-je comprendre que vous autorisez une surveillance H24 ?

— Oui. Lançons quelques hameçons, et voyons ce qu'on attrape.

CHAPITRE QUINZE

C'est tout son corps, de la tête aux pieds, qui faisait souffrir Frank O'Reilly tandis qu'il se dirigeait vers le pâturage cinq. Et pourtant, c'était bon d'être de nouveau dehors et en action. D'une certaine manière, la douleur était une forme de thérapie.

Jasper passa en courant à côté de lui, bondissant à travers les hautes herbes avec l'énergie d'un chiot grandi trop vite.

— Toi aussi, mon chien, tu es heureux de quitter un peu la maison, hein ?

Jasper approuva d'un aboiement sonore en continuant de s'agiter dans les herbes, poursuivant toutes les choses, imaginaires ou non, qui captaient son attention.

Frank étira son dos.

— J'ai passé bien trop de temps assis sur cette foutue chaise.

Les douleurs qu'il ressentait avaient malgré tout baissé en intensité ; c'était pour cette raison qu'il était enfin dehors. Megan, de son côté, était toujours inquiète. Elle n'arrêtait pas de lui toucher le front et de lui rappeler qu'il avait de la fièvre. Mais il ne se sentait pas malade. Enfin, il était malade, mais ce n'était déjà plus pareil.

Megan avait réussi à le convaincre d'appeler les médecins à l'Hôpital des anciens combattants pour les prévenir, puisqu'ils continuaient de mener leur essai clinique ; ils voudraient certainement savoir comment cela allait pour Frank. Un peu plus tôt dans la matinée, il avait passé dix bonnes minutes à essayer de les joindre, mais personne n'avait répondu au numéro direct auquel il était censé contacter l'administrateur de l'essai. Finalement, il avait laissé un message sur la boîte vocale de l'hôpital à l'attention du Dr. Müller.

Il approchait du portail du pâturage numéro cinq quand la génisse que Buck avait isolée du troupeau une semaine plus tôt, vint l'y rejoindre. Buck craignait que l'animal n'ait contracté une maladie virale, l'IBR. En temps normal, Frank l'aurait euthanasié par précaution, mais la génisse était gravide et sur le point de vêler, si bien qu'il avait préféré attendre d'être certain qu'elle était malade. La prudence avait évidemment imposé de l'éloigner du troupeau pour éviter qu'elle ne propage le virus.

Jasper aboya après une présence invisible à l'autre bout du pâturage, et se lança à sa poursuite. Frank gratta la joue de la génisse tout en jetant un coup d'œil à une balle de foin.

— Comment ça va, ma belle ? Tu as mangé au moins ?

Les naseaux de l'animal paraissaient enflammés. C'était inquiétant.

La génisse pelotonna sa tête contre lui et le poussa doucement. Il sourit.

— Écoute, ma belle, si tu vas mieux, nous te remettrons avec les autres, mais pas avant. Il faut continuer de manger et de boire…

Il s'interrompit en regardant la bouteille isotherme qu'il avait accrochée à sa ceinture. Il sourit de nouveau.

Pourquoi pas un petit coup ?

Il attrapa une petite cuvette en métal sous l'abreuvoir. Elle servait habituellement à curer ce dernier, mais elle ferait l'affaire. Il la posa par terre et grimaça en s'agenouillant à côté.

La génisse le suivit, par curiosité peut-être, ou simplement pour ne pas rester seule. Frank repoussa la tête de l'animal qui cherchait à lécher la cuvette.

Il ouvrit la bouteille isotherme, but une grande gorgée d'eau, et versa le reste dans la cuvette. Puis, il souleva le récipient et l'approcha du museau de la génisse, qui se mit aussitôt à boire bruyamment.

— Eh ben, ma belle, on dirait que tu avais soif.

Jasper revint en courant à travers le pâturage désert, aboyant furieusement. Frank plissa les yeux et se rendit compte que le chien poursuivait un lapin, qui l'entraînait dans une folle course en zigzag. Il rit en voyant le lapin plonger dans un trou et Jasper s'arrêter en dérapant. Le labrador se dressa sur ses pattes arrière et frappa plusieurs fois le sol avec ses membres antérieurs, probablement pour tenter d'effrayer le lapin.

Frank secoua la tête. Il devait l'admettre, il s'était attaché à ce chien. Jasper était indéniablement bien plus intelligent que tous les chiens qu'il avait pu connaître ; et il avait une personnalité bien à lui.

Le labrador s'aplatit ventre à terre et aboya à l'entrée du terrier, comme s'il s'attendait à ce que le lapin réapparaisse.

Frank cria dans sa direction :

— Jasper, laisse tomber ! Ce lapin est probablement à mi-chemin de Tombouctou à l'heure qu'il est.

Un bruit de sabots annonça l'arrivée de Buck. L'ombre d'une barbe naissante conférait un air plus mature au jeune garçon de ranch. Jasper vint aussitôt à sa rencontre.

Buck afficha un grand sourire en descendant de cheval.

— Ça alors, c'est bon de vous voir sur pied et en forme, monsieur O'Reilly.

— Oui, c'est mieux que six pieds sous terre.

— Z'êtes venu voir la génisse ?

— Mouais. Donnons-lui une semaine de plus. Si elle est vraiment malade, on le saura bien assez tôt. Et si tout va bien, on la remettra avec le troupeau.

Il regarda l'animal, qui mâchait du foin.

— Elle est sacrément grosse. La mise bas est prévue pour quand ?

Buck ôta sa casquette de base-ball. Sa tignasse rouge-orangée étincela au soleil, comme si elle prenait feu. Il se gratta la tête en réfléchissant.

— Ça ne devrait pas tarder, répondit-il. Dans trois ou quatre semaines, pas plus.

Jasper appuya sa tête contre la hanche droite de Frank. Ce dernier se frotta l'oreille et dit :

— Bon, continuons de bien la nourrir. On verra ensuite.

— Oui, monsieur.

Buck revissa sa casquette sur son crâne et demanda :

— Vous comptez reprendre la routine du boulot avec les gars et moi ?

Frank écarta les bras et s'étira. La douleur musculaire due au manque d'exercice et celle, inflammatoire, encore présente dans ses articulations, se rappelèrent à lui. Il répondit dans un haussement d'épaules :

— Je crois que je vais y aller doucement. J'ai l'impression d'être en bonne voie de guérison, mais là, tout de suite, ce dont j'ai besoin, c'est de faire une bonne sieste.

Buck lui décocha un grand sourire.

— Bon, les gars et moi, on s'occupe de tout jusqu'à votre retour parmi nous.

Il donna une tape sur l'émetteur-récepteur fixé à sa ceinture.

— Appelez si vous avez besoin de quoi que ce soit, d'accord ?

Frank lui fit un petit signe de la main et repartit en direction de la maison, précédé de Jasper, qui avait pris les devants. Il sentit la douleur familière s'insinuer dans ses membres ; elle lui rappelait qu'il encore loin d'aller bien.

Il leva les yeux vers le ciel et pria silencieusement : *Si je dois mourir, fais en sorte que ce soit rapide. Ne fais pas souffrir les filles par ma faute.*

Assise à la table de la salle à manger, Kathy buvait un verre d'eau en regardant son père, accroupi sur le sol du salon, réparer un pied mal fixé de la table basse.

Elle retint son souffle en le voyant soulever la table par un côté sans grimacer. Depuis qu'elle était revenue au ranch, il n'avait pourtant pas quitté son fauteuil sans ressentir de douleur.

À présent, son visage avait repris des couleurs. Il restait à Kathy une semaine avant la reprise des cours ; son père ne voulait pas qu'elle reste au ranch à cause de lui. Non, ce n'était pas son imagination qui lui jouait des tours ; elle en était convaincue : l'état de santé de son père montrait de réels signes d'amélioration.

— Katherine O'Reilly ! lâcha brusquement sa mère. Pourquoi es-tu en train de boire dans le verre de ton père ?

— Quoi ?

Kathy regarda le verre qu'elle venait de vider.

— C'est le verre de papa, tu en es sûre ?

Megan se tourna vers son mari.

— Frank, tu as bu le verre que je t'ai servi ?

— Quel verre ? dit Frank en serrant un boulon sous la table basse.

Megan leva les yeux au ciel et souffla :

— Bon sang, Frank. Je t'ai servi cette eau que tu dois boire, et voilà : maintenant, Kathy a avalé ce… *truc*.

Kathy fronça le nez.

— Désolée, dit-elle.

Sa mère balaya la remarque d'un geste de la main, s'empara du verre vide et l'emporta dans la cuisine en grommelant quelque chose à propos des hommes et de leur étourderie.

Frank se releva, les traits de son visage tressaillant à peine. Il remit la table basse sur ses pieds, s'appuya dessus de tout son poids, et hocha la tête d'un air approbateur.

— Là, c'est beaucoup mieux, dit-il.

Megan revint avec un nouveau verre d'eau et le lui tendit :

— Bois. Maintenant, lui ordonna-t-elle.

Roulant de grands yeux, Frank prit le verre, le vida, et planta un petit baiser sur les lèvres de sa femme.

Passant outre le fait que son père avait perdu du poids, Kathy retrouva un instant dans cette attitude l'homme qu'il avait toujours été. Oui, il allait mieux, cela ne faisait aucun doute, songea-t-elle. Sa seule inquiétude était l'effet placebo. Elle avait goûté involontairement à cette eau qu'il prenait en traitement, et ne lui avait pas trouvée un goût différent de l'eau ordinaire. Et s'il était dans le groupe contrôle, et que l'amélioration de son état n'était due qu'à l'illusion de prendre un traitement efficace ?

Jasper passa à côté de Frank, le renifla, puis s'approcha de Kathy et posa sa tête sur ses genoux.

Elle le caressa délicatement et murmura :

— J'espère vraiment qu'il est en train de guérir.

Juan prit un siège dans une petite salle de réunion située au bout du couloir, à l'opposé du bureau de Winslow. Ce dernier était déjà présent, ainsi qu'un homme que Juan reconnut : Paul Hutchison, le chef de la sécurité interne d'AgriMed. La soixantaine, chauve, Hutchison avait fait carrière dans l'armée, où il s'était spécialisé dans la sécurité de l'information.

— Juan, dit Winslow, nous vous avons demandé d'être présent à cette réunion parce que vous avez travaillé sur le site de Rochester. Nous espérons que vous serez en mesure de nous fournir des informations concernant certaines personnes.

Il se tourna vers Hutchison et lui demanda :

— Paul, quels sont les résultats de l'audit ?

Hutchison ouvrit une chemise cartonnée. Il y en avait toute une pile devant lui.

— Au moment où nous avons réalisé cet audit sur la sécurité, le site de Rochester comptait 433 employés à plein temps, et 37 intérimaires. Nous avons demandé aux 470 sans exception de se soumettre du test du détecteur de mensonges. Treize ont choisi de mettre fin à leur contrat avec la société, parmi lesquels sept sous-traitants directs. Nous avons informé nos services de recrutement du choix d'AgriMed de ne plus jamais retravailler avec eux.

Il souleva une pile de six dossiers et poursuivit :

— Ce qui nous laisse six employés à plein temps qui, confrontés au test du polygraphe, ont choisi de quitter la société. J'ai récupéré leurs dossiers à la DRH, afin que nous puissions les réexaminer dans le détail. Tous se sont avérés être des salariés peu performants, d'après les rapports d'évaluation périodiques. Deux, toutefois, ont brillé par leurs résultats à une certaine époque, avant de fournir des performances médiocres.

— Commençons par ces deux derniers, dit Winslow.

Hutchison tira les deux dossiers qui se trouvaient en haut de la pile et ouvrit le premier.

— Le premier dossier est celui de Melody Kolifrath. Une biochimiste qui développait un traitement anti-inflammatoire destiné à soigner la maladie de Crohn.

Il feuilleta le contenu du dossier. Puis, hochant la tête, il reprit :

— D'après sa dernière évaluation, je cite : « *Melody n'a fait aucun progrès dans ses recherches depuis dix-huit mois, et franchement je ne suis pas sûr que ces dernières lui importent encore beaucoup. Elle paraît distraite. Je l'ai prévenue que si elle voulait passer à la phase des essais cliniques, elle allait devoir fournir à l'appui un travail de laboratoire bien plus conséquent.* »

Winslow se tourna vers Juan.

— Connaissez-vous cette Kolifrath ?

Juan se souvenait d'elle, avec ses cheveux bouclés et ses grosses lunettes.

— Je lui parlais peu, mais elle avait un bureau situé pas très loin du mien. Je me souviens qu'elle est tombée enceinte à une époque, et puis je crois que sa grossesse s'est mal passée, et qu'il lui est arrivé quelque chose. Elle était souriante avant cela ; et puis je l'ai revue peu après, et elle n'était plus enceinte brusquement. À partir de là, ça a été comme si elle broyait du noir.

Il eut un haussement d'épaules, et regarda les deux hommes à la table.

— Je suppose qu'elle a dû perdre le bébé, reprit-il, mais je ne connais pas les détails. Ce n'est pas le genre de chose que l'on demande à quelqu'un que l'on connaît à peine.

— Bien sûr que non, dit Winslow.

Il se tourna vers Hutchison.

— Une fausse-couche pourrait expliquer bien des choses.

— J'en conviens, admit Hutchison. Bon, écartons Melody Kolifrath pour le moment.

Il ouvrit le deuxième dossier et reprit :

— Bon, qui avons-nous là ? Steven Chalmers.

Juan sentit son cœur s'accélérer. Steve ?

— Un neurologue. Lui travaillait à un traitement contre la sclérose en plaque primaire progressive. Voici ce que dit le dernier rapport le concernant : « *Steve est bien trop souvent absent du labo. Bien que les résultats de ses essais cliniques de phase 1 chez l'homme se soient révélés très prometteurs, à plusieurs reprises Steve n'a pas respecté les délais permettant d'obtenir l'agrément nécessaire pour passer aux essais de phase 2. Je lui ai expliqué que s'il ne se remettait pas à la tâche au plus vite, je n'aurais d'autre choix que de confier à quelqu'un d'autre la poursuite des essais cliniques.* »

Juan en resta bouche bée.

Winslow fronça les sourcils.

— Chalmers… qu'il aille au diable ! C'est moi-même qui l'ai engagé. J'ai vraiment cru que ses recherches sur la sclérose en plaque allaient déboucher sur quelque chose d'important.

Il se tourna vers Juan.

— Vous le connaissez ?

Juan sentit deux paires d'yeux se fixer sur lui.

— Oui, je connais très bien Steve. Je sais qu'il a mené des recherches sur la sclérose en plaque, mais… je suis un peu déstabilisé. Je pensais qu'il travaillait à des essais de phase 2 concernant un traitement contre le cancer.

— D'où sortez-vous ça ? demanda Winslow d'un air perplexe.

Juan repensa à ce déjeuner au Toscano, au cours duquel son ami s'était engagé à inscrire le père de Kathy O'Reilly à un essai clinique pour soigner son cancer.

— Je confonds peut-être. Je connais quelqu'un dont le père souffre d'un cancer des os, et Steve m'a parlé d'un essai clinique qui venait de démarrer. J'ai supposé qu'il y participait, lui aussi.

Hutchison se pencha en avant et appuya ses coudes sur la table.

— Pourquoi cela ? Il n'est pas spécialiste du cancer.

— Eh bien…

Juan prit une grande inspiration.

— … il m'a expliqué que le traitement contre la sclérose en plaque sur lequel il travaillait utilisait la chimiothérapie ; j'imagine que j'ai rapproché deux choses qui n'avaient rien à voir l'une avec l'autre.

Quand je lui ai demandé s'il travaillait sur cet essai clinique contre le cancer, il m'a répondu qu'il ne pouvait pas en parler, et sur le moment ça m'a paru normal. On me demande moi aussi de rester discret sur mon travail ; j'ai supposé qu'il avait reçu les mêmes instructions.

Winslow plissa les yeux et secoua la tête.

— Il n'est pas possible qu'il ait travaillé sur un essai de phase 2 sans que j'en ai entendu parler. Ça ne peut pas être la raison pour laquelle il a laissé tomber ses recherches. Quoi qu'il en soit, une question se pose : pourquoi n'a-t-il pas voulu se soumettre à un test polygraphique ?

L'air sombre, il se tourna vers Hutchison.

— Qu'en pensez-vous ? lui demanda-t-il.

Le chef de la sécurité plissa le front.

— C'est curieux, dit-il. Gardons le dossier Chalmers sous le coude pour le moment.

Juan sentit un frisson lui glacer l'échine.

À quoi son ami jouait-il ?

— *Allô ?*

— Kathy ? dit Juan.

— *Non, c'est sa mère. Qui est à l'appareil ?*

— Oh, fit Juan en riant nerveusement. Vous avez la même voix toutes les deux. C'est le docteur, euh… Juan Gutierrez.

— *Une minute. Je vais la prévenir.*

Bien que sa voix fût étouffée, Juan entendit la mère de Kathy l'appeler. Quelques secondes plus tard, cette dernière prit l'appel.

— *Juan ? C'est si bon de vous entendre. Désolée de ne pas vous avoir appelé plus tôt. Je suis en train de faire mes valises ; je m'apprête à repartir pour l'université.*

— Oh, ne vous inquiétez pas pour ça. Je me demandais juste comment allait votre père.

— *C'est vraiment gentil de prendre de ses nouvelles. Pour tout dire, il va très bien.*

Elle baissa la voix et poursuivit dans un murmure :

— *Au début, j'étais inquiète. Je craignais qu'il n'ait reçu un placebo ; vous savez, que l'amélioration de son état ne soit qu'illusoire. Mais je vous jure que c'est vrai, ça fait à peine un mois, mais il est déjà évident qu'il souffre beaucoup moins qu'avant.*

— C'est fantastique. Qu'est-ce que ses médecins en pensent ? Est-ce qu'ils ont fait d'autres scanners pour voir comment les tumeurs réagissent ?

Kathy laissa échapper un petit soupir désabusé.

— *Papa est une tête de mule. Il prétend qu'il a appelé l'équipe qui suit l'essai et qu'il leur a laissé un message. Il dit qu'étant donné qu'il se sent bien, et que les médecins ne le harcèlent pas pour le suivi, il n'a pas de raison de retourner là-bas. Heureusement, maman s'occupe de lui obtenir un rendez-vous pour qu'il fasse un bilan , mais j'aurai déjà repris les cours à ce moment-là.*

Un pli soucieux barra le front de Juan. Tous les patients de ce genre d'essai doivent normalement être suivis de près, songea-t-il.

— J'espère sincèrement que votre père va continuer d'aller mieux, dit-il.

— *Je l'espère aussi. Je vous dois vraiment beaucoup. J'espère que vous me laisserez vous remercier, un de ces jours.*

— Inutile de me remercier. Le principal est que votre père continue d'aller mieux.

— *Vous êtes très gentil. Et comment va le travail de votre côté ?*

La vision de son appartement dévasté traversa un instant l'esprit de Juan. Il songea aussi au fait qu'AgriMed avait jugé nécessaire d'assurer sa sécurité physique, sans même parler de sa crainte de s'être fait voler une partie de son travail.

— Oh, au travail, tout va très bien, répondit-il. Si ce n'est que je suis débordé.

— *Ne m'en parlez pas. Je reprends les cours la semaine prochaine ; ça va être la folie. Pour ne rien arranger, j'ai choisi deux cours géniaux mais hyper sélectifs.*

— Eh bien, si vous avez besoin d'aide, prévenez-moi.

Kathy se mit à rire.

— *Je n'en ferai rien. Mais quand nous aurons un peu de temps tous les deux, ce serait bien de trouver quelque chose pour nous détendre un peu ; un ciné, ou je ne sais quoi.*

Juan sentit son cœur faire un bond. Cela signifiait-il qu'elle s'intéressait à lui ? Ne lui était-elle pas plutôt reconnaissante tout simplement pour son aide ?

— Avec grand plaisir, dit-il. Quand vous voulez ; je m'arrangerai pour me libérer.

Il entendit quelqu'un dire quelque chose derrière elle, et enchaîna :

— Je vais vous laisser maintenant. Profitez encore un peu de vos parents. Nous nous verrons bientôt.

— *Je vous appelle quand je serai de retour à Washington*, dit Kathy. Au revoir.

Elle mit fin à l'appel.

Juan reporta aussitôt son attention sur les contacts de son répertoire téléphonique. Légèrement fébrile, il appela Steve Chalmers. Il voulait le remercier d'avoir aidé le père de Kathy, mais surtout lui demander pour quelle raison il avait quitté AgriMed.

Au lieu de l'avoir en ligne, il entendit un message enregistré : « Le numéro que vous avez demandé n'est plus attribué. Votre appel ne peut aboutir. »

Il coupa son téléphone.

Qu'est-ce que tu me fais, Steve ?

Nate entra dans le bureau de son superviseur, Jeff Binghamton, et prit place devant lui. Au même instant, le téléphone sonna sur le bureau de ce dernier, qui répondit en appuyant sur la touche haut-parleur de l'appareil.

— *Jeff, c'est Paul Hutchison. Ça fait un bail.*

— Hutchison, ça alors ! C'est vraiment vous ? Ça fait quoi, dix ans ?

Nate se leva pour partir, mais Binghamton lui fit signe de se rasseoir.

— *Vous me connaissez. Les petites visites de courtoisie, ce n'est pas vraiment mon truc. Mais là, je suis sur quelque chose qui aurait bien besoin de votre attention.*

— D'accord. De quoi s'agit-il ?

— Eh bien, je travaille dans le privé à présent. Je suis chef de la sécurité d'un grand laboratoire pharmaceutique du nom d'AgriMed. Bref, disons que j'ai une piste pour vous.

— Une piste ? Pour moi ?

Binghamton ouvrit un tiroir de son bureau et attrapa un stylo, pendant que Nate sortait de son côté un petit calepin de la poche de sa veste et se préparait lui aussi à prendre des notes.

— D'accord, chef. J'ai de quoi écrire, dit Binghamton.

— Je sais que vous êtes au courant des petits soucis que nous avons eus ici, tout comme je sais qu'un des types qui travaille pour vous est venu interroger un de nos chercheurs ; alors, je me suis dit que ce que j'ai à vous demander pourrait vous intéresser tout autant que nous.

— Je vous écoute, dit Binghamton. Dites-moi ce qu'il vous faut.

— Eh bien, étant donné que je n'ai plus aucun pouvoir d'assignation, j'ai besoin que vous fassiez des recherches sur un de nos anciens employés. Je vais vous envoyer par e-mail les raisons pour lesquelles je crois que ce type essaie de nous doubler. J'aimerais que vous suiviez cette piste jusqu'au bout. J'ai fait quelques recherches moi-même, mais j'ai atteint les limites de ce qu'il m'est possible de faire. La CIA est impliquée dans cette histoire.

— D'où tenez-vous une information pareille ? réagit Binghamton.

Nate se posa la même question.

— Ne me racontez pas de conneries, Jeff. Si j'ai découvert qu'il y a un lien avec la CIA, vous en êtes forcément informé vous aussi. Et donc, si nous sommes tous les deux au courant, c'est que quiconque est en relation avec le type qui nous intéresse est un suspect potentiel. Toute cette histoire pue comme un rat mort. Je me suis dit que vous étiez la bonne personne à contacter. Je me suis trompé ?

Binghamton se renfonça dans son fauteuil, et tapota sur ses accoudoirs avec le bout de ses doigts.

— Non, vous avez bien fait, dit-il. Je vais m'occuper de cette affaire.

— Oh, petit avertissement : si vous découvrez que des membres de la communauté du renseignement ont mal tourné, n'oubliez pas qu'ils le sauront et que vos informations ne seront pas à l'abri.

Ce type, Hutchison, se dit Nate, partageait les mêmes soupçons que lui, à savoir qu'il valait mieux éviter de croire que des informations classifiées étaient en sécurité sur les serveurs de l'Agence. Elles ne l'étaient pas davantage que les dossiers sur lesquels lui-même n'arrivait pas à remettre la main.

— *Je viens de vous envoyer un ensemble d'informations cryptées sur votre adresse e-mail personnelle... Il y a tout ce que j'ai pu trouver sur notre homme, y compris un profil psychologique et les noms de potentiels complices.*

Il communiqua à Binghamton le mot de passe permettant de débloquer le fichier.

Binghamton vérifia son téléphone portable.

— Bien reçu, dit-il. Je préfère ne même pas vous demander comment vous avez eu mon e-mail personnel.

— *Ça, ce n'est pas ce qu'il y a de plus difficile, dit Hutchison. Je vous suggère vivement de garder cette conversation secrète, et aussi d'éviter les services de messagerie électronique gouvernementaux pour vos communications. Ils sont probablement court-circuités de l'intérieur. Tous les e-mails relatifs au sujet qui nous occupe doivent être cryptés. Changez de mot de passe pour chaque envoi, et utilisez de préférence des téléphones prépayés jetables pour communiquer un mot de passe au destinataire. À défaut d'être imparables, ces précautions compliqueront la tâche de quiconque pourrait vous surveiller.*

— Très bien, on fera comme ça. Y a-t-il autre chose que je devrais savoir ?

— *Ne faites confiance à personne. Vous, et tous ceux que vous impliquerez dans cette histoire, surveillez vos arrières. Vous comprenez ?*

— Parfaitement.

— *Ça m'a fait plaisir de vous parler, Jeff. Dites bonjour à Margaret de ma part.*

La communication s'interrompit. Binghamton coupa le haut-parleur.

— Bon sang, dit Nate. Qui est ce type ?

Binghamton sourit d'un air triste.

— C'était l'ex-adjudant-chef Paul Hutchison, une légende de la Division du renseignement criminel. J'ai été formé sous ses ordres. Disons seulement qu'il n'y a pas un homme aujourd'hui qui en sache plus que lui en matière de lutte antifraude, de prise d'otages ou de protection des personnes. Oh, et il a beau avoir la soixantaine bien sonnée, c'est un génie de l'informatique et de la cryptographie.

— Et il a flairé une taupe au sein d'AgriMed. Vous pensez que c'est lié à mon affaire ?

— Et vous ?

Nate hocha la tête.

— Je le crois, moi aussi, dit Binghamton.

Il sortit une tablette PC d'un tiroir de son bureau.

— C'est ma tablette personnelle. Je vais transférer les données d'Hutchison depuis mon téléphone via un point d'accès WiFi codé.

— Pour contourner l'intranet gouvernemental ? crut comprendre Nate.

— Il vaut mieux, oui ! Globalement, tout ce qu'a dit Hutchison recoupe ce que vous et moi soupçonnions déjà. Je vais donc passer par l'interface de programmation QT.

Binghamton posa la tablette sur son bureau et fit signe à Nate de s'approcher.

Nate fit rouler sa chaise autour du bureau. Pour la première fois de sa carrière, il regarda le directeur adjoint de la Division d'enquête criminelle du FBI enfreindre le protocole d'enquête interne.

Nate descendit de voiture et émit un petit sifflement admiratif en contemplant les huit hectares de pelouse impeccable qui s'étendaient devant ses yeux. Au milieu de cet océan de verdure se dressait une imposante maison à colonnade de trois étages, qui lui fit penser à Monticello, la splendide demeure de Thomas Jefferson.

Des agents étaient en train d'établir un périmètre de sécurité en bordure de la propriété. Nate s'engagea dans l'allée en béton estampé qui traversait la pelouse, suivi par son équipière sur cette affaire, l'agent Alexandra Ragheb, avec laquelle il avait déjà travaillé plusieurs fois.

— Sacrée baraque pour un chercheur, tu ne trouves pas ?

Ragheb, brune, filiforme, fronça les sourcils.

— Mouais, fit-elle. Mais ce n'est pas ce qui me tracasse le plus.

Elle désigna d'un geste les autres agents au loin.

— Pourquoi tout ce monde ? reprit-elle. La situation risque de se compliquer ou quoi ?

— J'espère que non, dit Nate, mais mieux vaut être préparé.

Il réajusta son Glock dans son étui d'épaule et défroissa les pans de sa veste de costume.

Comme ils approchaient de l'entrée de la maison, il ne put s'empêcher d'être impressionné. La double porte d'entrée sculptée en acajou massif était haute de plus de trois mètres ; les battants, estima Nate, devaient peser plus de deux cent cinquante kilos chacun. Il appuya sur la sonnette ; un joyeux carillonnement retentit quelque part à l'intérieur.

— Une minute, fit une voix de femme.

Une poignée de secondes plus tard, la porte s'ouvrit, découvrant une petite femme aux cheveux noirs, un tablier autour de la taille.

Nate lui montra sa plaque.

— M'dame. Je suis l'agent Carrington.

Il se tourna vers Alex.

— Et voici l'agent Ragheb. Nous sommes du FBI. Le D^r. Chalmers est-il chez lui ? Nous désirons lui parler.

La femme froissa un torchon entre ses mains et répondit avec un fort accent espagnol :

— Non. Le docteur est absent pour le moment, je suis désolée.

— Puis-je vous demander votre nom, s'il vous plaît ?

— F-Felicia, dit-elle, nerveuse. Je suis la gouvernante du D^r. Chalmers. Il ne rentrera qu'en fin de journée. Je le préviendrai de votre passage.

Nate s'efforça de rester impassible.

— Felicia, dit Alex.

Sa voix était agréable ; apaisante. Elle était douée pour cela.

— Auriez-vous l'obligeance de nous communiquer de numéro de téléphone portable du D^r. Chalmers ? Nous avons besoin de le joindre maintenant. C'est très important.

Felicia se mordit la lèvre inférieure et parut hésiter.

— Je peux vous garantir qu'il appréciera de recevoir notre appel, insista Alex, plus rassurante que jamais.

Felicia hocha brièvement la tête.

— Très bien. Je reviens tout de suite.

Elle s'éclipsa à l'intérieur de la maison en laissant la porte entrouverte.

Nate glissa la tête dans l'ouverture. Un tableau accroché dans l'entrée était un curieux portrait, celui d'un homme représenté avec un visage vaguement « cartoonesque ».

— Drôle de goût artistique, commenta-t-il dans un murmure.

Alex laissa échapper un petit grognement et secoua la tête.

— Tu ferais un très mauvais critique d'art, dit-elle. Je suis presque certaine qu'il s'agit d'un Picasso.

Il haussa les épaules.

— Picasso ou pas, je trouve ça moche.

Quelque part dans la maison, Felicia se mit à crier :

— *Ay, Dios mío !*

Nate crut déceler une vague odeur de brûlé.

Quelques instants plus tard, Felicia revint et lui tendit une petite carte de visite.

— Le numéro de téléphone du D^r. Chalmers est là-dessus.

Avec une expression douloureuse, elle demanda :

— Je peux y aller ? J'ai presque brûlé mon plat ; il faut que j'essaie d'arranger ça.

Alex prit la carte et sourit chaleureusement à la gouvernante.

— Merci, Felicia. Nous allons joindre le D^r. Chalmers. Vous feriez bien d'aller sauver ce plat maintenant. Nous vous contacterons en cas de besoin.

Visiblement soulagée, Felicia tourna les talons et ferma la porte.

Comme ils regagnaient leur voiture, Alex tendit à Nate la carte de visite. Il appela l'agent chargé d'établir le périmètre de sécurité.

— Continuez de surveiller la maison. Nous avons une nouvelle piste. Nous la suivons. Chalmers pourrait revenir entre-temps.

— *C'est noté. Je vous tiens au courant.*

Puis, Nate composa le numéro d'un centre d'appels spécialement mis en place par le FBI pour cette affaire.

— Ici, l'agent spécial Nathaniel Carrington. J'ai besoin de localiser ce numéro.

Il lut le numéro de Chalmers inscrit sur la carte. Il entendit le cliquètement d'un clavier à l'autre bout du fil. Puis, la femme dit :

— Ce numéro est associé à un compte Verizon. Nous avons une antenne relais active. Je transfère les coordonnées GPS triangulées vers le système de localisation de votre voiture.

Nate se tourna vers Alex.

— Nous avons une trace active. Allons le cueillir.

Frank respira l'air frais à pleins poumons et sourit, soulagé de ne plus avoir à la maison les deux femmes de sa vie. Il pouvait enfin bouger à sa guise, sans se sentir épié. À présent que Kathy était retournée à l'université, il était plus libre.

Il adorait sa fille, mais il était heureux qu'elle soit retournée à ses études, qui l'attendaient de toute façon. Et puis, il en avait assez de les entendre se chamailler, Megan et elle. Elles ne l'auraient jamais admis, mais elles étaient la copie conforme l'une de l'autre.

Cela faisait une semaine que Kathy était partie. Depuis lors, il s'était remis à se lever avant l'aube, cherchant à retrouver les forces qu'il avait avant de tomber malade. Les douleurs intenses qu'il avait ressenties au niveau des articulations avaient presque disparu. Il avait évité d'en parler, mais il était encore étonné de n'être pas six pieds sous terre à l'heure qu'il était. Puisqu'il lui restait encore de l'énergie, il avait bien l'intention d'en profiter, au lieu de rester couché ou affalé dans un fauteuil.

Il n'avait pas non plus l'intention de gâcher cette belle énergie en passant son temps avec une bande de médecins en blouse blanche. Megan n'approuvait pas son attitude, mais comme lui, elle avait essayé vainement de joindre l'administrateur de l'essai clinique. Enfin, pour le moment au moins, il était libre de faire ce que bon lui semblait.

— Si la vie m'offre une seconde chance, ce n'est pas pour que je passe mon temps avec des toubibs, marmonna-t-il à voix haute sans s'adresser à personne en particulier.

Il se dirigea vers le pâturage le plus proche, situé à quatre cents mètres de la maison, tandis que Jasper courait en traçant des cercles autour de lui, ses narines projetant des panaches de vapeur dans la fraîcheur de l'aube.

— Tu as l'air d'une locomotive à vapeur à souffler comme ça, espèce de fou furieux.

Le labrador glapit d'excitation en continuant de courir avec une énergie inépuisable. Frank grimpa au sommet de la colline qui le séparait du pâturage, avant de s'arrêter net. Jasper s'arrêta à son tour à côté de lui, et laissa échapper un long gémissement.

Frank regarda devant lui, et son sang se glaça.

Il accéléra le pas, tandis que Jasper aboyait furieusement. L'animal bondit devant lui, manquant le faire trébucher.

— Bon sang, mais qu'est-ce qu... !

Il esquiva Jasper, et sentit son estomac se nouer en scrutant les abords du pâturage clôturé.

La veille encore, dans cet enclos, il y avait plus de cent têtes de bétail en parfaite santé, uniquement des génisses gravides, qui devaient mettre bas dans les toutes prochaines semaines.

— C'est impossible, grogna Frank en balayant du regard le pâturage couvert de givre.

Tous les bêtes étaient couchées sur le côté, immobiles.

— Dieu du ciel !

Il sursauta en entendant sonner son talkie-walkie. Il appuya sur le bouton de l'émetteur-récepteur et dit :

— Oui ?

— *Frank, je t'avais demandé de me réveiller. Je voulais te préparer ton petit déjeuner, et...*

— Megan ! Les génisses sont mortes. Toutes. Le troupeau ent...

Il s'interrompit en entendant l'appel d'un veau en détresse. Il n'arrivait pas à voir d'où provenait le meuglement ; de quelque part au milieu des cadavres.

— Megan, je crois qu'il y a un veau encore en vie quelque part là-bas.

Il avança vers la clôture. Jasper courut devant lui, grognant et montrant les dents.

— *Franklin O'Reilly ! s'écria Megan dans la radio. Je t'interdis de t'approcher de ce troupeau ! J'appelle le véto...*

— Mais, Megan...

— Je ne plaisante pas. Les bêtes sont peut-être malades ; tu pourrais attraper je ne sais quoi... Rentre, s'il te plaît, le supplia-t-elle.

Bien qu'encore sous le choc, il entendit l'angoisse qu'il y avait dans la voix de Megan.

— Tu as raison. J'arrive. Appelle le docteur Johnson. Dis-lui de venir tout de suite.

CHAPITRE SEIZE

Garé devant le centre commercial d'Eastview, Nate appuya pour la énième fois sur la touche d'actualisation du traceur GPS. L'appareil mit aussitôt à jour la position du téléphone portable du Dr. Chalmers

.

— Ce type va faire des courses pendant combien de temps encore ? grommela Nate.

Assise à côté de lui sur le siège passager, Alex étira son corps frêle, faisant craquer son dos.

— Je te le répète : on devrait y aller.

— Et moi, je te répète que cet endroit grouille de monde à cette heure de la journée. Il vaut mieux attendre qu'il aille quelque part où on pourra le cueillir tranquillement.

Alex pointa du doigt l'écran du traceur :

— Ça bouge ! Le point se déplace, dit-elle.

— Merde.

Nate redressa le dossier de son siège et tourna la clé de contact du Chevrolet Suburban, faisant gronder le moteur.

Comme ils quittaient lentement le parking, Alex dit :

— On dirait qu'il est sur Commons Boulevard, et… non, attend, il prend la Route 96 en direction du nord.

Nate appuya sur l'accélérateur et se faufila au milieu de la circulation.

— On cherche une Mercedes noire, c'est ça ?

— Oui, c'est ça, confirma Alex.

Elle ouvrit son calepin et feuilleta les premières pages jusqu'à ce que son doigt tombe sur quelques notes griffonnées à la hâte.

— Juste après avoir quitté son précédent boulot, il a bazardé sa vieille voiture et fait une demande d'immatriculation provisoire pour une Mercedes neuve. Une série S.

Nate chercha à apercevoir la berline noire au milieu de la circulation encombrée, mais il secoua la tête.

— Je ne vois rien encore.

Alex appuya de nouveau sur la touche d'actualisation du traceur. Le point clignotant se décala vers le haut.

— Il vient de prendre la I-490 vers l'ouest.

— Merde.

Nate fit se déporter la voiture sur la droite, juste à temps pour prendre la bretelle d'accès à l'autoroute.

Son téléphone portable sonna au même instant. Il prit l'appel en appuyant sur la touche téléphone du volant.

— Carrington, j'écoute.

— *Nate, c'est Bill Wallace.*

Bill était un agent chevronné qui avait la responsabilité de la surveillance de la maison de Chalmers.

— *Une de nos équipes vient de m'informer qu'aussitôt après votre départ, la gouvernante a appelé notre suspect. Il sait que quelqu'un est à ses trousses.*

— Justement, Alex et moi, on lui file le train. On dirait qu'il retourne chez lui.

— Bon, très bien, on garde l'œil ouvert ici.

Après quarante-cinq minutes de filature dans une circulation en accordéon, Nate commençait à perdre patience. Il jeta un coup d'œil à l'écran du traceur et demanda :

— Tu es sûre qu'il est sorti ici ?

Alex appuya une nouvelle fois sur la touche d'actualisation. Une fraction de seconde plus tard, le point clignotant réapparut sur la carte.

— Oui, dit-elle. Apparemment, il a pris la sortie 10.

Nate poursuivit dans la même direction, scrutant les voitures alentour.

Comme ils approchaient du signal du téléphone portable, Alex rafraîchit à nouveau l'écran du traceur.

— Cette fois, je crois qu'il s'est arrêté, dit-elle soudain. Le signal est fixe.

— Où est cette foutue Mercedes ? Je ne vois rien.

— Prends à droite dans Lyell Avenue.

Le regard de Nate oscillait entre la rue et l'écran du traceur.

Alex pointa du doigt un grand parking.

— Le signal vient de là.

Nate tourna dans la direction indiquée et entra dans le parking.

— Je ne vois pas sa voiture.

Il scruta l'étendue goudronnée et sentit son estomac se serrer en se rendant compte de l'endroit où ils se trouvaient.

— Qu'est-ce qu'il peut bien foutre dans un centre de tri de la Poste ?

Alex secoua la tête.

— Aucune idée.

Nate arrêta la voiture sur une place de stationnement.

— Allons voir ça de plus près, dit-il.

Ils pénétrèrent dans un entrepôt réservé de toute évidence aux employés. Nate se put s'empêcher de se dire qu'ils faisaient fausse route en venant ici.

Un semi-remorque déchargeait des paniers de courrier destinés au tri. Nate s'approcha d'un homme en uniforme de l'USPS, le service postal des États-Unis, et lui présenta son badge.

— Je suis l'agent spécial Carrington du FBI, lui dit-il. Je cherche un homme qui vient juste d'arriver ici, il me semble. Environ quarante-cinq ans, blond, un mètre quatre-vingts, cent kilos. Avez-vous vu quelqu'un comme ça dans les parages ? Il s'appelle Steve Chalmers.

L'employé à l'air frustre secoua négativement la tête.

— Il n'y a personne de ce nom ici. Je le saurais. C'est moi qui gère les changements d'équipe.

Nate balaya du regard l'intérieur de l'entrepôt, où s'entassaient d'innombrables sacs de courriers attendant d'être triés. Il fronça les sourcils.

— Auriez-vous par hasard aperçu une Mercedes noire ces dix ou quinze dernières minutes ?

Le responsable du centre eut un petit sourire de biais.

— On ne voit pas beaucoup de Mercedes noire par ici. Une voiture comme ça, je l'aurais remarquée.

Écœuré, Nate se dit qu'ils avaient suivi la mauvaise piste ; à moins que la triangulation du GPS ne soit complètement erronée.

Alex lui donna un petit coup de coude et murmura :

— Pourquoi on n'appellerait pas tout simplement Chalmers, pour pouvoir mieux le débusquer ?

— À ce stade, on n'a plus grand-chose à perdre, de toute façon, soupira Nate.

Il sortit son téléphone portable et composa le numéro du chercheur. Il entendit sonner une fois, puis une deuxième.

Un des hommes dans l'entrepôt cria :

— Hé, patron ! On a un paquet qui vibre ici.

Les paroles de l'homme firent lentement leur chemin dans l'esprit de Nate.

Oh non.

Il mit fin à l'appel et courut vers l'homme qui venait de crier.

— Quel paquet ? demanda-t-il.

L'employé lui désigna un petit colis portant l'inscription « Envoi prioritaire ». Il était adressé à Tops Pharmacy, à Hamlin, dans l'État de New York.

Pris d'un mauvais pressentiment, Nate composa de nouveau le numéro de Chalmers sur son téléphone.

Le colis se mit aussitôt à vibrer.

— Le salopard !

Nate s'empara du colis sur le trieur.

— Hé, vous n'avez pas le droit d'ouvrir ça sans mandat ! s'écria le responsable du centre en se précipitant vers eux.

Alex lui montra une photocopie d'une ordonnance de tribunal, pendant que Nate déchirait le carton du colis. Scrutant l'intérieur, il aperçut aussitôt le smartphone.

Ils s'étaient bien fait avoir.

Le D^r. Al-Siddiqui entra dans la salle d'examen et adressa un sourire amical à Kathy.

— Bonjour, mademoiselle O'Reilly. J'espère que les vacances d'hiver ont été bonnes.

Kathy eut un haussement d'épaules.

— C'était… disons mouvementé, répondit-elle.

C'était un joyeux euphémisme.

Le médecin ouvrit son dossier.

— Voyons voir, nous cherchions à traiter un début d'anémie, qui avait pu occasionner un problème de fatigue, c'est bien ça ?

— Oui, mais…

La vérité était qu'elle n'était plus du tout fatiguée, et qu'elle se sentait même en pleine forme, à tel point qu'elle avait songé à annuler ce rendez-vous ; mais elle avait préféré être certaine que tout allait bien.

— En fait, je me sens bien. Je ne ressens plus aucune fatigue.

— Eh bien, c'est fantastique.

Le médecin décrocha un otoscope de son support mural.

— Un examen de routine devrait suffire dans ce cas, dit-il.

Il vérifia les oreilles de Kathy, écouta sa respiration, examina ses yeux, prit sa tension et sa température.

— 37,8, annonça-t-il. Vous êtes légèrement fiévreuse. Vous ne ressentez pas de symptômes particuliers ?

— 37,8, vraiment ? Non, je me sens vraiment bien. Et même bien mieux que depuis des mois.

— Eh bien, ça reste une fièvre légère, je ne suis pas spécialement inquiet.

Il tourna une page du dossier.

— Je vois que vous aviez déjà une légère fièvre quand vous êtes venue la dernière fois. Peut-être est-ce votre température normale ; ça arrive.

Il griffonna quelque chose dans le dossier, puis releva les yeux.

— Bon, eh bien, tout paraît normal ; alors, si vous vous sentez en pleine forme, quoi que vous fassiez en ce moment, je vous suggère de continuer au même rythme.

En quittant la clinique, Kathy se dit que le médecin avait certainement raison – elle devait faire quelque chose qui était bénéfique pour sa santé, parce qu'elle n'avait jamais senti une telle énergie en elle. Elle avait l'impression d'être… quelqu'un d'autre.

***

Le jet privé accéléra brusquement sur la piste ; Nate se sentit plaqué au fond de son siège. Il agrippa les accoudoirs en cuir, tandis que le jet grimpait rapidement au-dessus de l'aéroport international de Dulles.

Le haut-parleur au-dessus de sa tête grésilla, et la voix du capitaine retentit dans la cabine vide de passagers, en dehors de Nate et Alex :

« *Agents spéciaux Carrington et Ragheb, nous recevons à l'instant une demande de changement de plan de vol. Au lieu d'atterrir à l'aéroport international McCarran de Las Vegas, nous volerons jusqu'à l'aéroport de Homey. Le personnel du FBI vous conduira tous les deux directement du lac Groom jusqu'au lieu de l'incident. Cela nous fera gagner environ dix minutes de vol. Nous devrions donc atterrir à 15 :45, dans quatre heures et vingt minutes.* »

— Le lac Groom ? releva Alex. C'est bien là qu'est censée se trouver la Zone 51, non ?

— J'y suis déjà allé, la rassura Nate. Je n'y ai pas vu l'ombre d'un extraterrestre.

Ils avaient reçu leur ordre de mission deux heures plus tôt. Un risque biologique avait été identifié près de la ville de Ash Springs, dans l'État du Nevada. Les enquêteurs du FBI local avaient réclamé qu'on leur envoie des analystes chevronnés pour examiner la scène. Nate ne pouvait s'empêcher de se demander si ce qui se passait avait un lien avec sa dernière visite dans la zone concernée.

— En tout cas, extraterrestres ou pas, dit Alex, si c'était un banal déversement de produits chimiques, ils auraient fait appel aux gars de la FEMA[1], pas à nous. Nos hommes sur le terrain doivent soupçonner une action criminelle.

Nate eut une moue perplexe.

— J'espère seulement qu'ils ont *aussi* appelé la FEMA, parce que les corvées de nettoyage, très peu pour moi.

Le haut-parleur au-dessus de leurs sièges grésilla à nouveau :

« *Nous venons de recevoir une communication prioritaire du directeur-adjoint, qui tient à vous informer qu'il y a des victimes sur place. Une procédure de confinement de niveau quatre sera nécessaire pour tout recueillement de preuve.* »

— Merde, marmonna Nate. Dans quoi est-ce qu'on s'apprête à mettre les pieds ?

Une demi-douzaine d'agents du FBI attendaient Nate et Alex à leur descente d'avion. Tandis que plusieurs d'entre eux s'occupaient de transférer leur matériel à bord d'un SUV, le responsable local Mark Cross se présenta à eux.

Il serra la main de Nate, puis se tourna vers les autres agents et dit :

— Les gars, je vous présente Nate Carrington. Il dirigera cette enquête.

Il regarda Alex.

— Je suis désolé, m'dame. On ne m'a pas prévenu de votre venue. Qui...

— Je vous présente l'agent Alex Ragheb, intervint Nate. L'agent Ragheb est experte en arme biologique. Elle a un doctorat en biologie moléculaire.

Cross serra la main d'Alex.

— Ravi de vous connaître, m'dame. Vos connaissances en biologie devraient nous être très utiles.

Alex serra la main du reste de l'équipe et demanda :

— Alors, à quoi a-t-on affaire, au juste ? On nous a communiqué très peu de détails jusqu'à présent.

Nate désigna le SUV noir d'un geste et dit :

— Allons-y. Nous discuterons en route.

Quelques instants plus tard, alors qu'ils filaient en direction de Ash Spring, Alex répéta sa question :

— Alors, qu'est-ce qui se passe, exactement ?

Cross secoua la tête.

— Tout a commencé quand un éleveur du coin a signalé qu'il avait perdu tout un troupeau de bovin en une nuit. Il a trouvé toutes les bêtes mortes au petit matin. Le shérif du comté…

— Attendez, coupa Nate. Êtes-vous en train de me dire que nous sommes venus enquêter sur des bovins morts ? Probablement un autre éleveur qui aura voulu se débarrasser de la concurrence.

— C'est ce qui m'a d'abord traversé l'esprit. Mais trois personnes qui se sont approchées des lieux ont déjà été hospitalisées. Le véto du coin, pour commencer. Le propriétaire du ranch l'a appelé pour venir voir ce qui se passait, mais après s'être approché des bêtes, il est tombé violemment malade. Une ambulance a été appelée, et le shérif prévenu. J'ai vite compris qu'on n'avait pas affaire à un simple empoisonnement à l'eau, ou quelque chose dans le genre.

Alex se pencha en avant et demanda :

— Qu'avez-vous vu au juste en arrivant ?

Le visage de Cross se crispa.

— Quand on est arrivés sur place, l'ambulance repartait avec deux des hommes du shérif. Un des veaux, apparemment, avait survécu au reste du troupeau, mais il était coincé sous le cadavre d'une des bêtes. Sans réfléchir, un policier est allé dans le pâturage pour essayer d'aider le veau, mais d'après ce qu'on nous a raconté, dès qu'il s'en est approché, il a hurlé que ses yeux le brûlaient, et il a été pris de convulsions. Son collègue s'est précipité alors pour le tirer de là, mais lui aussi a été malade.

Nate échangea un regard avec Alex, qui se mordait la lèvre inférieure d'un air concentré.

— Autre chose ? demanda-t-elle.

— Le veau est mort peu après. Il s'est dégagé tout seul, mais ensuite il s'est mis à avancer en titubant vers les policiers ; alors, quelqu'un l'a abattu d'un tir de fusil. Vous comprenez pourquoi, après tout ça, on nous a appelés.

Nate fronça les sourcils.

— Des nouvelles de l'état de santé du vétérinaire et des deux policiers ?

Cross hocha lentement la tête.

— Le véto n'a pas survécu. Il est mort dans l'ambulance. Un des policiers est dans le coma. L'autre, je ne sais pas.

— Waouh… c'est moche, marmonna Nate. J'imagine que vous avez fait boucler le périmètre.

— La police s'en était chargée avant notre arrivée. Ils ont délimité une zone tampon de cent mètres.

— C'est bien.

Nate se tourna vers Alex.

— Qu'est-ce que tu en dis ?

Elle afficha une moue dubitative.

— Il pourrait s'agir d'un agent neurotoxique hautement volatile, du type sarin, tabun ou même soman, que quelqu'un aurait répandu sur la zone, tuant le bétail du même coup. Mais c'est une pure hypothèse pour le moment. Il faut que je puisse examiner les animaux avant de pouvoir me prononcer.

— Combien de temps pour arriver sur place ? demanda Nate.

— Cinq minutes, répondit un des agents assis à l'avant, côté passager.

Nate se renfonça contre le dossier de la banquette en cuir, et recentra ses pensées sur la mission.

— Alex, toi et moi allons nous équiper et y aller. Nos combinaisons de protection chimique nous permettent de rester exposés une trentaine de minutes. Essayons d'en tirer le meilleur parti. Je prélèverai des échantillons de terre tous les cinq mètres environ. Il nous faudra aussi des prélèvements issus de plusieurs bêtes, et surtout du veau. En fonction de la taille du pâturage, on verra si nous devons nous séparer ou non. Le mieux sera sans doute de nous en tenir au protocole sur les matières dangereuses. On scellera hermétiquement une première fois les échantillons sur place ; on répétera l'opération en dehors du site, et même une troisième fois encore pour être certains de n'avoir aucun problème. Le tout ira directement en unité de confinement de niveau 4 à Quantico. Des questions avant que nous n'arrivions ?

— Une seule, dit Alex. Si nous avons affaire à un agent neurotoxique, comment a-t-il pu arriver dans ce pâturage ?

— Je n'en ai pas la moindre idée, avoua Nate.

C'était un bar miteux de la banlieue d'Arlington. En franchissant le seuil de l'établissement, Juan fut saisi par une forte odeur de friture et de bière, qui lui rappela l'époque où il était à l'université.

Il prit un tabouret au bar. Aussitôt, une barmaid entre deux âges à la poitrine opulente s'approcha et lui décocha un grand sourire édenté.

— Qu'est-ce que ce sera, mon chou ?

— Eh bien… je vais me laisser tenter par une Budweiser, dit Juan.

— Tout de suite.

Juan leva les bras et s'étira, faisant craquer son dos, et libérant du même coup toute la tension accumulée dans ses muscles.

Il était à peine 17 h. Sans surprise, l'endroit était désert ; mais Juan savait pertinemment que l'établissement allait faire le plein dans quelques heures – le plein de buveurs, de rires joyeux et bruyants ; une bagarre éclaterait peut-être, qui ajouterait à l'ambiance générale. C'était ce genre de bar.

La porte s'ouvrit ; deux hommes en costume entrèrent. Les mêmes qui l'avaient suivi toute la journée – du moins, le supposait-il. Il ne les avait aperçus réellement qu'une fois avant cela, alors qu'il faisait le plein d'essence. Le type aux cheveux blond platine coupés ras était difficile à manquer.

Juan se dit qu'il devait faire partie de l'équipe de sécurité d'Agri-Med, et qu'ils étaient chargés de le surveiller. Il fut tenté un instant de leur faire signe de venir prendre un verre avec lui au bar, mais il se dit qu'ils déclineraient l'invitation. Ils étaient sûrement censés garder leur distance.

La barmaid déposa la bière devant Juan et lui demanda :

— Tu veux que je t'ouvre une ardoise, mon chou ? Autrement, ça fera quatre dollars.

Juan avala une gorgée de bière bien fraîche et posa un billet de cinq dollars sur le comptoir.

— Gardez la monnaie, dit-il.

La femme empocha le billet, tandis que Juan fixait les images sans le son de l'écran de télévision fixé au-dessus des étagères couvertes de bouteilles d'alcool.

Il portait le verre à ses lèvres quand il vit apparaître un bandeau « Flash spécial » en bas de l'écran. Un journaliste local prit l'antenne devant le bureau du coroner. Juan lut le sous-titrage en incrustation qui défilait en même temps :

« Le coroner a établi que l'empoisonnement était la cause du décès des trois personnes retrouvées sans vie mardi dans leur maison d'Arlington. La police locale s'est refusée à tout commentaire sur cette affaire. Ces décès viennent s'ajouter à deux autres morts imputées à un poison et survenues dans la région métropolitaine de Washington au cours des deux dernières semaines. Nous tiendrons le public informé dès que nous en apprendrons davantage. »

Juan détourna le regard de l'écran. Il n'avait pas envie de s'intéresser à cette série d'empoisonnement ; il était assez préoccupé comme ça. Plusieurs questions le taraudaient : pour quelle raison avait-on pénétré par effraction dans son appartement ? Qui pouvait bien vouloir se servir de son travail ? Et à présent, pourquoi fallait-il que deux hommes veillent sur lui ?

Il avala une grosse gorgée de bière et jeta un coup d'œil à la table où ses garde-chiourmes s'étaient installés.

L'un paraissait concentré sur le menu ; l'autre baissa les yeux aussitôt qu'il vit le regard de Juan se tourner dans leur direction.

Pourquoi ai-je l'impression que personne ne joue franc jeu avec moi ?

— Je n'ai aucune idée de ce qui a pu arriver, déclara sincèrement Frank.

Deux agents du FBI étaient assis à la table de la salle à manger avec Megan et lui. L'un, un dénommé Carrington, affichait un air grave et se tenait le buste bien droit ; probablement un ancien militaire, songea Frank.

— Tout ce que je sais, poursuivit-il, c'est que quand je suis allé au pâturage au lever du jour, tous les bovins reproducteurs étaient morts.

— Les bovins reproducteurs ? releva la femme, l'agent Ragheb. C'est un type particulier de bétail ?

— Oh non, répondit Megan en souriant. Cela signifie juste que les femelles étaient gravides, qu'elles attendaient des petits. Elles devaient mettre bas dans le courant du mois de février.

— Mais il y avait un veau avec elles, fit remarquer Carrington. Une des génisses a donc mis bas plus tôt que prévu ?

Frank hocha la tête. Une vague de tristesse l'envahit au souvenir de l'appel de détresse du veau ce matin-là.

— Ça arrive parfois, dit-il, quoique rarement aussi tôt. Le veau n'était pas là hier, mais je l'ai entendu beugler de douleur ce matin.

Le téléphone de l'agent se mit à sonner. Il le prit dans sa poche et répondit :

— Carrington.

Frank tendit l'oreille pour entendre ce qui se disait à l'autre bout de la ligne.

— *Les gars de l'EOD*[2] *de Nellis sont prêts à nettoyer la zone. Je voulais juste m'assurer que vous aviez prélevé tous les échantillons dont vous aviez besoin.*

— Oui, on a tout ce qu'il faut. Oh, nous sommes sur un ranch ; il y a une maison tout près. Veillez à ce que les gars aient bien ça en tête.

— *C'est noté. Je les préviens.*

Carrington rangea son téléphone.

— Monsieur et madame O'Reilly, reprit-il, avez-vous des ennemis ? Connaissez-vous quelqu'un qui pourrait vouloir s'en prendre à votre bétail ?

Megan parut sidérée par la question. Frank lui tapota la cuisse et répondit :

— Agent Carrington, nous sommes de simples exploitants de ranch. Nous avons une fille à l'université, et nous gagnons notre vie en élevant des bovins de boucherie. C'est à peu près tout ce qu'il y a à dire. Les grands événements ici, c'est quand mes gars et moi faisons sauter une souche avec un quart de bâton de dynamite. À part ça...

— Et les autres propriétaires de ranch ? voulut savoir Ragheb. Des problèmes avec certains d'entre eux ?

— Vous voulez dire, est-ce qu'ils ont retrouvé eux aussi des bêtes mortes ? demanda Frank.

— Non, répondit-elle en secouant la tête. Ce que je veux dire, c'est : avez-vous eu en conflit avec certains de ces propriétaires ?

— Non, m'dame, répondit Frank. Nous autres, les exploitants de ranch, nous formons une communauté. La rancune ou la mesquinerie n'ont pas de place ici. Nous ne pouvons pas nous le permettre. En fait,...

— Permettez-moi de faire une mise au point, intervint Megan. Toutes les femmes ici se connaissent. Nous échangeons des recettes, nous nous empruntons du sucre, nous nous entraidons. C'est la seule manière de tenir le coup ici. Nous, les O'Reilly, il nous arrive de prêter un taureau reproducteur aux Hanford, qui en échange nous donnent du foin frais pour les bêtes. Ou bien nous fournissons du bœuf aux Glenford, qui tiennent une station touristique à Coyote Springs, en échange de quoi ils nous font profiter de leurs contacts pour obtenir du maïs bon marché. Vous voyez, nous formons une petite communauté, dont les membres sont interdépendants ; on ne peut pas se permettre des prises de bec comme on en voit dans les séries télévisées. On travaille tellement qu'on n'a pas de temps pour ça.

Frank serra doucement le genou de Megan.

— Je t'aime, chérie, dit-il.

L'agent Ragheb sourit en griffonnant quelque chose dans son calepin.

— Quelque chose d'inhabituel s'est-il produit récemment ici ? poursuivit-elle. Ou bien, avez-vous remarqué quelqu'un dans les parages dont la présence ne vous était pas familière ?

Frank répondit non, contrairement à Megan, qui hocha la tête. Elle tendit une main et lui caressa doucement le haut du bras.

— C'est juste que... on a diagnostiqué un cancer à mon mari. Il est encore sous traitement. Tout ça est très inhabituel pour nous.

— Je suis navré d'apprendre ça, dit sombrement l'agent Carrington.

— Oh, je n'y pense pas trop, dit Frank, cherchant à minimiser le problème.

Il désigna Megan d'un geste du pouce et sourit.

— Elle s'inquiète pour deux, ajouta-t-il. De plus, j'ai suivi un traitement à l'Hôpital des anciens combattants, et ils ont fait du sacré bon boulot.

— Vous étiez dans l'armée ? demanda Carrington.

— Oui, monsieur. J'ai été soldat dans le 24ᵉ régiment d'infanterie à Ford Stewart.

Frank laissa son esprit le ramener à une époque qui lui paraissait si lointaine.

— J'ai participé à l'opération Tempête du désert aux côtés de la 3ᵉ division blindée dans la vallée de l'Euphrate, où nous avons affronté l'armée de Saddam qui était entrée au Koweït.

— Février 1991, dit Carrington. Je m'en souviens très bien, et pour cause : je me trouvais dans la région, moi aussi.

— Ah oui ? sourit Frank. Quel régiment ?

— Le 18ᵉ.

— Oh, bon sang.

Frank lui serra la main.

— Ça fait du bien de parler avec quelqu'un qui a foulé les mêmes terrains d'opération.

Megan donna une petite tape sur le bras de Frank et lui demanda :

— Le 18ᵉ ?

— Les Forces spéciales, expliqua-t-il.

— Nate, intervint Ragheb en se tournant vers son équipier. Y a-t-il autre chose que tu aimerais demander à M. et Mme O'Reilly ?

— Pas pour le moment, non, répondit-il en jetant un coup d'œil à sa montre. Bon, l'équipe de dépollution est sur les lieux de l'incident...

— Est-ce qu'ils vont brûler le pâturage ? s'inquiéta Frank.

— Sincèrement, je n'en sais rien. S'il s'agit d'une sorte de poison, la seule manière que nous ayons de nous en débarrasser est de soumettre l'endroit à une très haute température. Il se peut qu'ils recourent à une série d'explosions, au feu, ou encore aux deux. Mais quoi qu'ils fassent, ça ne va pas tarder ; donc, ne vous alarmez pas si vous entendez quelque chose de très bruyant.

— Pauvre Dr Johnson, soupira Megan.

Les deux agents se levèrent. Frank fit de même.

— Je ne sais pas quoi dire, vraiment. Je n'ai pas honte de l'admettre : je chie dans mon froc.

Il jeta un regard à Ragheb.

— Désolé, m'dame. J'ai juste peur que ce qui est arrivé se reproduise, si on n'arrive pas à découvrir ce qui a tué le bétail.

L'agent Carrington lui serra la main.

— Nous ferons tout notre possible pour que ça n'arrive plus.

Comme Frank et Megan raccompagnaient les agents à la porte, le sol et les vitres se mirent à trembler sous l'effet d'une violente explosion à bonne distance. Un éclair lumineux provenant du pâturage fut aussitôt suivi par un autre bruit d'explosion.

Frank agrippa la main de Megan et la serra légèrement dans la sienne.

— Ça n'était pas si terrible…

Mais un autre éclair illumina l'horizon, et le souffle et la détonation d'une explosion bien plus violente leur arrivèrent dessus comme une vague, brisant une des fenêtres. Megan laissa échapper un petit cri, tandis que Jasper, qui était enfermé dans une des chambres, hurlait à la mort. Il se passa quinze bonnes secondes avant que le sifflement dans les oreilles de Frank ne diminue en intensité.

Le talkie-walkie à sa ceinture vibra. Il entendit la voix de Buck dans le mini haut-parleur :

— Monsieur O'Reilly, vous avez entendu ce bruit d'explosion ? Les bêtes ont été effrayées comme jamais.

Frank pria en silence pour qu'il n'y ait plus d'autre explosion.

L'agent Carrington regarda la vitre brisée d'un air penaud.

— Je suis désolé, monsieur, dit-il. Je demanderai à un des agents du FBI local de passer plus tard. Nous paierons les réparations.

CHAPITRE DIX-SEPT

La porte du bureau de Paul Hutchison s'ouvrit, et le directeur de la sécurité d'AgriMed salua Juan d'un air sombre.

— Entrez.

Hutchison lui désigna une chaise et s'assit lui-même derrière son bureau en Formica.

Juan prit place à son tour sur la chaise, non sans ressentir une certaine appréhension. Il se faisait l'effet d'être un élève de primaire convoqué dans le bureau du principal.

— Docteur Gutierrez, j'irai droit au but. Un directeur-adjoint du FBI m'a contacté et m'a affilié à un certain nombre d'éléments dont je me dois à présent de vous informer.

— « Affilié » ? releva Juan.

— Désolé. Dans le jargon gouvernemental, quand on vous donne accès à certains programmes classifiés, on dit qu'on vous « affilie ». Et tenez, puisqu'on en parle…

Il poussa vers Juan une petite liasse de feuilles.

— Voici un SF86, le formulaire standard utilisé par le gouvernement pour habiliter quelqu'un à accéder aux documents classifiés. Vous allez devoir le remplir.

Il y avait de nombreuses pages.

— Tout ça ? demanda Juan. De quoi s'agit-il, au juste ?

— Oui, tout ça. Pour le reste, tout ce que je peux vous dire, c'est que c'est lié aux problèmes que nous avons rencontrés avec votre algorithme, ou plutôt avec le fait qu'il s'est retrouvé là où il n'aurait pas dû. Vous allez devoir travailler avec le FBI.

Juan éprouva une brusque sensation d'oppression.

— Mais, et mes recherches ? Il faut que je parle au Dr. Winslow…

— Je lui ai déjà parlé. Vous avez dû recevoir un e-mail de sa part concernant tout ceci. Bref…

Le directeur de la sécurité pointa du doigt les documents que Juan tenait à la main, et enchaîna d'un ton pressant :

— Allez-y, remplissez ça maintenant. Ça ne peut pas attendre. Obtenir des autorisations temporaires prend généralement un mois et plus, mais j'ai eu l'impression qu'ils attendaient, littéralement, le formulaire rempli. Ça ne m'étonnerait pas que vous obteniez une réponse quasi immédiate.

Hutchison se pencha au-dessus de son bureau et tendit un stylo à Juan, qui le prit. Et tandis qu'il remplissait le formulaire, il ne put s'empêcher de se demander dans quoi est-ce qu'il s'était fourré.

***

Quelques heures seulement après avoir rempli le formulaire SF86, Juan reçut un appel d'un agent de l'OPM[1], qui avait des tonnes de questions à lui poser concernant ses réponses écrites. Peu de temps après, il reçut un autre appel – celui-là lui confirmant qu'on lui autorisait l'accès à un programme classifié dont il ne parvenait pas à mémoriser le nom de code.

Il se rendit à l'académie du FBI, où on lui remit un badge de consultant à son nom.

— Docteur Gutierrez ?

Juan se retourna, et se retrouva face à l'agent spécial Nate Carrington, qui l'avait déjà interrogé dans les locaux d'AgriMed. Ils se serrèrent la main, et Carrington lui fit signe de le suivre.

Juan passa la sangle de transport de sa housse d'ordinateur portable sur son épaule comme ils sortaient du bâtiment.

— Nous n'avons pas de bureau chargé de délivrer les badges d'authentification dans le bâtiment du laboratoire, mais maintenant que vous avez un accès autorisé, je vous expliquerai tout sur le mystère qui nous préoccupe dès que nous serons au labo.

Ils traversèrent une cour, leur souffle chaud formant des nuages de vapeur dans la brume matinale tandis qu'ils accéléraient le pas en direction d'un large bâtiment de plusieurs étages.

— Ces deux dernières années, reprit Carrington, j'ai dû travailler sur plusieurs affaires non-résolues mais qui avaient toutes un point commun, sur lequel – je l'espère, du moins – vous devriez être en mesure de nous aider. Des preuves ADN ont été retrouvées dans chacune de ces affaires, preuves que les techniciens de mon labo ont qualifiées d'« uniques ». Il semblerait que ces échantillons d'ADN n'appartiennent à aucune espèce connue. Le matériau biologique, en soi, paraît normal – qu'il s'agisse d'une plume d'oiseau, de poils de chiens ou d'un muscle de bovin – mais l'ADN nous raconte une tout autre histoire. Et c'est là que vous intervenez.

— Agent Carrington, je ne demande pas mieux que d'aider, mais vous devez savoir que l'analyse ADN n'est pas exactement mon domaine d'activité. Je suis certain que vos propres analystes...

— L'algorithme de Darwin version 3.4. Ça vous dit quelque chose ?

Juan ouvrit de grands yeux.

Nate hocha la tête.

— Oui, c'est bien ce que je pensais. Tout porte à croire que ces échantillons sont le produit de votre algorithme.

Juan sentit la colère monter en lui. Quelqu'un jouait avec sa création ?

— Cet algorithme n'aurait jamais dû être utilisé en dehors d'un strict protocole de sécurité, dit-il. Mon Dieu, si quelqu'un s'en est servi tel quel, sans aucun autre souci de...

Il frissonna.

Carrington acquiesça d'un hochement de tête.

— C'est précisément pour cette raison que vous êtes là. Nous sommes face à ce que nous croyons être une activité malveillante qui utilise une technologie volée à la société qui vous emploie.

Juan bafouilla d'indignation.

— Je suis navré de vous annoncer ces mauvaises nouvelles, soupira Carrington, mais il semble bien que ce soit exactement ce qui s'est passé.

Juan secoua la tête.

— Vous devez comprendre que l'unique but de mes recherches est de combattre le cancer. J'y travaille depuis quatre ans ; je ne compte plus les jours, les nuits, les vacances que j'ai dû sacrifier. Que quelqu'un profite à bon compte de tout ce dur travail... Je n'ai pas les mots pour vous dire la frustration que je ressens.

— Je comprends, dit Carrington. À votre place, ce n'est pas juste de la frustration que je ressentirais, mais des envies de meurtre.

Il laissa échapper un petit rire amer, avant d'ajouter :

— Croyez-moi, je prie pour que votre travail sur le cancer soit un succès. Je veux que vous puissiez vous y remettre au plus tôt. Mais pour le moment, j'ai besoin de votre aide pour contenir... ce qui se passe. Nous sommes inquiets comme vous des détournements imprudents qui peuvent être faits de cette technologie. Y a-t-il un risque qu'elle leur échappe totalement parce qu'ils ne l'auront pas utilisée avec la rigueur nécessaire ?

— Oui, et ce serait une catastrophe, soupira Juan.

***

Le laboratoire ultra-protégé du FBI était plus petit que celui dans lequel Juan avait l'habitude de travailler, mais il était doté d'un équipement de pointe, en particulier d'ordinateurs dernier cri dont la puissance de calcul lui était d'une aide précieuse. Les quatre postes de travail s'activaient sur des simulations qu'il avait commencé de programmer en début de semaine.

Au fond du labo, une porte étanche donnait dans la salle externe de l'unité de confinement de niveau 4. Les derniers échantillons collectés s'y trouvaient, stockés à l'intérieur d'un poste de sécurité microbiologique réfrigéré de classe 3. Bien qu'il fût là depuis trois jours déjà, Juan n'avait pas encore mis les pieds dans cette salle. Il n'enfilerait la combinaison à pression positive, et ne se soumettrait à la douche désinfectante ou aux autres mesures de protection, que si cela s'imposait.

Il avait passé le plus clair de son temps à étudier attentivement les résultats des recherches déjà menées par les analystes du FBI. Il avait été agacé de découvrir que certains passages avaient été raturés en noir – en particulier quand des noms de lieux et de personnes y figuraient – mais dans l'ensemble il avait pu prendre connaissance de tout ce qui était scientifiquement pertinent.

À la demande de l'agent Carrington, il s'installa avec son dictaphone pour résumer l'état de ses recherches et faire un topo de la situation à ce dernier.

— La version de l'algorithme de Darwin qui a été volée – la version 3.4, qui date de presque un an maintenant, présentait plusieurs problèmes qui la rendaient particulièrement dangereuse. Quand je l'ai mise en application pour simuler une évolution génétique sur des milliers de générations, elle a engendré un certain nombre d'anomalies qui l'ont fait dévier de plus en plus de la cible visée. De ce fait, cette version a rapidement été écartée. Les versions ultérieures se sont révélées bien plus efficaces, mais nous continuons toujours de les modifier pour les améliorer encore.

« Ceux qui sont entrés en possession de cet algorithme sont incapables de procéder aux ajustements nécessaires qui permettent de corriger ses défauts. En soi, cet algorithme n'est que le produit fini d'innombrables calculs qui se prêtent mal à l'ingénierie inversée. Il est extrêmement difficile d'étudier son fonctionnement interne en bout de course, parce qu'il contient des centaines de milliers de lignes de code entrées manuellement, et que sans connaître comment ces entrées sont reliées les unes aux autres et pourquoi, l'ensemble reste indéchiffrable. Pour cela, il faudrait à la fois être un expert en génétique, avoir fait le même genre de recherche – je n'ai encore pas communiqué publiquement sur les miennes – et bien entendu être un excellent cryptanalyste.

« Bref, tout ça pour dire que celui qui a volé la version 3.4 ne pourra pas l'améliorer, et c'est plus qu'inquiétant. Cette version de l'algorithme a engendré un taux de mortalité très élevé chez le *Rattus norvegicus*, le rat brun commun. Le problème se trouve dans ce que j'ai appelé le « bruit de ligne » du génome. L'algorithme était efficace en ce sens qu'après deux cent mille générations, certains des gènes exprimaient exactement ce que je voulais – mais parallèlement, il régnait un tel chaos dans le reste du matériel génétique que toute tentative d'introduire un génome simulé chez un spécimen vivant entraînait la mort du rat.

« Il a fallu des milliers d'expérimentations – et le travail se poursuit – pour isoler ce que nous recherchions. Une expression génétique capable de vaincre le cancer.

Un bip retentit derrière Juan. Il s'interrompit. Puis, il se retourna vers le poste de travail situé le plus à droite et sourit en découvrant le message « Motif trouvé » qui clignotait à l'écran.

Le poste de travail numéro 4 venait de trouver une séquence correspondante. Il n'y avait plus aucun doute : la personne qui était responsable de l'échantillon aviaire – la plume qui ressemblait à celle d'un diamant de Gould – s'était servie de la version 3.4.

Juan fit défiler le résumé des résultats.

Il était choqué par ce qu'il venait de découvrir.

L'évolution de l'échantillon aviaire avait fait l'objet d'une projection sur deux cent mille générations. C'était ce que Juan avait réalisé pour l'évolution du rat, mais uniquement parce que les générations de ces derniers étaient plus brèves. Deux cent mille générations de rat équivalaient à quatre mille ans d'évolution – et même cela avait représenté un travail gigantesque.

Mais la maturité sexuelle du diamant de Gould se situait entre l'âge de six et neuf mois, ce qui signifiait que quelqu'un avait fait une simulation de plus de cent mille ans d'évolution.

Juan n'arrivait pas à y croire. Même pour les rats, il avait dû passer au crible presque quatre-vingt-quinze pour cent des modifications génétiques pour pouvoir produire un spécimen vivant. C'était un miracle absolu que certains des sujets cliniques de ces ignares aient survécu.

Un frisson lui glaça l'échine.

Mon Dieu, quelle espèce d'animal ont-ils fini par créer ?

Vêtu de sa combinaison à pression positive – la fameuse « blue suit » - Juan était assis sur un tabouret haut face au poste de sécurité microbiologique de classe 3. Le bourdonnement du brasseur d'air résonnait dans le petit laboratoire de confinement de niveau 4.

Juan détestait devoir y travailler. Sa combinaison de protection et la ventilation du poste de sécurité microbiologique, étaient les seules choses qui l'empêchaient d'être contaminé.

Son dictaphone ne pouvant pas survivre à la douche de décontamination qu'on lui imposerait en quittant le labo, il appuya sur un bouton situé sur le côté de sa combinaison pressurisée. Le bouton activait un micro intégré dans la partie haute de la combinaison, et était censé transmettre tout ce qu'il dirait à il ne savait trop qui au juste.

Il ramassa la cage à spécimen qu'il avait apportée, et la plaça à l'intérieur du poste de sécurité microbiologique. L'espace d'un instant, il ne put s'empêcher d'éprouver un petit pincement au cœur en songeant au sort qui attendait la minuscule souris blanche.

Il y avait peu de chances pour que cela se passe bien pour elle.

— Je place la cage avec le spécimen vivant de *mus musculus* à l'intérieur de l'enceinte de sécurité microbiologique.

Il actionna un autre bouton près du poste de sécurité et dit :

— Je viens d'activer l'enregistrement vidéo.

Il se pencha en avant, plaça les mains à l'intérieur de l'enceinte vitrée et ouvrit la boîte réfrigérée qui contenait les échantillons contaminés.

— Je viens d'ouvrir la boîte d'échantillons. Je suis en train d'extraire un des prélèvements biopsiques provenant du veau.

Juan ouvrit un des sachets hermétiques contenant les prélèvements et, à l'aide d'une pince à épiler, il en sortit un. Il regarda la souris et attendit.

— Le prélèvement a été extrait. Pour le moment, pas de réaction du sujet test.

Il se pencha un peu plus, tout en restant à bonne distance de l'ouverture située sous la vitre du poste de sécurité. Le pelage de la souris tremblait sous l'action de l'afflux d'air évacué par le haut du poste de travail.

— Le prélèvement ne paraît pas avoir entamé un processus de décomposition. La chair présente une densité normale ; la coloration également paraît normale.

Juan redisposa autrement la cage et le prélèvement à l'intérieur de l'enceinte vitrée.

— Toujours aucune réaction du sujet test. Je le place derrière l'échantillon pour m'assurer qu'il y a bien exposition. Il vient de remarquer ce qu'il croit certainement être de la nourriture, et a placé son nez contre le bord de la cage, face à l'échantillon.

Juan jeta un coup d'œil à la pendule murale et attendit.

Plusieurs minutes s'écoulèrent. La souris ne manifestait toujours pas de réaction particulière. Juan se décida alors à sortir les autres prélèvements de la boîte réfrigérée.

— Le spécimen n'a toujours pas réagi. Un par un, je vais lui présenter les autres échantillons pour voir s'il y a réaction. Je commence par un prélèvement biopsique d'un bovin provenant du lieu de l'incident rapporté… Une minute plus tard, aucune réaction, reprit-il. J'ouvre un échantillon de terre prélevé au même endroit que l'échantillon précédent…

Durant une vingtaine de minutes encore, Juan continua d'exposer la souris aux différents prélèvements, sans que le rongeur ne soit sujet à un quelconque effet secondaire.

Déçu, Juan replaça les différents échantillons sous protection hermétique, puis dans la boîte réfrigérée, à l'exception d'un seul. Il prit ensuite une paire de ciseaux à bout rond.

— J'essaie quelque chose de peu orthodoxe. Je prends le premier échantillon, la biopsie du veau avec les anomalies génétiques, et j'en coupe un morceau de cinq millimètres.

Il saisit une pince à épiler, et poursuivit :

— À l'aide de la pince à épiler, j'approche l'échantillon de cinq millimètres du sujet test… La souris s'y intéresse. Il reste hors d'atteinte, mais elle le renifle vigoureusement.

Juan se crispa tandis qu'il approchait de plus en plus la pince à épiler.

— L'échantillon biopsique du veau est maintenant à portée du spécimen, qui le touche avec son nez et… il l'a saisi, et même ingéré, semble-t-il.

Il jeta de nouveau un coup d'œil à la pendule, et dit :

— Il est 19 h 45, et toujours aucune réaction.

Frank avala un grand verre d'eau et sourit devant le copieux petit déjeuner que Megan lui avait préparé.

— Trois biscuits anglais, une galette de saucisses, plus une omelette au fromage… une chose est sûre : tu as compris que j'ai retrouvé l'appétit. Bon sang, il y a longtemps que je ne m'étais pas senti aussi bien.

À son regard, il eut impression que Megan avait autant envie de pleurer que de lui crier dessus.

— Franklin O'Reilly, je me fiche de savoir quelle *impression* tu as. Tu te sentais bien aussi avant que tout ça ne commence, tu te souviens ? Je veux que tu ailles faire un bilan, voilà ce que je veux.

Frank fut tenté d'objecter, mais le regard de Megan eut raison de ses velléités. Il piqua sa saucisse avec sa fourchette.

— D'accord, dit-il. Je le ferai, pour toi. Il n'empêche que je pense qu'il vaudrait mieux laisser les fantômes dans le placard, comme on dit. Demande au chien ; je suis sûr qu'il sera d'accord avec moi.

En entendant le mot « chien », Jasper, sur le canapé, releva la tête et laissa échapper un petit aboiement interrogateur.

Megan se mit à rire.

— Rendors-toi, Jasper. Ne l'écoute pas.

Frank regarda l'animal s'étirer sur le canapé, et secoua la tête d'un air incrédule. Jasper était encore plus imposant à présent que lorsqu'il était entré dans leur vie. Il était presque aussi grand qu'un dogue allemand. Frank se tourna vers Megan, qui le rejoignait à table, apportant son assiette remplie d'œufs et de saucisses.

— Tu sais que ce chien fait presque deux fois ta taille, lui fit-il remarquer.

— Ah, ce n'est qu'un gros bébé, répondit Megan en lui donnant une petite tape sur l'épaule. Exactement comme toi.

Tout en mangeant, Frank ne put s'empêcher de penser au rendez-vous médical qui l'attendait. Il se sentait réellement bien ; il ne voulait pas que les médecins lui disent autre chose.

Megan jeta un coup d'œil par la fenêtre ; le soleil plongeait derrière l'horizon.

— J'appellerai l'Hôpital des anciens combattant pendant que tu seras occupé à l'extérieur avec les gars, et cette fois je ne lâcherai pas avant d'avoir eu quelqu'un au bout du fil. Reviens tout à l'heure pour déjeuner ; je te dirai à quelle heure ils ont réussi à te caser.

Frank émit un petit grognement en ingurgitant une bouchée d'omelette encore fumante.

Non, il ne voulait vraiment pas entendre ce que les médecins avaient à lui dire.

Allongée sur le canapé, Megan s'efforçait de regarder la télévision, mais l'image du vieux poste Zenith vacillait de manière incontrôlable.

— Jasper, j'ai bien peur qu'après un quart de siècle de bons et loyaux services, cette vieille télé ne soit en train de rendre l'âme.

Le chien, lové entre ses jambes, leva la tête et laissa échapper un petit « ouarf ». Il dressa les oreilles et parut flairer quelque chose.

Megan lui caressa la tête.

— C'est juste le pain de maïs qui est au four, espèce d'idiot.

Mais Jasper ne s'arrêta pas là, et émit un grognement prolongé. Il descendit du canapé et se dirigea vers la porte d'entrée. Comme d'habitude, il l'ouvrit tout seul en attrapant la poignée dans sa gueule et en la faisant tourner. Megan ne s'y habituait pas ; elle était toujours stupéfaite de le voir manifester autant d'intelligence. Il n'avait besoin de personne pour aller faire ses besoins dehors.

Megan s'était approchée du téléviseur hors d'âge. Elle donna une tape sur le côté de l'appareil dans l'espoir d'obtenir un semblant de signal ; au même moment, elle entendit Jasper aboyer.

En temps normal, elle n'y aurait pas prêté attention – le chien était toujours en train de pourchasser quelque chose – mais elle entendit crier aussitôt après.

Elle courut à la porte. En sortant sous l'auvent de l'entrée, elle vit une fourgonnette noire démarrer en projetant des gerbes de gravier, puis s'éloigner en accélérant.

— Mais qu'est-ce que… !

Elle alla sur le côté de la maison et appela :

— Jasper !

Le labrador lui répondit en aboyant. Elle le vit qui reniflait l'arrière de la maison, près de la cabane à outils.

Elle s'approcha. Elle sentit son pouls s'accélérer en repérant un gros sac marin noir près de la cabane en métal.

— Jasper, que s'est-il passé ?

Le labrador renifla le sol, ramassa un morceau de tissu et le déposa aux pieds de Megan.

Le tissu était un morceau de flanelle provenant, semblait-il, d'une manche de chemise.

Un petit frisson lui électrisa le cou.

— Oh, mon chien, tu as fait fuir quelqu'un ?

Elle lui tapota le dessus de la tête et remarqua une égratignure sur le côté de son museau.

Qu'est-ce qui lui avait pris ? Jasper n'avait encore jamais montré d'agressivité envers quiconque.

Elle appuya sur le bouton du talkie-walkie qu'elle gardait toujours accroché à sa ceinture quand Frank travaillait à l'extérieur.

— Chéri, tu m'entends ?

— *Oui. Je vais rentrer, là. Qu'y a-t-il ?*

— Est-ce que tu attendais quelqu'un ?

— *Non. Pourquoi, quelqu'un est là ?*

Megan s'approcha du sac marin.

— Eh bien, oui, il y avait quelqu'un derrière la maison. Je ne sais pas pourquoi ils n'ont pas frappé à la porte. Jasper a dû leur faire peur, parce qu'ils ont laissé un sac derrière eux.

— *Je ne vois pas ce qu'ils pouvaient chercher derrière. Il n'y a rien à part la vieille cabane à outils qui abrite la pompe. Nous n'avons pas de problème de débit d'eau en ce moment, et puis, tu sais bien que la plupart du temps, c'est moi qui fais les réparations. Qu'est-ce qu'ils ont laissé derrière eux ?*

Derrière la cabane à outils, Megan vit quelque chose par terre qui l'effraya.

— Oh, Frank. Je ne sais pas qui était là, mais ils ont abandonné une pince-monseigneur derrière la cabane. Ils ont dû essayer d'entrer par effraction !

Elle jeta un coup d'œil à l'intérieur du sac.

— Et dans le sac, il y a plein de boîtes de granulés raticides. Enfin, mais qu'est-ce que ça signi… ?

— *Chérie, je veux que tu retournes immédiatement dans la maison et que tu appelles le shérif. Je rentre le plus vite possible. Prends le fusil et garde-le près de toi, juste au cas où.*

Megan claqua des doigts pour appeler Jasper.

— Allez, viens, mon grand. T'es un bon chien. Tu protégeais ta maman, hein ? Allons appeler le shérif, et soigner ton museau.

Steve Chalmers tint la main d'Olivia et fixa l'écran que le gynécologue-obstétricien avait tourné dans leur direction. Il en croyait à peine ses yeux.

— Tu es réellement enceinte, fit-il, ébahi.

Le médecin modifia légèrement l'inclinaison du transducteur à ultrasons appuyé contre le ventre enduit de gel d'Olivia, et dit avec un accent allemand prononcé :

— Si j'en crois les mesures que je prends en ce moment sur le moniteur, la jeune mademoiselle Olivia est enceinte de douze semaines.

La jeune femme rayonnait de bonheur ; des larmes roulaient sur ses joues. Steve, lui, n'avait qu'une seule interrogation à l'esprit : *comment était-ce possible ?*

Il avait fait la connaissance d'Olivia à Londres ; elle était une des patientes souffrant d'un cancer qui s'était inscrite à son essai clinique. À l'époque, elle était squelettique, et lui avait fait penser à ces images représentant des survivants de l'Holocauste. Elle avait vingt-huit ans, et avait perdu tous ses cheveux après avoir subi précédemment une chimio agressive et un traitement par irradiation. Pourtant, même alors, ce qui l'avait frappé le plus, c'était ses yeux plein de vie d'un bleu intense.

Des yeux qui l'avaient regardé avec l'espoir d'un miracle.

Il y avait de cela presque six mois. Ces yeux le gratifiaient toujours du même regard étincelant, mais avec quelque chose de plus à présent : de l'amour. Et il lui était difficile à lui aussi d'ignorer les sentiments qui l'agitaient quand il la regardait.

L'essai clinique avait été une incroyable réussite. Le cancer d'Olivia était en rémission ; elle avait repris du poids, et ses cheveux bruns épais auguraient d'une future belle cascade capillaire.

Néanmoins, du fait de la chimio et de la radiothérapie qu'elle avait dû subir, elle était censée être stérile.

Devenir père n'était pas dans les plans de Steve. Quel parent allait-il être ? Il retournait la question dans son esprit quand le médecin demanda :

— Voulez-vous connaître le sexe de l'enfant ?

Olivia regarda Steve.

— Tu veux savoir, j'imagine ? lui demanda-t-elle avec son très chic accent anglais.

Steve regarda de nouveau l'image sur le moniteur et sourit. Un sentiment de contentement l'envahit tandis qu'il discernait les détails qu'il avait besoin de connaître. Il se pencha et déposa un tendre baiser sur les lèvres d'Olivia.

— C'est un garçon, lui dit-il.

— Très bien, docteur Chalmers, confirma le médecin d'un ton approbateur. J'ajouterais pour ma part qu'il devrait naître au mois d'août.

— Nous allons être parents, dit Olivia en fixant Steve du regard.

Elle rayonnait de bonheur.

Steve lui essuya ses joues ruisselantes de larmes.

— Je t'aime, lui dit-il. Nous allons avoir une vie formidable, toi, moi, et le bébé.

CHAPITRE DIX-HUIT

Pressant l'intérieur de ses genoux contre les flancs de son cheval qui trottait vers la maison, Frank sourit. Il n'était pas remonté en selle depuis qu'il était tombé malade, et il avait craint de ressentir les douleurs articulaires familières qui lui auraient rappelé qu'il n'était pas réellement guéri.

Le récepteur radio à sa ceinture vibra, et il entendit la voix de Megan dans le minuscule haut-parleur.

— *Chéri, un des adjoints du shérif vient de passer concernant cette fourgonnette noire. Ils l'ont trouvée abandonnée près de la station-service Shell à Ash Springs.*

— Ils sont certains qu'il s'agit de la même fourgonnette ?

— *Oui, c'est la bonne, ça ne fait aucun doute. Ils m'ont montré une photo, mais j'imagine que c'est surtout le sang qu'ils ont trouvé à l'intérieur du véhicule qui les a convaincus. Jasper a dû bien mordre celui qui s'est approché de la cabane.*

Frank regarda sur le côté et repéra Jasper qui aboyait comme un fou en poursuivant quelque chose – probablement un lapin, encore.

— Bon sang, je n'aurais jamais cru que Jasper était capable de mordre quelqu'un. Qu'est-ce que la police a dit d'autre ?

— *Pas grand-chose. La fourgonnette a été déclarée volée sur un parking de Las Vegas il y a deux jours. Le shérif pense qu'il s'agissait peut-être d'un drogué qui cherchait à voler des outils ou autre chose. L'enquête est ouverte. On verra. Tu arrives bientôt ?*

— Oui, m'dame. Jasper et moi devrions être là dans dix minutes.

— Très bien, ça me laisse le temps d'appeler l'hôpital, comme j'avais prévu de le faire.

Un lapin fila en travers du sentier une quinzaine de mètres devant ; Jasper se lança à sa poursuite.

— Jasper, tu ne le rattraperas jamais, lui cria Frank d'un air amusé.

Le labrador fila ventre à terre à travers champs, ses griffes arrachant des mottes d'herbe qui volaient derrière lui. Le lapin courait cinq ou six mètres devant, zigzaguant pour rejoindre son terrier.

Soudain, il dérapa sur l'herbe couverte de rosée et partit en roulés-boulés, avant de s'immobiliser. L'espace d'un instant, il ne bougea plus – visiblement assommé.

Frank redressa le buste et tendit le cou, attendant le dénouement. Jasper allait enfin attraper le lapin qui lui échappait depuis des mois.

Mais à sa grande surprise, le labrador ralentit, et s'arrêta à deux mètres du lapin. Et il resta là à attendre.

Quelques secondes plus tard, le lapin reprit ses esprits et se remit à courir. Jasper se lança alors de nouveau à sa poursuite, la langue pendante, l'air de s'amuser follement.

— Ça alors, ce chien m'étonnera toujours, marmonna Frank.

Le lapin réussit à rejoindre son terrier. Jasper s'arrêta une fois de plus à l'entrée et aboya.

— Ça suffit, Jasper, lui cria Frank. Tu l'as assez effrayé comme ça. Rentrons déjeuner.

Il donna deux coups de talons rapides contre les flancs de son cheval, qui se remit au trot.

Jasper le rattrapa et progressa à ses côtés.

— J'ai vu ce que tu as fait, lui dit Frank. Tu as joué avec ce lapin, pas vrai ?

Le chien jappa joyeusement en levant les yeux vers lui.

Frank se mit à rire.

— T'es un drôle d'animal, je te jure, mais je suis ravi de t'avoir avec moi.

En voyant Frank franchir le seuil de la porte d'entrée avec Jasper, Megan, assise à la table de la salle à manger, lui lança un regard noir.

Frank comprit tout de suite que quelque chose n'allait pas.

— Qu'est-ce que j'ai fait encore ? demanda-t-il en fermant la porte derrière lui.

Megan balaya une mèche de cheveux de son front.

— J'ai réussi à joindre l'hôpital finalement, et tu sais ce qu'ils m'ont dit ? Que l'essai clinique a été annulé, et qu'ils étaient étonnés que nous n'ayons pas reçu d'appel de leur part.

Elle pointa un doigt accusateur sur Frank.

— Tu étais au courant, Franklin O'Reilly ? C'est pour ça que tu essayais de gagner du temps ?

Frank leva la main droite et répondit :

— Je suis innocent, votre honneur. Première nouvelle pour moi. Enfin, chérie, tu sais que je déteste téléphoner. Je suis tombé sur leur foutu répondeur ; alors, après ça, ce n'est pas moi qui allais insister ! Non. Pffft, fit-il en secouant la tête.

Megan le fixa d'un air désapprobateur, avant de se détendre et d'afficher un petit sourire en coin.

— Bon, eh bien, tu seras heureux d'apprendre que j'ai appelé directement le D$^\text{r}$ Montgomery. Tu as rendez-vous avec lui cet après-midi.

— Aujourd'hui ? grommela Frank. À quelle heure ?

Megan se leva, souriant toujours d'un air satisfait. Elle le prit par le coude et l'entraîna doucement en direction de la chambre.

— Nous avons deux heures avant ton rendez-vous. Alors, je me disais… qu'on pourrait prendre une douche avant, tous les deux ?

Frank la fixa avec étonnement d'abord, avant de sourire à son tour.

— Bien, m'dame.

En attendant les résultats de sa radio dans le cabinet du médecin, Frank trépignait nerveusement.

Megan se pencha vers lui et posa sa joue sur son épaule.

— Ne sois pas aussi nerveux. Le Dr Montgomery a dit que tu n'avais plus de grosseurs, et que tes constantes étaient bonnes.

— Ouais, mais j'ai de la fièvre. Qui sait ce que ça signifie ?

Elle lui donna une petite tape sur la cuisse.

— Tiens donc, tu t'en soucies brusquement ? Ça fait des semaines que je te répète que tu as de la fièvre.

Il glissa un bras autour des épaules de Megan, et la serra doucement contre lui.

— Je sais, chérie. Bon, on va bientôt savoir à quoi s'en tenir.

La petite horloge posée sur le bureau du médecin tictaquait bruyamment. À l'instant même où Frank n'en pouvait plus d'attendre, la porte s'ouvrit, et le Dr Montgomery entra. Sans laisser le temps au médecin de dire un mot, Megan bredouilla :

— Comment est la radio ?

Le Dr Montgomery leva une grande enveloppe marron sur laquelle le mot « radiographie » était imprimé en diagonale.

— Nous allons voir ça, dit-il.

Il se dirigea vers le mur du fond, appuya sur un interrupteur, et un négatoscope mural s'illumina. Il sortit deux radios de l'enveloppe et les glissa sur le caisson lumineux.

Frank eut l'impression qu'une barre d'acier lui enserrait la poitrine, tandis qu'il attendait les conclusions du médecin. Il s'efforça de respirer calmement, mais il était trop nerveux pour cela.

Le vieux médecin pointa du doigt la radio de gauche.

— Voici votre genou gauche tel qu'il était quand vous êtes venu me voir la première fois.

Il dessina du bout du doigt le contour de l'os.

— Vous pouvez voir ici la grosseur, sous le périoste. Franchement, ça n'augurait rien de bon.

Le regard de Frank glissa vers l'autre radio, mais sans savoir ce qu'il fallait en penser.

Le médecin pointa du doigt le même endroit sur la deuxième radio, et dit :

— Voici le même genou, radiographié aujourd'hui. Je ne sais pas trop comment vous dire cela, monsieur O'Reilly, mais…

Frank saisit la main de Megan crispée autour de son biceps, et la tint dans la sienne.

Le Dr Montgomery secoua la tête et tapota la deuxième radio.

— J'ignore absolument comment, je vous l'avoue, mais la grosseur a complètement disparu. Je ne vois plus rien d'anormal sur cette radio. Pour tout dire, on dirait que vous avez les os d'un jeune homme de vingt ans.

Frank sentit la barre d'acier se distendre légèrement autour de sa poitrine.

— Mais, et les autres radios ? demanda-t-il.

Le médecin éteignit le négatoscope et désigna la porte d'un geste du pouce.

— On voit la même chose sur chacune. Si j'ai pris tant de temps à revenir, c'est parce que je n'en finissais pas de les regarder sans comprendre. Si je n'avais pas fait moi-même ces radios, j'aurais juré que vous me jouiez un tour.

Megan sanglota et serra Frank dans ses bras. Il lui embrassa le haut du front, s'efforçant de retenir ses larmes.

— Si je puis permettre, reprit le Dr Montgomery, où avez-vous suivi votre traitement ?

— Oh. À l'hôpital des anciens combattants. Ils proposaient un essai clinique.

Le médecin émit un petit sifflement incrédule.

— Eh bien, il va falloir que je me penche là-dessus, parce que ce traitement a fait des merveilles sur vous, monsieur O'Reilly. Néanmoins, je vous recommande un suivi auprès du Centre de traitement du cancer de l'hôpital Summerlin, juste pour être certain que tout va bien. Si vous ne souhaitez pas aller là-bas, je peux vous recommander d'autres endroits.

— Je veillerai à ce qu'il y aille, dit Megan.

Frank regarda les yeux pleins de larmes de sa femme. La vision lui brisa le cœur.

— Bien sûr. J'irai au premier rendez-vous qu'ils me proposeront, promit-il.

Il serra la main du médecin et dit :

— Merci pour tout, docteur. Ne le prenez pas mal, mais j'espère ne pas vous revoir avant longtemps.

Le médecin laissa échapper un petit rire et lui donna une tape sur l'épaule.

— Bonne chance, monsieur O'Reilly. Portez-vous bien.

En sortant du cabinet du médecin, Frank glissa un bras autour des épaules de Megan et dit :

— Et si on allait manger quelque part tous les deux, pour changer ? Des nouvelles pareilles, ça se fête, non ?

Elle exerça une petite pression sur son bras.

— Absolument, dit-elle.

Le soleil était déjà levé quand Nate passa devant le cimetière qui marquait la mi-parcours de son jogging matinal de huit kilomètres. Une brise de fin d'hiver qui rafraîchissait les sens l'accompagna tandis qu'il terminait de longer en courant au petit trot le chemin impeccablement entretenu qui menait à la tombe de sa femme.

Une visiteuse âgée, debout devant la tombe de son mari un peu plus loin, leva les yeux et s'avisa de sa présence. Il la connaissait bien. Il la voyait tous les mardis.

Il ralentit et s'approcha d'elle. Elle était tout de noir vêtue, comme à chaque fois.

— Comment allez-vous, madame Jacobsen ? lui demanda-t-il.

Il désigna d'un petit mouvement du menton le minibus de la maison de retraite Sunnyvale garé dans l'allée principale ; le chauffeur était au volant et lisait un magazine.

— Ils vous traitent bien, au moins ?

Le visage ridé de l'octogénaire s'anima, dessinant un sourire. Ses yeux bleus contrastaient avec son teint plus sombre.

— Oh, ils font de leur mieux, je suppose, répondit-elle.

Elle s'exprimait avec cet accent traînant du Sud qui devenait de plus en plus rare dans cette région du pays.

Elle leva un bras tremblant et pointa du doigt la tombe de la femme de Nate.

— J'ai apporté quelques marguerites à votre Madison. Je me souviens que vous m'avez dit qu'elle avait un faible pour ces fleurs.

Nate tourna la tête et aperçut quelques minuscules fleurs blanches posées sur la pierre tombale.

— Oh, c'est adorable, madame Jacobsen. Je suis sûr qu'elle les voit et qu'elle en est très heureuse.

La vieille femme leva les yeux vers le ciel, puis les baissa et fixa la tombe devant elle.

— Les fleurs n'intéressaient pas beaucoup Warren. Ce qu'il aimait, lui, c'était le whisky.

Elle sortit une flasque argentée d'une poche de son manteau, et dévissa le bouchon.

— Les fleurs, ça me parle, dit-elle en désignant d'un petit hochement de tête la tombe de Madison.

Elle leva la flasque, en but une gorgée, et grimaça.

— Mais ce tord-boyaux… grands dieux ! Chaque semaine, j'essaie de comprendre ce qu'il trouvait de bon là-dedans, mais j'ai beau faire, je n'arrive pas à y prendre le moindre plaisir. Ça a un goût affreux.

— À chacun son plaisir, non ? fit Nate avec un sourire. Merci encore pour les fleurs. Prenez soin de vous.

Nate se laissa aller contre le dossier de sa chaise, téléphone collé à l'oreille. Il venait de terminer de tenir son superviseur au courant de ses progrès.

— Voilà pour ce qui me concerne, Jeff, conclut-il. Je dois rencontrer le Dr Gutierrez tout à l'heure pour voir où il en est. J'ai veillé à ce qu'il n'ait pas de compte de messagerie, et les rapports audio qu'il enregistre bénéficient du système de chiffrement AES-256.

— *Parfait,* approuva Jeff Binghamton. *Continuez de faire en sorte que tout ceci ne s'ébruite pas jusqu'à ce que nous sachions qui est responsable. Je viens d'avoir des nouvelles du bureau du directeur adjoint ; il semble que nos gars chargés des communications aient diffusé un message d'alerte international via Interpol à propos de ce qui est arrivé au Nevada. Les services de police du monde entier ne vont pas tarder à trouver dans leurs boîtes de réception tous les détails de cette affaire.*

Ses pensées s'entremêlant, Nate se redressa et demanda :

— Vous croyez qu'on va finir par faire sortir du bois les responsables ?

— *Difficile à dire. Il y a déjà eu trois morts ; ce n'est pas rien. Et le fait qu'un agent biologique non-identifié apparaisse brusquement, comme sorti de nulle part, sur les terres d'un propriétaire de ranch qui n'y comprend rien, tout cela devrait attirer l'attention, susciter des réactions – et peut-être, avec un peu de chance, obliger les responsables à se manifester d'une manière ou d'une autre, oui.*

Jeff Binghamton soupira.

— *Cette histoire de modification génétique, je n'aime pas ça. Il peut en sortir autant de bonnes choses que de trucs tordus, pour peu que cela tombe entre de mauvaises mains.*

Nate partageait ce sentiment. Le progrès scientifique était une chose, mais ce qu'il avait vu jusqu'à présent dans cette affaire le mettait mal à l'aise.

À l'autre bout du fil, il entendit quelqu'un frapper à la porte du bureau de Binghamton.

— *Nate, tenez-moi au courant si vous en apprenez un peu plus. Je ferai de même de mon côté. Je dois vous laisser.*

Le directeur adjoint de la Division d'enquête criminelle du FBI mit fin à la conversation. Presque au même instant, quelqu'un frappa à la porte de Nate cette fois. Il jeta un coup d'œil à sa montre et cria :

— Entrez, Juan.

La porte s'ouvrit, et le chercheur à l'allure débraillé entra, tenant une grande enveloppe en papier kraft. Il s'assit face à Nate, qui désigna l'enveloppe du doigt et demanda :

— Qu'est-ce que vous avez là ?

— Aucune idée, répondit Juan. Je venais ici quand un type qui m'a dit être du DCS m'a arrêté, a regardé mon badge et m'a remis cette enveloppe contre signature. Je ne l'ai pas ouverte ; en fait, j'allais vous demander l'autorisation de le faire. Je ne sais pas trop ce que je suis autorisé à lire ou non.

Nate scruta l'enveloppe du regard et fronça les sourcils.

— Eh bien, elle vous est adressée...

Il leva les yeux et demanda :

— C'était un coursier du DCS ?

— C'est ce qu'il a dit. Je ne sais même pas ce que ça signifie.

— Le DCS est un nouveau service du département de la défense, dédié au renseignement extérieur. Je leur ai demandé une copie sur support papier de documents vraisemblablement classés secret défense. Mais je ne comprends pas pourquoi cette enveloppe *vous* est destinée. Je peux ? demanda-t-il en tendant la main.

— Bien sûr.

Juan lui tendit l'enveloppe.

— Une seconde. Je préfère être prudent…

Il ouvrit un tiroir de son bureau, en sortit une paire de gants en latex, et les enfila.

Juan écarquilla les yeux.

— Vous croyez qu'il y a quelque chose de dangereux là-dedans ?

Nate secoua négativement la tête.

— Non, c'est plutôt que je préfère ne pas y aller avec mes grosses pattes et laisser mes empreintes dessus. On ne sait pas d'où vient ce courrier ; c'est juste une précaution, pour le cas où cette enveloppe devrait servir de pièce à conviction.

Il sortit un petit couteau de poche et incisa le rabat de l'enveloppe. Il jeta un coup d'œil à l'intérieur, avant d'en sortir la seconde enveloppe qui était glissée dedans.

— Intéressant.

Les deux enveloppes portaient l'inscription « Top secret ». Nate ouvrit la deuxième. Elle contenait une dizaine de feuilles de papier. Il fourra la main dans le tiroir de son bureau et lança à Juan une paire de gants jetables.

— Mettez ça, et venez voir un peu par ici.

Juan fit le tour du bureau pendant que Nate étalait les feuilles dans le bon ordre.

— On dirait des rapports d'autopsie.

Juan se pencha au-dessus du bureau.

— Pourquoi les noms de lieux ou de personnes sont-ils constamment barrés sur tous les rapports que je vois ?

— Ça dépend d'où proviennent les rapports, mais d'une manière générale, il est d'usage de supprimer tout ce qui permet d'identifier, au sens propre, un citoyen américain. Ça n'empêche pas l'analyse, quoi qu'il en soit.

Pointant du doigt la troisième page, Juan lut à voix haute :

— « *Un homme blanc âgé de cinquante ans est arrivé par ambulance, inconscient, avec 40,6 de fièvre. Admis en salle des urgences, sa tension artérielle est tombée à trente millimètres de mercure, ce qui a entraîné un arrêt cardiaque. Les tentatives de réanimation ont échoué. Résultats de l'autopsie : pléthore veineuse des organes internes. L'examen histologique de la peau a révélé une dégranulation des mastocytes. La même dégranulation a été également retrouvée dans le myocarde et les poumons. Après son exposition à des toxines encore non-identifiées, le patient a développé une forte réponse immunitaire, qui a conduit à une anaphylaxie.* »

Nate leva les yeux vers lui.

— Est-ce que ça vous parle ? lui demanda-t-il.

Juan pinça les lèvres. Il resta silencieux durant quelques secondes, puis :

— Ça signifie que le patient a été victime d'une réaction systémique. Sa tension artérielle a chuté brutalement ; il a fait une crise cardiaque. C'est assez courant dans les graves réactions allergiques qui entraînent une anaphylaxie.

Nate souligna du doigt la dernière phrase.

— Regardez ça, reprit-il. Quelqu'un a écrit le mot « inflammatoire », avant de le raturer et de le remplacer par « immunitaire », en soulignant ce dernier terme. Ça a un sens pour vous ?

— Je vois mal un pathologiste parler de réponse immunitaire. La réponse inflammatoire est bien plus typique de l'anaphylaxie. Peut-être que la personne qui a procédé à cette correction et me l'a envoyée l'a fait pour me mettre sur la voie.

— Pour vous faire comprendre quoi ?

— Je n'en sais rien.

Juan regarda les autres pages.

— On dirait à chaque fois des copies de rapports d'autopsie officiels. Mais je crois que c'est la première fois que je vois des mentions manuscrites sur ce genre de document.

Il regarda Nate et ajouta :

— Il est courant de rayer en noir certains points sur ces rapports, mais que des analystes y portent à la main ce genre de corrections… est-ce que ça arrive ? demanda-t-il.

— Jamais, répondit Nate.

Juan retourna à sa place et se cala au fond de sa chaise, absorbé dans ses pensées.

Nate rassembla les feuilles de papier et les remit dans l'enveloppe.

— Il n'y a pas d'encre de stylo apparemment sur ces pages. Ce sont des copies. J'imagine que nos techniciens n'y trouveront pas non plus d'empreintes, mais je vais tout de même faire vérifier ça, par acquis de conscience. J'aimerais vraiment savoir d'où viennent ces documents. J'appellerai les gars du DCS pour voir ce qu'ils en pensent.

Il mit l'enveloppe de côté.

— Alors, et vos analyses, comment ça se passe ?

— Pas très bien, avoua Juan, sourcils froncés. Les échantillons qui ont causé ces décès semblent complètement inertes. Je suis allé jusqu'à faire ingérer à une souris des fragments du veau génétiquement modifié. Aucun effet. Je n'en jurerais pas encore, mais j'ai l'impression que tout ce que vous m'avez apporté est sans danger. Tout ça n'a aucun sens.

Juan ratissa nerveusement sa tignasse du bout des doigts.

— Je passe sûrement à côté de quelque chose, mais quoi ?

Le téléphone sonna sur le bureau de Nate. Il décrocha précipitamment, mais n'eut pas le temps de dire un mot.

— *Nate, écoutez-moi, dit Jeff Binghamton. Je viens d'avoir au téléphone les huiles du Bureau. J'en ai même eu un paquet en ligne. J'ai besoin que Ragheb et vous vous teniez prêts à partir en Argentine ; je vous envoie dans une prairie de la périphérie de Buenos Aires. Et avant que vous ne me parliez de juridiction, sachez que c'est l'Argentine qui a sollicité directement l'aide de l'administration actuelle, et que la Maison Blanche a donné son aval. Vous serez accompagnés par une unité des Forces Spéciales. Ils vous attendront sur la base d'Andrews à 14 h 00.*

— Oh… êtes-vous certain que Ragheb est partante pour ça ? Si c'est une opération mi…

— *Ne vous faites pas de souci pour elle. On ne vous débarquera pas d'hélicoptère en vous faisant effectuer une descente en corde lisse, ni rien de ce genre. Mais j'ai besoin qu'elle se charge de collecter les échantillons biologiques sur place. Vous comprendrez bientôt pourquoi. Je vous préviens : tout ça risque fort de ressembler à votre visite à Ash Springs, mais en pire. La police fédérale argentine nous a prévenus qu'il y a là-bas des centaines d'animaux morts, et au moins une dizaine de pertes humaines.*

— Bon sang, Jeff. Ça devient du délire.

Nate se leva et demanda :

— Est-ce que je passe prendre Alex ?

— *Inutile. Elle est déjà en train de rassembler tout ce dont elle aura besoin. Elle vous retrouve sur la base dans deux heures. Nate, je vous charge personnellement des analyses médico-légales. Je veux que vous mobilisiez tout votre talent sur ce coup-là. Il n'y a pas que moi qui attend de comprendre ce qui se passe, et s'il y a un lien avec les événements de Ash Springs. Les autorités locales feront de leur mieux pour vous aider. Donc, faites ce qui doit être fait, Nate. Vous m'avez compris ?*

— Oui, monsieur.

Nate se mit à débarrasser son bureau de tout ce qui traînait, et à mettre le tout sous clé.

— Autre chose ?

— *Non, c'est bien assez. Prévenez-moi si vous avez besoin de quoi que ce soit. De quoi que ce soit, vous m'entendez ? Bonne chance.*

— Mon Dieu !

Nate balaya du regard la vaste étendue de prairie du ranch sud-américain. Des milliers de mouches essaimaient autour des cadavres ballonnés de vaches qui jonchaient la pâture aussi loin que le regard portait. Il se tenait à une centaine de mètres du cadavre le plus proche, mais même à cette distance, il entendait le bourdonnement des mouches.

Il se dit que ce qui avait tué le bétail, en tout cas, paraissait épargner les insectes volants.

Par ses dimensions, la scène qu'il avait devant les yeux était encore plus impressionnante que celle d'Ash Springs.

Alex avait déjà revêtu sa combinaison, comme la plupart des membres de l'unité des forces spéciales.

Formant un périmètre de sécurité autour de la zone se trouvaient une bonne centaine d'agents de la police fédérale argentine, qui était à peu de choses près l'équivalent du FBI.

Le vent changea de direction, et une odeur putride difficilement supportable arriva comme une vague sur Nate et les soldats des forces spéciales qui les accompagnaient. Un des membres de l'unité vomit en respirant ces effluves d'œuf pourri mêlés à quelque chose d'encore plus écœurant.

Nate ne connaissait que trop bien cette odeur ; c'était celle de la mort. Comme le goût lui en venait dans la bouche, il se remémora son engagement en Irak, et le jour où son unité avait découvert un des charniers de Saddam Hussein.

Un des soldats qui se tenait à côté de lui avait inspiré profondément et dit :

— Oh, cette odeur ! Vous sentez ça ?

Il s'était mis à fredonner un air de Lynyrd Skynyrd en prenant une série de photos, documentant la scène morbide.

Quel monstre a bien pu faire une chose pareille ?

Après s'être laissé asperger de désinfectant chimique, Alex ôta sa combinaison de protection biologique. Elle se mit aussitôt à tousser ; outre le fait qu'elle l'avait protégée des agents biologiques pathogènes, la combinaison l'avait empêchée de sentir l'odeur du bétail en putréfaction.

Nate lui tendit un petit pot de Vicks VapoRub.

— Mets-en un peu sous tes narines, ça masquera l'odeur.

— Merci.

Alex déposa un peu de pommade sous son nez et hocha la tête avec reconnaissance.

Les soldats qui l'avaient accompagnée dans la zone de pâturage, équipés eux aussi de combinaisons de protection, soulevèrent la bâche qui contenait les échantillons prélevés sur le terrain et ensachés en attendant d'être analysés en laboratoire.

— Veillez bien à ce que tout ça soit conservé au froid, cria-t-elle pour être entendue par-dessus le bruit de moteur d'un hélicoptère tout proche.

— Oui, m'dame.

— Sacrée collecte, commenta Nate d'un ton approbateur.

Alex acquiesça d'un hochement de tête.

— De la terre, de l'herbe, de l'eau, des tissus, de la salive, du placenta… j'ai tout ce que tu veux.

— Et les veaux ?

— Nous avons fait des prélèvements sur chaque bête. On en a même une entière.

Comme à Ash Springs, l'incident ici à Buenos Aires avait commencé pratiquement en même temps que la naissance d'un veau – à cette différence près qu'ici, la naissance du veau avait été l'événement déclencheur. D'après les autorités locales, des ouvriers agricoles employés sur le ranch aidaient à la naissance quand brusquement, tous en même temps, ils avaient été victimes d'une sorte de crise. Ils avaient reculé, et la vache avait terminé de mettre bas toute seule. Au même instant, toutes les vaches qui se trouvaient à proximité – et la mère avec elles – s'étaient effondrées et étaient mortes. Le veau s'était dressé sur ses pattes et avait commencé à errer comme une âme en peine, et partout où il allait, la mort le suivait, jusqu'à ce qu'un des ouvriers comprenne ce qui se passait et l'abatte d'un coup de fusil.

Des incidents similaires, il devait y en avoir beaucoup d'autres. Ce troupeau comptait plus de mille têtes de bétail, parmi lesquelles de nombreuses vaches gestantes, qui attendaient leurs petits à peu près en même temps. Peu après ce premier incident, une autre naissance avait eu lieu à un peu moins d'un kilomètre ; et les mêmes faits s'étaient reproduits. Le troupeau entier avait été décimé, et plusieurs ouvriers agricoles avaient perdu la vie.

Nate observait à présent les soldats qui terminaient de charger les hélicoptères, avant de reporter son regard sur la scène macabre qui s'étendait devant ses yeux. Au même instant, un bruit attira son attention.

C'était un cri de détresse, aigu ; celui d'un veau.

— Hé, Carrington ! s'écria un officier qui se tenait à quelques mètres de lui, pour être entendu par-dessus le sifflement de l'hélicoptère Blackhawk UH-60 qui s'apprêtait à décoller. L'équipe d'évacuation a isolé le propriétaire du ranch et presque une dizaine d'ouvriers qui travaillent pour lui. C'est quand vous voulez ; ils n'attendent plus que vous et les traducteurs.

Avant que Nate puisse répondre, le vrombissent d'un moteur attira son attention. Il mit une main en visière au-dessus de ses yeux, et scruta l'amoncellement de nuages bas sur l'horizon.

En dépit du bruit croissant du moteur de l'avion qu'il ne voyait pas encore, des pales de l'hélicoptère, et des soldats qui hurlaient l'ordre d'évacuer les lieux, il entendit de nouveau distinctement, au milieu du vacarme, le cri aigu d'un veau.

Plissant les yeux pour y voir quelque chose à travers le nuage de poussière soulevé par les pales de l'hélicoptère, Nate sentit son cœur battre plus fort tandis qu'il balayait le champ du regard, cherchant d'où venait le cri. Il finit par repérer l'endroit : le veau d'une des vaches mortes avait sorti la tête de la cavité utérine. Il se tortillait, s'efforçant de se libérer.

Un soldat près de Nate brailla dans son émetteur-récepteur :

— Bien reçu, Desert Eagle. Le plan de réduction du risque biologique Alpha est en cours. Nous avons marqué la cible ; nous évacuons.

Un avion de transport C-130 sortit des nuages, ses moteurs changeant de régime comme il descendait rapidement en direction du pâturage.

— Reculez ! s'écria quelqu'un alors que l'arrière de l'avion dégageait une sorte de fumée blanche.

La brume épaisse tomba sur le troupeau, tandis que l'avion reprenait très vite de l'altitude.

Soudain, il y eut comme un éclair à l'intérieur du nuage blanc, qui s'embrasa dans un énorme bruit sourd, les flammes orange dévastant la prairie.

Nate sentit la chaleur le traverser comme une onde et lui brûler les sourcils. Il agrippa Alex par le bras et la tira vers l'hélicoptère le plus proche. Le sifflement des pales du Blackhawk devint assourdissant tandis qu'Alex et lui grimpaient précipitamment dans la cabine. L'hélicoptère s'éleva et s'éloigna de l'épouvantable dévastation.

Nate se tint fermement à une sangle en nylon et regarda le C-130 répandre une nouvelle fois le liquide chimique inflammable sur la prairie. Le vent apporta jusqu'à ses narines l'odeur de la chair carbonisée, et il sentit sa gorge se serrer.

Ça commence. Pour l'heure, il ne s'agit que d'un millier de têtes de bétail et d'une dizaine de personnes. Mais, et si cela augurait de quelque chose de bien pire ? Et si demain une grande ville densément peuplée était touchée ? Comment tout cela risquait-il de finir ?

CHAPITRE DIX-NEUF

Une odeur de fumier et de bois fraîchement coupé flottait dans la grange où les ouvriers agricoles avaient été rassemblés. La plupart avaient l'air hagard et les yeux injectés de sang.

Nate regarda Carlos, le traducteur, et demanda :

— Est-ce que tout le monde est prêt ?

Le traducteur s'adressa aux hommes assis sur des bancs en bois :

— *¿Estan listos?*

Les hommes hochèrent la tête.

— D'accord, alors commençons.

Nate prit la parole ; Carlos traduisit à l'intention de ceux des ouvriers qui ne parlaient qu'espagnol.

— Messieurs, je sais qu'aujourd'hui a probablement été une des journées les plus difficiles de votre vie. Vous avez perdu des équipiers, des amis, peut-être même de la famille. Rien de tout ceci n'aurait dû se produire, et vous n'y êtes pour rien.

Il marqua un silence, puis :

— Je vais vous confier un secret, lâcha-t-il. Ce n'est pas la première fois que ce qui vient de se passer se produit. Nous savons une chose... quelqu'un a créé ce poison.

Les hommes se raidirent ; la stupeur se lisait sur leurs visages.

— Je vais avoir besoin de votre aide pour comprendre ce qui s'est passé exactement aujourd'hui, afin d'empêcher que cela n'arrive de nouveau. Le moindre détail peut être utile, et nous fournir la clé qui permettra de résoudre ce mystère. Je vais donc vous poser quelques questions, auxquelles j'aimerais que vous répondiez le plus précisément, le plus complètement possible. D'accord ?

Carlos termina de traduire, et les hommes acquiescèrent.

— *Sí.*

— Bien. Commençons par le commencement : à quelle heure le travail a-t-il débuté ce matin ?

Le traducteur posa la question à son tour. Les hommes assis en demi-cercle se concertèrent et désignèrent deux ouvriers assis l'un à côté de l'autre.

Nate reporta son regard sur les deux hommes au teint sombre et à la peau tannée. Ils étaient manifestement parents, et travaillaient tout aussi visiblement en plein air, exposés aux éléments la majeure partie de l'année. Ils répondirent tous les deux en espagnol, s'adressant à Carlos avec les mêmes mots et presque les mêmes gestes.

Carlos résuma leur réponse pour Nate.

— Ce sont deux frères ; ils sont les fils aînés du propriétaire du ranch. Ils ont été les premiers sur place ce matin ; ils sont arrivés vers cinq heures. Ils se sont attelés aux corvées habituelles : sortir les balles de foin, nettoyer les abreuvoirs, vérifier l'état de santé général du troupeau. Ils affirment qu'aucun veau n'est né durant la nuit.

— Y a-t-il eu des naissances hier, ou un peu plus tôt dans la semaine ? voulut savoir Nate.

Plusieurs hommes acquiescèrent d'un hochement de tête.

— Ont-ils remarqué quelque chose de différent chez les vaches qui ont mis bas aujourd'hui ?

Les hommes se mirent à parler tous en même temps ; Carlos fit de son mieux pour saisir l'essentiel de l'échange.

— La première vache était marron avec une queue noire. La deuxième avait une robe tachetée de blanc. Elle est tombée malade dès qu'elle a été gravide ; elle a eu besoin du traitement du Señor Garcia.

— Quel traitement ? demanda Nate.

Carlos relaya la question, et résuma de nouveau la réponse des hommes.

— Le propriétaire, Señor Garcia, utilise un remède traditionnel pour soigner les vaches malades ; il empêcherait les fausses couches et les génisses seraient en meilleure forme pour mettre bas.

— Et celles qui ont mis bas aujourd'hui, elles ont toutes eu ce traitement ?

Certains hommes opinèrent du chef ; d'autres secouèrent négativement la tête.

Carlos haussa les épaules.

— La plupart des hommes répondent oui, mais d'autres en sont moins sûrs.

Nate secoua la tête à son tour.

— Je ne sais pas comment ces hommes font pour distinguer une vache d'une autre, admit-il.

Assise à l'écart contre un des murs de la grange, Alex avait écouté attentivement le petit échange, avant d'intervenir soudain :

— Où est le Señor Garcia ? demanda-t-elle. J'aimerais lui parler concernant ce traitement.

Les hommes affichèrent un air sombre. L'un d'eux répondit directement à Alex :

— *Señor Garcia es muerto.* Il est mort.

— Navrée de l'apprendre, dit Alex. Carlos, pouvez-vous leur demander ce qu'ils savent au juste de ce traitement ? Cela passait-il par la nourriture ? S'agissait-il d'une piqûre, ou je ne sais quoi ?

Carlos posa la question.

— Le Señor Garcia faisait boire les vaches malades dans un tonneau particulier.

— Peut-on le voir ?

Les deux frères hochèrent la tête et se levèrent.

— Ils vont vous montrer l'endroit, dit Carlos.

Toutes sortes de pensées se bousculaient dans l'esprit de Nate tandis qu'il suivait les deux hommes à travers un grand champ. Il flottait encore dans l'air une odeur de mort et d'herbe brûlée, bien que l'incident se fût produit à presque cinq kilomètres de là. Un des frères souleva une poutre en bois posée sur des crochets en métal qui fermait la porte d'une grange, et dit quelque chose en espagnol. Carlos traduisit :

— C'est ici que les vaches malades étaient traitées. Les seules personnes que le Señor Garcia autorisait à entrer dans cette grange étaient Ramon et Francisco, dit-il en parlant des deux hommes. Il ne voulait pas qu'on lui vole ses secrets.

— Ça peut se comprendre, dit Nate en pénétrant à l'intérieur de la grange, où régnait une curieuse odeur qui lui fit froncer le nez. Ça sent la bière éventée, ou quelque chose comme ça, risqua-t-il.

Un des frères sourit et dit « chut », un doigt sur les lèvres.

— Un ingrédient secret, relaya le traducteur. Ça met les vaches en appétit. Les Japonais aussi font ce genre de choses.

Promenant un regard circulaire à l'intérieur de la grange vide, Nate repéra un gros tonneau en bois.

— C'est ce que vous donniez aux vaches malades ? demanda-t-il en pointant du doigt le fût.

Les frères les précédèrent jusqu'au tonneau. Son couvercle était fermé à l'aide d'un gros cadenas. Ils l'ôtèrent et soulevèrent le couvercle.

Une odeur écœurante de bière éventée et d'urine leur monta aux narines. Les frères rigolèrent en voyant Alex prise d'un haut-le-cœur ; elle tendit le sachet de prélèvement à Nate, et recula en grimaçant de dégoût.

Nate lui décocha un regard oblique et marmonna :

— Si je comprends bien, tu veux que ce soit *moi* qui fasse ce prélèvement ?

Alex s'éloigna à l'autre bout de la grange sans répondre.

Un liquide bourbeux marron stagnait à l'intérieur du tonneau. Un des hommes tendit à Nate une louche ; ce dernier la prit et la plongea dans l'infâme mixture visqueuse.

— L'un de vous sait-il ce qu'il y a là-dedans ? demanda Nate.

Carlos échangea rapidement avec les deux frères.

— Il y a de la bière, de l'eau et des « herbes traditionnelles », mais ils sont incapables de me dire quelles herbes exactement.

Nate referma le sachet contenant un échantillon de la drôle de potion, et les frères remirent le couvercle et le cadenas en place.

— Et ça, qu'est-ce que c'est ? interrogea Alex, à l'autre bout de la grange.

Elle se tenait à côté d'une petite boîte en métal dotée d'un bec verseur sur le côté.

Les frères expliquèrent quelque chose à Carlos qui traduisit :

— Ça appartenait au Señor Garcia ; ça contenait son traitement contre le cancer.

Nate s'approcha de la chose et l'observa attentivement. La boîte métallique noire avait à peu près la taille d'un ordinateur de bureau ; elle était équipée d'un bec chromé et d'une espèce de poignée. Un tuyau en sortait par l'arrière ; il était relié à un robinet d'eau.

Alex se pencha et murmura :

— J'ai vu quelque chose de semblable chez les O'Reilly, dans la cuisine.

Nate sentit son pouls s'accélérer.

Il se tourna vers les deux frères.

— Nous allons prendre ça, et l'enregistrer comme preuve, dit-il.

— Comment allez-vous, Juan ? demanda Nate Carrington en entrant dans le labo du FBI, tenant un gros carton dans les bras.

— Ça pourrait aller mieux si ça avait pu attendre le matin, répondit Juan, les yeux rougis par le manque de sommeil.

Il dormait quand Nate l'avait appelé et lui avait demandé de le retrouver immédiatement au laboratoire.

— Désolé, s'excusa Nate. J'arrive tout juste de Buenos Aires. Nous avons eu un autre incident, la même chose qu'au Nevada. Là encore, ça a démarré avec des veaux nouveau-nés – plusieurs, cette fois. En gros, à peine ont-ils été mis bas que tout ce qui se trouvait à proximité, y compris les mères, a péri. En tout, plus de mille têtes de bétail, et treize ouvriers agricoles.

— Oh, mon Dieu.

Secoué par la nouvelle, Juan regarda Nate se pencher en avant et tapoter le gros carton.

— On a prélevé près de deux cent cinquante kilos de preuves de toutes sortes. Tout est acheminé en ce moment même vers la base d'Andrews, et les prélèvements iront directement au laboratoire de confinement. Mais avant ça...

Il ouvrit le carton, qui sentait la basse-cour, et en sortit deux objets : une boîte avec un bec verseur, et un sachet en plastique transparent contenant plusieurs échantillons de la mixture marron visqueuse.

— Qu'est-ce que c'est ? demanda Juan en faisant une drôle de moue. On dirait des selles liquides.

Nate se mit à rire.

— Ce que je peux dire, c'est que ce truc vous coupe la chique à quinze pas ; ça pue vraiment. C'est un mélange que le propriétaire du ranch a filé à plusieurs génisses – un breuvage secret. Il n'y a pas de raison particulière de penser que cette mixture a joué un rôle dans l'incident, mais l'expérience m'a appris à ne rien laisser de côté, surtout en matière d'analyses médico-légales.

Juan était déjà en train d'imaginer quel genre d'expériences il allait bien pouvoir mettre en œuvre pour déterminer si cette chose était oui ou non la cause du désastre.

— Sait-on si le propriétaire du ranch du Nevada possède lui aussi ce genre de mixture ?

Nate secoua la tête.

— Non, on n'a rien vu de tel. Mais...

Il posa la main sur la boîte au bec verseur.

— ... on a remarqué qu'il avait lui aussi cette chose-là chez lui.

— Qu'est-ce que c'est ?

Nate tourna la boîte pour permettre à Juan de voir à la fois l'espèce de bec verseur et le tuyau en caoutchouc qui sortait à l'arrière.

— J'espérais justement que vous pourriez me le dire. Les ouvriers argentins n'en savaient rien, et le type à qui ça appartenait est mort avec les autres.

Il prit en main le tuyau en caoutchouc.

— C'était relié à un robinet d'eau, expliqua-t-il.

— Eh bien, si cette chose se trouvait sur les lieux des deux catastrophes, il y a de quoi se poser des questions, en effet. Avez-vous regardé à l'intérieur ?

— Non, on ne voulait rien toucher avant de l'avoir rapportée au labo, au cas où.

— Pas de problème si je l'ouvre maintenant ?

Nate sourit.

— C'était l'idée.

Il sortit un couteau suisse de sa poche, sélectionna l'embout de vissage cruciforme et le tendit à Juan.

Juan ôta plusieurs vis à l'arrière de la boîte, puis souleva la partie haute, montée sur charnière. La première chose qui attira son regard fut l'inscription imprimée qui se trouvait sous le couvercle :

Propriété d'AgriMed Global.

CHAPITRE VINGT

Dans la salle de réunion privée du directeur de la recherche d'AgriMed Global, Harry Winslow, Juan étala les photographies de l'appareil rapporté par l'agent spécial Carrington, et les poussa sur la table vers Winslow et Paul Hutchison, le chef de la sécurité.

— J'ai reçu cet appareil il y a quelques heures. Je le tiens du FBI, expliqua-t-il. Comme vous pouvez le voir, il porte la marque d'AgriMed Global à l'intérieur. Tout ce que je peux dire, c'est qu'on l'a trouvé chez un patient atteint de cancer. Savez-vous s'il s'agit d'un appareil qui provient réellement d'AgriMed, et si oui, qu'est-ce que c'est ?

Winslow examina les photos et opina du chef.

— Une boîte en métal, avec un tuyau qui sort d'une partie étanche, un sachet en plastique opaque fixé à l'intérieur, et encore un autre tuyau relié à une sorte de robinet de l'autre côté. Est-ce que je décris bien la chose ?

— Oui, répondit Juan. Difficile de dire ce que contient le sachet, et à quoi sert le compartiment étanche. Est-ce quelque chose que vous avez déjà vu, docteur Winslow ?

— Oui, cet appareil m'est familier, répondit Winslow d'un ton détaché en reposant la photo. L'inscription AgriMed Global sur le sachet en plastique est-elle l'unique signe d'identification ? Pas de numéro de série ? Rien sur le tuyau, ou dans la chambre étanche ?

— Non, rien. Juste l'inscription.

Winslow pinça les lèvres, les yeux fixés sur les photos étalées sous son nez.

— Hum, fit-il. J'ai déjà vu un appareil de ce genre, mais nous l'utilisions pour doser certains médicaments – un peu comme une pompe à perfusion dose la quantité exacte de produit actif à passer en intraveineuse. Cet appareil fait la même chose, mais il fonctionne à l'aide d'une mini roue à aubes à l'intérieur de la chambre de mélange.

Il posa un doigt sur une des photos.

— Au passage de l'eau, des petites quantités de ce qui se trouve dans ce sachet, quoi qu'il contienne, se mélange au flux d'eau.

La curiosité de Juan était piquée au vif.

— Autrement dit, s'il y a une médication orale dans ce sachet, il ne reste qu'à ouvrir le robinet pour que l'eau qui sort de cet appareil soit convenablement dosée ?

— Absolument, mais je n'ai jamais vu ce genre d'appareil utilisé autrement que sur des animaux de laboratoire, précisa Winslow en tambourinant sur la table avec le bout de ses doigts, l'air préoccupé. On ne s'en est jamais servi sur des patients humains tout simplement parce que ça n'a jamais été indispensable, je suppose. On recourt plus facilement à un comprimé ou une injection par piqûre classique.

Une affreuse possibilité se fit jour alors dans l'esprit de Juan.

— Et si vous ne vouliez pas qu'un patient sache qu'il est traité, ou plutôt si vous ne vouliez pas qu'il ait la moindre idée de ce qu'il prend comme traitement ? Un appareil de ce genre pourrait servir, non ?

Winslow fronça les sourcils.

— Il faudrait que le médicament n'ait aucun goût… c'est ce que le FBI pense qu'il s'est passé ?

— Non, aucunement. Du moins, pas que je sache.

Juan devait bien admettre que l'agent spécial Carrington n'était pas très bavard.

— Les agents du FBI ont-ils déjà recherché des empreintes à l'intérieur ? voulut savoir Hutchison, qui fixait Juan de son regard pénétrant.

— Oh, merde. Je n'ai pas pensé à ça. Je ne crois pas.

Juan se renversa contre le dossier de sa chaise en cuir, le manque de sommeil se rappelant brusquement à lui.

— L'agent qui me l'a apporté n'avait pas beaucoup dormi lui non plus. Nous n'avons pas pensé à vérifier les empreintes. Personnellement, je n'ai pas pu me reposer réellement depuis quasiment trente-six heures. J'appellerai l'agent à ce sujet…

— Inutile, dit Hutchison. Je verrai ça avec mes contacts. Il faut que je les appelle de toute façon à propos d'autre chose.

Juan se tourna vers Winslow et demanda :

— Alors, se peut-il que cet appareil soit réellement un produit AgriMed ?

— Aucune chance, répondit Winslow d'un air fâché. Je le répète : nous n'utilisons ce genre de choses que sur des animaux. Tous les essais contrôlés auxquels nous participons font l'objet d'une étroite surveillance. Nous n'avons jamais laissé un appareil de ce type chez aucun des participants aux essais cliniques. Le risque de médicamenter une autre personne que le patient est trop grand, ou même que le patient boive trop d'eau ou au contraire pas assez, et fausse par conséquent le dosage.

— Bon sang, mais quel genre de médicament peut bien sortir de ce foutu machin ? se demanda Juan à voix haute en réprimant un bâillement.

Winslow désigna d'un geste du pouce la cafetière derrière lui.

— Je vous sers une tasse ? demanda-t-il.

— Non, j'ai juste besoin de dormir un peu. En parlant de ça, la chambre d'hôtel est très bien, mais quand pourrais-je retourner à mon appartement ?

Winslow se tourna vers Hutchison, qui resta silencieux durant quelques secondes avant de répondre :

— J'en ai discuté avec plusieurs personnes du Bureau, et nous sommes tombés d'accord sur le fait qu'il vaudrait mieux que vous restiez à l'hôtel pour le moment. C'est plus sûr.

L'ancien militaire reconverti dans la sécurité ne lui disait manifestement pas tout ce qu'il savait. Mais, aussi pénible la situation pouvait-elle être, Juan se dit que c'était probablement pour son bien. Il avait fait des cauchemars, s'imaginant que des hommes parlant allemand s'introduisaient par effraction dans son appartement. Peut-être valait-il mieux qu'il ne sache pas réellement à quel danger il était exposé.

— Bon, peut-être que je ferais bien de déchirer tout ça, dit-il en se levant et en désignant les photos d'un petit mouvement du menton. Peut-être bien que je n'aurais même pas dû les imprimer du tout.

Hutchison les ramassa et dit :

— Je m'en charge.

Winslow fit le tour de la table de la salle de réunion et donna une tape sur l'épaule de Juan.

— Vous avez vraiment l'air épuisé. Et si je demandais à Carl de vous raccompagner jusqu'à votre hôtel ?

Juan se représenta l'ancien commandant des SEAL devenu un indispensable maillon de la sécurité interne du laboratoire, et secoua la tête.

— Merci, mais inutile d'ennuyer Carl. Je vais rentrer tranquillement.

Mais en quittant la salle, il crut entendre Winslow murmurer quelque chose comme : « Faites-le suivre ».

Bien qu'il ne fût que trois heures de l'après-midi, Juan se reposait sur son lit, la climatisation en marche et l'édredon remontée sous son menton.

Enfin, ce n'était pas réellement *son* lit, ni son appartement. Sa vie avait pris un tour quelque peu irréel depuis qu'on était entré chez lui par effraction. Il ne se faisait toujours pas à l'idée que sa vie pouvait être menacée, et encore moins que quelqu'un avait pu détourner son travail.

Bien qu'épuisé, il ne parvenait pas à trouver le sommeil. Trop de questions se bousculaient dans son esprit. Winslow et Hutchison jouaient-ils franc jeu avec lui ? Avait-il imaginé la petite phrase prononcée par Winslow au moment où il avait quitté la salle ?

Sur le chemin de l'hôtel, il n'avait pas cessé de jeter des coups d'œil dans son rétroviseur intérieur pour tenter d'apercevoir Carl Weatherby, Personne apparemment ne l'avait suivi, mais cela ne voulait rien dire.

— Merde, grommela-t-il pour lui-même dans l'obscurité de la chambre. Si AgriMed a décidé de s'en prendre à moi, je suis foutu, quoi que je fasse.

Il s'efforçait de chasser de son esprit ces pensées paranoïaques, quand son téléphone portable se mit à sonner.

— Allô ? grogna-t-il en prenant l'appel.

— *Bonjour, Juan. C'est Kathy O'Reilly. Vous me remettez ?*

Juan se redressa d'un bond et s'assit sur le lit. Malgré la fatigue, la voix de la jeune femme le fit aussitôt sourire.

— Bonjour Kathy, comment allez-vous ? Et votre père ?

— Nous allons, bien, tous les deux. Je l'ai eu en ligne il y a un instant justement, et je tenais à vous remercier encore pour ce que vous avez fait. Il vient d'avoir les résultats de ses derniers bilans. Les médecins disent qu'il est en rémission complète. Vous lui avez littéralement sauvé la vie.

— Je suis vraiment ravi d'entendre ça. Il arrive que des miracles se produisent. La preuve. J'imagine que vous êtes retournée à Georgetown ?

— *Oui. Et je…*

Elle hésita, avant de poursuivre dans un murmure :

— *… je me demandais si vous accepteriez que je vous invite quelque part pour fêter ça, quand vous aurez un peu de temps.*

Juan sentit un frisson lui électriser le bas du dos.

— Mais oui, bien sûr !

Mais à peine eut-il répondu cela qu'il se souvint que ce n'était pas la meilleure période pour cela, étant donné tout ce qui se passait.

— Hum, je précise tout de même : c'est oui, évidemment, pour l'invitation ; avec grand plaisir, mais pour le moment je suis totalement submergé au travail. Je ne sais pas exactement quand je pourrai sortir la tête de l'eau.

— *Oh, ne vous inquiétez pas, je comprends, dit Kathy d'un ton dégagé. Appelez-moi à ce numéro quand vous serez libre. Enfin, je veux dire, si vous en avez envie. Aucune obligation, d'accord ?*

— Je vous appellerai, promit Juan. Vraiment. Nous passerons un moment ensemble.

Il était aussi excité qu'un adolescent.

Il mit fin à l'appel, et se rallongea aussitôt, s'enfonçant dans le moelleux du matelas. Et les beaux yeux verts de Kathy et son lumineux sourire occupant ses pensées, il se détendit enfin et succomba au sommeil.

Comme Frank actionnait rudement le levier de vitesse du vieux pick-up Chevrolet, Megan faisait des bonds sur le siège passager comme une lycéenne excitée.

— J'ai tellement hâte de l'accrocher !

— Seigneur ! Ce n'est jamais qu'une nouvelle télé, chérie. Il n'y a pas de quoi en faire tout un plat.

— Mais bien sûr que si ! C'est quelque chose ! Pour moi, en tout cas. Tu te souviens de la dernière fois où nous avons acheté une télé ?

— Comme si c'était hier, dit Frank. Tu étais enceinte de Kathy, et tu voulais une télé couleur qui ne nécessiterait pas qu'on change le tube cathodique tous les quatre matins.

— C'est exact, espèce de tête de mule. Ce qui veut dire que ça remonte à vingt-cinq ans ! Ça fait une éternité que je prie pour que ce vieux poste Zenith nous lâche une bonne fois pour toutes.

Sur la banquette arrière, Jasper aboya.

Frank jeta un coup d'œil au sac de provisions entre lui et Megan et demanda :

— Tu ne voudrais pas qu'on mange le plus tôt possible ? Je meurs de faim.

Comme il garait la voiture devant la maison, Megan lui frictionna l'épaule.

— Si tu m'installes la nouvelle télé, je te prépare tout de suite un délicieux dîner. Marché conclu ?

Frank tira le frein à main et sourit.

— Marché conclu.

Megan ramassa le sac de provisions pendant que Frank faisait le tour du véhicule et ouvrait le hayon arrière.

Il allait dénouer les sangles autour du carton du téléviseur quand Megan cria :

— Frank !

Il regarda dans sa direction et la vit reculer devant la porte d'entrée.

Jasper, à côté d'elle, grognait. La porte était entrouverte, et le chambranle en bois éclaté.

Quelqu'un s'était introduit par effraction dans la maison.

Frank se précipita sur le perron en sortant son Smith & Wesson 45 de son étui de ceinture.

— Sois prudent, siffla Megan. Il y a peut-être encore quelqu'un.

Jasper grogna sourdement. Et soudain, il passa devant Frank et se faufila dans la maison par l'étroite ouverture.

Une cartouche engagée dans la chambre de son pistolet, Frank se mit en position de tir et poussa la porte avec son pied.

Il balaya la pièce du regard. Tout paraissait normal. Jasper fit le tour de la cuisine en reniflant et revint dans l'entrée en agitant la queue. Si le labrador ne sentait pas de danger, c'était bon signe. Jasper avait du flair pour ces choses-là.

Frank continua néanmoins de vérifier chaque pièce arme au poing. Il ne rangea son pistolet dans son étui qu'une fois toute la maison contrôlée. Il revint dans l'entrée et appela Megan :

— C'est bon, tu peux entrer. Quelqu'un s'est servi apparemment d'un pied de biche pour fracturer la porte, mais il n'y a plus personne maintenant. Je n'arrive pas à voir s'il manque quelque chose.

Megan entra à son tour, tenant le sac de provisions dans ses bras.

— Franklin, peu importe. Appelle le shérif.

<hr>

Pendant qu'un agent de police du comté de Lincoln cherchait à relever des empreintes sur la porte d'entrée, un autre échangeait avec Frank et Megan.

— Vous êtes certains qu'on n'a rien pris ?

Frank hocha la tête.

— On a vérifié dans toutes les pièces. Il semble qu'il ne manque rien.

— C'est bizarre, dit l'agent de police en désignant du doigt le vieux téléviseur, puis le vaisselier où étaient exposés l'argenterie et la porcelaine que Megan tenait de sa grand-mère mais qu'ils n'utilisaient jamais. Le cambrioleur n'avait qu'à se servir.

La montre de Frank bipa. Megan arriva derrière lui et lui caressa la nuque du bout des doigts.

— Chéri, dit-elle, quand vas-tu déprogrammer cette alarme ? Les médecins t'ont dit que tout allait bien. Tu n'as plus besoin de prendre ton traitement.

Frank grogna.

— C'est Kathy qui m'a programmé ça. Fichue alarme ! Je crois que je ferais bien de reprendre ma vieille Timex, parce que le temps que je trouve comment déprogrammer cette sonnerie...

Megan tourna son regard vers la cuisine, et soudain son sourire disparut. Elle donna une tape dans le dos de Frank et dit :

— Hum, chéri, où est la boîte noire qu'on t'a donnée à l'Hôpital des anciens combattants ? Je ne la vois pas à sa place habituelle.

Frank se tourna à son tour vers la cuisine et fixa l'endroit, sur le plan de travail, où se trouvait d'ordinaire la boîte noire de l'hôpital. Elle avait disparu.

— Nom de Dieu !

Il regarda l'agent de police.

— Il s'avère finalement qu'on nous a bien dérobé quelque chose.

***

Ç'avait été une longue journée ; Frank était épuisé. Il avait installé le nouveau téléviseur, mis l'ancien à la décharge, puis réparé le chambranle de la porte d'entrée. Quand il alla se coucher, Megan dormait déjà.

Il resta un long moment à fixer le plafond, et à penser au cambriolage. Pourquoi quelqu'un serait-il venu voler cet appareil médical ? Avait-il de la valeur ? Et qu'allait-il dire à l'hôpital s'ils lui demandaient de le rendre parce qu'ils en avaient besoin ?

Si ce n'était qu'il y avait peu de chance qu'il reçoive le moindre coup de fil de l'hôpital ; c'était comme si toutes les personnes impliquées dans l'essai clinique s'étaient volatilisées, sans que nul ne sache dire pourquoi. Jusqu'à présent, Frank ne s'en était pas soucié – il allait mieux ; il n'allait pas se plaindre. Mais il se disait maintenant que tout cela était tout de même suspect.

De quelle importance cette boîte pouvait-elle être pour que quelqu'un prenne le risque d'un cambriolage pour s'en emparer ? Lui avait-on caché quelque chose ?

Soudain, il se remémora un détail qui lui glaça le sang.

Il alluma la lumière, ouvrit le tiroir de sa table de chevet, en sortit la carte professionnelle qu'il y avait rangé, et composa le numéro indiqué.

— *Carrington*, répondit une voix endormie.

L'agent spécial du FBI paraissait sortir d'un profond sommeil.

Frank grimaça en regardant l'heure sur son réveil.

— Agent Carrington, c'est Frank O'Reilly. Je vous appelle d'Ash Springs. Désolé de vous réveiller, j'aurais dû tenir compte de l'heure et vous appeler demain.

À côté de lui, Megan remua, mais ne se réveilla pas.

— *Ce n'est pas grave, monsieur O'Reilly. Que puis-je faire pour vous ?*

— Eh bien, je me suis dit que vous pourriez peut-être m'éclairer concernant une ou deux choses. D'abord, quelqu'un s'est introduit chez moi par effraction, et a volé l'appareil médical que l'hôpital qui me suivait pour mon cancer m'avait fourni.

— *La boîte noire avec le robinet ?*

Carrington parut soudain plus attentif.

— Oui. Et je viens de me souvenir d'une chose importante, que j'avais complètement oubliée. Il y a quelques temps, une de nos génisses, gravide, est tombée malade. Je ne savais pas trop quel sort lui réserver, s'il fallait l'euthanasier ou non. Alors, je lui ai donné mon médicament à boire – c'était essentiellement de l'eau – en me disant : après tout, ça ne peut pas lui faire grand mal. Finalement, elle a récupéré, sans que je sache si c'était dû au médicament ou non. Tout comme j'ignore si cela a quelque chose à voir avec ce qui s'est passé ensuite. Mais je m'interroge, vous comprenez. Le traitement a donné des résultats, mais je n'arrive pas à me départir de l'idée qu'il y a quelque chose de suspect dans cet essai clinique, et tout le reste. Alors, maintenant qu'on m'a volé cet appareil médical… j'espérais que vous pourriez m'apporter des réponses. Je suis désolé de ne pas m'être souvenu de tout ça plus tôt.

— *Monsieur O'Reilly, merci beaucoup de partager cette informa-*

tion. Une question : après le cambriolage, la police est-elle venue faire des relevés d'empreintes ?

— C'est ce qu'ils ont fait, effectivement.

— *D'accord, je vais me mettre en contact avec eux. Merci encore, monsieur O'Reilly. Vos informations vont être très utiles.*

Frank mit fin à l'appel, éteignit la lumière et reposa sa tête sur son oreiller.

Megan roula sur le côté et lui enlaça le torse avec un bras.

— C'était Kathy ?

— Non, chérie. Rendors-toi.

Il prit sa femme dans ses bras et ferma les yeux, espérant réussir à oublier toute cette histoire pendant au moins quelques heures.

CHAPITRE VINGT-ET-UN

— Vous êtes en train de me dire qu'il y a de la cocaïne dans cette boue ? demanda Juan en agitant le rapport de l'analyste. Et de l'urée ? Il y a de la pisse là-dedans ?

John Hendrickson, l'analyste du FBI désigné pour l'aider dans ses investigations, acquiesça d'un hochement de tête.

— J'ai analysé ce truc que vous m'avez envoyé à la fois par chromatographie, et par spectroscopie infrarouge, et dans les deux cas les résultats montrent qu'il y a eu mélange chimique. Je ne veux même pas imaginer les cauchemars que doit causer ce truc.

Assis sur un tabouret haut en métal, Juan appuya le bas de son dos contre la table de laboratoire, et parcourut rapidement le reste du rapport.

— Je vois que vous avez détecté des constituants de la bière et de l'urine animale. Il s'agit de composants acides, et pourtant le pH reste neutre ?

Hendrickson opina du chef en feuilletant sa propre copie du rapport.

— Regardez à la page douze. Vous verrez qu'il y a tout un tas de composés organiques qui compensent l'acidité.

Juan consulta ladite page, puis continua de feuilleter le rapport qui en comptait une quarantaine. Il s'arrêta en arrivant à l'analyse microbiologique.

— Ce truc grouille aussi de bactéries, apparemment.

— Mouais. Si vous allez à la page trente-cinq, j'y note également la présence en nombre de minuscules spores. On est encore en train de les analyser, mais il semble qu'il s'agisse des mêmes spores que ceux qui sont présents dans l'échantillon d'eau que vous avez envoyé. On ne sait pas encore exactement de quel genre de spores il s'agit, mais ils ont un diamètre approximatif de quatre cents nanomètres, et il y a de drôles de filaments qui sortent de l'enveloppe protéique.

Juan examina la photomicrographie qui figurait dans le rapport.

— Mais c'est… c'est une capside, s'exclama-t-il. Qu'y a-t-il à l'intérieur ? Un virion ? Mais codé pour faire quoi ?

Le technicien de laboratoire parut un peu perdu.

— Pardon, docteur Gutierrez, mais… virion ? capside ?

— Oh, désolé. Une capside est une enveloppe protéique créée durant le cycle de vie d'un virus, et un virion n'est rien d'autre que la forme infectieuse complète d'un virus. Leur utilisation est courante dans la recherche génétique, parce qu'ils permettent d'introduire facilement du matériel génétique justement. En gros, si nous voulons qu'un virus pénètre certaines cellules cibles via un cycle lysogénique, il suffit de provoquer un autoassemblage des protéines de la capside. On peut alors introduire le virus dans de l'eau, si bien que ce que les cobayes vont boire, ce sont finalement des spores. L'acide de l'estomac va travailler alors à activer l'agent viral, qui va rechercher sa cible et transmettre son ADN à la cellule hôte. Voilà, ce n'est pas plus compliqué que cela.

Hendrickson renifla.

— Si vous le dites.

Juan tapota le rapport.

— Y a-t-il des gars dans votre équipe capables d'analyser ces virions, et de me donner précisément la charge utile de l'ADN ?

Hendrickson hocha la tête.

— Oui, mais ça risque de nous prendre plusieurs jours. Ce n'est pas le genre de chose que l'on fait au quotidien, si vous voyez ce que je veux dire.

— Je comprends.

Juan reporta ses pensées sur l'unité de confinement où il conservait des échantillons du distributeur d'eau et de la substance boueuse.

— Hé, même si les micrographies paraissent identiques, s'il vous plaît faites des analyses séparées des virions issus des deux prélèvements, eau et boue. Je veux être absolument certain qu'ils sont similaires, si c'est le cas.

Hendrickson rassembla ses papiers et se dirigea vers la sortie.

— Après-demain, dit-il. J'espère avoir les résultats après-demain.

Juan fit pivoter son tabouret grinçant et se retrouva face à l'unité de confinement du laboratoire de microbiologie. Il détestait enfiler sa combinaison à pression positive, et plus encore de se plier au processus de décontamination en sortant de l'unité. Il poussa un profond soupir et s'avança vers le vestiaire où il rangeait la combinaison, s'efforçant de se préparer mentalement.

— M'étonnerait que la souris s'approche de cette mélasse puante. Bon, essayons l'eau, et jouons un peu à la roulette génétique.

Il attrapa la combinaison et dit :

— On verra bien ce qui se passe.

⁂

Comme à l'accoutumée, sa combinaison pressurisée enfilée, Juan éprouva une sensation de claustrophobie en s'asseyant à son poste de travail, à l'intérieur de l'unité de confinement. À côté de lui se trouvait Jennifer, une des rares techniciennes de laboratoire du FBI à disposer d'un accès autorisé. Ensemble, ils consultèrent le rapport de la jeune femme.

— Comment savez-vous que la souris est gravide ? lui demanda Juan. À ma connaissance, il n'existe pas de test non-invasif fiable. Si ?

La voix crachotante de Jennifer lui parvint dans les écouteurs de sa combinaison.

— Comme vous le savez, les tests de grossesse urinaire ne marchent pas sur les souris, répondit-elle. Mais on s'est rendu compte tout récemment que l'analyse des matières fécales constituait un indicateur fiable.

Elle inclina les feuilles de papier de manière à ce qu'il puisse les lire à travers sa visière.

— En l'occurrence, reprit-elle, le niveau de progestérone dans l'échantillon de matière fécale qui nous intéresse ne laisse aucun doute : notre mignonne petite souris est enceinte – ou gestante, comme on dit.

— Savez-vous depuis combien de temps ?

Jennifer lui montra un des graphiques sur lequel apparaissait le début du pic de progestérone.

— Je dirais dix-sept jours.

Juan regarda la souris, qui était dans une cage à l'intérieur du poste de sécurité microbiologique devant eux.

— Bon. Voyons voir si tu as soif.

Il attrapa la cartouche de test contenant l'eau pleine de spores et l'agita. À l'aide d'une pipette, il préleva cinq millilitres d'eau, et déposa le liquide dans le distributeur d'eau de la souris. Puis, s'aidant de pincettes, il fit glisser le distributeur sur la table de laboratoire, et l'introduisit à l'intérieur du poste de sécurité microbiologique dans lequel les souris étaient isolées.

— Puisqu'on est tout proche de la fin de la période de gestation qui est de vingt jours, je crois qu'on ferait bien de se relayer en faisant des postes de douze heures en alternance. On devrait séparer les deux souris, chacune dans une cage, les deux cages l'une à côté de l'autre, et surveiller ce qui se passe. Et aussi… est-ce qu'on a des cages grillagées ?

— Je crois que je peux trouver ça, mais pourquoi ?

— Simple précaution. Je sais que les souriceaux nouveau-nés ne marchent pas tout de suite, et même si c'était le cas, ils n'arriveraient probablement pas à se faufiler à travers les barreaux de cette cage ; mais étant donné ce qu'on fait, il vaut mieux essayer de tout prévoir.

Jennifer acquiesça.

— Compris, docteur Gutierrez. Je vais aller chercher deux nouvelles cages.

Elle pivota sur son tabouret, se retrouva face à Juan, et lui demanda d'un ton inquiet :

— Vous croyez vraiment qu'il pourrait se passer quelque chose de… de spectaculaire ?

Juan haussa les épaules.

— Je ne sais pas. Les résultats qu'Hendrickson m'a communiqués concernant la composition génétique du virion laissent perplexe. J'ai lancé un programme informatique. L'ordinateur tourne 24 h/24 pour essayer de comprendre ce que les créateurs de cette particule virale ont bien pu faire. Nous allons activer une vidéosurveillance en continu. Si nous nous en tenons au protocole, il ne devrait pas y avoir de souci.

— Je comprends.

Jennifer se leva et se dirigea vers la douche de décontamination. Juan se retourna vers le poste de sécurité microbiologique et regarda la souris boire l'eau contaminée.

— Alors, ma grande, en quoi est-ce que ton bébé va se changer, au juste ?

Les yeux rougis, Juan regardait la souris faire méticuleusement sa toilette. Il jeta un coup d'œil à l'horloge murale et soupira. Cinq heures du matin. Encore deux heures avant que Jennifer ne vienne prendre son tour.

Une sonnerie retentit, indiquant que quelqu'un à l'extérieur de l'unité de confinement réclamait son attention. Il appuya sur le bouton micro de sa combinaison pressurisée et dit :

— Dix-neuvième jour. Tout est toujours normal.

— *Docteur Gutierrez, c'est John Hendrickson. Je suis juste passé vous déposer quelques rapports. Je vois qu'un de vos postes de travail est en train de biper. Il affiche un message : « Correspondance trouvée ». Je me suis dit que vous voudriez le savoir.*

— Oh, merci, John. Je suis coincé ici pour deux heures encore. J'attends que Jennifer prenne le relai. Pouvez-vous appuyer sur une touche et me dire ce qui s'affiche à l'écran ?

— *Bien sûr*, répondit Hendrickson, sa voix trahissant toutefois son hésitation. *Si vous êtes sûr que je ne risque pas de mettre le bazar. Je sais que vous avez lancé ces simulations il y a une semaine, alors...*

Juan fixa le mur en béton qui le séparait d'Hendrickson et soupira.

— Non, aucun risque de faire une mauvaise manip. Appuyez sur n'importe quelle touche.

— *D'accord...*

Juan compta les battements de son cœur en attendant que le technicien dise quelque chose. Un… deux… trois…

— *Voilà, dit Hendrickson. Je vous lis mot pour mot ce qu'il y a d'écrit : « L'annotation confirme quatre des neuf introns par alignement. Quatre-vingt-dix pour cent de la séquence annotée sont confirmés par les isoformes. La longueur totale de cette annotation est de 1533 bases… »*

— Attendez, attendez, dit Juan. Avez-vous appuyé sur la touche « Page suivante » pour accéder au résultat ? Peu importe. Appuyez sur « Page précédente », et dites-moi ce qu'il y a d'écrit dans la case « Résumé » en haut.

Nouveau silence. Puis :

— *D'accord, le résumé dit : « Pic de correspondances obtenu après 1965 annotations. Premières correspondances obtenues après 18500 cycles d'évolution. Le pic de correspondances se situe à 201 023 cycles d'évolution. » C'est ce que vous cherchiez ?* demanda Hendrickson.

Juan fit un rapide calcul mental.

— Nom de Dieu ! Trois millions d'années ?

— *Je vous demande pardon ?*

Juan secoua la tête.

— Non, rien, John. Merci de m'avoir communiqué ces résultats. Je regarderai tout ça de plus près dès que j'en aurai terminé ici.

— *D'accord. Je rentre chez moi maintenant. J'aurais dû avoir terminé quant à moi depuis quatre heures déjà. Bonne nuit.*

L'échange avec Hendrickson terminé, Juan appela immédiatement Nate Carrington.

La voix rude de l'agent retentit dans ses écouteurs.

— *Juan ? Tout va bien ?*

— Nate, nous avons une correspondance concernant cette chose qui se trouvait dans le distributeur d'eau. Cela confirme ce que je craignais : ils ont utilisé mon algorithme. Et il y a pire : ils ont créé des fragments génétiques qui n'apparaîtront pas chez l'homme avant trois millions d'années.

— *Waouh, êtes-vous en train de me dire…*

— Oui. Je viens de faire ingérer ça à une souris ici, mais on parle là d'une expérience génétique qui est au-delà de tout ce qu'on peut imaginer. Il y a presque deux mille gènes différents impliqués dans ce changement. Le danger est tellement grand que je n'ai pas les mots pour le décrire.

— *C'est pourtant ce qu'ils ont donné comme traitement à des patients atteints de cancer.*

— Ils ont fait *quoi* ? s'exclama Juan.

— *Et merde, je n'étais pas censé vous parler de ça. Mais oui – sur les deux lieux où se sont produits les incidents, il semble qu'un patient atteint de cancer ait bu cette chose.*

— Qu'est-il arrivé à ces patients ? Ils ont survécu ?

— *L'un d'eux est mort après avoir été exposé à un des veaux. L'autre va très bien, je crois.*

L'esprit de Juan bouillonnait.

— Nate, je ne peux même pas vous dire à quel point je suis mal à l'aise quand je songe à ce qu'il y a dans ce distributeur d'eau. Je suis sûr qu'il me faudrait au moins deux ans, avec une équipe complète, pour comprendre et mesurer pleinement ce que ces modifications de l'ADN peuvent entr...

Il s'interrompit en remarquant que la souris dans sa cage se recroquevillait sur elle-même et léchait ses parties génitales. Il se pencha pour y voir mieux, approcha sa visière de l'ouverture du poste de sécurité microbiologique.

— *Juan ?*

— Nate... la souris est en train de mettre bas.

— *Là, maintenant ?*

— En ce moment-même. Restez en ligne, d'accord ?

Une petite tache rose apparut, et presque aussitôt la souris cessa de se lécher et tomba sur le flanc.

Un souriceau rosâtre, tout nu, gigota en tentant de se dresser sur ses pattes.

Agrippé au rebord de la table de laboratoire, Juan se sentit pâlir.

— Nate, on a un problème.

La mère, les membres agités de tremblements, expulsa un deuxième souriceau. Au même instant, l'autre souris adulte, le père, dans la cage d'à-côté, commença à montrer des signes de détresse.

— *Juan, vous êtes toujours là ?*

Juan était fasciné par ce qu'il voyait. Les deux souris adultes étaient en train de mourir pendant que les souriceaux aveugles gigotaient en couinant.

Pris de vertige, Juan chercha son souffle.

— *Juan, répondez-moi*, insista Nate d'une voix forte. *Faut-il que j'envoie une équipe de secours ?*

— Non, répondit finalement Juan en s'obligeant à respirer calmement tandis qu'il s'écartait du poste de sécurité microbiologique. Nate, je sais ce qui s'est passé dans ces ranchs. Et les personnes à qui on a donné cette chose… elles pourraient être un danger pour tout leur entourage.

— *Je serai là dans dix minutes.*

Juan refusa d'un geste poli le verre d'eau glacé qu'on lui proposait.

— Je pense que vous comprendrez tous pourquoi j'ai un peu de mal à boire de l'eau en ce moment, s'excusa-t-il en attrapant à la place une canette de Coca light sur la table.

Il était assis dans une salle de réunion du siège du FBI, avec Nate et une bonne douzaine d'autres agents et d'employés du FBI qu'il voyait pour la première fois. Nate n'avait eu le temps de le présenter qu'à une seule personne – Jeff Binghamton, le directeur adjoint de la Division d'enquête criminelle – avant que la porte ne s'ouvre et que tout le monde fasse silence à l'arrivée d'un homme d'une cinquantaine d'année à la mise soignée.

Il se dirigea droit vers Juan et lui serra la main.

— Docteur Gutierrez, je présume ?

La poignée de main était ferme et la voix douce comme du velours.

— Je suis le directeur du FBI, Neil Wilson. Merci de nous apporter votre aide précieuse.

— C'est normal, monsieur.

Wilson prit place à la table, tandis que Binghamton ouvrait la réunion en se lançant dans un exposé précis de la situation, jusqu'aux plus récents développements. Quoique familier des événements rapportés, certains détails étaient nouveaux pour Juan – comme le fait que des agents écumaient les bases de données des hôpitaux du monde entier pour découvrir où les traitements non-autorisés contre le cancer avaient pu être distribués.

Quand Binghamton eut terminé, le directeur se tourna vers Juan.

— Docteur Gutierrez, pouvez-vous nous expliquer en termes profanes ce qui, d'après vous, est en train de se passer ? À quoi avons-nous affaire, au juste ? Si j'ai bien compris, il s'agit d'une espèce de mutation génétique qui se produit à travers un virus, et dont on se sert pour soigner des patients atteints d'un cancer ?

Juan ouvrit sa canette de Coca et en but une longue gorgée, s'efforçant de se détendre.

— Monsieur, ce n'est pas vraiment une mutation. Ces virus sont différents des virus habituels, ceux qui causent une grippe, par exemple. Ce sont des virus que l'on utilise en thérapie génique. Ils ciblent des cellules, dont ils modifient le matériel génétique afin de réparer ce dont souffre tel ou tel patient. Malheureusement, concernant les virus qui nous préoccupent... je ne peux pas réellement dire ce qu'ils font. Presque deux mille gènes ont été modifiés d'un coup, ce qui a forcément eu des effets en cascade.

— Boire une gorgée de cette eau suffit à être infecté ?

— Je ne peux pas l'affirmer encore, mais c'est probable. Je crois surtout qu'il est nécessaire de boire régulièrement une infusion de ces virus, pour que plus le temps passe, plus le nombre de cellules modifiées soit important.

Le directeur acquiesça d'un hochement de tête.

— C'est un peu comme la chimiothérapie, en somme, où l'on vous injecte un poison qui tente d'éliminer le cancer dans votre corps.

— Oui, c'est exactement ça, répondit Juan, qui trouvait l'analogie pertinente.

— Et quel est le lien entre ça et ce que vous avez vu ce matin ? D'après ce qu'on m'a expliqué, les souris adultes n'ont pas du tout été affectées par le virus, seulement les bébés. Vous avez une théorie pour expliquer ça ?

— Oui. Traditionnellement, la thérapie génique se limite aux cellules somatiques, ce qui signifie que les enfants n'héritent pas des modifications génétiques. Mais de toute évidence ce virus modifie la lignée germinale ; autrement dit, il affecte le sperme et l'ovule. Ce qui est étonnant, c'est qu'en dehors d'une légère fièvre, nous n'avons observé aucun effet sur les souris adultes qui l'ont ingéré. Et pourtant, ce qui s'est passé avec les bébés m'a laissé sans voix : à peine expulsés du ventre de la mère, celle-ci a commencé à convulser. Quelques secondes plus tard, ça a été au tour du père qui se trouvait dans la cage d'à-côté de convulser lui aussi.

— Comment est-ce possible ? demanda un des hommes assis en face de Juan.

Juan haussa les épaules.

— Difficile de répondre à cette question, mais disons que j'ai ma petite idée. Parlons de l'odorat : sentir quelque chose, c'est respirer des particules en suspension dans l'air. Quand vous entrez dans les toilettes des hommes et que vous sentez une odeur désagréable, ça signifie qu'il y a des particules volatiles en suspension et que vous les ingérez.

L'expression qui se lisait sur les visages des hommes confirma à Juan que son analogie avait fait mouche dans leur esprit.

— Mon hypothèse est que les bébés souris, comme les veaux nouveau-nés, dégagent une odeur – autrement dit, ils envoient des particules dans l'air – qui cause une réaction grave à quiconque se trouve à proximité. Nous n'avons pas encore autopsié les souris mortes, mais une autopsie a bien été pratiquée sur les victimes humaines des deux ranchs. Toutes semblent avoir fait un choc anaphylactique, ce qui confirme mon hypothèse.

— Pourtant, intervint Nate, les souris n'ont pas réagi au contact des prélèvements que j'ai fait sur les veaux. Que faut-il en penser ? Une odeur pareille aurait dû persister, non ?

— Sans doute, admit Juan. Mais voilà ce que je pense, même si ce n'est qu'une hypothèse qui demande des études plus poussées. Ceux qui ont conçu tout ça ont utilisé des fragments d'un ADN hyper évolué, qui n'existera que dans un futur lointain. On peut imaginer qu'à ce moment-là, toutes les créatures seront dotées d'un système immunitaire particulièrement agressif, capable de combattre une infection avant même qu'elle ne pénètre dans le corps. Cela expliquerait pourquoi les prélèvements faits sur les veaux n'ont pas eu d'effet ; quand l'animal meurt, son système immunitaire meurt avec lui.

Le silence était total dans la salle ; il était pesant.

Finalement, le directeur dit :

— Très bien, messieurs. Je pense avoir tout ce dont j'ai besoin. Je dois rencontrer le président tout à l'heure. Je veux que vous continuiez à traquer ces virus. Nous devons mettre un terme à tout ceci avant que cela ne tourne au cauchemar absolu. Il ne faudrait pas que ces virus se retrouvent dans les réserves d'eau d'une grande ville.

À la fin de la réunion, Juan prit Nate à part.

— Nate… tout ça a pris des proportions auxquelles je ne m'attendais pas. Jennifer et moi ne sommes pas assez de deux pour gérer ça. Je suis déjà épuisé, et…

Binghamton, à côté d'eux, qui avait laissé traîner une oreille, coupa :

— Sur ce point, docteur Gutierrez, j'ai déjà eu la permission d'augmenter les effectifs de votre équipe, et c'est valable immédiatement. Rentrez chez vous, et reposez-vous. Tout le monde sera là demain matin quand vous arriverez ; certains seront même opérationnels dès ce soir.

— Merci, dit Juan.

Nate posa une main sur son épaule et dit :

— Votre voiture est restée au labo, j'imagine ? Je peux vous raccompagner jusqu'à votre hôtel, si vous voulez. Nous ferons en sorte que quelqu'un passe vous prendre plus tard. Donnez-moi juste une minute, le temps d'en parler à Jeff.

Juan soupira en hochant la tête. Il était si épuisé qu'il aurait dit oui à n'importe quoi.

Il était surtout inquiet. Le virus circulait déjà ; il était déjà dans la nature. Certes, il pouvait l'analyser ; peut-être même comprendre son fonctionnement. Mais qu'allait-il bien pouvoir faire pour le stopper ?

On est baisés !

CHAPITRE VINGT-DEUX

Nate suivit son superviseur dans une pièce sécurisée, comme il y en avait plusieurs dans l'immeuble, une SISC dans le jargon militaire, ou Salle d'information compartimenté sensible. Dès que la porte se referma derrière lui, Nate demanda :

— Qu'est-ce qui se passe ? Pourquoi est-on ici ?

— À cause de ça ! grommela Jeff Binghamton en lui tendant une enveloppe. J'ai déjà fait faire un relevé d'empreintes. Il n'y a rien.

Nate ouvrit l'enveloppe, en sortit une unique feuille de papier et lut ce qui y était inscrit :

« Deux agents du Service fédéral de renseignement allemand ont infiltré la communauté du renseignement des États-Unis. Ils ont pour mission de récupérer un agent affilié à la division DRWN. Deidrick Müller et Hans Reinhardt sont deux personnes à surveiller étroitement. J'ignore combien d'agents sont sous leurs ordres. »

Nate sentit son pouls s'accélérer.

— Bordel, d'où sort ce truc ?

Binghamton ratissa sa tignasse du bout des doigts et se mit à faire les cent pas.

— Je n'en ai pas la moindre idée. J'ai trouvé cette enveloppe sur le tableau de bord de ma voiture. Autrement dit, quelqu'un est entré dans mon garage, *chez moi*, pour la déposer.

Nate n'avait jamais vu Binghamton aussi agité.

— Ils sont entrés par effraction dans votre garage juste pour laisser ça ? Comment savoir si ce qui est écrit là-dessus est sérieux ? On n'a reçu aucun autre signalement allant dans ce sens.

— Je ne sais plus ce qu'il faut croire.

— Attendez une seconde, dit Nate en tapant du pied.

Quelque chose de familier dans le message venait de lui revenir brusquement en mémoire. Les noms mentionnés…

— Oh, merde, reprit-il. Ces noms figuraient sur le rapport que m'a remis cette étudiante à Georgetown. La jeune femme rescapée de cette île de l'archipel des Kiribati.

— Dans ce cas, l'agent dont il est question dans cette note pourrait être Gutierrez.

— Vous croyez qu'il faut mettre les services secrets sur le coup ?

— Je dois voir la directrice adjointe tout à l'heure. Je lui parlerai de tout ça; on verra bien. D'ici-là, il ne faut surtout pas qu'il arrive quoi que ce soit à Gutierrez. J'ai déjà donné l'ordre de surveiller en continu sa chambre d'hôtel. Je vais doubler les effectifs, et m'assurer qu'il y ait toujours au moins deux voitures pour le suivre partout où il ira. Ce sont nos têtes qui risquent de tomber s'il arrive quoi que ce soit à ce type.

— Et les deux agents des services de renseignement allemand ? Qu'est-ce qu'on fait pour eux ?

— Il faut trouver ces deux salopards et identifier toux ceux avec qui ils travaillent. Ce sont probablement eux qui ont « visité » l'appartement de Gutierrez à Arlington. Dès qu'on les aura localisés, j'aurai besoin que vous prépariez une équipe. Il faut qu'on puisse les interroger ici ; ils ne viendront pas d'eux-mêmes.

Nate commençait déjà à échafauder un plan.

— Je peux déjà essayer de voir si leurs noms figurent dans la base de données ; ils ont peut-être laissé une trace à leur entrée sur le territoire américain. Si c'est le cas, le bureau des douanes pourra peut-être nous fournir des images de vidéosurveillance, et des papiers d'identité.

— Bien. Je pense qu'il serait bon d'éviter d'expliquer tout ça à notre brave docteur Gutierrez. Il a assez de choses en tête comme ça pour le moment. Je lui dirai que je tiens juste à assurer au mieux sa sécurité, même si cela paraît un peu excessif.

Nate remit la feuille dans l'enveloppe, et fourra celle-ci dans la poche de sa veste de costume.

— Je réfléchis à la constitution d'une équipe, et je vous soumets ma proposition dès que c'est fait.

— Cet après-midi. Nous devons agir vite.

— Compris, dit Nate, un frisson d'excitation lui faisant oublier momentanément sa fatigue. Et ne vous inquiétez pas : on va trouver ces types.

Nate ralentit sa foulée jusqu'à marcher en approchant de la tombe de Madison.

Sa dernière conversation avec Jeff Binghamton remontait à deux jours. L'équipe avait été composée. Elle incluait principalement d'anciens militaires des forces spéciales. Deux d'entre eux étaient déjà opérationnels et tentaient de remonter jusqu'aux deux agents allemands infiltrés. Nate sentait de l'électricité dans l'air ; il savait qu'on allait l'appeler d'un instant à l'autre pour l'informer qu'un des suspects avait été localisé.

Il cligna des yeux pour y voir à travers la pluie en s'agenouillant devant la tombe.

— Maddie, tu me manques si souvent. Le boulot est un cauchemar en ce moment. Des gens sont morts, sans qu'on sache qui est responsable. Il y a un docteur tenaillé par la culpabilité qui travaille sans compter ses heures pour essayer de sauver des gens, parce que quelqu'un se sert de son travail à de mauvaises fins.

Le soleil venait d'apparaître à l'horizon. Le cimetière était plongé dans le silence ; on n'entendait que le léger crépitement de la pluie et le gazouillis des oiseaux célébrant les premiers rayons du jour. Nate inclina la tête sur le côté, capta quelques gouttes de pluie sur ses lèvres, et essaya de se détendre. Le stress des derniers jours commençait à peser. Il avait besoin de cette visite à Madison. Il avait besoin de décompresser.

— La médecine est tellement différente aujourd'hui, Maddie, reprit-il. Tu n'imagines pas sur quoi travaille ce docteur. Avant que ce cauchemar ne commence, il travaillait à mettre au point un traitement contre le cancer.

Il sentit sa gorge se serrer.

— Peut-être qu'il aurait pu te guérir ; si seulement tu étais tombée malade aujourd'hui, plutôt qu'il y a vingt ans.

La pluie se mit à tomber un peu plus fort. Il entendit un bruit de pneus roulant sur l'asphalte mouillé ; une voiture ralentissait.

Mais il n'y prêta pas attention, tout accaparé qu'il était par ce dialogue avec sa femme, qui l'apaisait. Il était coupé du monde ici. Le calme était parfait. Peut-être était-ce la façon qu'avait Madison de l'aider dans les moments difficiles ; venir ici équivalait à une forme de méditation. Il se sentait toujours mieux en repartant.

Quand il entendit marcher, ou plutôt claudiquer d'un pas traînant derrière lui, il n'eut pas besoin d'ouvrir les yeux pour savoir de qui il s'agissait.

— Bonjour, madame Jacobsen.

— Bonjour, mon garçon. J'ai apporté encore quelques marguerites pour votre Madison.

Nate ouvrit les yeux, et fut surpris de voir combien il faisait plus clair à présent que le soleil s'élevait sur l'horizon. Mme Jacobsen était tout de noir vêtue comme à son habitude ; elle lui tendit d'une main noueuse une poignée de marguerites.

Nate les lui prit et les déposa sur la tombe de Madison.

— Merci.

Mme Jacobsen se mit à fouiller dans son sac à main.

— Et un gentil jeune homme m'a demandé de vous donner autre chose.

— Un jeune homme ? répéta Nate, tous ses sens brusquement en alerte.

— Oui. Il est passé à la maison de retraite et il a dit que vous étiez amis, tous les deux. Il a dit qu'il partait pour… euh… j'avoue que je ne me souviens plus pour quel endroit. Tout ce dont je me souviens, c'est qu'il a dit qu'il avait une dette envers vous ou quelque chose comme ça, et qu'avec ça vous seriez quitte… Oh, voilà, dit-elle après avoir ratissé le fond de son sac.

Elle en sortit une clé USB, et la tendit à Nate.

Il la regarda d'un air dérouté.

— Savez-vous ce que c'est ?

— Non, pas du tout.

— Madame Jacobsen, pourriez-vous me décrire la personne qui vous a donné ça ? Est-ce qu'il a dit comment il s'appelait ? Comment savait-il que vous alliez me voir ?

— Eh bien… Il était habillé comme s'il partait en vacances. Il avait des lunettes de soleil et un superbe bermuda.

Ses rides s'accentuèrent comme elle fronçait les sourcils dans un effort de concentration.

— Oh, je dois devenir sénile, c'est pas possible, reprit-elle. Je ne crois pas qu'il m'ait donné son nom. En tout cas, il savait qui vous étiez, ça, c'est certain. Il vous a décrit précisément. Tout comme il savait que vous seriez sur la tombe de Madison ce matin. D'un autre côté, s'il vous connaît un peu, ce n'est pas difficile à prédire.

Elle sourit, puis demanda :

— Quelle est cette chose qui est si importante ? Il m'a même donné vingt dollars pour être certain que je vous la remettrai en main propre. J'ai d'abord refusé bien sûr, mais il a insisté.

Nate sourit à son tour.

— En tout cas, merci de me l'avoir apportée. Comment vous sentez-vous ce matin ?

Elle renifla et arqua un sourcil.

— Ne croyez pas que je n'ai pas remarqué que vous essayiez de changer de sujet, mon jeune ami. Mais ça ne me regarde pas.

Elle soupira.

— Pour répondre à votre question, je me sens comme on peut se sentir dans un corps de quatre-vingt-six ans, j'imagine. C'est plutôt mon esprit, qui a le même âge, qui m'inquiète. Je me suis tellement répété de ne pas oublier de vous apporter cette chose, que j'en ai oublié la flasque pour mon Warren.

— Oh, je suis navré, dit Nate. Y a-t-il quelque chose que je puisse faire pour vous ?

— Non, ça ira. Warren comprendra.

La vieille femme au visage parcheminé lui décocha un petit sourire qui découvrit ses dents jaunes, et lui tapota la joue, avant de tourner les talons et de se diriger vers la tombe de son mari.

Nate scruta les environs, cherchant à voir si quelqu'un l'observait, mais en dehors de Mme Jacobsen et de son chauffeur qui avait l'air de s'ennuyer ferme en lisant un magazine au volant de son minibus, il n'y avait personne dans les parages.

Nate regarda la clé USB dans le creux de sa main. Sous le capuchon en plastique se trouvait un lecteur d'empreinte digitale.

Il jeta un coup d'œil à la vieille Mme Jacobsen, et secoua la tête. Qui diable avait bien pu bien confier à une vieille femme presque sénile un support de stockage à contrôle biométrique ?

Nate promena de nouveau un regard sur l'ensemble du cimetière

Celui qui a envoyé ça, qui que ce soit, a accès à mes données biométriques et surveille mes mouvements.

Le dernier membre de l'équipe de renseignement installé, Nate raccorda son ordinateur portable au vidéoprojecteur, et ouvrit sa présentation PowerPoint. Un des agents actionna un interrupteur sur le mur, et les fenêtres s'obscurcirent.

Jeff Binghamton ouvrit le bal :

— Ce matin, un périphérique de stockage crypté contenant des informations relatives à l'opération sur laquelle nous enquêtons, a été remis à l'agent Carrington via une tierce personne sans lien avec notre affaire. Ce périphérique, une clé USB, a été verrouillé par un système de reconnaissance d'empreintes digitales, en l'occurrence celles de Nate. Seul quelqu'un ayant accès à nos fichiers RH a pu faire ça.

— Vous pensez qu'il s'agit de quelqu'un appartenant à la communauté du renseignement ? Quelqu'un avec un haut niveau d'accès ? demanda la directrice adjointe, Sheila Franks.

Elle était le numéro deux du FBI, et avait la réputation d'être une femme brillante, pragmatique, et qui ne s'en laisse pas conter.

— Forcément, répondit Binghamton. Il semble qu'il s'agisse d'une opération clandestine. J'ai mené des recherches approfondies pour savoir qui pouvait se trouver derrière tout ça, mais sans résultat.

— Avez-vous cherché du côté de « La Firme » ? demanda-t-elle.

— Non, les services secrets britanniques n'ont rien à voir là-dedans. Nous avons mis sur le coup notre taupe à Interpol, mais sans résultat. Jusqu'à aujourd'hui. Grâce aux fichiers remis à l'agent Carrington, nous avons maintenant de quoi travailler. Mais je vais lui laisser la parole maintenant.

Binghamton s'assit. Nate s'éclaircit la gorge, conscient que la directrice adjoint le fixait du regard.

Il projeta la première page de sa présentation.

— Les fichiers présents sur la clé USB nous ont permis de reconstituer dans ses grandes lignes l'opération clandestine, qui porte le nom de code DRWN.

« Le projet DRWN a été engagé de longue date pour tenter de déterminer comment l'ingénierie génétique pourrait faire progresser certains scénarios de combat. Des espions ayant une formation appropriée dans le domaine ont été placés dans des laboratoires de recherche biomédicale, dans l'espoir qu'ils parviennent à récupérer des secrets industriels permettant à nos forces armées de développer de nouveaux projets. Les recherches menées par AgriMed sur l'évolution génétique faisaient partie des cibles de l'opération DRWN. C'est après que les instigateurs de DRWN ont réussi à faire sortir d'AgriMed assez de données pour reproduire eux-mêmes les expérimentations du laboratoire, et qu'un certain nombre d'expériences grandeur nature ont commencé à être portées à notre attention.

« Une de ces expériences consistait à créer génétiquement un canidé capable de combattre aux côtés des soldats sur les terrains de guerre.

Cette phase du projet a été abandonnée en raison de problèmes liés à l'incapacité de contrôler les cobayes.

« La phase suivante a consisté à poursuivre des recherches avancées visant à modifier génétiquement certaines espèces aviaires, afin de créer un comportement grégaire agressif, et de diriger des attaques contrôlées sur des cibles ennemies.

— Qui diable a bien pu autoriser des absurdités pareilles ? ne put s'empêcher de réagir Sheila Franks, avant de se reprendre aussitôt. Désolée, continuez.

— Cette phase-là, reprit Nate en suivant les points mentionnés sur la page projetée, a été arrêtée à la suite d'un incident sur lequel j'ai été personnellement amené à enquêter. Un couple de plaisanciers s'est retrouvé malgré lui sur une île isolée du Pacifique, une île sur laquelle justement les recherches que je viens d'évoquer étaient conduites. Pour ne pas prendre le risque de voir ces dernières dévoilées, les responsables ont tout simplement préféré incendier la totalité de l'île au napalm. Mon enquête sur cet incident m'a amenée à conclure qu'à la fois la CIA et les services de renseignement allemand étaient impliqués.

— Madame la directrice adjointe, intervint Binghamton, je me dois de souligner que nous avons creusé ces deux pistes en nous efforçant de ne rien laisser au hasard. La CIA a nié en bloc être impliquée ; quant aux services de renseignement allemand, j'ai tenté de déposer une demande de surveillance auprès de la FISA, mais elle m'a été refusée.

— Je vois, dit Franks.

Elle hocha la tête et fit signe à Nate de poursuivre. Il passa à la projection suivante.

— Les dossiers indiquent qu'après l'incident de l'île, on a tenté d'enterrer complètement le projet DRWN, mais il semble que certaines des personnes impliquées aient choisi à ce moment-là de faire cavaliers seuls à des fins soi-disant «humanitaires » – c'est-à-dire qu'ils sont passés directement à une phase d'essais sur l'homme. Et pour aggraver encore les choses, ces essais cliniques non-autorisés ont eu lieu essentiellement dans un hôpital réservé aux anciens combattants.

La directrice adjointe ferma les yeux ; son visage rougit légèrement.

— Continuez, agent Carrington. Je me demandais juste quel genre de créatures iniques était capable de faire de telles expériences sur nos vétérans.

Nate s'était posé la même question.

— Je ne sais pas, m'dame, dit-il en passant à la projection suivante. Ces essais cliniques ont été conduits uniquement sur des patients souffrant de cancers en phase terminale, mais la bonne nouvelle, si je puis dire, est que certaines de ces expériences ont, contre toute attente, été bénéfiques pour les participants à l'essai. Ensuite, ces essais ont franchi nos frontières. Nous savons qu'ils ont été conduits dans au moins trois lieux différents en Amérique du Sud, et une fois à Londres.

« Malheureusement, il semble que les protocoles de surveillance clinique n'aient pas été strictement respectés. Dans deux endroits, l'un situé au Nevada, l'autre en Argentine, des accidents se sont produits, qui ont causé la mort de plusieurs hommes, ainsi que de nombreuses têtes de bétails. Je me suis rendu sur ces deux lieux, où mon équipe et moi-même avons rassemblé un grand nombre de données médico-légales.

« Pour mieux comprendre ce qui s'est passé, nous avons recruté le scientifique responsable des premières recherches menées chez Agri-Med, dont les résultats ont été volés. Il nous a aidés à comprendre à quoi nous avions affaire, et je suis désolé de le dire, mais c'est assez sinistre.

Il projeta la page suivante, qui était une photo du désastre de Buenos Aires.

— Le médicament utilisé dans ces essais était mélangé à de l'eau ordinaire, mélange que les participants devaient boire plusieurs fois par jour. Dans les deux cas où les incidents se sont révélés fatals, cette eau traitée a été donnée à des animaux gravides, de toute évidence parce qu'ils étaient malades également. Ces animaux n'ont pas subi d'effets délétères du fait du médicament lui-même, mais quand ils ont mis bas, leurs petits se sont révélés toxiques.

— Toxiques ? Que voulez-vous dire ? demanda Sheila Franks.

— Eh bien, dès que les petits sont nés, tous les êtres vivants autour d'eux se sont effondrés et sont morts. Dans ce ranch au Nevada, presque cent têtes de bétail ont péri, ainsi qu'un vétérinaire et deux intervenants. En Argentine, plus d'une dizaine d'hommes sont morts, ainsi qu'un millier d'animaux. La police fédérale argentine a dû demander l'aide de l'armée, et une équipe des Forces spéciales s'est chargée du « nettoyage ». J'ai dirigé moi-même une petite équipe pour procéder aux analyses médico-légales.

Franks fit cliqueter ses ongles sur la table de la salle de réunion.

— Donc, si une vache gravide boit cette eau et donne naissance à un monstre qui tue tout ce qui trouve autour de lui, que passera-t-il si c'est une femme enceinte qui en boit ?

— C'est ce qui nous inquiète au plus haut point, madame, avoua Binghamton. C'est pourquoi nous suivons tout cela d'aussi près. Grâce à cette clé cryptée, l'agent Carrington a pu établir une liste de cent quarante-trois patients qui ont pris ce traitement. Nous avons leurs noms et leurs adresses. Quarante-cinq d'entre eux se trouvent aux États-Unis. Les autres sont en Amérique du Sud ou au Royaume-Uni.

Franks donna un coup de poing sur la table et secoua la tête.

— Cette histoire est un vrai cauchemar ! Je vais mettre le directeur au courant, mais il est probable qu'il faudra en informer également le président.

Elle se tourna vers Binghamton et ajouta :

— Dire qu'il va probablement falloir mettre en quarantaine des citoyens américains, ainsi que des ressortissants étrangers, pour quelque chose dont la communauté du renseignement est responsable. Examinez les procédures possibles. Et étendez la liste aux familles, au cas où quelqu'un d'autre, autour des malades, pour une raison ou une autre, aurait également pris ce médicament.

— Compris, m'dame, dit Jeff Binghamton. Mon équipe s'occupe de la logistique. Nous nous tiendrons prêts à agir selon vos consignes.

Sheila Franks se leva et se dirigea vers la porte en secouant une nouvelle fois la tête.

— Les consignes pourraient bien ne pas venir de moi cette fois, ni du directeur, mais du président lui-même. Vous comprenez ce que j'essaie de vous dire ?

— Parfaitement, m'dame.

La réunion terminée, Nate prit Binghamton à part.

— Je pressens que tout ça va être très moche, dit-il.

— Encore plus que vous ne l'imaginez. Je n'ai pas réussi à vous joindre avant la réunion, mais j'ai fait des vérifications croisées sur cette liste de patients. Il se trouve qu'une bonne demi-douzaine d'entre eux sont morts par empoisonnement au cours des derniers mois.

— Les Allemands ?

— C'est ce que j'ai besoin que vous découvriez.

Megan faisait la vaisselle quand on frappa à la porte.

— J'y vais, dit Frank depuis le salon.

Elle termina de laver la casserole qu'elle avait en main, ferma le robinet et alla voir qui était là. Elle fut surprise de découvrir deux hommes du bureau du shérif dans son salon, accompagné de deux agents portant des coupe-vent siglés FBI.

Frank leva les bras comme un des adjoints du shérif sortait son arme de son étui.

— Frank, dit-elle, paniquée, que se passe-t-il ?

— Ce n'est rien, chérie, répondit-il d'une voix calme. Ça concerne mon traitement contre le cancer, c'est tout.

— Tu leur as dit que cette maudite boîte a été volée ? s'écria Megan, son cœur battant à tout rompre.

— Chérie, je ne pense pas que ce soit ça le problème.

Un des agents du FBI passa un appareil devant le front de Frank.

— Trente-huit six, dit-il.

Il s'approcha ensuite de Megan.

— Madame O'Reilly, nous devons prendre votre température également. Ne vous inquiétez pas, c'est juste la procédure.

Sans attendre qu'elle lui donne la permission, il approcha l'appareil de son front.

— Trente-six neuf.

Megan rejoignit Frank et le prit par le bras. La présence de ces hommes ne lui inspirait rien de bon.

— Pourquoi prenez-vous notre température ? Que se passe-t-il ?

L'autre agent du FBI lui tendit sa carte.

— Monsieur et madame O'Reilly, nous avons l'ordre de mettre en observation tous les patients de l'essai clinique auquel M. O'Reilly a participé.

Megan en eut le souffle coupé.

Frank lui frotta le dos pour la rassurer.

— J'imagine que ce ne sera pas long ?

— Non, monsieur, mais vous devez prendre quelques effets personnels. Nous allons vous conduire dans un service d'observation non loin d'ici.

— Mais, Frank…

— Chut, tout va bien, chérie. Tu m'aides à préparer ma valise ?

Megan se tourna vers les agents.

— Pour combien de jours doit-il préparer des affaires ?

Les agents échangèrent un regard.

— Trois jours environ. Je ne peux pas être plus précis pour le moment.

— Et s'il a besoin de plus de vêtements, pourrais-je lui rendre visite ? demanda Megan.

— Je suis navré de devoir vous dire qu'à ce stade, je n'ai pas la réponse à votre question. On nous a informés de tout cela il y a quelques heures seulement. Appelez-moi demain au numéro qui se trouve sur la carte que je vous ai donnée. J'en saurai certainement plus à ce moment-là.

Frank fit signe à Megan de l'accompagner dans la chambre.

— Faisons ce qu'il faut pour le moment, chérie.

Megan le dévisagea. Il était inquiet, mais il s'efforçait de ne pas le lui montrer. Elle l'attira vers elle et lui donna un petit baiser.

— Tu vas bien, et quand tu reviendras, je te préparerai quelque chose de spécial.

Frank déposa un baiser sur son front, comme il le faisait toujours quand elle essayait de le réconforter.

— Allons préparer ta valise, lui dit-elle en le prenant par le bras et en l'entraînant vers la chambre.

Elle ne put s'empêcher de remarquer qu'un des agents du FBI les suivait dans le couloir ; il les observa discrètement tandis qu'ils préparaient la valise de Frank.

———

Kathy rangea son ordinateur portable dans son sac à dos, glissa une bretelle par-dessus son épaule, et emboîta le pas aux étudiants qui sortaient de la bibliothèque scientifique Blommer. Il était 20 heures ; elle avait étudié presque toute la journée.

En sortant du bâtiment, deux hommes en coupe-vent siglé FBI se mirent en travers de son chemin.

— Katherine O'Reilly ?

— Oui ?

Elle s'arrêta et reconnut soudain les deux agents à qui elle avait déjà parlé quelques mois plus tôt devant l'entrée de son dortoir.

— Agents Carrington et Ragheb ? Je peux faire quelque chose pour vous ?

Carrington lui désigna d'un mouvement du menton le bâtiment dont elle venait juste de sortir.

— Ça vous ennuie si on va à l'intérieur ? Ce serait mieux si nous pouvions parler en privé.

— Bien sûr.

Kathy badgea à l'entrée du bâtiment des sciences, et conduisit les agents jusqu'à une salle libre. En s'asseyant, elle remarqua que les deux agents paraissaient mal à l'aise.

L'agent Carrington parla le premier.

— Nous sommes ici parce que… eh bien, nous avons besoin de prendre votre température.

Kathy haussa les épaules.

— D'accord… ça ne me dérange pas particulièrement.

Ragheb plaça un thermomètre à infrarouge devant son front.

— Trente-huit cinq.

— Merde, marmonna Carrington.

Kathy fronça les sourcils.

— Vous n'avez pas à être inquiets, dit-elle. Je sais que j'ai de la fièvre, mais je me sens bien. Que se passe-t-il ?

L'agent Carrington s'assit en face d'elle. Il se pencha en avant, appuya ses coudes sur ses genoux, et dit d'une voix calme :

— C'est à propos du traitement que votre père a suivi à l'Hôpital des anciens combattants. Nous avons des raisons d'être inquiets pour toutes les personnes qui ont pu être exposées à ce traitement. J'ai bien peur que nous ayons à vous demander de rester quelques jours en observation.

— Mais je n'ai pas pris ce traitement, dit Kathy. Il n'y a que mon père.

— Un des signes d'exposition est une fièvre légère. Est-il possible que vous ayez bu par inadvertance le médicament de votre père ? Étant donné qu'il est dilué dans de l'eau et invisible, une erreur est vite arrivée.

Kathy se souvint brusquement avoir bu un verre d'eau destiné à son père, effectivement, ce jour-là.

— Je... oui, c'est possible, par pure inadvertance. Attendez, avez-vous parlé de ça à mon père ? Vous l'avez placé en observation lui aussi ? Et d'ailleurs, qu'est-ce que ça signifie, observation ? J'ai déjà pris un billet d'avion pour rentrer au Nevada dans deux jours, pour les vacances de printemps.

— Kathy, je sais que tout ça n'est pas une surprise agréable, reprit Carrington d'une voix apaisante. Tout est prêt pour vous recevoir, vous et votre père. Vous serez ensemble. Tout ce que nous voulons, c'est surveiller votre état de santé.

Kathy comprit qu'on ne lui laissait guère le choix.

— Bon, et comment procède-t-on ? J'ai le temps de faire ma valise ?

— Bien sûr, sourit l'agent Ragheb. Je vais vous accompagner jusqu'à votre dortoir pendant que l'agent Carrington rapprochera la voiture.

Kathy se leva. Elle sentit son estomac se serrer légèrement. Elle ne comprenait pas ce qui arrivait. Courait-elle un danger quelconque ? Son père aussi ?

— Agent Ragheb, êtes-vous sûrs de tout me dire, tous les deux ? demanda-t-elle d'une voix tremblante, refoulant les larmes qui lui montaient aux yeux.

Ragheb s'approcha d'elle et la prit dans ses bras.

— Tout ira bien, je vous le promets. C'est juste une précaution.

Mais au fond d'elle-même, Kathy savait très bien que c'était bien plus que cela.

Nate se réveilla en entendant sonner son téléphone. Il l'attrapa sur la table de chevet.

— Carrington.

C'était Jeff Binghamton.

— *Nate, c'est la merde. J'ai besoin que vous alliez cuisiner le Dr Gutierrez.*

— Jeff, de quoi parlez-vous ? C'est à propos de la lettre que vous avez reçue ? Que se passe-t-il ?

— *Non, ça n'a rien à voir. Il y a un hôpital rural en Virginie-Occidentale... Je viens juste de prendre connaissance du rapport du bureau du shérif du comté de McDowell. Le régulateur du 911 a reçu un appel de l'Hôpital communautaire gallois. Six morts : un médecin, trois infirmières, et deux autres personnes. Le bureau du shérif a dépêché sur place trois voitures de patrouille pour enquêter et confirmer les décès. Il est fait état de la présence d'un bébé, un nouveau-né, vivant, en salle d'opération, mais il semble que les deux premiers intervenants soient morts de cause inconnue.*

« Des agents du FBI de Beckley ont répondu au message d'alerte, et ont organisé un transport d'urgence du nouveau-né vers une unité de bio-confinement de niveau 4 du NIH de Bethesda.

« Un dernier rapport fait état de sept hommes et une femme décédés. Tous les corps ont été placés en quarantaine sur le campus principal du NIH, où se trouve également le bébé.

Binghamton s'interrompit. Puis :

— *Et vous voulez entendre la meilleure ?*

Nate ressentait une boule à l'estomac, mais il répondit mécaniquement :

— Je vous écoute. Au point où on en est...

— *Un des morts figurait sur notre liste. Il a été traité pour un cancer à l'Hôpital des anciens combattants de Martinsburg. Ils devaient aller le trouver demain pour le placer en quarantaine.*

— Bon, cette fois, on y est. Ce truc circule, et il est déjà hors de contrôle.

— *Ne tirons pas de conclusions trop hâtives. Attendons de voir. Trouvez Gutierrez. De mon côté, je continue de m'assurer que toutes les personnes qui figurent sur la liste soient bien regroupées et mises à l'écart, mais j'ai besoin que vous voyiez avec Gutierrez ce qu'il faut faire de tout le monde.*

Nate jeta un coup d'œil au réveil sur la table de chevet et grogna. Il était 3 heures 30.

— Je m'en occupe tout de suite.

— *Tenez-moi au courant.*

CHAPITRE VINGT-TROIS

La fenêtre de sa cellule aux murs de béton filtrant les premiers rayons du jour, Frank cligna des yeux. Il était inquiet pour Megan, mais il ne pouvait même pas lui parler. Le personnel militaire qui veillait à la bonne marche du centre d'observation prétendait qu'il n'y avait pas le téléphone sur place, mais Frank savait que c'étaient des foutaises. Comme le fait d'appeler cet endroit un « centre ». Il savait reconnaître une prison militaire quand il en voyait une. Balançant ses jambes hors du lit, il frotta ses yeux encore endormis et promena un regard circulaire dans la pièce.

Elle devait mesurer deux mètres cinquante sur trois. Les murs étaient en béton brut. Il y avait pour tout mobilier un lit de camp et une malle dans laquelle il avait transféré le contenu de sa valise. Ils lui avaient confisqué tous ses autres effets personnels, notamment le petit couteau suisse dont il ne se séparait jamais ; un garde était même venu récupérer sa valise pour la stocker hors site.

Au moins, ne l'avaient-ils pas enfermé à clé dans cette minuscule cellule. Pas encore.

Il se leva, frotta ses yeux, puis quitta la pièce. La porte de sortie du bâtiment se trouvait au bout d'un long couloir nu, par-delà une dizaine de portes fermées. À l'extérieur, une odeur de cendre flottait dans l'air.

Le sol rocheux avait l'air d'avoir été brûlé. Un incendie avait dû se produire ici récemment, se dit-il.

Il se dirigea vers les latrines, une simple rangée de toilettes préfabriqués alignés le long du mur d'enceinte grillagé haut de trois mètres cinquante et couronné de fil de fer barbelé.

Un centre d'observation clinique, ça ? Tu parles !

Il n'y avait qu'un mot pour qualifier cet endroit : c'était le mot *prison.*

———

Un agent du FBI attendait Kathy à sa descente d'avion à l'aéroport McCarran de Las Vegas pour la conduire au point de rendez-vous.

— Nous n'allons pas en zone de retrait des bagages ? demanda-t-elle. J'ai ma valise à récupérer. Il y a toutes mes affaires dedans.

Les yeux de l'homme étaient invisibles derrière ses lunettes noires, et son visage était inexpressif.

— Nous nous occupons de votre bagage, m'dame. Il est marqué. Il sera parmi les premiers à être déchargé de l'avion. Quelqu'un le mettra dans le car avant que nous partions.

Ils attendirent le « car » devant le terminal principal. L'agent n'était jamais à moins de deux mètres d'elle. Elle ne pouvait s'empêcher d'être inquiète. L'air était chaud et sec. Elle essaya d'appeler chez elle, mais elle n'avait pas de réseau. Ce n'était probablement rien, mais cela la préoccupa encore plus.

Un car s'arrêta devant eux.

— C'est le vôtre, dit l'agent.

Le car ne comportait aucune marque extérieure ; un film noir anti-regard couvrait les vitres, et il arborait une plaque d'immatriculation officielle du gouvernement américain. Tout cela n'était pas non plus pour la rassurer.

La porte s'ouvrit, et l'agent l'aida à monter à bord. L'air froid de la climatisation l'enveloppa aussitôt et lui donna la chair de poule. Plusieurs personnes avaient déjà pris place dans le car ; tous avaient l'air perplexe, vaguement hébété.

Elle prit un siège, et le car démarra.

Pendant un long moment, tout ce qu'elle entendit fut le ronronnement du moteur du car qui filait sur la route. Le film anti-regard l'était également côté intérieur ; elle n'avait aucune idée de l'endroit où ils allaient, et son téléphone ne captait toujours pas de réseau.

Elle n'aimait pas ça ; pas ça du tout.

———

Après un long trajet – de combien de temps au juste, elle n'aurait su le dire, parce qu'elle s'était endormie – le car s'arrêta enfin. La porte avant s'ouvrit dans un sifflement, et les passagers en sortirent pêle-mêle. Deux d'entre eux échangèrent quelques mots murmurés en espagnol, ce qui ne fit qu'accentuer le sentiment d'isolement de Kathy. Non seulement elle ne comprenait pas ce qu'ils disaient, mais eux au moins n'étaient pas seuls ; ils pouvaient se parler.

Le soleil brillait sur un monde sépia lugubre fait de bâtiments en béton massifs et de murs d'enceinte surmontés de barbelés ; des soldats montaient la garde, arme sur la hanche.

L'endroit faisait penser à un camp de réfugiés.

Elle se mit en file avec les autres et attendit. Les personnes devant elle étaient interrogées par des militaires parlant espagnol, quand un soldat lui fit signe pour attirer son attention.

— Puis-je avoir votre nom ? lui demanda-t-il.

Elle s'approcha du soldat, qui tenait une planchette à pince et un stylo.

— Katherine O'Reilly, dit-elle.

Le soldat consulta sa liste.

— C'est bon, je vous ai là. Mademoiselle O'Reilly, bienvenue à Camp X-Ray.

Il lui tendit une petite corbeille en plastique.

— Veuillez déposer vos effets personnels là-dedans, s'il vous plaît. Nous vous les rendrons lors de votre départ.

— Je peux au moins garder mon téléphone portable ?

— Non, j'en ai bien peur, répondit le soldat d'un air compatissant. Mais ne vous inquiétez pas. Nous vous fournirons tout ce dont vous avez besoin.

Dans un soupir tremblant, Kathy déposa son téléphone – son dernier lien avec la civilisation – dans la corbeille, avec son sac-à-main, qui contenait sa brosse à cheveux, son déodorant, et tout un tas de bricoles qui allaient lui manquer.

— Savez-vous combien de temps nous allons devoir rester ici ? demanda-t-elle.

Le soldat eut un léger haussement d'épaules.

— Je suis navré, m'dame, mais je n'en sais réellement rien. Je suis là uniquement pour vous enregistrer et vous attribuer un lit, et vous êtes…

Il laissa courir son index sur la planchette.

— … chambre 14, dans le quartier des femmes.

Il lui tendit une clé accrochée à une sorte de collier.

Le quartier des femmes. Cela signifiait-il qu'elle n'allait pas voir son père ? Elle promena un regard circulaire dans l'enceinte. Elle vit plusieurs personnes en civil regroupées çà et là, mais pas son père. Debout au milieu de ce camp lugubre, elle dut faire appel à tout ce qu'elle possédait encore de contrôle de soi juste pour pouvoir respirer normalement.

Elle se retrouva bientôt dans une autre file, où une femme en uniforme prit sa température avec un thermomètre à infrarouge. Pendant que l'appareil effectuait son relevé frontal, Kathy regarda passer un chariot rempli de valises tiré par un soldat.

— Excusez-moi, madame, mais ma valise est sur ce chariot.

— Ne vous inquiétez pas, tenta de la rassurer la femme. Nous avons votre numéro de chambre ; quelqu'un vous apportera vos affaires. Bienvenue à Camp X-Ray.

La femme en termina avec elle, et Kathy se retrouva seule. On ne lui avait même pas dit dans quel baraquement se trouvait le quartier des femmes. Comme elle regardait autour d'elle d'un air perdu, une voix cria :

— Ma puce !

Les larmes lui montèrent instantanément aux yeux.

— Papa !

Elle courut jusqu'à lui, se jeta dans ses bras et pleura sur son épaule.

— Seigneur, mon bébé, fit-il en le serrant très fort, pourquoi t'ont-ils conduite ici ? Est-ce parce que… oh, ma puce.

Il s'écarta légèrement et la tint par les avant-bras ; des larmes roulaient sur ses joues de père.

— C'est à cause de cette fois où tu as bu accidentellement mon verre d'eau.

La gorge serrée, Kathy pouvait à peine hocher la tête.

Il la serra très fort dans ses bras une nouvelle fois.

— Je suis désolé. Te mettre dans cette situation était bien la dernière chose que je voulais.

<hr>

Au moins huit techniciens s'activaient dans le labo de Juan. À son grand soulagement, la nouvelle équipe avait été immédiatement opérationnelle. Il leur avait donné quantité de travail à faire.

Il entra dans le labo et s'approcha d'un des membres de la nouvelle équipe.

— Bonjour, Kevin. Comment ça se passe ?

— Bonjour, docteur Gutierrez. Nous venons de terminer les bilans bio, et nous avons déjà des résultats.

Juan s'assit sur un tabouret.

— Kevin, rappelez-moi d'abord où nous en sommes sur le plan des essais, et puis donnez-moi les résultats.

— Oui, monsieur. Nous avons des essais en cours sur cent cinquante rats. Quinze ont reçu le dosage minimum, une seule fois ; quinze autres le dosage maximum, une seule fois également. Les cent restants ont été divisés en cinq groupes de vingt, qui ont reçu chacun ces dix-sept derniers jours, dans des proportions différentes, des doses quotidiennes de l'agent viral.

John hocha la tête, lui faisant signe de poursuivre :

— Nous avons procédé à des analyses biochimiques du sang de tous les spécimens, immédiatement avant et après la prise du traitement, et puis tous les trois jours. Les taux métaboliques de base sont élevés, mais à part ça, nous n'avons rien noté qui sorte de l'ordinaire. Fer, bilirubine, protéine, thyroïde, glycémie, potassium, albumine, calcium, urée, créatinine, concentration d'électrolytes… tout est normal.

— Pas de variations de température corporelle ? demanda Juan.

— On note un pic de température le deuxième jour, comme vous le savez, mais ensuite ça reste stable.

— A-t-on pu détecter des antigènes dans le système sanguin ? Et les anticorps ? Est-ce qu'on a une réaction lymphocytaire ?

— Non, monsieur. Et c'est curieux d'ailleurs, surtout sur les spécimens qui ont reçu une dose quotidienne.

Juan soupira en hochant la tête.

— J'espérais que nous verrions quelque chose… une fièvre ne suffit pas à garder quelqu'un en quarantaine.

Il tapota du bout des doigt sur la paillasse. Il avait l'impression d'entendre grincer les rouages de son cerveau. Dans quelle direction chercher ? Quelle piste suivre ? Et soudain, l'idée le frappa comme la foudre.

— Mais bien sûr ! lâcha-t-il.

— Monsieur ?

Juan sourit.

— Le taux d'oxygène. C'est ce qu'il faut qu'on regarde. À mon autre labo, à AgriMed, j'ai constaté des variations dans le taux d'absorption de l'oxygène. Et si on plaçait nos petits amis dans des chambres hermétiques pour voir s'il est possible de détecter quelque chose dans leurs exhalations ?

— Des caissons de pléthysmographie, par exemple ? sourit Kevin. Je connais justement un département qui vient d'en recevoir toute une palette. Ils sont censés servir à mesurer le métabolisme de l'éthanol.

Juan laissa échapper un petit rire amusé.

— Le FBI qui fait passer des éthylotests à des souris… On aura tout vu ! Mais oui – c'est exactement ce qu'il nous faut.

— Dans ce cas, avec votre permission, je vais les récupérer tout de suite, avant qu'ils ne se rendent compte de ce qui se passe.

— Allez-y. Si quelqu'un vous pose des questions, dites que j'en ai besoin, et renvoyez-les vers la directrice adjointe. Au pire, que peuvent-ils faire ? Me virer ?

Kathy s'assit à côté de son père, dos à la clôture métallique, ses jambes étendues devant elle. Ils virent tous les deux un nouveau car s'arrêter à l'intérieur du camp.

— Papa, depuis combien de temps es-tu ici ?

— Ça fait trois jours maintenant. Tu vois ça ? fit-il en pointant du doigt le car qui ne portait aucune inscription non plus. Encore des gens qui ont pris part à ce satané essai médical.

— Ne parle pas comme ça, papa. Tu es guéri, après tout.

— C'est possible. Mais à quel prix ?

— Est-ce que maman sait où nous sommes ?

Frank soupira profondément et lui donna une petite tape sur la cuisse.

— Je ne sais pas, ma puce. J'espère qu'elle ne va pas se mettre dans tous ses états. Tu la connais quand elle est contrariée.

Kathy fit doucement rebondir l'arrière de son crâne contre la clôture grillagée, et fronça les sourcils en regardant une dizaine de personnes descendre du car. L'une d'elle tenait un bébé dans ses bras.

— Mon Dieu, fit-elle. On dirait qu'il y a une famille.

— Au moins, ils sont ensemble, dit Frank.

Elle savait qu'il pensait à Megan. Il n'avait eu aucun contact avec elle depuis son arrivée.

— D'où viennent-ils, tous ? Je me le demande.

Frank soupira.

— Argentine et Brésil principalement. Quelques-uns viennent de Californie, et j'ai fait aussi la connaissance d'un type qui arrive de Washington.

Kathy enroula ses bras autour de ses genoux.

— Quelqu'un t'a-t-il dit ce qui n'allait pas avec le traitement ? Pour quelle raison nous gardent-ils ici ?

— Je t'avoue que je n'en sais rien, ma puce. Pour le moment, tout ce qu'ils font, c'est coller leur foutu machin devant mon front pour prendre ma température. J'ai l'impression qu'ils ignorent eux-mêmes le pourquoi de tout ça. Et ce n'est pas faute de leur avoir posé la question. La nourriture n'est pas mauvaise, même si c'est loin de valoir la cuisine de ta mère. Disons que pour un camp de l'Armée de l'air, j'ai connu pire. En tout cas, si je ne sais pas ce qu'on fait là, je sais au moins *où* on est.

Il pointa un doigt en direction du nord.

— Tu vois cette grande étendue blanche ?

Kathy mit sa main en visière sur son front pour se protéger de l'éblouissement du soleil.

— Qu'est-ce que c'est ? Un lac salé asséché ?

— Exactement. Et je suis quasiment certain que la montagne que l'on voit derrière, c'est le Mont Chauve. On l'a gravi lors d'une randonnée quand tu étais gosse. Tu te souviens ?

— Je crois, mais c'est un peu flou.

— Bref, ça signifie que ce lac asséché, c'est le lac Groom – auquel cas nous sommes toujours au Nevada, à moins de deux heures de la maison.

Il s'esclaffa.

— Papa ? Qu'est-ce qu'il y a de si drôle ?

— Eh bien, quand j'étais gosse, il y avait un tas de rumeurs qui couraient sur cet endroit. On racontait qu'il abritait une base secrète de l'Armée de l'air, et qu'on y cachait des extraterrestres. Je n'ai pas vu de petits hommes verts, mais au moins on est fixés en ce qui concerne la base militaire secrète.

Une base secrète de l'Armée de l'air, où personne ne les trouverait. Entourée d'une clôture grillagée et de barbelés, sans que personne ne leur explique le pourquoi de leur présence ici, et sans savoir ce qu'on leur réservait.

Kathy appuya sa tête sur l'épaule de son père.

— Seigneur, j'espère que tout ça va vite se terminer.

Juan avait désigné Jennifer Green pour diriger, en tant que technicienne en chef, les manipulations à l'intérieur de l'unité de bioconfinement. Elle adorait ce travail, et, contrairement à lui, ne rechignait pas à enfiler une combinaison pressurisée et à se plier à toutes les consignes de sécurité.

Malheureusement, il ne pouvait y échapper complètement. Il se retrouvait aujourd'hui à l'intérieur de l'unité, où il examinait avec Jennifer les résultats de leurs explorations par imagerie thermique.

— Vous voyez ça ? demanda-t-il. Les souris toxiques dans le poste de sécurité microbiologique ont à peu près la même température que celles qui ont reçu des doses de l'agent viral, mais regardez comme leur chaleur se dégage davantage, comme le rayonnement s'étend beaucoup plus loin.

Jennifer s'approcha et regarda l'écran de la caméra. Juan l'entendit lui répondre dans les écouteurs de la combinaison :

— C'est étrange. Les souris infectées ont un profil thermique presque normal. Elles ont de la fièvre, mais le gradient de température présente une variance normale, alors que leurs copines toxiques dégagent de vraies vagues de chaleur.

— Leur consommation calorique est hors norme. J'imagine qu'il faut que toute cette énergie sorte d'une manière ou d'une autre. A-t-on essayé de mettre une boîte de Pétri stérile là-dedans, avec un peu de gélose, pour voir ce qu'on obtient ?

— Non, mais de toute façon on ne pourrait pas cultiver ce virus, si c'en est un, en dehors de son hôte…

— C'est tout le problème. On ne sait même pas ce qui se dégage réellement. Est-ce une sorte de virus ? Une bactérie ? Un composé chimique qui se dissipe quand l'animal meurt ?

— Il n'y a qu'une façon de le savoir, dit Jennifer.

Elle se tourna vers une armoire à fourniture et en sortit une pile de boîtes de Pétri stériles. Chacune contenait une fine couche de gélose transparente.

— Génial. Ouvrez-en une et déposez-la dans le poste de sécurité près des souris toxiques. On va l'y laisser une minute ou deux, et on regardera au microscope pour voir si quelque chose est apparu.

Jennifer se servit des pinces de manipulation pour placer la boîte de Pétri dans le poste de sécurité microbiologique, en ôter le film de protection et ouvrir le couvercle. À peine eut-elle commencé à l'approcher des souris toxiques qu'elle en resta bouche-bée.

La gélatine solide réagit immédiatement.

— Oh, mon Dieu, s'étrangla Jennifer.

Juan sentit un frisson le traverser.

— Vous voyez à quelle vitesse se produit cette décoloration ? fit-il, estomaqué. Écartez la boîte et remettez le couvercle. Bon sang, je veux voir ce qui vient de se passer !

Il entendit la respiration rapide de Jennifer dans ses écouteurs ; il lui donna une petite tape amicale dans le dos.

— Respirez profondément. La dernière chose dont j'ai besoin, c'est que vous perdiez connaissance maintenant. Continuez d'utiliser les pinces de manipulation comme vous l'avez fait, et tout ira bien.

Jennifer retira la boîte du poste de sécurité, et la déposa, toujours à l'aide des pinces, sur la platine du microscope électronique. Elle alluma le moniteur couplé à l'appareil afin qu'ils puissent voir tous les deux les résultats ; puis elle zooma sur une des zones sombres.

— On dirait de la moisissure, risqua-t-elle.

Juan secoua la tête.

— Trop rapide pour de la moisissure.

Jennifer régla la lentille de focalisation sur une résolution supérieure, puis fit la mise au point.

— Voyons voir si la gélose a fondu. Il n'y avait pourtant pas une telle chaleur, comme on l'a vérifié juste avant.

— Ça pourrait être une réaction chimique, risqua Juan. Essayez de zoomer davantage.

— D'accord. Je grossis au maximum. On est sur un réglage à un micromètre. Attendez. La mise au point est difficile.

Elle joua avec les commandes du microscope.

— Voilà. Mais ce qu'on voit ici est tout sauf une algue.

Juan fixa la cellule ronde sur laquelle Jennifer avait réussi à zoomer.

— On dirait un lymphocyte, mais il y a ces petites protubérances filandreuses tout autour…

— J'en vois une qui bouge ! s'écria Jennifer.

Juan leva les yeux vers la caméra fixée au plafond.

— J'espère que vous enregistrez tout ça, les gars !

Ils continuèrent d'examiner l'étrange cellule durant plusieurs minutes. Par deux fois encore, l'une des protubérances s'agita.

— Qu'en pensez-vous ? demanda Jennifer, rompant finalement le silence.

— Disons que s'il s'agit de ce à quoi je pense, dit Juan, alors nous avons un animal doté d'un système immunitaire qui non seulement se défend, mais attaque. Ce qui expliquerait pourquoi il n'y a pas de toxicité quand le sujet hôte est mort.

Il frissonna à l'idée d'un système immunitaire capable d'attaquer au niveau cellulaire.

— Ce serait assez semblable à ce qui se passe dans le cas d'un choc anaphylactique, ajouta-t-il calmement. Le problème, c'est que notre corps n'est pas entraîné à livrer ce genre de bataille, et encore moins à la gagner.

Comme Juan regagnait sa voiture – après une nouvelle journée de seize heures – Paul Hutchison courut vers lui sur le parking, en agitant la main.

— Docteur Gutierrez ! Juan !

Juan s'arrêta.

— Paul ?

Bien qu'il eût la soixantaine, le chef de la sécurité d'AgriMed était encore en grande forme ; il ne s'arrêta de courir que lorsqu'il fût à moins de trois mètres de lui.

— Docteur Gutierrez, j'ai besoin de vous parler.

Le ton était dégagé, mais quelque chose dans son langage corporel alerta Juan.

— Que se passe-t-il ? Y a-t-il… ?

Hutchison lui intima le silence en plaçant un doigt en travers de ses lèvres, et lui fit signe de le suivre à l'écart du bâtiment.

Juan ne put s'empêcher d'avoir un mauvais pressentiment tandis qu'ils s'éloignaient du parking qui entourait les bâtiments du FBI.

Lorsqu'ils furent assez loin pour être certains que personne ne risquait de les entendre, Hutchison s'arrêta et fit signe à Juan de s'approcher. Juan s'exécuta. Leurs visages n'étaient qu'à quelques centimètres l'un de l'autre.

Hutchison sortit un petit appareil électronique qui tenait dans la paume de sa main.

— Juan, j'ai là un enregistrement qu'il faut que je vous fasse écouter. Mais avant ça, vous devez comprendre quelque chose. Ne me demandez pas d'où ça provient, et ne parlez de ça à personne. Parce que c'est vous qui risqueriez de le payer cher, pas moi.

— Attendez une minute. Peut-être que je n'ai pas envie d'écouter ça, dit Juan, inquiet brusquement.

— Vous n'avez pas vraiment le choix. C'est directement lié à ce que vous faites. Ils ne vous disent pas tout.

— Qui ça, « ils » ? Vous voulez dire le FBI ?

— Écoutez, et vous comprendrez.

Hutchison appuya sur la touche lecture de l'appareil, qui diffusa l'enregistrement.

« Où en sommes-nous ? Tout est réglé ? »

La voix de l'homme était familière à Juan, sans qu'il puisse mettre un nom dessus.

— *Presque*, fit une deuxième voix, une voix d'homme également. *On a récupéré presque tout le monde en Amérique du Sud, et les Anglais ont accepté de nous envoyer leurs ressortissants. Tout le monde devrait être là avant la fin de la semaine prochaine. On a quelques retardataires que nous essayons de localiser sur la côte Ouest, mais le site de quarantaine du Nevada devrait pouvoir héberger tout le monde sans trop de problèmes.*

— *Sans trop de problèmes, hein ?* répéta le premier homme. *Est-ce que vous savez seulement ce que c'est que d'avoir des problèmes ? J'ai dû stopper le projet avec les Allemands, et voilà que je me retrouve avec un tas de gens porteurs d'un virus mortel que vous m'aviez assuré, vous et votre équipe, être sous contrôle. Et regardez où nous en sommes !*

— *Je comprends, M. le président.*

Juan écarquilla les yeux. Voilà pourquoi la voix lui était familière.

— *Nous allons tous les regrouper dans des installations sécurisées,* poursuivit le deuxième homme. *Personne n'en saura rien.*

— *Vous êtes débile, ou vous le faites exprès ? Nous avons des familles dans ces centres de quarantaine, non ? Des gosses, des femmes, des hommes. Et s'il prenait à l'un d'eux l'envie de mettre les voiles ? Vous allez m'assurer que vous êtes capables de contrôler la situation indéfiniment ?*

« Et essayez donc de séparer une famille, ou d'empêcher un chaud

lapin de fricoter avec la petite allumeuse de service. Imaginez qu'elle tombe enceinte ! Vous croyez que vous allez pouvoir l'obliger à avorter ? D'ailleurs, comment savoir s'il est même possible d'avorter une de ces monstruosités ? Vous croyez sérieusement que tout ça ne va pas finir par s'ébruiter ?

Juan sentit son estomac gargouiller. Il fut brusquement pris de sueurs froides.

— *Je suppose que vous avez raison*, soupira le deuxième homme.

— *Bien sûr que j'ai raison, abruti !*

— *Dans ce cas, que suggérez-vous, monsieur ?*

— *Il faut vraiment que je vous fasse un dessin ?* postillonna le président. *Quand tout le monde sera réuni dans ce lieu sécurisé, arrangez-vous pour qu'un accident arrive. Je parle d'un grave, d'un terrible accident. Vous saisissez, soldat ?*

Juan se pencha en avant, pris de nausées.

— *Oui, monsieur le président. Est-ce un ordre ?*

— *Quand je dis accident, je veux dire rien qui laisse des traces. Et oui, c'est un ordre.*

Hutchison arrêta l'enregistrement.

— Maintenant, vous savez ce qui se trame.

— Mais, je… que voulez-vous que je fasse ? demanda Juan, les mains tremblantes.

Les yeux bleus d'Hutchison le fixaient froidement. Le chef de la sécurité ne paraissait pas affecté par l'enregistrement; il affichait un air imperturbable.

— Je veux que vous compreniez qu'il n'est plus question de curiosité, là ; l'heure n'est plus à la recherche fondamentale. Il s'agit de stopper ce virus. Des vies sont en jeu. J'estime que dans moins de dix jours, tous ces gens seront réunis en un seul et même lieu. Et quand ça arrivera, le terrible accident que vous venez d'entendre évoquer surviendra, et le monde oubliera jusqu'à l'existence de toutes ces personnes.

Tout cela était angoissant, songea Juan. Il travaillait pratiquement jour et nuit, et ce n'était apparemment encore pas assez ; cela n'avançait pas assez vite. Il fallait qu'il réussisse à annuler les effets de ce virus, et il n'avait plus beaucoup de temps pour cela. Tous ces gens étaient déjà en sursis.

Hutchison posa une main sur son épaule et lui sourit avec une certaine gravité dans le regard.

— Écoutez, docteur. Si vous ne parvenez pas à trouver un remède… peut-être que le plan du président sera un mal pour un bien. Si ce virus venait à se répandre, qu'il devenait incontrôlable… Songez-y. Incontrôlable, sans moyen réel de détecter l'infection. L'humanité pourrait être décimée en une génération.

Juan laissa échapper un souffle tremblant.

— Je crois savoir ce qu'il faut faire, dit-il.

— Dans ce cas, foncez ! De mon côté, j'ai fait tout ce que je pouvais. Pour le reste, je compte sur vous, docteur Gutierrez.

CHAPITRE VINGT-QUATRE

La conversation avec Hutchison avait donné un singulier objectif à Juan. Il n'avait que dix jours pour trouver une solution, après quoi cela n'aurait plus d'importance. Il allait devoir concentrer ses efforts sur ce qu'il était possible de faire dans ce laps de temps.

Mais la vérité l'obligeait à s'avouer que trouver un remède en un temps aussi court relevait quasiment de l'impossible. Le mieux qu'il pouvait faire était d'essayer de sauver une partie de ces gens – ceux qui n'étaient pas infectés – en mettant au point une méthode pour les trier. Il imaginait des enfants, des épouses, des familles entières « arrêtées » simplement parce qu'ils avaient des patients atteints de cancer dans leur entourage immédiat.

Il ne pouvait pas sauver tout le monde, mais peut-être qu'il pouvait sauver ceux-là.

En pénétrant dans le laboratoire le lendemain matin, où ses techniciens suivaient les résultats de dizaines d'expériences, il ressentit brusquement le poids de la culpabilité. Des centaines de personnes allaient mourir dans quelques jours, tout cela à cause de ses recherches.

Comme à l'accoutumée, il se dirigea d'abord vers Kevin, qui était devenu le référent au labo.

— Quoi de neuf, Kevin ?

Ce dernier remonta ses petites lunettes sur son nez, et répondit :

— Ça se passe plutôt bien.

Il lui montra une petite unité transparente fermée hermétiquement, et guère plus grande que le rat qui y était enfermé.

— Les autres unités étaient un peu petites pour l'espèce de rat que nous testons. Elles ont sans doute été prévues pour des souris. Mais ça fonctionne, et j'ai réussi à créer une ventilation. Des détecteurs d'oxygène et de dioxyde de carbone échantillonnent l'air qui sort de la chambre. Ça ne suffit pourtant pas pour calculer précisément des pourcentages d'exhalation. Il nous faudrait pouvoir apprendre à ces rats à souffler dans des pipettes, ou les sédater.

Juan secoua la tête.

— Ça ira très bien comme ça. Nous n'avons pas besoin de chiffres exacts. Continuons et rassemblons toutes les données pour voir s'il y a des différences entre les groupes de spécimens.

Kevin s'empara d'un bloc-notes.

— Donnez-moi quelques minutes, le temps de rassembler tout ça.

Nate entra au même instant. Juan se demanda si ce dernier était au courant de ce qui se préparait sur les sites de quarantaine.

— Comment ça va, Juan ?

— On essaie d'avancer, répondit-il en regardant Kevin commencer à relever les résultats affichés sur la dizaine de postes de travail répartis tout autour du labo.

— Vous pensez parvenir à quelque chose ? s'enquit Nate avec espoir.

— J'essaie surtout, dans un premier temps, de trouver un moyen sûr de savoir si quelqu'un a reçu cette forme de thérapie génique.

— Et c'est si difficile que ça ? s'étonna Nate. Je ne suis pas médecin, mais si ces gens ont été infectés par un virus, ne suffit-il pas d'identifier les anticorps produits par leur organisme ?

— Malheureusement non, pas dans ce cas. Avec un virus normal, vous auriez raison. Un virus ordinaire – disons, celui de la grippe, par exemple – envahit les cellules, se sert de leur ADN pour se dupliquer, et se répand ensuite partout. Le corps repère ces virus, ces envahisseurs étrangers, et répond en produisant des anticorps spécifiques. Mais ce virus est différent. Quand il envahit une cellule, son code génétique fusionne avec la cellule infectée. Plus tard, quand cette cellule se divise naturellement, le contenu se réplique. Le corps ne crée pas d'anticorps, parce qu'il ne perçoit pas d'envahisseur – juste une division cellulaire naturelle.

Nate fronça les sourcils.

— Dans ce cas, pourquoi toutes les personnes infectées ont-elles de la fièvre ?

Juan hocha la tête.

— C'est exactement la question que je me pose, moi aussi, dit-il.

— Docteur Gutierrez, dit Kevin en s'approchant rapidement. J'ai rassemblé les données et j'ai des moyennes par groupe. Il n'y a pratiquement aucune différence entre les exhalations des animaux traités. En revanche, les animaux non-traités ont un taux de CO_2 plus bas, et un taux d'oxygène plus élevé, que les premiers.

Juan plissa les yeux.

— De quel ordre est la différence ?

— Les rats traités dégagent deux fois plus de CO_2 et environ un quart d'oxygène en moins.

— Génial ! s'exclama Juan.

Il se tourna vers Nate.

— Ça pourrait être un moyen fiable de dire si quelqu'un est infecté par le virus ou non.

— Ça *pourrait*, ou *c'est* ?

— Je ne le saurai avec certitude que lorsque j'aurais fait le test sur des personnes connues pour avoir le virus. Si je prépare un test, croyez-vous qu'on pourra me conduire sur un des sites de quarantaine ?

— Il faut que je voie ça avec mon superviseur, répondit Nate. Pour être honnête, je ne sais même pas moi-même où se trouvent ces sites. Quand voudriez-vous y aller ?

Juan se tourna vers Kevin.

— Kevin, s'il vous plaît, dites-moi que nous avons des capnographes portables pour mesurer le dioxyde de carbone.

— Bien sûr, nous en avons en réserve. Il faut souffler dedans, comme dans un spiromètre, mais ils mesurent bien la concentration en CO_2 dans les gaz respiratoires. Je vous en rapporte un... donnez-moi un petit quart d'heure.

Juan se tourna vers Nate.

— J'aimerais que nous puissions y aller dans quinze minutes.

Nate écarquilla les yeux et sortit son téléphone portable.

— Je ferais bien de passer tout de suite quelques coups de fil dans ce cas.

Tandis que Nate s'éloignait, murmurant dans son téléphone, Juan se sentit ragaillardi. Il allait peut-être pouvoir sortir quelques personnes de quarantaine, et leur sauver la vie.

Il ferma les yeux et laissa ses pensées vagabonder, réfléchissant à un moyen d'aider ceux qui étaient infectés.

Mais le défi paraissait insurmontable. Ses épaules retombèrent. Le désespoir le submergea.

Il ne restait que neuf jours… jamais il ne réussirait à changer le cours des choses dans un délai aussi court.

***

Kathy était assise avec son père dans le réfectoire de Camp X-Ray. Tandis que Frank parlait avec les autres « prisonniers » – elle n'arrivait pas à les voir autrement – elle s'efforça d'avaler son ragoût de bœuf tiède.

— Vous avez tous eu un cancer, vous aussi ? s'enquit un petit homme maigrichon au fort accent espagnol entre deux bouchées de pain de maïs.

Tous à la table hochèrent la tête.

— Oui, mais grâce à Dieu, c'est fini maintenant, se réjouit quelqu'un d'autre.

— C'est vrai pour tout le monde ? demanda Frank. Vous êtes tous guéris ?

Nouveau hochement de tête général.

— C'est un vrai miracle ! s'exclama une femme à l'autre bout de la table.

Une autre assise à côté de Kathy déclara :

— C'est même encore plus que ça. Pour la première fois de ma vie, mon psoriasis a disparu, et ça fait plus de six mois.

Un homme âgé intervint :

— Tous, nous avons une chance inouïe d'être en vie. J'ai entendu parler de plusieurs personnes qui ont participé au même essai clinique que nous, et qui n'ont pas survécu. Il semble que ce soit leur sclérose en plaque qui a interféré avec le traitement.

— J'ai entendu dire la même chose, confirma quelqu'un d'autre.

Brusquement envahie par l'émotion, Kathy appuya sa joue contre l'épaule de son père et lui murmura :

— Oui, quelle chance que maman et moi t'ayons toujours avec nous.

Un homme à l'épaisse barbe noire demanda :

— Hé, à part moi, quelqu'un a-t-il remarqué qu'il utilise moins de déodorant ? Parce que soit j'ai perdu l'odorat, soit je pue beaucoup moins qu'avant.

— Non, je me suis fait la même réflexion…

— Moi aussi ! Bizarre, non ?

Kathy regarda son père sentir ses aisselles, et laissa échapper un petit rire.

— Je te l'aurais dit si tu empestais, lui assura-t-elle.

Un autre homme intervint d'une voix nasillarde.

— Il y a mieux que les déodorants. Ce traitement m'a redonné une vie sexuelle. J'avais de l'herpès, et, nom d'un chien, ces toubibs m'ont guéri ! Plus de cancer. Plus d'herpès. Et me voilà, célibataire, et prêt à faire la bête à deux dos.

Tout le monde se mit à rire.

— Mais vous avez entendu les gardes, dit le barbu. Pas question de se tourner autour tant qu'on sera ici. C'est pour ça qu'ils surveillent les baraquements ; pour que personne n'ait l'idée de fricoter.

— Qui a besoin des baraquements alors qu'il y a les toilettes mobiles pour avoir un peu d'intimité ? lui renvoya l'homme à la voix nasillarde.

— Vous êtes dégoûtant, le réprimanda la femme en bout de table.

À l'entrée du périmètre de sécurité de la base de l'Air Force connue sous le nom de Camp X-Ray, Nate sortit la tête par sa portière, côté conducteur, et tendit au sergent de garde ses papiers et ceux de Juan.

— Agent Carrington et Dr. Gutierrez. Nous sommes attendus.

Il désigna d'un geste du pouce les deux SUV derrière eux.

— Ces types font partie de l'équipe de sécurité du docteur. Ils attendront à l'extérieur.

Le vent souleva un nuage de poussière brune qui balaya le chemin de terre qui s'étendait devant eux, tandis que le soldat examinait leurs papiers.

— Veuillez abaisser vos vitres arrière et ouvrir votre coffre, s'il vous plaît.

Nate soupira, mais il abaissa les vitres teintées du GMC Yukon qu'il avait récupéré auprès du bureau du FBI de Las Vegas. Il scruta le tableau de bord à la recherche du bouton d'ouverture du haillon arrière, et finit par le trouver.

Un deuxième soldat inspecta la banquette arrière, tandis que le sergent fouillait le coffre.

Juan sortit la tête à son tour par sa portière côté passager, et dit :

— Vous voulez bien faire attention, s'il vous plaît ? C'est du matériel médical électronique. C'est très fragile.

Les soldats terminèrent leur inspection, et le sergent rendit leurs papiers à Nate et à Juan. Il pointa du doigt la route en terre battue qui filait droit devant eux.

— Suivez la piste. Après la montée, prenez à gauche. Vous ne pourrez pas manquer le camp. Je les préviens de votre arrivée.

— Merci, sergent, dit Nate en remontant sa vitre.

Il enclencha la marche avant et suivit la piste rocailleuse.

À côté de lui, Juan paraissait particulièrement nerveux. Il le fut plus encore quand ils arrivèrent en vue des murs de clôture grillagée du camp de quarantaine.

— Votre but est bien d'essayer de séparer les faux positifs des autres ? demanda Nate.

— Oui.

— Alors, concentrez-vous là-dessus, lui conseilla-t-il. Nous serons vite ressortis. N'oubliez pas que ces patients ignorent en partie pourquoi ils ont été placés en quarantaine, et qu'il vaut mieux que ça reste comme ça. Les gars de l'Armée de l'air ont reçu comme consigne d'installer les hommes et les femmes dans des quartiers différents, mais c'est tout ce qu'ils savent. Les patients n'ont pas le droit de partager le même lit, si vous voyez ce que je veux dire. Même les couples mariés.

Nate sentit le regard du chercheur se tourner vers lui, tandis que l'imposant SUV arrivait à hauteur de l'entrée principale du camp. La lourde porte en métal s'ouvrit, et un soldat leur fit signe de passer.

Nate contourna un grand car à l'arrêt, et avança jusqu'à une autre entrée marquée par un portail grillagé, qui s'ouvrit à son tour. Deux hommes en treillis les guidèrent alors vers un bâtiment sur lequel on avait peint une grande croix rouge.

Un autre soldat les attendait devant.

— Agent Carrington, docteur Gutierrez. Si vous voulez bien me suivre, leur dit-il. Je vais vous conduire jusqu'à la clinique, et où il est prévu que vous fassiez vos examens.

Juan pointa du doigt l'arrière du SUV.

— Juste une minute. Le temps de récupérer l'équipement que j'ai apporté, dit-il.

Il se tourna vers Nate, le regarda à travers la porte ouverte côté passager, et lui demanda :

— Vous venez ?

Nate coupa le contact, fourra les clés dans sa poche et descendit d'un bond du GMC.

— Laissez-moi vous aider, dit-il.

Nate s'assit sur une chaise pliante en plastique dans la pièce en parpaing sans fenêtre, vilainement éclairée par des tubes au néon. L'endroit avait tout de la salle d'interrogatoire ; il y flottait une odeur piquante de produit désinfectant. La pièce comptait pour tout mobilier une simple table et quelques chaises.

Le docteur avait installé son équipement sur la table ; il vérifiait les branchements. L'appareil avait à peu près la taille d'un ordinateur de bureau. Il consistait essentiellement en un petit caisson doté de différents boutons, un petit écran LED, et un long tube flexible avec une pipette au bout.

— Vous voulez bien que j'essaie ça sur vous ? demanda Juan. Je veux juste m'assurer que cette chose fonctionne.

— Bien sûr, dit Nate en haussant les épaules.

Il rapprocha sa chaise de la table et demanda :

— Que faut-il que je fasse ?

Juan enfila une paire de gants blancs en latex, saisit le long tube annelé et le tendit à Nate par l'extrémité munie de la pipette.

— Tenez ça une seconde.

Il procéda à quelques réglages, et expliqua :

— Cet appareil est un capnographe multiparamètres. Il va mesurer les taux d'oxygène et de de dioxyde de carbone que vous rejetez. Prenez simplement une grande inspiration, mettez la pipette dans votre bouche, serrez vos lèvres autour, et soufflez fort le plus longtemps possible. Je vous demanderai de faire ça trois fois. Prêt ?

— Prêt.

Juan appuya sur un bouton, et l'appareil bipa.

— Très bien. Inspirez… et soufflez.

Nate s'exécuta, vidant tout l'air de ses poumons. Après trois longues expirations enchaînées rapidement, il eut la tête qui tournait un peu.

Juan remplaça la pipette usagée pendant qu'il lisait les résultats sur l'écran LED.

— Taux moyen d'exhalation d'oxygène : 15,87 %, avec 4,15 % de CO_2. Bien. C'est à peu près ce que j'attendais.

— Donc, la machine fonctionne ? demanda Nate.

Juan sourit.

— Oui, dit-il. Et vous serez ravi d'apprendre que vous n'avez pas le virus.

La porte de la salle s'ouvrit, et le soldat qui les avait accueilli à l'extérieur du bâtiment entra, tenant une planchette à pince.

— Docteur Gutierrez, tout le monde est là, listé par numéro. Vous trouverez ici les relevés de température de chacun, et s'ils ont ou non suivi le traitement. Vous êtes prêt à les recevoir ?

— Oui, merci. Faites-les entrer, un à la fois. J'ai besoin de faire les examens de base, voir comment ils vont ; je procéderai ensuite au tri.

— Très bien, monsieur. Je reviens avec le premier patient et un interprète.

— Un interprète ? releva Juan.

— Oui, monsieur. Une grande partie de ces gens sont originaires d'Amérique du Sud.

— Sergent, je parle espagnol.

Le sergent hocha la tête.

— Le portugais aussi ?

— Ah… c'est vrai. Bon, faites entrer également l'interprète.

En attendant l'arrivée du premier patient, Juan enfila la blouse blanche qu'il avait apportée, et sourit à Nate.

— Je travaille rarement avec de vrais patients – des êtres humains, je veux dire. La blouse blanche s'impose.

Quelques secondes plus tard, une femme entre deux âges entra et lui serra la main. Puis, il communiqua avec elle grâce à l'interprète, qui traduisait en portugais.

— Asseyez-vous, je vous en prie. Comment vous sentez-vous ?

Nate le regarda prendre le pouls de la femme, sa tension, et lui poser des questions d'ordre général sur sa santé, avant de la faire souffler dans la pipette. Il s'approcha et lut les résultats par-dessus l'épaule de Juan. Le taux d'oxygène de la femme était plus bas que le sien, et son taux de CO_2 presque deux fois plus important. Il savait ce que cela signifiait.

Juan prit des notes, puis remercia la femme, qui se leva et sortit.

— Positive ? s'enquit Nate.

— J'en ai bien peur, répondit sombrement Juan. Elle fait partie de ceux qui ont reçu le traitement viral.

Tandis que les patients défilaient un par un dans la salle, Nate se fit une idée plus claire du genre de médecin qu'était Juan. L'homme paraissait se soucier sincèrement de chacune des personnes qu'il examinait, qu'il finissait invariablement par rassurer en leur répétant que tout irait bien.

Évidemment, dans la plupart des cas, ce n'était pas ce qui se passerait. Sur les quarante premiers patients examinés, il n'en élimina que deux, qui avaient bien eu de la fièvre au moment où on les avait conduits au camp, mais dont la température était normale depuis.

Quand le patient suivant – qui était une patiente – entra, Juan se figea, les yeux écarquillés de stupeur. La femme s'arrêta et le fixa elle aussi, l'air estomaqué. Ils se connaissaient, de toute évidence, comprit Nate.

— Juan ! s'écria la femme d'une voix tremblante. Comment avez-vous su que j'étais ici ?

Nate l'avait reconnue lui aussi. Vingt-cinq ans environ, jolie, la rousseur de ses cheveux contrastant avec la blancheur de sa peau. C'était la fille des O'Reilly, l'étudiante qu'il avait lui-même rencontrée à Georgetown.

Mais comment se faisait-il qu'elle connaisse le docteur ?

— Je ne…je ne sav… , bredouilla Juan.

Il était aussi choqué de la voir qu'elle l'était de le trouver là.

— Oh, mon Dieu, Kathy… comment avez-vous atterri ici ?

Les yeux de Kathy s'emplirent de larmes.

— À cause de l'essai clinique, Juan. J'ai bu accidentellement un peu d'eau contenant le traitement de mon père, et je…

Sa voix se brisa, et elle fondit en larmes.

Le visage de Juan s'empourpra.

— Je suis désolé. Si seulement j'avais pu savoir…

Il s'interrompit, nerveux, et regarda Nate. Puis il se ressaisit, examina Kathy exactement comme il avait examiné les autres patients, et lui tendit finalement la pipette.

Elle souffla dedans. Nate et lui scrutèrent les résultats qui s'affichaient sur l'écran LED.

Elle était positive.

Tandis qu'il consignait ses observations par écrit, son visage passa par toute la gamme des émotions. Nate comprit clairement que non seulement il connaissait cette femme, mais qu'il en pinçait pour elle, de surcroît.

Dès qu'elle eut quitté la salle, Nate demanda au soldat devant la porte de leur donner quelques minutes. Puis, il se tourna vers Juan.

— Comment se fait-il que vous la connaissiez ? lui demanda-t-il.

— C'est compliqué, répondit Juan, visiblement bouleversé. Elle est venue assister à une de mes conférences. Et puis, on s'est vus à Georgetown.

Il prit une grande inspiration.

— C'est ma faute si elle est ici. Son père souffrait d'un cancer en phase terminale, alors je lui ai parlé d'un essai clinique. Si je ne lui avais pas transmis cette info concernant cet essai dont j'ignorais à peu près tout, elle ne serait pas là. Elle n'aurait pas été infectée !

Nate posa une main sur son épaule et exerça une petite pression.

— Je suis désolé, Doc. J'imagine ce que vous devez ressentir. Vous voulez faire une pause ?

Juan poussa un long soupir et secoua la tête.

— Non, merci. Essayons de terminer ça.

— Vous êtes sûr que ça va aller ?

— Que ça aille ou pas importe peu. Le temps presse, répondit Juan.

***

Le dernier patient de la journée sorti, Juan écrivit un ultime compte rendu d'examen et secoua la tête. Les résultats le déprimaient.

— Cinq, dit-il. Sur presque deux cents patients, seuls cinq ne sont pas positifs au traitement. Seulement cinq !

Et Kathy… Kathy n'avait pas cette chance. Elle serait morte dans quelques jours.

— Je sais que ce n'est pas ce que vous espériez, dit Nate. Mais c'est toujours cinq vies sauvées. Cinq personnes qui vont pouvoir rentrer chez elles grâce à ce que vous avez fait aujourd'hui.

Nate l'avait observé en silence toute la journée. Juan se demandait ce qu'il savait exactement. Était-il au courant que Steve Chalmers avait travaillé sur ces essais cliniques illégaux ? Lui cachait-il autre chose ?

Juan laissa ses pensées le ramener à Steve, son ancien ami. Une rage assassine, doublée d'un sentiment d'impuissance et de frustration, le saisit aux tripes. À cause de lui, il avait dirigé le père de Kathy vers ce programme monstrueux sans s'inquiéter une seule seconde. Alors, certes, Frank O'Reilly avait guéri ; pour lui, le « miracle » avait eu lieu, mais c'était Kathy, à présent, qui était infectée.

Juan sentit sa gorge se serrer. L'idée qu'elle puisse mourir dans moins de neuf jours était insupportable. Sa vue se brouilla ; furieux, il essuya ses larmes.

— J'aurais dû faire plus.

— Vous le pouvez encore. C'est pour ça que vous êtes là. Pour nous aider à arrêter cette chose.

— Il est trop tard pour arrêter quoi que ce soit ! lâcha Juan, avant de regretter aussitôt ses paroles.

Nate ignorait peut-être les plans du président. Et quand bien même il aurait été au courant… Juan, lui, était censé n'en rien savoir.

— Pourquoi dites-vous ça ? De quoi parlez-vous ? demanda Nate, intrigué.

Juan se mordit la lèvre inférieure.

— C'est juste que… ce que je veux dire, c'est que j'ignore combien de temps mon travail pourrait prendre, et ce qui pourrait arriver à tous ces gens entre-temps. Leur état de santé physique à tous est plutôt bon pour le moment, mais nous ignorons combien de temps cela va durer. C'est *maintenant* que j'ai besoin d'aider ces gens.

— Écoutez-moi, Juan, dit Nate d'une voix calme, mais ferme. Peut-être bien que je n'aie pas la moindre idée de ce qu'implique votre travail sur le plan technique, mais je suis plutôt doué pour résoudre les problèmes… disons dans leurs grandes lignes. Est-ce que ça vous aiderait si on mettait les choses à plat ? Peut-être que le point de vue d'un non-initié pourrait vous aider à considérer le problème d'un œil nouveau ?

Juan prit une grande inspiration tremblante. L'idée était plutôt bonne.

— Très bien, je suis ouvert à l'échange.

— Génial, dit Nate.

Il tourna sa chaise pour lui faire face, et commença :

— D'accord. Vous voulez trouver un remède pour ce virus. Expliquez-moi pourquoi c'est si difficile.

Il lui décocha un petit sourire en coin.

— Et essayez d'utiliser un langage que je peux comprendre.

Juan haussa les épaules.

— Il s'agit d'un problème extrêmement compliqué. Je ne sais même pas par où commencer.

— D'accord, alors c'est moi qui vais commencer. Répondez à une question fondamentale : pourquoi ne peut-on pas tout simplement inoculer un vaccin à tous ces gens ? Parce que c'est ce qu'on fait, par exemple, en cas de grippe, non ?

— C'est vrai, admit Juan. Mais l'inoculation d'un vaccin ne constitue pas un remède. C'est avant tout une mesure préventive. On injecte un virus inactivé, ou affaibli, qui entraîne le corps à construire sa propre immunité, à se défendre au cas où il viendrait à être en contact avec un virus plus puissant. La personne vaccinée bénéficie d'une protection durant une période limitée – quelques années dans le meilleur des cas – mais elle ne vous aide pas si vous êtes déjà infecté. On ne se vaccine pas contre la grippe une fois qu'on a contracté le virus.

— D'accord, dit Nate. Je comprends. Je sais par ailleurs que les antibiotiques n'agissent pas contre la grippe. Parce qu'il s'agit d'un virus, et non pas d'une infection bactérienne, c'est ça ?

— C'est ça.

— Autrement dit, quand on attrape la grippe, on doit se la coltiner durant une semaine ou deux. Maintenant que ces gens ne prennent plus leur traitement, n'absorbent plus de doses supplémentaires de virus, ils devraient finir par aller mieux, non ?

— Non, parce que ce n'est pas comme ça que ce genre de virus fonctionne.

Juan passa une main dans ses cheveux.

— Comment vous expliquer ça... Quand la grippe – mais c'est valable pour la plupart des virus – vous infecte, elle envahit les cellules, se sert d'elles pour se reproduire, et puis elle les détruit. Le virus se réplique, se répand et infecte toujours plus de cellules, jusqu'à ce que le corps reconnaisse les envahisseurs et tente de les combattre. Avec ce virus, ce n'est pas comme cela que ça se passe. Il s'agit d'un virus utilisé en thérapie génique. Quand il envahit une cellule (il joignit les mains et croisa les doigts en même temps) les morceaux d'ADN qu'il transporte fusionnent avec l'ADN de la cellule, qui s'en trouve non pas abîmée, mais modifiée. On a en quelque sorte une version actualisée de la cellule. Quand elle se divise, l'ADN fusionné se divise ; on se retrouve avec deux copies de la cellule infectée, et le corps n'y voit que du feu.

Nate croisa les jambes et tambourina sur son genou sur bout des doigts.

— D'accord, ça signifie que le virus introduit un nouvel ADN dans le corps. Et quand c'est fait, c'est fait ; vous ne savez pas comment inverser le processus, c'est bien ça ?

— Malheureusement, c'est exactement ça, oui, dit Juan. Si je comprenais tous les changements, tous les ajouts, que ce virus a fait, alors *peut-être* que je serais capable de réparer ces changements, mais il y en a tellement ! Ce serait un travail gigantesque.

— Est-ce que le virus vous dit quels changements il a opéré ? Comment il a procédé ?

— Oui, dit Juan, partagé entre impatience et exaspération, parce que toute cette réflexion ne menait à rien. Mais je n'ai aucune idée de ce que signifie tous ces changements. Je ne peux pas les défaire.

— Pourquoi ça ?

— Parce que…

Juan s'interrompit, cherchant la meilleure manière de formuler une réponse à la question de Nate.

— Parce que…

À cet instant précis, quelque chose à quoi il n'avait jamais pensé lui traversa l'esprit. Il resta un moment les yeux perdus dans le vide, tandis qu'un frisson, ou plutôt une exaltation, le traversait comme une onde.

Il se leva d'un bond.

— Nom de Dieu ! Je crois que… non… si, je crois que je peux y arriver. Tout ce qu'il me faut, c'est leur ancien ADN, celui d'avant l'infection ! Si j'en avais ne serait-ce qu'un seul, pour vérifier…

Nate eut un sourire ; ses yeux brillaient sous l'éclairage fluorescent.

— je parie que la mère de Katherine O'Reilly doit avoir une vieille brosse à cheveux ou quelque chose dans le genre. Leur maison n'est qu'à une heure d'ici.

— Comment savez-vous ça ? Non, peu importe… oui, ça pourrait faire l'affaire.

Les idées se bousculaient à présent dans la tête de Juan.

— Bien, dit Nate. Pendant que vous récupérez ça, moi, je file au bureau de Vegas pour voir s'ils ont des prélèvements sanguins ou tout ce qui pourrait servir de marqueur ADN, pour tous les autres. Tous ces gens étaient des patients cancéreux qui ont participé à un essai clinique ;

il y a toutes les chances pour qu'on leur ait fait un prélèvement ou un autre.

Juan jeta un coup d'œil à sa montre. Son cœur menaçait de bondir hors de sa poitrine.

— D'accord, je vais chercher l'échantillon d'ADN pour Kathy, et ensuite je regagne mon labo aussi vite que possible. J'ai si peu de temps.

Nate inclina la tête sur le côté, le regarda d'un air curieux, et dit :

— Je m'occupe de réserver un vol depuis la base de l'Armée de l'air de Nellis. Je suis certain qu'étant donné les circonstances, je réussirai à faire approuver un transport militaire jusqu'à Andrews pour que vous soyez rentré sans délai.

Il se dirigea vers la sortie, et fit signe à Juan de le suivre.

— Venez. Je vous fais conduire à Ash Springs, chez les O'Reilly.

CHAPITRE VINGT-CINQ

Deux heures plus tard, Juan se retrouva au milieu d'un convoi composé de trois SUV cahotant sur des chemins de terre dans le jour déclinant. Il n'y avait rien alentour, hormis la grande plaine désertique hérissée çà et là de buissons d'armoise. Pas le moindre signe de vie humaine.

Une maison de style ranch leur apparut enfin au milieu de ce nulle part. Les SUV s'arrêtèrent devant la bâtisse de plain-pied, et ils virent enfin le premier signe de vie : une femme entre deux âges, qui sortit sous l'auvent d'entrée, le visage grave, en tenant un fusil sur la hanche. À côté d'elle se trouvait un chien de la taille d'un dogue allemand, en plus musclé.

Juan abaissa sa vitre.

— Madame O'Reilly ?

— Oui. Je suis Megan O'Reilly, dit la femme en plissant les yeux d'un air soupçonneux.

— Madame O'Reilly, je viens de voir Kathy…

— Crotte de bique ! Où est-elle ?

— Madame O'Reilly, je suis le docteur Gutierrez. Juan Gutierrez. Je viens de faire un bilan médical à Kathy. J'ai vu votre mari aussi.

Le chien commença à s'avancer vers la voiture en remuant la queue.

— Jasper, reste ici ! lui ordonna la femme.

Le chien se figea et attendit.

Megan baissa son arme, et s'approcha doucement du SUV.

— Avez-vous des papiers d'identité ? demanda-t-elle.

Juan sortit son badge d'accréditation du FBI, et sa carte de visite d'AgriMed. Megan prit les deux, les examina et dévisagea les autres agents en fronçant les sourcils.

Ellle leva la carte d'AgriMed et dit :

— Ma fille avait une de ces cartes la dernière fois qu'elle est venue.

Elle arqua un sourcil, puis sourit.

— Elle m'a parlé de vous, et vous voulez que je vous dise ? Je reconnais votre voix. Vous avez appelé ici une ou deux fois.

— Oui, m'dame, c'est exact. Et à présent, je suis là pour aider Kathy et votre mari.

Megan tourna les talons, se dirigea vers la maison, et lança par-dessus son épaule :

— Eh bien, ne restez pas dehors avec ce vent et cette poussière. Venez, je vais vous préparer une limonade, et nous discuterons.

Elle désigna d'un geste les autres agents qui étaient descendus de leurs véhicules.

— Eux aussi. J'ai de la limonade pour tout le monde.

Un des agents, visage de marbre, se pencha vers Juan et dit :

— On jette un rapide coup d'œil alentour, et on vous attend ici.

Juan regarda la femme en clignant des yeux. Après s'être montrée menaçante, brandissant une arme dans leur direction, voilà qu'elle les invitait tous à entrer boire une limonade pour se rafraîchir.

Chez les O'Reilly, les femmes étaient imprévisibles.

Les agents choisirent de rester dehors, ce qui n'était probablement pas plus mal. Juan avait besoin de parler à Megan de sa famille, et il valait mieux qu'il puisse le faire sans la présence d'une cohorte d'hommes dans son salon.

Elle leur servit deux verres de limonade glacée, et ils s'assirent à la table de la salle à manger.

— Bon, je vous écoute, dit-elle. Dites-moi ce qui se passe. Il y a eu ces hommes qui sont venus et qui ont emmené mon Frank, et puis ma fille chérie, et personne n'a daigné me donner le début d'une explication !

— Je suis désolé pour tout ça, madame O'Reilly, je…

— Appelez-moi Megan.

— Megan… j'ai bien peur d'être la cause de tout ça. C'est moi qui ai parlé à Kathy de cet essai clinique. Le traitement que votre mari a suivi était… expérimental. Et il est devenu source de préoccupations.

— Comment ça ? fit Megan, l'air paniqué.

— Je ne veux pas vous inquiéter, madame O… je veux dire, Megan. Malheureusement, je ne peux pas entrer dans les détails. Mais je peux vous assurer une chose : je fais tout ce que je peux pour aider votre mari et votre fille. Et pour cela, j'ai besoin de l'ADN de Kathy et de Frank ; je veux dire, de fragments d'ADN datant d'avant le traitement. Un cheveu. Une brosse à dents qui n'a pas servi depuis longtemps ; mais là encore, il faut qu'elle date d'avant la prise du médicament.

— Mais pourquoi Kathy ? Elle n'a pas suivi ce traitement.

— J'ai cru comprendre qu'elle en a bu un peu par accident.

— Oh, oui, c'est vrai, confirma Megan. Je me souviens parfaitement du moment où c'est arrivé, mais je crois que ça a été l'unique fois.

— Il semble que cela ait suffi.

Megan prit une grande inspiration, et se leva.

— Suivez-moi, docteur Gutierrez.

Il sourit.

— Appelez-moi Juan.

Elle le conduisit jusqu'à une chambre qui, manifestement, servait uniquement au rangement. Elle était pleine de caisses en bois et de cartons contenant des armes blanches, des armes à feu anciennes, des albums photos, des figurines en bois sculpté et un tas d'autres choses.

— Pardon pour le désordre, s'excusa Megan en fouillant dans les cartons. C'est ici que je range mon bazar.

Elle examina plusieurs étagères et désigna sur l'une d'elles un gros carton, que Juan l'aida à descendre.

— Je crois que c'est celui-là, dit-elle. J'y ai rangé des affaires de bébé de ma Kathy.

Elle sourit en redécouvrant à l'intérieur un petit sac de congélation refermable de la marque Ziploc qui contenait une minuscule mèche de cheveux roux nouée à l'aide d'un ruban rose.

— Oooh, ça a été la première fois où je lui ai coupé les cheveux ! s'extasia-t-elle.

Elle leva les yeux vers Juan et lui demanda :

— Est-ce que ça irait ?

Juan étudia le contenu du sachet et répondit :

— Malheureusement non. La chose dont j'ai besoin se trouve dans la racine des cheveux. Un cheveu arraché accidentellement, par exemple, avec ses capillaires. Peut-être avez-vous quelque part une de ses vieilles brosses à cheveux ?

— Non, je n'aurais pas gardé une vieille brosse à cheveux. Qu'est-ce qui pourrait marcher encore ? Des dents de lait, peut-être ?

Juan écarquilla les yeux.

— Oui ! Ce serait parfait !

Elle fouilla de nouveau dans le carton et finit par en sortir un autre sachet hermétique, plein de dents celui-là.

— Croyez-vous pouvoir me les rendre ? Je sais que c'est idiot, mais je me souviens de chaque moment attaché à chacune de ces dents.

— Oui, je crois. Il risque toutefois d'en manquer une ou deux, l'avertit Juan, parce que ce dont j'ai besoin se trouve à l'intérieur de la dent.

— Eh bien, si c'est pour aider Kathy et Frank…

— Ça va les aider, lui assura-t-il.

— Et il vous faut aussi quelque chose de Frank ?

— Si vous avez ça, oui.

— Eh bien… peut-être un peu de sang, oui. J'y pense brusquement. Il s'est écorché sur un clou il y a plusieurs mois ; il a déchiré sa chemise en flanelle. Elle était pleine de sang. Je n'ai pas pris la peine d'essayer de la recoudre. Elle était en piteux état. Je songeais à en faire des chiffons, et puis elle est restée comme ça, dans un coin. Est-ce que ça irait ?

— Tant qu'elle n'a pas été lavée, absolument !

Depuis une fenêtre du deuxième étage d'un petit immeuble, Nate scrutait leur cible à l'aide d'une paire de jumelles de vision nocturne surpuissante. Il était presque onze heures du soir ; cela faisait deux heures qu'ils surveillaient l'entrepôt, de l'autre côté de la rue, mais jusqu'à présent, rien n'avait bougé ; ils n'avaient pas noté le moindre mouvement.

— Vous êtes certain qu'ils sont là-dedans ?

— À cent pour cent, répondit un agent. Nous avons sept cibles qui apparaissent en thermique, et les renseignements ont confirmé que l'une d'elles est Müller. Le salopard jouit d'une immunité diplomatique, mais tant qu'on a le feu vert de la hiérarchie, son immunité, il peut se la carrer où je pense.

Un autre agent, qui portait des écouteurs, intervint :

— Les gars, on a un otage.

Nate concentra de nouveau son attention sur le bâtiment, les yeux rivés à ses jumelles. Il ne voyait toujours rien, mais l'agent avec les écouteurs n'avait pas besoin de visuel. Il écoutait les sons qui provenaient de l'intérieur de l'entrepôt grâce à un laser infrarouge dirigé de l'autre côté de la rue, et qui détectait les vibrations audio à travers les fenêtres de toit du bâtiment.

— Qu'est-ce que vous entendez ? Est-ce qu'on sait qui c'est ?

L'homme secoua la tête.

— C'est une femme. Elle pleure. Ils l'interrogent à propos de Gutierrez, et de leur travail au laboratoire.

— Merde.

Nate sentit les muscles de son cou se contracter.

— J'ai apporté des chargeurs à balles frangibles. Échangez-les avec les vôtres. Si ça canarde, faites que chaque balle compte, et ne tuez pas notre otage.

Nate se tourna vers l'agent équipé d'écouteurs.

— Savez-vous à quel endroit...

— Merde, patron. Elle est en train de leur bourrer le mou en essayant de leur faire croire que Gutierrez est parti rendre visite à sa mère, mais je crois qu'ils devinent qu'elle ment, parce que l'un d'eux est en train de hurler en allemand. Je crois qu'il veut se la faire.

— Bordel.

Nate s'adressa au tireur d'élite de la mission :

— Tenez-vous prêt. On va y aller.

— Oui, monsieur.

L'homme ajusta la position de son Barret calibre 50 sur trépied, et colla son œil à la lunette de tir à vision nocturne qui équipait le fusil.

Nate fit un geste circulaire avec une main, et entraîna les quatre autres agents en bas du petit immeuble.

En d'autres circonstances, c'eut été une belle soirée. L'air était imprégné des embruns marins de la baie de Chesapeake, qui n'était qu'à quelques centaines de mètres. Mais tandis qu'ils s'approchaient de la porte de l'entrepôt, tout était étrangement silencieux. On n'entendait pas une mouette, pas le bruit d'une vague, pas la moindre voix.

Un des hommes colla son oreille contre la porte, tandis qu'un autre s'occupait de la serrure. En faisant des signes avec les mains, Nate demanda s'il y avait des bruits provenant de l'intérieur. L'agent secoua négativement la tête.

Un petit « clic » leur fit comprendre que la serrure était ouverte. Nate sortit son Glock, ouvrit la porte et passa devant.

L'entrepôt était aussi gigantesque qu'il était vide et sombre. Une petite lumière apparut une cinquantaine de mètres plus loin. Nate se dirigea dans sa direction. Les hommes le suivirent en gardant leur distance.

Des voix leur parvinrent d'en-haut.

Nate fit un nouveau geste. *Ennemi.*

Toujours dans l'ombre, il eut pour la première leurs cibles en visuel. La femme était assise sur une chaise en métal, un foulard enfoncé dans la bouche. Sa tête pendait sur le côté, comme si elle était déjà morte. Mais Nate vit sa poitrine se soulever ; elle respirait.

De nouveau, il communiqua l'état de la situation par gestes à son équipe. *Cinq ennemis. Moins un.*

Les Allemands paraissaient se disputer, mais Nate n'avait aucune idée de ce qu'ils disaient.

Puis l'homme au pistolet tira la glissière de son arme en arrière et engagea une balle dans la chambre.

Nate sentit son pouls s'accélérer. Il fallait agir vite.

Nouveau signe à son équipe : *Pistolet. Un. Sniper.*

Les hommes savaient quoi faire. Il les avait choisis pour ça.

Il retint son souffle et se mit en position de tir.

Il s'imagina le trajet de la balle. Quatre cents mètres par seconde.

Il écouta son cœur.

Entre deux battements, il appuya sur la gâchette.

L'homme s'effondra, touché en pleine tête.

— FBI, les mains en l'air ! hurla Nate.

Un des Allemands pointa son arme vers l'équipe. Il fut immédiatement abattu. Deux balles en pleine poitrine.

Les agents fondirent sur cibles restantes.

Au milieu des hurlements, Nate se précipita vers l'otage, mais à l'instant où il arriva devant elle, il y eut un éclair, suivi d'une explosion fracassante.

Une grenade assourdissante.

Il n'eut pas le temps de reprendre ses esprits qu'un homme fonça sur lui et le fit tomber à la renverse. Encore aveuglé par l'éclair, Nate frappa son agresseur à coups de poings, mais il sentit brusquement la lame dentelée d'un couteau s'enfoncer derrière sa cuisse.

Il hurla.

Tout était flou. Il ne voyait pas le visage de l'homme, mais il réussit à trouver ses yeux et commença à y enfoncer ses pouces. Ce fut au tour de son agresseur de hurler. La vue revint partiellement à Nate, et il vit une longue cicatrice en travers de la joue de l'homme.

Un coup de feu retentit. L'homme s'écarta de lui, se releva précipitamment et disparut.

Le couteau toujours enfoncé dans la jambe, Nate clignait des yeux pour tenter d'y voir clair à travers ses larmes. Il s'agrippa à une poutre de soutien à côté de lui, et se releva.

— Trois cibles abattues, deux neutralisées, lui cria un des agents.

— Où est ce salopard de balafré ? demanda Nate.

— Monsieur ?

— Le type qui a balancé la grenade assourdissante. Une longue cicatrice sur la joue. L'enfoiré qui m'a poignardé !

Une porte en métal claqua derrière eux. Deux des agents coururent en direction du bruit.

Nate reporta son attention sur l'otage. Elle avait le visage gravement contusionné. Elle avait l'air terrorisée. Il lui ôta le foulard de la bouche.

— Ils allaient me tuer ! sanglota-t-elle.

— Nous sommes du FBI, m'dame. Vous êtes en sécurité maintenant.

Un des agents revint en courant.

— On l'a perdu, monsieur.

Nate regarda les autres Allemands, les mains ligotées dans le dos à l'aide d'attaches rapides.

— Emmenez-moi ces salopards d'ici, et conduisez la femme à l'hôpital.

Un des hommes tapa sur l'épaule de Nate et dit :

— Monsieur, vous savez que vous avez un putain de couteau de chasse enfoncé dans la jambe ?

Nate grimaça.

— Oui, ça ne m'a pas échappé.

Il savait qu'il ne fallait surtout essayer de l'enlever.

L'homme sortit un téléphone d'une poche de son treillis.

— Je demande tout de suite deux ambulances.

Nate s'appuya contre la poutre. La douleur était intense.

Qui était ces gens ? se demanda-t-il. Que voulaient-ils à cette femme ? Et à Juan ?

Frank était attablé dans le réfectoire, devant des œufs brouillés – ou du moins, ce qu'ils appelaient des « œufs brouillés ».

Kathy était assise en face de lui à la longue table de style piquenique. Elle mangeait une pomme verte, le regard perdu dans le vide, l'esprit ailleurs.

La visite du médecin de la côte Est – le Dr Gutierrez – avait redonné de l'espoir à tout le monde. Tous se disaient qu'ils allaient peut-être pouvoir sortir d'ici prochainement. Le fait de savoir que le médecin allait rendre visite à Megan, et la rassurer sur leur état de santé, avait beaucoup apaisé les angoisses de Frank. Il se fichait de ce qui pouvait lui arriver personnellement ; tout ce qui lui importait, c'était que l'on prenne soin de Kathy et de Megan.

Mais cela faisait une semaine, et ils n'avaient toujours pas de nouvelles.

— Ta mère est sûrement en train de perdre la tête.

— Ne t'inquiète pas. Juan a promis d'aller la voir, soupira Kathy.

Une femme en treillis appela depuis la porte du réfectoire :

— Franklin et Katherine O'Reilly, êtes-vous là ?

Frank agita la main. La femme leur fit signe de venir la rejoindre. Kathy prit le bras de son père, et ils traversèrent la salle.

— Un médecin vient d'arriver à la clinique, dit la femme. Il veut vous voir tout de suite, tous les deux.

Frank et Kathy échangèrent un regard. Puis, sans un mot, ils se dirigèrent vers la clinique.

Juan ne s'était pas senti aussi mal depuis une éternité. Il avait la gorge sèche, et des élancements migraineux. La semaine passée avait été une vraie torture.

Durant sept jours, il n'avait pas quitté son laboratoire au FBI, et il avait travaillé presque sans interruption. Son équipe et lui avaient commencé par récupérer l'ADN non modifié de Kathy et Frank. Puis, ils avaient coupé des segments de cet ADN, et s'en étaient servi pour remplacer les séquences – ou une partie des séquences – d'ADN expérimental qui étaient la cause de tous leurs ennuis.

La nouvelle équipe avait réussi en une semaine ce qui, en temps normal, aurait pris au moins six mois.

Et ils avaient réussi. Ils avaient développé une nouvelle thérapie génique à vecteur viral – ou du moins Juan l'espérait-il, la phase des essais cliniques étant inenvisageable, faute de temps. Il avait transgressé toutes les règles possibles et imaginables dans un seul but : mettre au point cette thérapie, et sauver toutes les personnes qui pourraient l'être.

Et il avait sauté dans le premier avion en partance pour le Nevada.

À présent, il se retrouvait dans la même pièce sinistre qu'il avait utilisée la dernière fois qu'il était venu à Camp X-Ray. Devant lui était posé une valise étanche pleine de seringues marquées et contenant chacune un liquide jaunâtre.

La porte s'ouvrit, et Kathy entra, suivie de son père. Juan sentit sa gorge se serrer comme il leur faisait signe d'approcher.

Kathy le dévisagea d'un air inquiet :

— Mon Dieu, Juan, vous avez l'air épuisé.

— Ça va, lui assura-t-il en s'efforçant de lui sourire malgré la fatigue.

— Vous avez perdu du poids. Et ces poches sous les yeux… vous êtes certain que ça va ?

— Absolument, dit Juan. J'ai juste… *beaucoup* travaillé ces derniers jours.

Il leur fit signe de s'asseoir sur les chaises pliantes.

— Je vous en prie, asseyez-vous. Je vais tout vous expliquer.

Il fit le tour de la table et s'assit, face à eux.

— Je vais vous faire une injection du produit que nous avons créé à partir de l'ADN que j'ai récupéré grâce à Megan, commença-t-il.

— Vous avez l'ADN de Megan ? réagit Frank.

Juan se frotta les joues en fermant les yeux, puis :

— Pardon, permettez-moi de reformuler ça. Kathy, j'ai rendu visite à votre mère, et je lui ai dit que vous alliez bien, tous les deux. Elle aussi va bien. C'est une femme très forte. Elle m'a donné votre ADN – enfin, vos dents de lait, qui ont permis de le récupérer.

Il se tourna vers Frank.

— Et nous avons récupéré le vôtre grâce à une de vos vieilles chemises, tachée de sang celle-là.

— Pourquoi aviez-vous besoin de notre ADN ? voulut savoir Kathy. Pourquoi être allé voir maman ? Pourquoi ne pas l'avoir prélevé ici ?

— Parce que j'avais besoin de votre ADN d'avant, euh… tel qu'il était avant que vous ne preniez ce traitement anticancéreux. Voyez-vous, ce traitement était une forme de thérapie génique, qui a produit un certain nombre de changements dans vos cellules, afin de combattre plus efficacement le cancer. Malheureusement, il s'est avéré qu'il occasionnait certains effets secondaires graves.

— Quel genre d'effets secondaires ? voulut savoir Frank.

Juan fronça les sourcils.

— Je suis navré, je ne suis pas autorisé à en parler. Disons seulement qu'ils peuvent être très dangereux. Mais, s'empressa-t-il d'ajouter, ni l'un ni l'autre n'en souffrez pour le moment. Personne dans le camp non plus d'ailleurs. C'est juste qu'il y a un risque que cela se produise.

Il pointa du doigt les seringues sur la table.

— La bonne nouvelle est que, grâce à votre ADN d'origine, nous devrions pouvoir inverser le processus. Il faudra que je vous fasse une injection toutes les douze heures. Vous devriez retrouver votre métabolisme de base. Ainsi, vous ne risquerez plus de subir ces effets secondaires.

— Attendez une minute, dit Kathy. Est-ce que ça signifie que mon père va de nouveau souffrir de son cancer après qu'il aura eu ces injections ?

Juan avait anticipé cette question – et il détestait devoir y répondre.

— La vérité, c'est que je n'en sais rien. Personne n'en sait rien. Nous entrons en territoire inconnu. Mon intuition est que si votre père était en rémission totale – autrement dit, si toutes les cellules cancéreuses ont été éliminées – alors ces injections ne devraient rien changer à cela. Mais je ne peux rien promettre. L'inverse pourrait être vrai.

Frank posa une main sur l'épaule de sa fille.

— Tu as dit que tu faisais confiance au docteur. Suivons ces conseils. Tout ce que je veux, c'est que tu puisses rentrer pour être auprès de ta mère.

Kathy hésita un moment, avant de finir par acquiescer.

— D'accord, dit-elle.

Puis :

— Oh, une dernière chose. Comment saurons-nous si ces injections ont eu l'effet escompté ?

— Apparemment, une température élevée est un des symptômes des changements génétiques qui se sont opérés chez les patients traités. Je suppose donc que cette fièvre devrait tomber. Ce sera le premier signe. Mais bien sûr, il y a de nombreux autres tests que nous pouvons faire. Ils prennent juste plus de temps.

Juan se leva et prit la première des deux seringues. Le nom de Kathy était inscrit dessus. On pouvait lire sur l'autre celui de Frank.

Ce dernier ôta sa chemise, pendant que Kathy se débarrassait du sweatshirt qu'elle portait sur un débardeur échancré. Elle présenta son épaule à Juan en grimaçant :

— Soyez doux. Je déteste les piqûres.

Douze heures plus tard, Kathy reçut sa deuxième injection. Elle grimaça de nouveau quand l'aiguille pénétra son épiderme, mais elle réussit à prendre sur elle et à ne pas crier.

Juan jeta un coup d'œil à sa montre et dit :

— Okay. Dose numéro deux injectée à 21 heures. Prochaine piqûre à 9 heures demain matin. Vous voulez bien prévenir votre père qu'il vienne faire sa deuxième injection ?

Kathy se leva, et se frotta le bras autour du point d'injection.

— Je le préviens, dit-elle, mais…

Elle prit les joues de Juan entre ses mains.

— Vous devez aller dormir un peu. Vous êtes épuisé. Vous allez vous tuer à la tâche, et ça n'aidera personne.

Juan plongea son regard au fond des yeux verts de Kathy, et ce fut comme si le temps suspendait son cours. Il se dit qu'il pourrait se perdre à jamais dans ces yeux-là.

Il prit délicatement ses mains, les abaissa et les serra doucement dans les siennes.

— Ça va aller. Ne vous inquiétez pas pour moi.

— Je n'oublierai jamais ce que vous avez fait pour nous, lui murmura-t-elle.

Juan déposa un baiser sur son front et ferma les yeux. Il aurait voulu que ce moment dure toujours.

Le bruit de la porte qui s'ouvre fit sursauter Juan sur son lit de camp. Nate venait d'entrer dans la salle d'examen. Il portait un sac marin à l'épaule.

Juan regarda sa montre : 6 heures du matin.

— Nate ? Depuis quand êtes-vous ici ?

— Je viens tout juste d'arriver. Je suis venu vous voir en premier.

Il boita jusqu'à une chaise et posa son sac marin sur la table.

— Qu'est-il arrivé à votre jambe ?

Nate éluda la question d'un geste de la main.

— Oh, ce n'est rien. Une foulure. J'ai rendez-vous aujourd'hui avec les huiles. Ils m'ont demandé de passer vous voir d'abord pour constater ce que donne ce vaccin.

— Je vous l'ai dit, ce n'est pas un vaccin, c'est… enfin, peu importe, dit Juan en se frottant les yeux, l'estomac barbouillé. Ce sera la première tentative de thérapie génique inversée. Alors, je ne peux pas encore affirmer que cela fonctionne. J'ai injecté la deuxième dose il y a moins de neuf heures. J'attends les résultats. La prochaine dose est dans trois heures. En parlant de ça…

Nate tapota le sac marin.

— J'ai tout ce qu'il faut ici. Votre équipe n'a pas arrêté. J'ai là quatre doses supplémentaires pour les O'Reilly, père et fille. Oh, et nous avons réussi à récupérer des échantillons de sang pour quatre-vingt pour cent des autres. Nous continuons de travailler pour les vingt pour cent restants.

Il dévisagea Juan en plissant les yeux.

— Hé, vous savez que vous avez une mine de déterré ?

— Il paraît, se renfrogna Juan.

***

Juan ressentit une douleur au côté, comme si quelque chose s'enfonçait dans sa chair. Et la douleur était de plus en plus intense.

Il ouvrit les yeux. Il s'était endormi sur son téléphone satellitaire. L'appareil vibrait et s'enfonçait dans ses côtes. Il roula sur le côté et prit l'appel.

— Allô ?

— *Le plan d'élimination est enclenché. Juan, vous devez ficher le camp.*

C'était Paul Hutchison. Le ton ne laissait aucun doute sur la gravité de la situation.

Juan ressentit une vague de panique. Il jeta un coup d'œil à sa montre. Il n'était que 6 heures 45.

— Je ne comprends pas, dit-il. Je croyais que nous avions plus de temps…

La porte s'ouvrit avec fracas, et Kathy déboula dans la pièce, le visage en larmes.

— Juan !

Il eut l'impression que son cœur manquait un battement.

— Kathy ? Que se passe-t-il ?

— Ils ont pris ma température au lever du lit, et elle était normale !

Il se sentit traverser par une vague d'émotions intense, qui le fit rougir de bonheur.

— Vous en êtes sûre ?

Elle hocha rapidement la tête.

— Ils ont vérifié deux fois. Je n'ai plus de fièvre.

Juan leva un index et colla de nouveau le téléphone à son oreille.

— Hutchison…

— *J'ai entendu. C'est une formidable nouvelle. Je vous rappellerai. En attendant, je préviens en haut lieu. On attend tout de même une confirmation de votre part. Vérifiez bien qu'il se passe la même chose avec le père. Oh, et… félicitations, Juan !*

Il mit fin à l'appel. Frank O'Reilly arriva au même moment dans la salle d'examen, un petit sourire suspendu au coin de lèvres.

— Eh bien, docteur, dit-il, il est peut-être un peu tôt pour crier victoire, mais je me suis dit que vous voudriez savoir. On vient de prendre ma température ; elle est redevenue quasiment normale. Je n'ai plus de fièvre.

CHAPITRE VINGT-SIX

*** Trois mois plus tard ***

Les agents du « Secret Service » firent signe à Juan d'avancer. À l'instant même où il franchit les barrières de sécurité, son téléphone sonna. Le numéro qui s'affichait sur le tableau de bord lui était familier ; il sourit en appuyant sur l'icône de prise d'appel.

La voix de Miguel retentit dans les haut-parleurs de la voiture.

— *Hé, salut, fréro. Ça fait un bail que je n'ai pas de nouvelles. Première année de médecine dans la poche, qu'est-ce que tu dis de ça ? Et toi, comment ça va ? Tu fais des choses intéressantes ?*

Juan sourit en cherchant comment répondre au mieux à la question de son frère. Kathy tendit le bras et lui prit la main, sa bague de fiançailles étincelant au soleil.

— Eh bien, j'ai un tas de choses à te raconter, mais là, je risque de perdre le signal d'un moment à l'autre. Qu'est-ce que tu fais pendant les prochaines vacances d'hiver ?

Miguel se mit à rire.

— *Désolé, je ne fais pas de projet jusque-là.*

— Eh bien, pour une fois, tu feras une exception. Je me marie, et j'ai besoin d'un témoin. Ce sera le seize décembre. Note ça dans ton agenda.

La communication fut coupée comme ils arrivaient sous le dais d'une des entrées privées de la Maison-Blanche.

— Eh bien, au moins, il est au courant, s'esclaffa Juan.

Kathy secoua la tête.

— C'est méchant. Le pauvre va se poser mille questions.

Juan sourit à sa future épouse. Il n'en finissait pas d'être fasciné par son charme et sa présence. Elle portait une modeste robe verte, et un rouge à lèvres parfaitement assorti à la rousseur de ses cheveux, qui lui tombaient sublimement dans le dos.

Deux agents du « Secret Service » les accueillirent.

— Bienvenue à la Maison-Blanche, docteur Gutierrez, mademoiselle O'Reilly. Je vous en prie, suivez-nous.

Ils pénétrèrent dans l'aile Ouest à la suite des agents. Kathy saisit la main de Juan et la serra dans la sienne. Cela la rassura, mais pas assez pour calmer les papillons qui s'agitaient dans son ventre.

Tout ce que savait Juan, c'était qu'il devait recevoir une sorte de récompense à la célèbre résidence présidentielle. L'invitation lui avait été remise en main propre par un agent du « Secret Service », et, à sa connaissance, personne ne savait de quoi il retournait, au juste.

Même Paul Hutchison, qui d'ordinaire n'ignorait rien de ce qui se passait à Washington, était hors du coup cette fois-ci.

Un labyrinthe de couloirs les conduisit jusqu'à une grande pièce dominée par une longue table de réunion. Personne n'était encore assis, mais plusieurs invités étaient là et bavardaient. Un homme à l'air vaguement familier s'avança vers Juan et Kathy et leur serra la main.

— Docteur Gutierrez, c'est bon de vous revoir.

L'homme se tourna vers Kathy.

— Et voici, j'imagine, la jolie mademoiselle O'Reilly. Je suis Neil Wilson. Je crois savoir que les félicitations s'imposent. Le mariage est prévu pour quand ?

Ils échangèrent quelques plaisanteries ; puis Juan et Kathy se retrouvèrent de nouveau seuls.

— Qui était-ce ? demanda Kathy.

— C'était le directeur du FBI, lui répondit Juan à l'oreille.

Kathy écarquilla les yeux.

— Mon Dieu, si j'avais su qu'un jour je me retrouverais à la Maison-Blanche à bavarder avec des grands pontes du FBI.

Le silence se fit dans la salle quand une porte s'ouvrit tout au fond, et que le président entra. Presque tous les invités se tournèrent pour lui serrer la main, mais il se dirigea directement vers Juan.

Juan déglutit péniblement, s'efforçant de refouler la bile qui lui montait à la gorge. Il n'oublierait jamais ce que cet homme avait dit, les choses qu'il avait envisagé de faire – qu'il aurait faites.

Le président lui serra énergiquement la main, avant de se tourner vers Kathy.

— Ma chère mademoiselle O'Reilly, votre présence à elle seule suffit à illuminer cette pièce autrement grise.

Il tapota l'épaule de Juan.

— S'il vous plaît, prenez soin de cet homme. Notre pays a une immense dette envers lui.

Les invités se regroupèrent autour d'eux. Le président fixa Juan d'un regard solennel.

— Docteur Gutierrez, cette nation – non, le monde – vous doit beaucoup. Nous apprécions tous à sa juste valeur le travail que vous avez fourni, et les incroyables progrès scientifiques qui ont été les vôtres. Mais surtout, nous vous sommes redevables d'avoir répondu présent quand votre gouvernement avait besoin de vous.

L'homme qui se tenait à côté du président tenait un coffret recouvert de velours bleu. Le président l'ouvrit et en sortit une médaille attachée à un long ruban. L'homme fit signe à Juan de se retourner ; Juan s'exécuta.

— Docteur Juan Gutierrez, en reconnaissance de votre contribution méritoire à la sécurité et aux intérêts nationaux des États-Unis d'Amérique, je vous remets la plus haute distinction civile de la nation, la médaille présidentielle de la liberté.

Le président lui passa la médaille autour du cou. Juan peina à réprimer un frisson de révulsion en sentant les mains de ce dernier aplatir le ruban sur ses épaules.

Il se retourna et serra la main du président, sous les applaudissements des invités.

Kathy lui décocha un regard réjoui. Il se demanda alors s'il serait capable un jour de lui expliquer pourquoi cet homme, et cette récompense, ne lui inspirait au fond que dégoût.

Nate et son superviseur étaient assis sur des chaises longues au bout de la jetée qui se trouvait derrière la maison de Jeff Binghamton. L'appontement donnait sur un bras de mer ; après des mois difficiles, le doux clapotis de l'eau autour des pilotis fournissait une note apaisante bienvenue.

L'affaire Darwin était officiellement close.

— Je n'arrive toujours pas à croire que personne au Bureau n'ait deviné qui, au sein de la maison, pouvait être impliqué, dit Nate.

Binghamton but une gorgée de sa boisson et haussa les épaules.

— Mouais. C'est dingue. Mais quand les dés sont pipés…

— Est-ce que Wilson vous a mis la pression pour que vous classiez cette affaire ?

— Vous savez que je ne peux pas répondre à cette question, Nate.

Nate avait consacré sa vie à rester fidèle aux idéaux qui s'exprimaient dans la devise du Bureau – fidélité, bravoure, intégrité. Il doutait que l'actuel directeur, Neil Wilson, en ait fait lui aussi sa ligne de conduite.

— Tellement de personnes auraient pu mourir. Tellement *sont* morts. Ce soldat des Marines retrouvé mort près de Vegas. On ne saura peut-être jamais ce qui s'est passé là-bas.

— Que voulez-vous dire ? réagit Binghamton. On sait pour ce programme canin. Quant au soldat, il s'est fait attaquer par un de ces chiens.

— C'est ce qu'on *imagine* qu'il s'est passé, répliqua Nate. Et on ne saura jamais ce qui est arrivé à ces animaux.

— Pour moi, on s'en est débarrassé, c'est tout.

— Encore des morts, hein ? soupira Nate. Et ce bébé, cette fillette née en Virginie-Occidentale ? Celle qui a tué tout le monde autour d'elle, comme les veaux, jusqu'à ce qu'on la mette en quarantaine quelque part au NIH. Que va-t-il lui arriver ?

Binghamton termina le reste de son verre et grimaça.

— Je ne m'étendrai pas là-dessus, dit-il.

— Est-ce qu'ils l'ont tuée ?

— Je viens de vous répondre : je ne m'étendrai pas là-dessus, répéta-t-il, en hochant toutefois légèrement la tête.

— Merde.

Nate vida son verre et fit signe à Binghamton de le lui remplir à nouveau.

Tandis que ce dernier acquiesçait et le resservait, Nate reprit :

— J'en ai assez de la mort, du mensonge, de l'hypocrisie… toute cette laideur. J'ai besoin de beauté, de vie.

L'espace d'un instant, le visage de Madison s'imposa à son esprit. Il pouvait presque sentir sa présence à ses côtés. Un grand calme s'empara de lui. Il savait ce qu'il lui restait à faire.

— Vous savez, peu après notre mariage, Madison a hérité de terres agricoles de ses parents, en Caroline du Nord. Je ne sais pas pourquoi j'ai gardé tout ça ensuite ; j'ai dû payer un tas d'impôts là-dessus pendant toutes ces années. Mais aujourd'hui, je crois que je sais.

Il regarda Jeff Binghamton droit dans les yeux.

— Jeff, c'est fini pour moi. Je raccroche les gants. Madison et moi avions parlé d'exploiter ces terres, de remettre la ferme en activité, de mener une vie simple. Je crois qu'il est temps aujourd'hui.

— Vous en êtes sûr ? lui demanda Binghamton. Si c'est le cas, j'avoue que je suis jaloux. Je ne crois pas que j'aurais le courage de changer de vie aussi radicalement.

— Ma demande de retraite anticipée sera sur votre bureau demain matin. J'ai eu plaisir à travailler avec vous. J'espère que vous comprenez.

Binghamton poussa un profond soupir et se laissa aller contre le dossier de sa chaise longue.

— Je comprends parfaitement. Mais souvenez-vous : ce monde n'est pas parfait. Il y aura toujours des salauds qui méritent d'être traduits en justice. Nous avons besoin de plus de personnes comme vous, Nate.

— Des types dans mon genre, il y en aura toujours. Je ne suis pas inquiet. Ce que je regretterai le plus sans doute, c'est de savoir qu'un certain nombre de salauds justement ne répondront jamais de leurs actes devant la justice.

Il soupira.

— Mouais, c'est ce qui me met hors de moi.

Il y avait longtemps que Juan ne s'était pas senti aussi bien. Il avait rendu le badge qui le liait au FBI, et il arpentait de nouveau les couloirs d'AgriMed en tant que civil, en tant que chercheur.

Il frappa à la porte du bureau de Winslow.

— Entrez, Juan.

Juan poussa la porte et alla s'asseoir à sa place habituelle, sur cette même chaise qui l'avait vu, quatre ans plus tôt, inquiet de perdre son travail. Il ne put s'empêcher de sourire en songeant combien ces petits soucis paraissaient anecdotiques comparés à ce qu'il avait vécu depuis. Il y avait une vie, une éternité, de cela.

— Juan, je parie que vous êtes ravi d'être de retour.

Il rit.

— Franchement, c'est un soulagement. Attention, je ne dis pas que le FBI n'a pas des labos dernier cri, et que nous n'aurions pas tout à gagner à engager certaines personnes avec qui j'ai travaillé là-bas. C'est grâce à elles que mes recherches ont pu aboutir justement.

Winslow sourit.

— Savoir gérer une équipe, la pousser à se dépasser, c'est important. C'est ce que vous avez fait.

— Oui, monsieur.

— Juan, si je vous ai fait venir, ce n'est pas juste pour le plaisir de bavarder avec vous. J'ai l'intention de prendre ma retraite à la fin de l'année. J'en ai déjà informé le conseil d'administration.

— Félicitations, monsieur.

Juan était sincèrement heureux pour Winslow, qui lui avait fait confiance pour son premier poste dans le secteur privé.

— Ce n'est pas tout.

Winslow fit le tour de son bureau et s'assit face à Juan.

— J'ai proposé votre nom pour me remplacer.

— Vous… vous avez fait quoi ? bredouilla Juan, les yeux écarquillés. Mais et les autres responsables de…

— C'est vous qu'il faut à ce poste, coupa-t-il. Pour toutes les raisons que je connais, et que vous connaissez aussi.

Il frappa des mains et ajouta :

— Bref, le conseil d'administration a suivi ma recommandation. Le poste est à vous, si vous l'acceptez bien sûr.

Tout s'accéléra brusquement dans la tête de Juan ; il en avait le souffle court.

— Je ne sais pas, je… je veux pouvoir continuer de mener mes propres recherches…

— Juan, vous pourrez faire les deux. Je vous montrerai que c'est possible. Comme nous venons de le dire, vous savez gérer une équipe. Croyez-moi, je n'aurais pas proposé votre nom si je n'avais pas été certain à cent pour cent que vous étiez celui qu'il fallait à ce poste.

Winslow sourit, avant d'ajouter :

— De plus, le salaire n'est pas mauvais.

— Je… je suppose que je serais idiot de refuser, marmonna Juan.

— Ça ne fait pas l'ombre d'un doute. Alors, c'est oui ?

Juan avait du mal à croire à tout ce qui lui arrivait. Il avait contribué à éviter ce qui s'annonçait comme une catastrophe pour l'humanité. Du FBI à la Maison-Blanche, on l'avait félicité ; on lui avait remis la plus haute distinction civile du pays. Mais surtout, il était fiancé avec la femme la plus douce, et la plus forte à la fois, qu'il avait jamais rencontrée. Et voilà qu'on lui offrait un poste de cadre dirigeant au sein d'AgriMed.

Il sourit.

— C'est oui, dit-il.

Allongé sur le canapé du salon avec Megan lovée au creux de ses bras, Frank se sentait parfaitement en paix. Un jeu télévisé agité passait sur leur nouvel écran plat, mais ils n'y prêtaient pas attention.

Megan inclina la tête et planta un petit baiser sur les lèvres de Frank.

— Oh, et en quel honneur, ça ? demanda-t-il.

— C'est pour n'avoir pas discuté quand je t'ai demandé d'aller faire un deuxième bilan au centre anticancéreux.

— Je t'avais dit que j'allais bien, répliqua-t-il en resserrant légèrement l'étreinte de ses bras.

— C'est vrai, mais j'avais besoin de l'entendre de nouveau. Franklin O'Reilly, j'ai besoin de toi ici pour m'agacer et me frustrer pendant de longues années encore. Tu comprends ?

— Oui, m'dame. Je promets de faire de mon mieux.

Megan laissa courir ses doigts sur la poitrine de Frank.

— Je recommence enfin à envisager l'avenir sereinement, dit-elle. Je veux dire, après toutes ces années passées à s'inquiéter des mauvais choix de Kathy, je n'en reviens pas qu'elle soit avec quelqu'un comme Juan. Il est si gentil et intelligent, et... tellement à l'opposé des brutes qu'elle avait l'habitude de fréquenter autrefois. Je suis ravie qu'elle ait enfin trouvé quelqu'un qui la rende heureuse.

Frank l'embrassa sur le front et lui caressa le dos.

— C'est un brave type. Même si je ne m'attendais pas à ce qu'elle fasse sa vie avec un gars de la ville.

— Franklin, tu es sérieux ? Tu savais très bien qu'elle ne supportait pas la vie au ranch, et qu'il fallait qu'elle parte.

— J'ai toujours cru que c'était une phase. Alors, quand est-ce qu'ils se passent la corde au cou finalement ? Ils ont arrêté une date ?

— Ils parlent du mois de décembre. Une grande fête, près de l'endroit où ils habitent.

Frank grogna.

— Il va me falloir un costume de pingouin, j'imagine ?

Elle lui donna une tape sur la poitrine.

— Oui. Et sans les bottes, tu m'entends ?

— Oui, m'dame. Et, au fait... des petits enfants en vue ?

— Franklin ! Ils ne sont même pas encore mariés. Laisse-leur un peu de temps. Ça se fera, ne t'inquiète pas. Oh, puisqu'on parle d'amour et de bébé...

Megan regarda Jasper, qui était pelotonné sur le fauteuil de relaxation, près de la cheminée.

— Notre Jasper, tu y as pensé ? reprit-elle.

— Quoi, Jasper ?

Megan se tourna l'énorme labrador chocolat. Le chien ouvrit un œil.

— Tu aimerais avoir une petite copine, mon chien ? lui demanda-t-elle.

Elle leva les yeux vers Frank.

— Tu sais, je crois qu'un deuxième chien ne serait pas une mauvaise idée. Tu imagines le genre de petits que Jasper pourrait avoir ? Il est si grand et intelligent. Ils seraient absolument adorables !

Frank leva les yeux au ciel et soupira. Il savait une chose : quand Megan se mettait quelque chose en tête, rien ne pouvait l'arrêter.

NOTE DE L'AUTEUR

Eh bien voilà, c'est la fin du *Facteur Darwin*. J'espère sincèrement que vous avez pris du plaisir à sa lecture.

Si c'est le premier livre de moi que vous lisez, alors permettez-moi de me présenter et de vous exposer comment j'en suis venu à l'écriture.

Je n'ai pas a priori le profil du romancier type ; ce serait même tout le contraire. Je suis avant tout un ingénieur-chercheur en exercice, et cela depuis des années. J'ai une formation scientifique, orientée principalement vers la physique et les sciences biologiques.

J'ai commencé à écrire de la fiction quand mes fils ont été assez âgés pour apprécier les histoires avant de dormir. Celles qui leur plaisaient le plus étaient presque toujours des récits fantastiques, ce que dans les pays anglo-saxons on appelle l'*epic fantasy*. Plus il y avait de gobelins, de dragons ou d'ogres dans ces récits, plus ils les appréciaient. Je n'ai pourtant jamais pris ces histoires réellement au sérieux. Je les inventais parce qu'elles faisaient leur bonheur.

Mais après quelques années, quelque chose d'inattendu s'est produit.

J'ai attrapé le virus de l'écriture.

À ce moment-là, cela faisait des années que j'écrivais. Je m'étais lié d'amitié également avec un certain nombre d'auteurs bien connus. Quand j'ai commencé à parler de m'adonner plus sérieusement à cette pratique qu'est l'écriture, plusieurs d'entre eux m'ont donné le même conseil : « Écris sur ce que tu connais. »

Écrire sur ce que je connaissais ? J'ai commencé à penser à Michael Crichton, qui a étudié la médecine avant de se mettre à écrire des thrillers médicaux. John Grisham a été avocat durant une dizaine d'années avant de devenir auteur de thrillers juridiques. Le conseil qu'on me donnait valait peut-être quelque chose, après tout ?

Alors, je me suis interrogé : que connaissais-je, au juste ? Et soudain, cela m'a paru évident.

Je connais la science. C'est mon métier ; c'est ce que j'aime. En fait, un de mes passe-temps consiste à lire toutes sortes d'articles couvrant la plupart des disciplines scientifiques. Mes centres d'intérêt vont de la physique des particules à la médecine générale, en passant par l'informatique et les sciences militaires (je parle de la science qu'il y a derrière les trucs qui font boum !). Je reconnais avoir quelque chose du rat du bibliothèque, de ce point de vue. J'ai également beaucoup voyagé durant ma vie, et étudié en autodidacte plusieurs langues et cultures étrangères.

Sur les conseils d'un auteur de best-sellers consacré par le New York Times, je me suis plongé dans l'écriture de romans qui m'intéressaient. Ma formation pourrait laisser croire que je me focalise sur la science-fiction, mais j'ai un faible pour les thrillers dit « grand public », surtout ceux qui se déroulent dans un contexte international.

Pour être tout à fait honnête, je n'avais pas pour première intention de m'autopublier comme je le fais aujourd'hui. J'envisageais assez naturellement d'envoyer ma prose aux éditeurs traditionnels. Après tout, n'avais-je pas déjà les commentaires élogieux d'auteurs publiés dans le circuit traditionnel qui avaient lu mon travail ? Tous ont fait preuve d'une grande gentillesse à mon égard, et ont été une formidable source d'encouragement.

Avant, donc, de devenir mon propre éditeur, j'ai soumis différentes histoires à des responsables d'acquisition des droits chez de grands éditeurs. Même si certains ont manifesté un réel intérêt pour mon travail, tous ont fini par décider que ce n'était pas ce qu'ils recherchaient pour leur public à cette époque. Avec le recul, je me rends compte qu'il est très difficile pour un auteur inconnu de « percer » dans l'édition traditionnelle ; pour un responsable d'acquisition des droits, donner sa chance à un auteur inconnu constitue toujours un grand risque. Je le comprends mieux aujourd'hui.

Ceci étant dit, je me retrouvai à devoir faire un choix : soit je rangeais mes histoires au fond d'un tiroir et reprenais le cours de ma vie d'avant, soit je me donnais une chance en essayant de trouver moi-même un public pour mes histoires.

Têtu comme je suis, j'ai choisi la deuxième option.

Et je ne le regrette pas, puisque mon premier livre, *Primordial Threat* (prochainement disponible en français) a été publié et est entré dans la liste des best-sellers de USA Today.

Je suppose que si vous lisez ces lignes, c'est parce que vous avez lu intégralement *Le facteur Darwin*, et que j'ai réussi, je l'espère, à vous divertir jusque-là. Si c'est le cas, cela signifie que je vous ai trouvé ! Vous êtes ce public « insaisissable » que les éditeurs traditionnels m'ont dit ne pas savoir comment atteindre.

S'il m'est permis de vous demander quelque chose, chers lecteurs, ce serait s'il vous plaît de partager vos impressions/vos commentaires concernant ce roman sur Amazon, et avec vos amis. Ce n'est que grâce aux commentaires et au bouche-à-oreille que cette histoire (comme le reste de mes livres) trouvera d'autres lecteurs, et la plus grande audience possible, je l'espère.

Encore une fois, merci d'avoir eu l'audace de choisir un auteur relativement inconnu et de lire le premier de ce que j'espère devenir une longue liste de techno-thrillers.

Mon intention est de publier au moins deux livres par an, un premier dans le genre science-fiction /techno-thriller, et un autre dans le genre plus large du thriller tout court.

J'en profite pour vous indiquer que si vous souhaitez être tenu informé de mes dernières parutions, vous pouvez vous inscrire sur mon fichier d'adresses à :

https://mailinglist.michaelarothman.com/new-reader

Enfin, pour terminer, si vous me le permettez, voici une brève description du livre 1 de ma série best-seller (bientôt disponible en français) consacrée par USA Today intitulée *Perimeter* :

Levi Yoder est membre de la mafia ; son quotidien consiste à régler les problèmes des gens.

Cette fois, malheureusement, il ne peut rien contre le problème auquel il est confronté : un cancer en phase terminale qui vient de lui être diagnostiqué.

Levi se prépare donc à la mort, sans savoir que ce qui l'attend un matin, rien ne pouvait l'y préparer : la nouvelle qu'il est en rémission complète.

Perimeter est l'histoire d'un homme replongé dans une vie qu'il avait crue terminée.

Quand il découvre que lui-même et le reste de sa famille sont les cibles de ce que la CIA prétend être des éléments de la mafia russe, Levi consent à contrecœur à aider de son mieux l'agence de renseignement.

Contraint d'explorer la face cachée sordide du crime organisé international et de la politique, il apprend qu'il est devenu une cible en raison d'un acte commis par sa femme décédée.

Ne pouvant plus faire confiance à personne, le doute le prend : et si les problèmes qu'il était censé résoudre étaient cette fois au-delà de ses capacités ?

ADDENDUM

Trop souvent, quand les gens pensent à des histoires intégrant des éléments de science et de technologie, ils pensent à de la science-fiction, avec son lot de stéréotypes, des vaisseaux spatiaux aux rayons laser.

Ils ont tort.

Je tiens à souligner que dans *Le facteur Darwin*, il n'est question d'aucun vaisseau spatial ni d'aucun rayon laser ; et pourtant, il serait difficile de dire que le roman n'aborde pas une multitude de sujets scientifiques et technologiques.

Tout comme il serait difficile de nier que des romans comme *Jurassic Park* ou *La Variété Andromède* ne sont pas, à proprement parler, de la science-fiction ; pourtant, ils ont été commercialisés en tant que « thrillers », ce qu'ils sont aussi.

Ainsi est né un nouveau genre : le « technothriller », ou thriller scientifique.

Le genre de roman que j'écris entremêle presque toujours dans sa trame des éléments de science. D'aucuns trouveront qu'il y a dans mes histoires une dimension fantastique, qui touche à l'impossible ; mon but est pourtant toujours de m'appuyer sur la science actuelle et les théories scientifiques en débat.

Je dis souvent que j'écris deux genres de roman : des technothrillers au sens strict, et des thrillers dits « mainstream », ou traditionnels, à l'exemple de ma série Levi Yoder.

J'entends déjà votre question, compte tenu de ce que je viens d'écrire plus haut : « Mais si vous entremêlez science et technologie dans vos histoires, qu'est-ce qui distingue réellement un technothriller d'un thriller traditionnel ? »

La réponse est simple :

Pour moi, ce qui différencie fondamentalement un technothriller d'un thriller traditionnel, c'est que dans le premier, la science n'est pas juste un ingrédient de l'histoire, mais un élément clé – à l'image de ce qui se passe dans *Le facteur Darwin*, où il n'y aurait pas d'histoire sans l'algorithme (la modification de l'ADN).

Pour autant, en toute honnêteté, je n'ai jamais souhaité qu'il faille être diplômé du supérieur pour pouvoir comprendre ce qui se passe dans mes technothrillers. Tout ce qu'il vous faut, c'est aimer les bonnes histoires qui contiennent de la science et de la technologie. C'est à l'auteur qu'il incombe de rendre la science accessible à tous ses lecteurs.

Dans ce roman, je me suis efforcé d'être scientifiquement le plus précis possible. Bien entendu, comme dans tout bon récit de science-fiction, *Le facteur Darwin* contient des éléments qui relèvent, comme je l'ai dit, de l'impossible. Néanmoins, en m'appuyant sur des fondements scientifiques solides, j'ai tenté de m'aventurer dans la projection de ce qui pourrait être, et à partir de ces prédictions, de construire un conte qui, je l'espère, aura été divertissant et, dans le meilleur des cas, instructif.

Dans cet addendum, j'ai voulu mettre en évidence certains éléments que j'ai utilisés pour cette histoire, et fournir à mes lecteurs un aperçu de la manière dont la science peut leur parler, ou leur servir de source d'inspiration. Par exemple, je me suis étendu longuement dans ce roman sur les différents aspects de la modification génétique. Presque tout ce que j'ai décrit est réel.

Il y a beaucoup d'idées fausses sur le sujet, et au moins autant de débats, et c'est compréhensible. Quiconque prétend qu'un sujet d'ordre scientifique est clos, ne peut en général que vous égarer.

Il faut toujours remettre la science en question. Toujours douter. Toujours vérifier.

Dans cet addendum, je vous donnerai de très brèves explications concernant certains concepts d'une grande complexité. Mon but est de vous fournir une information suffisante pour que vous ayez une compréhension globale du sujet. Et pour ceux qui voudraient en savoir plus, ils trouveront ici un certain nombre de mots clés qui devraient leur permettre d'initier leurs propres recherches, et de creuser plus complètement tel ou tel sujet.

Cela devrait vous permettre également d'avoir un aperçu des choses qui ont influencé l'écriture de cette histoire, et peut-être vous inciter à vous poser la question qu'inévitablement tout auteur se pose : « Et si ? »

OGM (Organisme génétiquement modifié)

Note : Ce sujet ayant tendance à susciter les passions, je tiens à faire une mise au point. Je ne plaide ni pour ni contre les OGM ; je tiens simplement à établir certains faits, les motivations qu'il y a derrière, et les inquiétudes suscitées. Je ne suis pas un prosélyte de la science. En revanche, je crois beaucoup à l'exposé objectif des faits ; à chacun ensuite de tirer ses propres conclusions. Un avis informé est toujours précieux.

Dans l'inconscient collectif de notre société, peu de choses suscitent autant de craintes que les OGM.

Dans *Le facteur Darwin*, j'aborde le sujet des OGM, et en expose quelques exemples quand le Dr. Juan Gutierrez explique leurs bénéfices, de son point de vue.

Avant d'entrer dans les détails, abordons brièvement la question des motivations qui poussent les scientifiques à vouloir modifier quelque chose génétiquement. Il est évident que ce n'est pas par pur caprice qu'ils décident de modifier la génétique de certains organismes. Il y a toujours un but.

Imaginons que ce but soit par exemple de lutter contre la malnutrition, et plus spécifiquement contre la carence en vitamine A dans certaines parties du monde.

Quelles sont les principales étapes par lesquelles un scientifique doit passer dans le processus OGM ?

1. Le scientifique commence par identifier une caractéristique recherchée dans une forme de vie donnée, qu'il s'agisse d'une plante ou d'un animal.
2. Le ou les gène(s) qui fournisse(nt) cette caractéristique sont ensuite identifié(s), et il en est fait une copie.
3. Le gène copié est alors inséré dans une « cible », dans le but de lui faire produire également l'effet recherché.
4. Des tests sont pratiqués, encore et encore.

En résumé, les scientifiques ont pour but d'améliorer un organisme cible, qu'il s'agisse d'une plante ou d'un animal, en retouchant son code génétique, ou lui en ajoutant un code génétique extérieur.

Examinons dans le détail un cas de modification génétique bien documenté, en essayant d'entrer un peu plus dans des détails techniques.

Le riz doré (ou le traitement de la carence en vitamine A)

Quand nous parlons de modifier la génétique d'un organisme, de quoi parlons-nous exactement ?

Pour répondre à cette question, prenons un peu de recul sur le sujet et examinons-le dans ses grandes lignes avant d'en venir aux détails.

Nombre d'entre vous sont familiers du concept d'ADN. C'est le plan directeur de ce que nous sommes et de la manière dont nous sommes faits. Mais avez-vous déjà réfléchi à ce qui compose réellement l'ADN ?

Eh bien, l'ADN est composé d'un ensemble de gènes. Chacun de ces gènes est « codé » pour exprimer une certaine fonction. Représentez-vous le gène comme une des caractéristiques qui fait de vous ce que vous êtes.

Un être humain possède approximativement 20 000 gènes.

Alors, qu'est-ce qu'un gène ?

Un gène est composé d'une série de paires de nucléotides, également connues sous le nom de paires de bases. On les appelle ainsi parce qu'elles forment les éléments fondamentaux de l'ADN. Pour beaucoup, cette notion de paire de bases est probablement du charabia. Alors, pour mieux expliquer ce qu'est un gène, voici deux analogies :

1. Si vous êtes programmeur informatique, vous pouvez vous représenter un gène comme une série d'instructions. Un code, si vous préférez. Plus spécifiquement, imaginez que chaque paire de bases est ce qu'on appelle un code opération. Chaque code opération est une instruction indépendante, qui compose à la fin une suite d'opérations logiques. On peut aussi considérer la liste des codes opérations comme un sous-programme utile. Notez que chaque sous-programme compte de 20 000 à deux millions de lignes de code (paire de bases). Réunissez assez de ces sous-programmes, et il vous sera possible d'élaborer une séquence qui ressemble de très près à votre patrimoine génétique.

2. Si vous êtes cuisinier, représentez-vous le gène comme un ingrédient d'une recette pour l'humanité, à cette particularité près qu'à chaque ingrédient est attachée une longue liste d'étapes par lesquelles passer pour préparer cet ingrédient. Éplucher, nettoyer à fond, blanchir, couper en dés, etc. Figurez-vous les *paires de bases* comme une des instructions permettant de préparer cet ingrédient. Le truc à retenir, c'est que les ingrédients sont très compliqués à préparer. Pas question de les jeter tels quels dans un faitout. La préparation de chaque ingrédient nécessite entre 20 000 et deux millions d'étapes (*paires de bases*). En outre, certains ingrédients (gènes) sont plus compliqués que d'autres à préparer. Quand on sait que le corps humain possède approximativement 20 000 ingrédients, on imagine la somme de travail que cela représente.

Maintenant que vous avez une vague idée de ce qu'est une paire de base, parlons du riz et de la modification génétique. Si vous me suivez toujours, je salue votre persévérance.

Oryza sativa : c'est le nom latin d'une espèce d'herbe qui produit ce qu'on appelle communément le riz asiatique. Son ADN est composé de plus de 400 millions de paires de bases.

C'est dans les années 1990 que l'on a commencé à travailler sur l'ADN du riz en copiant la phytoène synthase (obtenue à partir de jonquilles) et la phytoène désaturase (un gène présent notamment dans les champignons). En insérant ces gènes dans la structure génétique du riz, on a créé une forme de riz qui fournit du béta-carotène, une source de vitamine A alimentaire.

Plus tard, en 2005, cette formule a été améliorée en recherchant la phytoène synthase dans le maïs, ce qui a permis une augmentation significative du taux de béta-carotène.

Pourquoi faire cela ?

Dans de nombreuses parties du monde, le riz est un aliment de base, souvent même à l'exclusion de tout autre aliment. Tout le monde n'a pas un accès immédiat à la diversité d'aliments dont la plupart d'entre nous pouvons profiter.

Le riz ne possédant pas de vitamine A naturelle, la carence en vitamine A a atteint des proportions dramatiques dans certaines régions du globe.

En 2005, on estimait que 190 millions d'enfants et 19 millions de femmes enceintes dans 122 pays, étaient affectés par cette carence en vitamine A – carence responsable de la mort de 1 à 2 millions de personnes, et de 500 000 cas de cécité irréversible chaque année.

La création du « riz doré », un produit OGM, a tout changé – seulement 140 grammes de ce riz fournissant à un adulte la totalité de l'apport quotidien nécessaire en vitamine A.

En mai 2018, la FDA (l'administration américaine des denrées alimentaires et des médicaments) a approuvé le riz doré pour la consommation humaine.

Quels sont les autres usages des OGM ?

Les efforts associés à la création du riz doré plaident clairement en faveur d'une augmentation de la valeur nutritionnelle du produit final, mais les produits OGM ont été conçus également dans bien d'autre buts, parmi lesquels : la résistance à la sécheresse, éviter que les pommes ne brunissent exposées à l'air, la résistance aux champignons de nombreuses variétés cultivées, l'augmentation du rendement des cultures, ou encore l'abaissement du coût direct des aliments.

Y a-t-il une raison d'avoir peur des OGM ?

Note : Il est largement admis par de nombreux scientifiques qu'il n'y a rien à craindre des OGM. Ainsi, en juin 2016, 107 lauréats du Prix Nobel – dans les catégories médecine et chimie pour la plupart – ont signé une lettre exhortant Greenpeace et ses sympathisants à cesser de faire compagne contre les OGM. La lettre en question allait même jusqu'à qualifier l'opposition à l'agriculture de précision (OGM) de « crime contre l'humanité ».

Voici quelques-uns des arguments soutenus par les opposants aux OGM :

1. L'inquiétude que les substances génétiquement modifiées ne restent dans le corps une fois consommées, et n'aient des effets nocifs sur la santé.
2. La crainte qu'en créant des maïs génétiquement modifiés résistants aux herbicides, on n'utilise encore plus ces derniers, réputés dangereux.
3. La peur, malgré tous les tests réalisés, d' effets secondaires imprévisibles qui pourraient être causés par le transfert de gènes d'une espèce à une autre.
4. Le soupçon dont fait l'objet le gouvernement d'avoir relâché sa surveillance.
5. La croyance selon laquelle les OGM endommagent l'environnement.
6. D'aucuns réfutent les preuves que les OGM ont des effets bénéfiques.

7. Sur le plan religieux, certains pratiquants craignent que des gènes d'animaux « impurs » soient utilisés. D'autres soutiennent que tout ce qui ne se trouve pas dans la nature ne devrait pas être consommé.

Thérapie génique

Dans la partie précédente, nous avons survolé la question des OGM. La thérapie génique n'est pas très différente dans son principe, la différence principale résidant dans le fait que la cible de la manipulation du gène est un animal.

La thérapie génique, appliquée aux humains, existe depuis la fin des années 1980.

Contrairement aux OGM, où le but recherché est souvent d'améliorer ce que la nature a fourni, la thérapie génique est utilisée pour essayer de réparer un problème à sa source génétique.

Il existe deux types de thérapie génique employés sur les animaux (les humains y compris) :

1. La TGS, ou thérapie génique somatique : c'est la méthode la plus utilisée en thérapie génique. C'est ce dont on se sert pour essayer de guérir les maladies. Elle affecte toutes les cellules du corps excepté celles qui peuvent être héritées par les générations suivantes.

2. La TGG, ou thérapie génique germinale : cette forme de thérapie n'est autorisée que dans de rares pays, pour des raisons à la fois éthiques et techniques. Une des grandes différences est que les modifications génétiques sont appliquées directement au sperme ou aux ovules, et que les générations suivantes hériteront des changements décidés.

Dans *Le facteur Darwin*, la thérapie génique, ou génothérapie, occupe une place centrale. Le traitement contre le cancer que Juan cherche à mettre au point se rapproche beaucoup des thérapies existantes visant à traiter diverses maladies.

Actuellement, de nombreux chercheurs travaillent activement à la mise au point de traitements par généothérapie contre un large éventail de maladies.

Une forme spécifique de leucémie en fournit un bon exemple. La

FDA a approuvé en 2017 un traitement de la leucémie lymphoblastique, le tisagenlecleucel. Ce traitement se sert des propres cellules du patient, qui sont modifiées, puis réintroduites chez le même patient.

Une approche similaire a également été approuvée par la FDA pour traiter le lymphome non hodgkinien.

Il est raisonnable d'imaginer que dans un avenir assez proche, grâce à la multiplication des recherches et des expérimentations, certaines maladies appartiendront au passé.

L'avenir est très prometteur, mais j'ai conçu l'histoire du *facteur Darwin* pour qu'elle serve également d'avertissement. Nous avançons à tâtons en quelque sorte dès lors qu'il s'agit d'interpréter le code génétique qui nous constitue tous. Aucun scientifique honnête ne saurait prétendre comprendre parfaitement comment fonctionne l'ensemble de ce matériel génétique ; aussi, tandis que nous nous aventurerons davantage dans l'exploration de notre propre identité génétique, devrons-nous veiller à procéder avec la plus grande prudence.

Qui sait ce qu'il se cache dans les recoins inconnus de la génothérapie et derrière ses multiples combinaisons possibles ?

EXTRAIT DE MENACE PRIMALE

— Docteur Radcliffe, je me demandais si vous pourriez jeter un coup d'œil aux données de mon dernier recensement. Je viens juste de les obtenir. Il y a un truc qui cloche.

Carl, une des nouvelles recrues de 2066, se pencha au-dessus du bureau de Burt, l'air perplexe – ce qui n'avait rien d'étonnant, compte tenu du fait qu'il avait été engagé moins d'une semaine plus tôt.

— Avez-vous parlé à Jake Parrish ? s'enquit Burt sans même lever les yeux. C'est lui qui tient à jour la base de données pour tous les objets géocroiseurs.

— Il a pris un congé sabbatique.

— Je l'ignorais, dit Burt en consentant enfin à lever les yeux de sa propre pile de données de recensement astronomique.

Il prit le formulaire de Carl, nota l'expression inquiète de la nouvelle recrue et soupira. Bien qu'il n'eût que cinquante ans, Burt avait développé une fâcheuse tendance à se renfrogner quand les gens lui faisaient perdre son temps. S'efforçant de ne pas manifester son agacement, il pesa soigneusement ses mots.

— Que voulez-vous dire exactement par « quelque chose qui cloche » ? Pourriez-vous être un peu plus spécifique ?

Carl hésita un instant, avant de poser deux imprimés sur le bureau de

Burt. Il pointa du doigt une image issue d'un des observatoires et expliqua :

— Eh bien, comme vous pouvez le voir, j'ai pris cette image de surveillance hier.

Burt se pencha sur l'image, et lut d'abord le texte décrivant une comète, son emplacement, ses dimensions approximatives. Mais sous le texte se trouvait une image sombre ne montrant rien de plus que le vide de l'espace.

— J'inspectais la zone où la comète Kowalski C/2011 S2 était censée se trouver, mais je n'ai rien vu dans le champ visuel du système d'imagerie.

Carl posa le doigt sur la deuxième image et ajouta :

— Ici, vous pouvez voir la même région, sauf que cette fois je me suis servi du satellite Hubble2 : et il n'y a rien, là non plus.

Burt sentit l'exaspération monter en lui, tandis qu'il se tournait vers le terminal qui se trouvait à sa droite. Il était impossible qu'un objet large de plusieurs dizaines de milliers de kilomètres disparaisse purement et simplement. Il entra le nom de la comète et la date de la veille. Les données s'affichèrent devant ses yeux : forme irrégulière de l'objet, composition chimique, trajectoire et position estimée. Il jeta un coup d'œil à l'imprimé et compara les coordonnées. Elles correspondaient. Il souffla de frustration, et rendit le papier au jeune chercheur confus.

— Ça n'a aucun sens, dit Burt. Montrez ça au Dr Patel, et demandez-lui de revérifier votre information.

Le jeune chercheur écarquilla les yeux en entendant le nom de Neeta Patel.

Burt eut les plus grandes difficultés à réprimer un sourire. Neeta Patel était comme lui l'une des responsables de département au sein du *Jet Propulsion Laboratory* – le laboratoire de recherche sur la propulsion par réaction de la NASA, plus connu sous son sigle JPL – et elle avait la réputation d'être encore moins patiente que lui.

— Dites au Dr Patel que c'est moi qui vous ai demandé de voir cela avec elle, ajouta-t-il en faisant signe à Carl d'y aller.

Le jeune chercheur au physique massif tourna les talons et sortit du bureau en traînant les pieds.

On n'apprend jamais mieux que de ses propres erreurs, songea Burt.

Et Neeta serait un grand professeur. Elle expliquerait au petit nouveau où il s'était trompé, et ne prendrait pas de gants pour le faire. Une leçon que Carl n'oublierait pas de sitôt.

Il laissa échapper un petit gloussement, mais son amusement retomba aussitôt qu'il se retourna vers le tas de paperasse qui envahissait son bureau.

— Je hais les congés sabbatiques.

— Tu *quoi* ?

Bouche bée, Burt fixait Neeta, assise de l'autre côté de son bureau. La mi-trentaine, de longs cheveux noirs, elle portait un jean et un sweat à capuche orange et noir estampillé du logo CalTech, le célèbre institut de technologie de Californie. Il ne travaillait avec elle que depuis quelques années, mais il la considérait déjà comme une des personnes les plus brillantes qu'il ait jamais rencontrée.

Neeta se renversa contre le dossier de sa chaise et se frotta les yeux avec le talon de ses mains.

— Je suis d'accord avec lui. Ce type que tu m'as envoyé avec sa comète « disparue », permets-moi de te dire qu'il a oublié d'être idiot celui-là.

Son accent britannique ravissait les oreilles de Burt.

— J'étais justement en train d'essayer de trouver la raison d'une anomalie avec une autre comète quand il est venu me trouver. Burt, il se passe un truc. Quoi, exactement ? Je n'en sais rien. Tout ce que je peux te dire, c'est que j'ai élargi la zone de surveillance pour ces deux objets géocroiseurs, et je les ai retrouvés dans des endroits totalement différents de ce qu'ils auraient dû être.

— Tu les as retrouvés dans des… ?

Burt s'interrompit, fronçant les sourcils en réfléchissant à ce que Neeta était en train de lui expliquer.

— Ça n'a pas de sens. Les chances pour que quelque chose ait heurté une des comètes et l'ait déviée de sa trajectoire sont presque infinitésimales, bien que cela reste une possibilité. Mais *deux* géocroiseurs déviés de leur trajectoire ? Se peut-il qu'ils soient entrés en collision l'un avec l'autre ?

Neeta secoua négativement la tête, ses longs cheveux oscillant d'avant en arrière.

— Aucune chance. Leur plan orbital n'a pas changé depuis la dernière fois que nous avons vérifié leurs positions.

— Je n'ai pas besoin de te dire qu'il faut que nous comprenions ce qui s'est passé. C'est notre boulot.

— Tu crois que je ne le sais pas ? fit Neeta en balayant la remarque d'un geste de la main. J'ai déjà mis plusieurs personnes sur le coup. Elles surveillent cette zone pour voir s'il y a d'autres déviations de trajectoire imprévues. Ça risque de prendre un peu de temps, parce que nous ne disposons pas d'un accès 24-24 au télescope ou au satellite. Pour ne rien arranger, ces comètes se trouvent bien au-delà de l'orbite des planètes, autour du nuage de Oort.

Burt appuyait ses coudes sur son bureau quand son téléphone sonna. Il plaça son écouteur sans fil dans son oreille. Aussitôt, une voix de femme résonna bruyamment dans sa tête.

— *Docteur Radcliffe ?*

— Oui, c'est lui-même.

— *Ici Anita Wexler, l'assistante du Dr Phillip Johnson. Le docteur m'a demandé de vous organiser un rendez-vous avec lui en personne, ici, à Washington, à votre convenance mais au plus tôt. Quand pourrai-je envoyer une voiture vous prendre ?*

Du bout du doigt, Burt donna une tape sur son écouteur, mettant l'appel en mode silence. Il se pencha un peu plus au-dessus de son bureau et murmura :

— Pourquoi diable le nouveau directeur de la NASA pourrait-il vouloir me rencontrer en privé ?

Neeta haussa les épaules.

— C'est à moi que tu demandes ça ? *Tu* devrais peut-être poser la question.

Burt donna de nouveau une tape sur son écouteur.

— Anita, est-ce que demain matin pourrait convenir ?

— *J'en suis sûre. Je vois qu'il y a un vol au départ de l'aéroport international de Los Angeles à 8 heures demain matin. Je m'arrange pour qu'une voiture passe vous prendre chez vous à 5 heures, au plus tard. Ça vous convient ?*

— C'est parfait.

— *Très bien, docteur Radcliffe. Je vous réserve une place sur ce vol. Un chauffeur vous attendra à l'arrivée.*

Elle mit fin à l'appel. Burt baissa les yeux et regarda le jean et le T-shirt qu'il portait.

— J'imagine que je vais devoir rentrer à la maison et m'assurer que j'ai quelque chose de décent à me mettre.

Jon Stryker enfila son coupe-vent, observa brièvement son reflet dans le miroir de la chambre, et ratissa du bout des doigts ses cheveux châtain foncé.

Pas mal pour un flic de trente-quatre ans avec deux gosses qui vit avec sa sœur.

— Et merde, qu'est-ce que je raconte ?

Il n'était que 6 heures du matin. Il traversa le couloir et entra dans la chambre de ses gosses ; il entendit Emma, six ans, ronfler doucement dans son lit.

Il sourit. « La voleuse de couverture » : c'était le surnom de sa cadette, parce que parfois, durant la nuit, elle volait les couvertures sur le lit de son frère. C'est ce qu'elle venait encore de faire visiblement. Elle s'était glissée en-dessous, en plus de sa propre couette épaisse, et ronflait joyeusement.

Il tourna son regard vers le lit d'Isaac. Le garçon, âgé de huit ans, dormait lui aussi, vêtu d'un pyjama en flanelle. Il serrait dans ses bras son vieil ours en peluche. Il ne paraissait pas le moins du monde perturbé par l'absence de couvertures. Il allait pourtant hurler sur la voleuse dès qu'il se réveillerait et s'apercevrait du chapardage.

Stryker leur envoya un baiser à tous les deux ; puis il referma la porte de leur chambre et sentit l'arôme du café frais.

Il laissa son nez le guider jusque dans la cuisine, où il vit sa sœur et son ex-femme à la table du petit-déjeuner, tenant chacune un mug fumant.

Voir son ex lui causait toujours un choc. À chaque fois qu'il voyait le visage d'elfe encadré de tresses blondes de Lainie, son esprit le ramenait au moment où il avait reçu les papiers du divorce alors que son unité se déployait à l'étranger.

Quatre années s'étaient écoulées, mais la blessure n'avait pas cicatrisé. Le fait qu'elle soit toujours aussi éblouissante n'aidait pas non plus.

Il se pencha, planta un baiser sur la joue de sa sœur, et fit de même avec Lainie.

— Hé oui, je suppose qu'on est samedi, hein ?

Lainie arqua un sourcil et lui décocha un petit sourire en coin.

— Qu'est-ce que je ferais là autrement ? J'emmène les gosses chez mes parents pour le week-end.

Elle désigna du pouce la sœur de Stryker.

— Jessica me tenait au courant des résultats des enfants à l'école.

La sœur de Stryker enseignait dans une prestigieuse école privée du centre de Manhattan, non loin de Times Square où il patrouillait habituellement. Les enfants avaient de la chance de pouvoir y être scolarisés sans frais grâce au travail de sa sœur, une opportunité dont Stryker lui serait à jamais redevable.

Jessica fit un geste pour prendre la cafetière à moitié pleine.

— Je l'ai fait fort ce matin, si tu en veux un peu.

Il jeta un coup d'œil à sa montre et secoua négativement la tête.

— Merci, mais je n'ai pas le temps. On m'a collé une nouvelle recrue à former aujourd'hui ; il faut que j'arrive tôt au poste.

— Tu rentres bien pour 16 heures ? Tu m'as promis de m'aider à accrocher tous les trucs dans ma classe.

— Je serai là.

Stryker attrapa ses clés sur le plan de travail de la cuisine et se tourna vers Lainie :

— Attends-toi à ce qu'Isaac crie sur sa sœur au réveil. Emma lui a encore chipé ses couvertures.

Elle sourit. L'espace d'un instant, Stryker revit la femme qu'il avait épousée quatorze ans plus tôt.

Il se caparaçonna contre son sourire lumineux, et s'efforça de se souvenir à quel point ils s'en voulaient mutuellement. Elle avait toujours détesté qu'il doive se mettre en danger pour gagner sa vie, et lui avait honni le fait qu'elle ne parvienne pas à respecter son choix de carrière.

Mais ils avaient eu des enfants. Ils avaient l'un et l'autre des responsabilités… sinon l'un envers l'autre, du moins envers Emma et Isaac.

Stryker adressa un dernier salut aux deux femmes, avant de tourner les talons et de s'en aller vers ce qui s'annonçait comme une nouvelle journée tranquille au NYPD.

***

C'était une fraîche matinée de printemps. Stryker arpentait les trottoirs du quartier de Midtown, le centre de Manhattan.

Il avait passé sa vie entière dans ce quartier, et il avait vu tant de choses changer depuis qu'il était gosse. Midtown était depuis toujours une Mecque touristique, avec ses lieux emblématiques situés dans un mouchoir de poche – Times Square, l'Empire State Building ou encore la gare de Grand Central.

Mais Stryker était nostalgique d'une certaine atmosphère newyorkaise plus authentique, avec ses coups de klaxon et ses moteurs ronflants, tous ces bruits depuis longtemps disparus, en particulier depuis que la municipalité avait recours à des algorithmes d'optimisation de circulation à travers le system AVR imposé à toutes les voitures dans les limites de la ville. Les véhicules étaient presque tous électriques désormais, et équipés en série dudit système, lequel sauvait un nombre considérable de vies en conduisant les « navetteurs » de banlieue d'un point A à un point B en toute sécurité, tandis que la circulation s'écoulait en toute fluidité. Tout cela n'empêchait pas Stryker de trouver que New York était étrange sans ses rues bloquées, ses sirènes, et ses résidents braillant dans les embouteillages.

— Hé, Jonny, lui lança une femme à la voix rauque depuis le trottoir d'en face. Tu montes te détendre un peu ?

Stryker tourna la tête et vit la jeune femme, une petite brune belle comme le jour qui pouvait avoir dix-neuf ou vingt ans. Il traversa la rue et secoua la tête en s'approchant d'elle. Elle portait une robe rouge moulante qui soulignait ses courbes aguicheuses.

Il l'avait déjà vue des centaines de fois près de Times Square, mais ici, dans Madison Avenue, elle ne racolait pas sur son carré de bitume habituel.

Il sentit son parfum au jasmin, tandis qu'elle lui souriait d'un air espiègle.

Il jeta un coup d'œil à sa montre et dit :

— Écoute Sheila, il n'est pas 7 heures du matin, et c'est le week-end. Les gens dorment encore. Rends-moi service : si vraiment tu veux faire de la retape, fais-le sur Times Square, ou mets-la en veilleuse quand t'es dans le secteur.

Sheila vissa ses poings sur ses hanches et fit un pas glissé en avant.

— Ce n'était pas un non, ronronna-t-elle.

Stryker lui mit le cadran de sa montre sous le nez.

— Je prends mon service dans trente minutes, chérie. Désolé.

Il se détourna et secoua la tête d'un air consterné. Plus rien n'était comme avant. Sheila était une gosse du quartier ; il l'avait vue grandir. Bien que la prostitution fût de nouveau légale en ville, les îlotiers comme lui s'efforçaient d'encadrer au mieux la pratique. Après tout, cette ville c'était aussi la sienne, et ses gosses jouaient ici.

Il tourna à droite dans la 35e Rue Est et marcha d'un bon pas. Il passa devant l'Empire State Building, longea « Koreatown» et traversa Garment District, le quartier de la mode, où se trouvait le poste de police de Midtown South.

Il rejoignit les vestiaires, où une dizaine d'autres officiers se préparaient à prendre leur service de jour. Il ouvrit son casier, prit son uniforme et commença à se changer.

— Hé, Stryker, t'as su pour hier soir ?

Il regarda Brian Decker, qui s'observait dans un miroir.

— Non, qu'est-ce que j'ai manqué ?

— Jenkins et McCullough ont dû balancer du OC sur une bande de cinglés qui manifestaient dans le hall de l'hôtel Hyatt.

— Aïe, fit Stryker. Combien de personnes manifestaient ?

— Une bonne dizaine, je crois.

Stryker enfila son gilet en kevlar et secoua la tête. L'OC – ou oleoresin capsicum – était le mélange gazeux au poivre rouge utilisé dans les sprays de défense. Il avait rarement eu l'occasion de s'en servir au cours de ses quatre années sur le terrain.

— Contre quoi ils râlaient, au juste, tu le sais ?

Fixant toujours son reflet dans le miroir, Decker tapota doucement sur ses joues et laissa échapper un bâillement sonore.

— Non, Sharon à l'accueil m'a donné les grandes lignes, c'est tout.

Après une dernière vérification pour s'assurer notamment que son arme était bien en place dans son holster, Stryker suivit les autres officiers hors du vestiaire, attrapa au passage une tasse de café et se prépara pour l'appel.

Burt n'avait jamais eu de raison de rencontrer l'ancien directeur de la NASA, et voilà qu'il se retrouvait dans le bureau du nouveau, Phillip Johnson. L'homme avait été placé récemment à la tête de presque vingt mille employés civils. Burt ne comprenait toujours pas pourquoi on lui avait demandé de rencontrer en tête à tête celui qui était probablement le patron de son patron... ou peut-être même le patron du patron de son patron. Difficile d'en être sûr tant l'équipe de direction jouait au chamboule-tout avec l'organigramme de la NASA.

Johnson se leva. Burt en fut aussitôt impressionné. L'administrateur mesurait quinze centimètres de plus que lui, qui faisait déjà plus d'un mètre quatre-vingts, et l'homme, tout en muscles, devait peser dans les cent quinze ou cent vingt kilos.

— Bon sang, Radcliffe, vous avez l'air plus tendu qu'une corde de banjo. Asseyez-vous, dit-il avec un fort accent du Sud, qui surprit quelque peu Burt.

Ce dernier s'assit dans un des deux fauteuils en cuir installés devant le bureau, et dit, en s'efforçant de maîtriser sa nervosité :

— Docteur Johnson, j'ai pris le premier avion dès que votre assistante a appelé, mais j'avoue que je ne suis pas sûr de comprendre la raison de ma présence ici.

Johnson se pencha au-dessus de son bureau et sourit, ses dents blanches contrastant étonnamment avec son teint mat.

— Burt, j'irai droit au but. Je viens d'approuver votre nomination au poste de nouveau directeur du programme de recherche d'objets géocroiseurs. Vous serez sous la supervision du directeur du JPL, mais je veux recevoir également une copie de tous vos futurs rapports de situation.

Burt se sentit pâlir brusquement. Il cligna des yeux, doutant d'avoir bien entendu :

— Mais, monsieur, pourquoi moi ? Je crois que…

Johnson se mit à rire.

— Vous vous souvenez de ce programme informatique d'apprentissage bayésien sur lequel vous avez travaillé ? Ces généraux qui cherchaient un nouveau moyen de sortir les soldats du terrain militaire. Épargner des vies et tout ça.

Burt fixa l'homme un long moment, s'efforçant de comprendre de quoi il parlait. Puis :

— Monsieur, c'était il y a plus de vingt ans. J'ai tourné la page le 18 décembre 2045 exactement, et je suis passé à autre chose. Je m'en souviens très bien. Il s'agissait de déployer un système informatique sur le modèle de la machine de Turing. Mais qu'est-ce que ça a à voir avec le fait que vous vouliez me nommer nouveau directeur de programme ?

Johnson tambourina du bout des doigts sur son bureau et hocha la tête d'un air solennel.

— J'étais colonel dans l'armée ; je menais des recherches à l'USAWC, l'école militaire de Carlisle à ce moment-là. On m'a chargé d'évaluer certaines de vos créations. C'était brillant, permettez-moi de vous le dire. Franchement, ça a fichu une trouille monstre à beaucoup d'entre nous. J'ai lu un de vos papiers universitaires sur ce qu'il pourrait advenir si les ordinateurs étaient chargés de gérer des choix de vie ou de mort. Je me souviens parfaitement de l'avertissement que vous donniez dans cet article. « Et si les machines finissaient par se dire que l'on peut se passer plus facilement de nous que d'elles-mêmes ? »

Johnson se renfonça dans son fauteuil et passa une main sur son crâne rasé de frais.

— Bref, j'ai parlé au directeur du JPL, et il m'a donné une liste de candidats potentiels pour le poste dont nous parlons. Quand j'ai vu votre nom sur cette liste, je n'ai pas cherché plus loin.

Burt entrouvrit de nouveau la bouche, jusqu'à ce qu'il se rende compte qu'il devait avoir l'air d'un idiot devant son patron.

— Merci, monsieur, dit-il. Je ferai de mon mieux.

— Attendez, j'ai quelque chose à vous remettre.

Johnson fit glisser sur son bureau une petite carte mémoire.

— Elle est cryptée. Vous seul pourrez lire son contenu en lieu sûr ; vous y trouverez tout ce qui concerne DefenseNet. Le président a demandé à la NASA de reprendre ce projet en main ; pour cela, des fonds supplémentaires vous seront alloués. Burt, c'est votre bébé maintenant, vous comprenez ?

— DefenseNet ? Nous parlons bien de cet ensemble de satellites géosynchronisés destinés à aider à la détection et à la destruction d'astéroïdes entrants ?

Burt s'était levé. Johnson l'imita et fit le tour de son bureau ; il posa son bras épais en travers des épaules de Burt et le raccompagna jusqu'à la porte de son bureau.

— C'est exactement pour cette raison que j'ai accepté que nous nous en occupions ; parce que je savais que notre programme de recherche d'objets géocroiseurs recoupait parfaitement ce projet. Et en tant que directeur de ce programme de recherche, *vous* étiez tout désigné pour le job.

La porte s'ouvrit automatiquement à leur approche. Johnson donna une tape sur l'épaule de Burt, et ils se serrèrent la main.

Puis le directeur de la NASA lui désigna une double porte au bout du couloir.

— Cet espace là-bas est une ZICS. Vous avez au moins cinq heures avant votre vol retour. Pourquoi ne pas profiter de cet endroit ?

— Une ZICS ?

— Une zone d'information compartimentée sensible.

L'administrateur pointa du doigt la carte mémoire que Burt tenait dans sa main.

— Vous y trouverez un lecteur sécurisé qui vous permettra de commencer à cogiter sur votre nouvelle mission. Vous trouverez également une ZICS dans les locaux du JPL ; il est probable que vous n'ayez jamais eu à l'utiliser, c'est tout.

Il donna une dernière tape sur l'épaule de Burt, tourna les talons et regagna son bureau, la porte coulissante se refermant derrière lui.

Burt fixa la carte plastifiée grande comme la paume de sa main, et qui portait en rouge l'hologramme « Top secret ».

Comment ai-je bien pu me laisser embarquer là-dedans ?

Quelques heures après son retour en Californie, Burt passa la tête dans le bureau de Neeta et demanda :

— Tu as regardé les plans du projet DefenseNet que je t'ai envoyés ?

Neeta fit un geste dans le vide avec sa main droite, et son ordinateur de bureau projeta une image de la Terre avec deux douzaines de satellites interconnectés orbitant doucement autour. Elle le fixa à travers le globe semi-transparent flottant entre eux, et répondit d'un ton sarcastique :

— Nan, je me suis dit que j'y jetterais un coup d'œil quand je n'aurais rien de mieux à faire.

Puis elle secoua la tête, désigna la Terre en suspension devant elle et aboya :

— Évidemment que je me suis penchée dessus ! Tu crois que je me tournais les pouces en t'attendant ?

Elle appuya sur l'interrupteur rouge fluo projeté dans le coin inférieur gauche de l'hologramme, et l'image disparut.

Burt jeta un regard à l'ordinateur.

— Bon, je vois que tu as au moins commencé à modéliser le réseau. C'est génial. Ce que je ne comprends pas, c'est pourquoi les satellites sont interconnectés. Tu en connais la raison ?

— Malheureusement non. Je ne me suis guère occupée de ça quand j'étais à la Fondation internationale pour la science. Je m'en tiens donc aux données que tu m'as communiquées. Pour réellement connaître le pourquoi, il aurait fallu pouvoir interroger David Holmes, l'ancien directeur de la fondation, mais si je ne me trompe pas, il est mort – ou alors il se cache quelque part au fond d'un trou si profond qu'il serait illusoire de chercher à l'en débusquer.

Burt soupira en réfléchissant au problème.

— Ces plans sont incomplets, ou du moins certaines parties n'ont aucun sens. J'ai bien lu les notes qui mentionnent des ancrages d'ascenseur spatial, mais nulle part je n'ai vu fait mention de câbles ou je ne sais quoi. Et puis, de toute façon, quel besoin y aurait-il d'avoir des connexions câblées vers les satellites ? Bon sang, tout ce qu'il faut, c'est équiper chacun de ces satellites de rangées de panneaux solaires pour pouvoir charger les batteries embarquées et faire fonctionner les lasers. Toutes les autres communications peuvent se faire par ondes radio.

Neeta fronça les sourcils en secouant la tête.

— David était loin d'être idiot. Il n'aurait pas conçu quelque chose sans avoir un but précis en tête.

Appuyé contre le chambranle de la porte, Burt plissa les yeux en croisant les bras sur sa poitrine.

— Franchement, c'est ce qui me rend nerveux dans ce projet. Je crois qu'on peut le construire et le faire fonctionner, mais est-ce qu'on va construire ce qui était prévu ? Qu'avait-il réellement en tête ?

Soudain, les lumières de la pièce se mirent à clignoter en rouge. Burt et Neeta se tournèrent aussitôt vers le moniteur de l'ordinateur qui affichait une alerte PHA, pour géocroiseur potentiellement dangereux.

— Et merde ! s'exclama Neeta. Je n'ai pas le temps de m'occuper d'un PHA.

Burt lut le texte de l'alerte et secoua la tête.

— Distance minimale d'intersection d'orbite A. 00 ? Quelqu'un va passer une sale journée.

— Non, sans blague !

Neeta balaya d'une main le texte sur l'écran pour le projeter en l'air ; puis elle se mit à pianoter sur le clavier.

— J'ignore ce que c'est, mais ça a deux cents mètres de large, et les ordinateurs donnent à cette chose dix pour cent de chance de nous heurter.

Burt évalua en silence ce dernier chiffre tandis que Neeta continuait d'entrer des commandes sur son clavier.

— Si nous parlons d'une roche dure, voyageant à environ quinze kilomètres par seconde, avec un angle d'insertion d'approximativement quarante-cinq degrés, nous devrions avoir une catastrophe de quatre cents mégatonnes s'il nous heurte. Une grande ville rayée de la carte, voire un petit État. Voilà, je l'ai : quatre cent trente mégatonnes. Bon, n'oublions pas qu'à soixante-et-onze pour cent, la surface du globe est composée d'eau. Si cet astéroïde tombait au milieu de l'océan, eh bien… le tsunami qui en résulterait ne serait probablement pas aussi dévastateur.

Jetant un coup d'œil à l'horloge murale, Burt réprima difficilement un bâillement.

— Tu es d'astreinte ce soir, alors avant de partir, assure-t…

— Burt, je sais ce que je dois faire, coupa Neeta.

— Je sais que tu le sais, dit-il en haussant les épaules. Mais tu me connais, j'ai besoin de certitudes.

Elle le fusilla du regard un bref instant et dit d'un ton offusqué :

— Dès que nous aurons mis fin à cette discussion, je réunis l'équipe et je leur demande de localiser ce PHA, et aussi d'essayer de découvrir pourquoi il n'est pas sur notre liste. D'après les calculs des ordinateurs, il faudra un an à ce géocroiseur pour entrer dans notre orbite, autrement dit bien avant que nous puissions activer DefenseNet. Ceci étant dit, je mets tout le monde sur le coup. En espérant qu'il s'agisse d'une fausse alerte.

— Merci, Neeta, dit Burt en s'autorisant enfin le bâillement qu'il avait difficilement réprimé. Appelle-moi si tu as besoin de moi en quoi que ce soit.

Il tourna les talons. Neeta appuya sur une touche de l'interphone et dit :

— Jenkins, Hsiu, Smith et Peterson, je vous attends dans mon bureau. On a un PHA non identifié qui réclame notre attention.

Burt sentit un long frisson lui parcourir l'échine tandis qu'il fixait le haut-parleur sur sa table de nuit. La tonalité qui emplissait l'espace de la chambre cessa aussitôt qu'il raccrocha, plongeant la pièce dans un étrange silence.

— Je viens de parler au ministre de la Défense, marmonna-t-il pour lui-même d'un air hagard. Je n'en reviens pas.

Son cœur tambourinait dans sa poitrine, tandis qu'un flot d'adrénaline affolait encore son métabolisme.

La tablette PC qu'il venait de projeter accidentellement sur le sol affichait une nouvelle alerte rouge provenant du JPL.

Il se pencha, ramassa la tablette et fit défiler la longue liste des alertes entrantes.

Le téléphone sonna à nouveau, et le fit sursauter.

Le répondeur s'enclencha immédiatement, mais Burt entendit la voix paniquée de Neeta s'écrier avec son fort accent britannique :

— Burt, nom de Dieu, décroche ! Aux dernières nouvelles, le directeur du programme de recherche d'objets géocroiseurs, c'est toi ! Tout le monde devient cinglé ici. Hanford vient d'envoyer…

Il appuya sur la touche de prise d'appel.

— Neeta, tiens-toi prête. Je passe te prendre dans dix minutes.

Assis dans l'avion en face de Neeta, Burt boucla sa ceinture. Vêtue d'un tailleur jupe gris cendré et d'un chemisier assorti qui seyait à son teint mat, elle apparaissait posée et professionnelle, malgré une discussion animée tout le long du trajet de Pasadena à la base aérienne d'Edwards.

— Neeta, ce qui m'ennuie le plus, ce n'est pas le nombre d'alertes que nous avons reçues ; c'est pourquoi elles nous arrivent brusquement. Je vais être franc avec toi : quand j'ai reçu le premier rapport d'Hanford, j'ai trouvé ça ridicule. Se peut-il qu'un virus ait endommagé tous nos systèmes ? Ça paraît peu probable ; alors qu'est-ce que tout ça signifie ?

La façon qu'avait Neeta de tirer nerveusement sur ses longs cheveux noirs rassemblés en une natte épaisse, en disait long sur son état d'esprit.

— C'est à croire que l'univers lui-même est devenu dingue, pas vrai ? articula-t-elle d'une voix légèrement tremblante.

Burt acquiesça, fixant celle qui était son commandant en second ; son bras droit.

— C'est bien vous, les Britanniques, qui avez inventé cette idée de garder son flegme en toutes circonstances, non ? Toi et moi, c'est ce que nous devons faire : garder la tête froide. Si nous restons calmes, les autres ne commettront pas d'erreurs, et nous non plus. On ne peut pas se le permettre, tu es bien d'accord ?

Neeta prit une grande inspiration et opina du chef.

Les lumières diminuèrent d'intensité dans la cabine quand le jet privé se mit à rouler sur la piste. Il ne fallut que quelques secondes pour que Burt se sente plaqué contre son siège comme l'avion décollait de la base d'Edwards et prenait la direction du nord. Burt regarda par le hublot et vit la file ininterrompue des phares de voitures au sol. Il venait justement de subir la circulation encombrée de Los Angeles au petit matin. Il grommela :

— On est en 2066, on a des colonies sur la Lune, on est capables de guérir la sclérose en plaques, et pourtant les urbanistes de L.A. ne sont pas foutus de résoudre les problèmes d'embouteillage de la ville… incroyable !

Une image en 3D de leur plan de vol leur apparut à hauteur d'œil, tandis que la voix du pilote résonnait dans les haut-parleurs de la cabine :

— *Docteurs Radcliffe et Patel, le complexe d'Hanford ne possède pas de piste d'atterrissage ; nous nous poserons donc sur la base commune de Lewis-McChord. Il est actuellement 5 heures 30 ; nous devrions atterrir dans approximativement deux heures. Un hélicoptère vous attendra sur la base pour vous conduire à Hanford. Le ciel est dégagé le long de la côte Ouest ; ce vol s'annonce des plus calmes.*

La tension liée au décollage et à l'anticipation du vol vers l'État de Washington retombée, Neeta, les doigts encore crispés sur les accoudoirs de son siège, se désola d'un ton teinté de frustration :

— J'ai encore du mal à croire ce qu'Hanford nous signale. Il y a de quoi douter, non ? En même temps, difficile de ne pas prendre en considération les données qu'ils nous ont transmises ; et dans ce cas, on voit mal comment cela pourrait être une erreur. Toute cette situation est…

Elle s'interrompit, et prit une grande inspiration.

Burt sentit ses oreilles se déboucher comme l'avion virait doucement ; il déglutit péniblement au moment où l'appareil se stabilisait.

— Bon, essayons d'y voir clair, dit-il. Comment est-il possible que nous ayons brusquement non pas un, deux, mais des centaines de corps stellaires fonçant vers nous depuis les confins du système solaire ? Comment a-t-on pu ne pas voir venir une chose pareille ?

— J'aurais dû le voir, dit Neeta en secouant la tête. La plupart de ces objets voyagent à des vitesses énormes ; admettons que nous soyons passés à côté des plus petits, mais nom de Dieu, une de ces alertes concerne un géocroiseur de plus de cent cinquante kilomètres de large.

— Neeta, toi et moi sommes au moins aussi bons que les données qu'on nous a transmises. Je ne te reproche rien ; alors, ne te reproche rien non plus. C'est juste que je n'arrive pas à comprendre comment tout cela peut arriver aussi brusquement.

Exhalant un souffle tremblant, Neeta appuya sa tête contre le dossier de son siège.

— Au rythme où ce truc voyage, nous avons quoi… trois cents jours avant que cette saloperie ne nous détruise ? Je déteste dire cela, mais c'est probablement pire que ce que nous imaginons, parce que pour le moment, compte tenu de la distance, on ne peut encore savoir à combien d'objets plus petits on a affaire. Même si nous réussissons à mettre en place DefenseNet dans les six mois, ce ne sera peut-être pas suffisant.

Burt plongea son regard dans les yeux inquiets de Neeta et soupira.

— Voyons le bon côté des choses : on a déjà le financement et l'approbation du ministère de la Défense pour accélérer le déploiement de DefenseNet. Tu as déjà parlé à notre équipe au JPL, pas vrai ?

— Je leur ai déjà assigné leurs missions, confirma Neeta. Ils commencent sans attendre à tester les lasers de DefenseNet. Mais j'ai peur de ce qu'on va découvrir à Hanford. Ça ne peut pas être une coïncidence que, juste au moment où nous détectons ces objets en approche, les collègues d'Hanford se mettent à parler de perturbation d'ondes de gravité dans le même secteur spatial. Il se passe un truc là-bas… J'aurais sûrement dû…

— Neeta, cesse de te faire des reproches, la morigéna Burt. À ce stade, inutile de se perdre en conjectures ; concentrons-nous sur les faits, et rien que les faits. C'est le but de notre déplacement dans ce trou perdu, non ? Si un nuage de débris se dirige vers nous, il y a forcément une raison logique à ça.

Burt se recala au fond de son siège et ferma les yeux.

— Repose-toi un peu, dit-il. On va avoir une longue journée.

Il était presque midi quand Burt descendit de l'hélicoptère et embrassa du regard l'horizon bistre et désertique. Comme les pales du rotor soulevaient des nuages de poussière cuivrée qui voilaient le paysage, il chercha le regard de Neeta et lui désigna d'un petit mouvement du menton le bâtiment bas qui se profilait à bonne distance. Le bourdonnement électrique du moteur de l'hélicoptère baissa en intensité tandis que Neeta descendait d'un bond de la cabine. Elle répondit au signe de Burt, baissa la tête et courut au petit trot en direction du bâtiment principal de l'Observatoire d'ondes gravitationnelles par interférométrie laser, plus connu sous l'acronyme LIGO.

Pendant que Neeta réglait les formalités à l'intérieur, Burt resta dehors pour fumer une cigarette, balayant du regard les quelque quatre-vingt kilomètres carrés de désert entourant le site d'Hanford. Il ne put s'empêcher de songer combien tout irait bien s'il n'avait pas l'impression de porter le poids du monde sur ses épaules. Au loin, des jeeps transportant des militaires patrouillaient aux abords des limites du site, tandis que des soldats de la police militaire gardaient chacune des entrées du bâtiment. Quatre heures plus tôt, sur ordre du ministère de la Défense, le site avait été fermé, et des troupes de la base commune de Lewis-McChord avaient convergé vers l'observatoire pour le mettre en isolement.

Burt tira une dernière bouffée de sa cigarette, la laissa tomber sur le gravier et l'enfonça avec le talon de sa botte de cow-boy.

— Foutue clope ! lâcha-t-il en fixant le mégot encore fumant, maudissant son addiction à la nicotine qui ne faisait qu'accentuer la tension du moment.

Grognant de frustration, il se dirigea à grands pas vers l'entrée du bâtiment en parpaing, et montra son badge au soldat en treillis de combat lourdement armé qui montait la garde.

Le « MP » au regard d'acier prit le badge et compara la photo au visage à l'air hagard de Burt. Puis, il déclipsa un scanner rétinien portable de sa ceinture et le plaça devant l'œil droit de Burt.

— Docteur Radcliffe, veuillez ne pas bouger s'il vous plaît.

L'instant d'après, un voyant LED vert s'alluma sur le scanner. Le soldat hocha la tête. Il rendit son badge à Burt et s'écarta. Burt entra dans le bâtiment aux couloirs silencieux qui abritait la salle de contrôle du LIGO. Depuis sa conversation avec le ministre de la Défense, une dizaine de personnes seulement étaient autorisées à pénétrer ici, exclusivement des scientifiques chevronnés bénéficiant tous d'accréditations spéciales. Aucun autre pays n'avait encore rompu le silence, mais Burt savait déjà que des observatoires en Allemagne et en Autriche notamment avaient détecté le même événement. Tous allaient arriver à la même conclusion une fois les données analysées. Si le grand public venait à apprendre ce qui se passait, ce serait le chaos.

Il traversa les couloirs aux tons beiges et à la vague odeur de renfermé, avant de rejoindre la salle de contrôle. Il était comme un ours sorti trop tôt d'hibernation, et sa mauvaise humeur ne fit que s'accentuer quand une odeur âcre de pop-corn brûlé lui parvint aux narines en entrant dans la salle. Il secoua la tête en repérant un sachet de pop-corn à moitié ouvert posé à côté d'un four à micro-ondes hors d'âge, des grains carbonisés se déversant du sachet.

La pièce d'environ six mètres par douze ressemblait étrangement à celle dans laquelle il avait passé les dix dernières années, au laboratoire de recherche sur la propulsion par réaction de la NASA, à Pasadena. Pourtant, au lieu de la tranquille énergie concentrée qu'il s'était attendu à trouver ici, il vit Neeta et un autre ingénieur se disputer bruyamment à propos des observations réalisées par le laboratoire.

— Nom de Dieu, comment ça vous avez eu un écho radar dans ce secteur il y a trois mois sans en référer à qui que ce soit ?

Neeta était comme un cumulo-nimbus prêt à exploser face à l'ingénieur du LIGO, qui avait facilement une tête de plus qu'elle et pesait certainement le double de son poids.

— Docteur Patel, je crois que vous ne comprenez pas ce que j'essaie de vous expliquer.

Les joues rouges, le scientifique se détourna du regard menaçant de Neeta et pinça les lèvres en pianotant durement sur le clavier du terminal qui se trouvait devant lui. Après quelques secondes, il désigna du doigt l'écran mural principal, qui afficha un graphique en forme de signal sinusoïdal daté de trois mois auparavant.

— Nous avons détecté une anomalie gravitationnelle dans la même direction générale il y a quatre-vingt-dix jours, mais, conformément à notre protocole, nous n'avons alerté personne parce que nous n'avons pu obtenir une confirmation indiscutable des autres sites…

— Eh bien, permettez-moi de vous dire que votre protocole est merdique, Steve. J'aurais dû être prévenue. Vous vous rendez compte de ce à quoi nous avons affaire ?

Burt jeta un coup d'œil au badge à clip fixé sur la poitrine de Steve, et reconnut son nom : il était l'ingénieur en chef du site d'Hanford. Il se tourna vers lui, s'éclaircit la gorge et dit :

— Neeta a raison. Nous aurions dû être prévenus. Pourquoi n'avez-vous pas pu confirmer l'information ?

Steve se retourna en vrillant le buste et, l'air inquiet, fixa Burt, qui prenait place sur une des chaises pivotantes.

— Docteur Radcliffe, non, nous n'avons pas pu confirmer la localisation avec nos seuls relevés. Le signal était faible ; pas de quoi nous inciter à la confiance. Le LIGO australien était à l'arrêt forcé pour des opérations de maintenance, et l'observatoire de Livingstone n'avait capté qu'un signal encore plus bref et faible. Les premiers relevés fiables dont nous disposons datent de cette nuit, vers 3 heures du matin.

Les sourcils de Neeta se joignirent en même temps qu'elle se renfrognait. Elle allait ouvrir la bouche, quand Burt leva la main pour interrompre ce qui avait déjà des allures de bagarre stérile avec le personnel local. Neeta la boucla en continuant de fulminer intérieurement, tandis que Burt attrapait un élastique qui traînait sur une table à portée de main. Il rassembla ses cheveux longs en queue de cheval, parfaitement conscient de ce qu'il pouvait y avoir d'atypique, pour quelqu'un dans sa position, dans le fait de porter une queue de cheval, le col de chemise ouvert, un jean et des bottes de cow-boy. Il avait beau avoir la cinquantaine et des responsabilités, il se croyait encore jeune ingénieur.

— Écoutez, Steve, ce qui est fait est fait, dit-il, mettant de côté sa frustration personnelle et son ressentiment envers l'équipe du LIGO.

— J'ai reçu votre notification par e-mail ce matin ; voilà pourquoi Neeta et moi sommes ici. Qu'avez-vous pour nous ?

L'ingénieur pianota nerveusement sur le clavier de son terminal, et un des moniteurs muraux afficha une série de signaux positifs récents que l'observatoire avait détectés.

— Docteur Radcliffe…

— Appelez-moi Burt.

— Burt, le LIGO a enregistré des milliers de sources d'ondes de gravité ces dernières années. Nous ne détectons ces ondes gravitationnelles que lorsque des masses considérables accélèrent brusquement, et causent une perturbation dans l'espace-temps. Un peu comme un caillou qui viendrait troubler la surface calme d'un étang ; nous sommes capables de détecter la plus petite ondulation…

— Steve, je connaissais toutes ces conneries bien avant que vous ne preniez votre premier cours de math. Donnez-moi juste les détails techniques.

L'ingénieur cligna des yeux.

— Désolé, monsieur. Euh, comme vous le savez probablement, les ondes de gravité que nous recevons sont produites généralement par la fusion de systèmes binaires ; une collision entre des étoiles à neutrons, par exemple. Elles peuvent aussi être causées par le « jet » d'une étoile tournant autour d'un trou noir. Mais d'une manière générale, ces ondes de gravité nous parviennent assez rarement. C'est arrivé peut-être une dizaine de fois au cours de la dernière décennie, et jamais nous n'avons réellement pu savoir ce qui les causait. Pourtant, à 2 h 53 cette nuit, nous avons enregistré plus d'une dizaine de trains d'ondes de gravité…

— Et vous avez vérifié auprès des autres observatoires et confirmé la cause de ces vagues ? enchaîna Burt en se penchant vers le scientifique, qui le fixait d'un air défait.

— Oui, monsieur. Nous avons procédé à une triangulation avec deux autres sites, en nous concentrant sur le même quadrant dans l'espace, et…

Il inclina la tête vers Neeta.

— … à la demande du docteur Patel, j'ai contacté la NASA. Ils nous ont fourni un canal sécurisé pour pouvoir utiliser les satellites IXO 2. Je viens tout juste de commander aux satellites de diriger leurs détecteurs à rayons X vers la source des ondes de gravité.

Il pressa plusieurs touches sur son clavier. L'écran mural principal afficha un compteur de temps ; en dehors de cela, il était aussi noir qu'un tableau de classe immaculé.

Burt se redressa et fixa l'image vide sur l'écran de cent pouces de diagonale, tandis que Neeta, d'une voix calme cette fois, demanda :

— Steve, à quand remonte le dernier front d'ondes de gravité que vous avez détecté ?

— C'était il y a environ quinz….

L'ingénieur regarda un des moniteurs muraux et pointa du doigt une lumière clignotante provenant d'un flux vidéo en direct relié à un des détecteurs du site.

— Attendez, un déphasage s'est produit sur le laser !

Il regarda autour de lui tandis que le front d'ondes de gravité apparaissait sur tous les écrans de la salle de contrôle.

— Nous enregistrons une nouvelle vague de signaux !

Burt se leva, passa à côté des ingénieurs rassemblés autour du terminal d'ordinateur, et fixa l'écran principal. Il regarda le flux vidéo montrant l'image en interférométrie laser sur l'écran mural situé le plus à gauche. Il savait que la lumière vacillante du flux vidéo signifiait que les installations avaient été frappées par une perturbation gravitationnelle qui déphasait temporairement un des bras de l'interféromètre laser.

Retenant leur souffle, tous regardèrent vaciller les images des différents écrans. Certains moniteurs montraient l'intensité des ondes de gravité ; d'autres affichaient les données en provenance des autres sites d'observation de type LIGO.

Burt se concentra sur l'écran principal ; tous fixaient le moniteur, sur lequel s'affichait la noirceur et le vide. Plus rien ne paraissait exister autour.

Et soudain, un point blanc apparut.

Au milieu de tout ce noir, un petit point lumineux prit vie. Burt sentit son cœur s'emballer.

Il pointa du doigt le moniteur et se tourna vers les scientifiques regroupés autour des terminaux quatre mètres plus loin.

— Là ! Est-ce un résultat positif des détecteurs à rayons X ?

Steve actionna les touches de son clavier et entra une série de commandes.

— Je vérifie, monsieur…

Burt s'approcha des scientifiques rassemblés, tandis que les données brutes défilaient sur l'écran principal. Neeta pointa une des colonnes.

— Là ! s'écria-t-elle. On a un résultat positif. Les satellites ont bien détecté quelque chose.

Burt fixa le point lumineux solitaire sur l'écran noir ; il savait ce qu'il avait devant les yeux, mais il avait besoin de plus de données ; de plus de temps.

Un ingénieur courut jusqu'à une poubelle et soulagea son estomac, le bruit douloureux du rejet intestinal résonnant dans la salle de contrôle. Tous ceux qui étaient présents dans la salle étaient des scientifiques hautement qualifiés, des experts dans leur domaine. Tous avaient compris ce qu'ils venaient de détecter aux confins de leur propre système solaire.

Burt essuya nerveusement la sueur sur son front, et annonça :

— Tout ce que nous pouvons faire, c'est attendre d'autres signaux. Il faut qu'on sache quelles sont ses dimensions – sa trajectoire. Combien de temps nous avons.

— Monsieur ? l'interpela un ingénieur tremblant en levant les yeux vers lui. Qu'est-ce qu'on peut faire ?

Le frisson qui parcourut l'échine de Burt n'était pas dû à la climatisation. Ce fut comme si la Faucheuse l'avait frôlé, à la recherche de sa prochaine victime. Il connaissait les conséquences de leur découverte. Les rayons X n'étaient produits que par des événements associés à de très hautes températures. Des matières chauffées par des champs gravitationnels d'une puissance inimaginables étaient la cause de ces émissions.

— Pour le moment, concentrons-nous sur la collecte de données. Nous ne savons même pas encore quelle direction il va prendre.

Burt soupira, s'affala sur la chaise la plus proche et attendit. C'était la seule chose qu'ils pouvaient faire, tous autant qu'ils étaient.

Burt pria pour que la cause des rayons X ne se dirige pas dans leur direction. DefenseNet avait été conçu pour traiter la menace des astéroïdes entrants. Il existait bel et bien des moyens de les contrer, pour peu que l'on en ait le temps. Même pour un géocroiseur de la taille de la Lune, quelque chose pouvait vraisemblablement être fait. Il leva les yeux vers le point impossible à ne pas voir, qui contrastait avec la noirceur de l'écran, et il sentit sa gorge se serrer.

Plus les minutes passaient, plus il se disait que ce qu'il fixait sur l'écran signait déjà leur fin à tous. Ils allaient être engloutis par l'appétit vorace, insatiable, d'un tourbillon de la mort interstellaire.

Un trou noir.

NOTES

CHAPITRE 3

1. L'Agence fédérale américaine des produits alimentaires et médicamenteux (Toutes les notes sont du traducteur.)

CHAPITRE 9

1. Mode culinaire née dans les années 1980 qui confronte plusieurs cuisines, plusieurs cultures ou techniques étrangères dans un même plat.

CHAPITRE 10

1. Série TV américaine diffusée dans les années 1960, dans laquelle sept plaisanciers font naufrage sur une île déserte inexplorée.
2. La *Defense Advanced Research Projects Agency* (DARPA) est une agence du département de la Défense des États-Unis.

CHAPITRE 16

1. La Federal Emergency Management Agency (L' Agence fédérale des situations d'urgence).
2. *Explosive Ordnance Disposal*, ou Dispositif contre les munitions de guerre, composé d'experts en dépollution pyrotechnique.

CHAPITRE 17

1. L'OPM (*Office of Personnel Management*) est une agence gouvernementale indépendante, responsable de la fonction publique du gouvernement fédéral des États-Unis.

À PROPOS DE L'AUTEUR

Je suis un fils de militaire, un polyglotte et la première personne de ma famille à être née aux États-Unis. Toute ma jeunesse en a été influencée ; cela a instillé en moi l'amour de la lecture, et une curiosité pour le monde et tout ce qu'il renferme. Adulte, ma passion des voyages et de l'aventure m'a permis d'explorer d'innombrables lieux inimaginables, qui servent parfois de cadre aux histoires que j'écris.

J'espère encore une fois que celle-ci vous a plu.

Mike Rothman

Pour suivre mon actualité ou me contacter, rendez-vous sur mon blog : www.michaelarothman.com, sur ma page Facebook : www.facebook.com/MichaelARothman, ou sur Twitter : @MichaelARothman